차동희 평전 (상)

도기훈
SF장편소설

차동희 평전 (상)

초판 1쇄 인쇄 2012년 3월 7일
초판 1쇄 발행 2012년 3월 14일

지은이 | 도 기 훈
펴낸이 | 손 형 국
펴낸곳 | (주)에세이퍼블리싱
출판등록 | 2004. 12. 1(제2011-77호)
주소 | 서울시 금천구 가산동 371-28 우림라이온스밸리 C동 101호
홈페이지 | www.book.co.kr
전화번호 | (02)2026-5777
팩스 | (02)2026-5747

ISBN 978-89-6023-767-4   03810
ISBN 978-89-6023-766-7   (세트)

차동희 평전

평전

상

도기훈
SF 장편소설

ESSAY

차동희 평전 (상)

제 1 부
태 동 기

제 2 부
격 동 기

차동희 평전 (하)

프롤로그

먼저 이 글이 당국의 검열을 통과할 수 있도록 여론을 모아주신 모든 분들께 마음을 담아 감사의 뜻을 전합니다. 우여곡절이 있었지만 결국 일반에 공개할 수 있었던 가장 큰 힘은 모든 사람들의 마음속에 내재해 있는 진실을 향한 열정과 의지가 아닐까 합니다.

타임캡슐을 최초로 발견한 사람은 시베리아 우스티네라 지역 히리니 마을의 주민이었습니다. 얼음과 암석으로 이루어진 마을 남쪽의 베르호얀스크 산맥과 체르스키 산맥이 만나는 경계 지점에 묻혀있던 타임캡슐은 지각활동으로 인하여 서서히 표면으로 밀려 올라온 것으로 파악되며, 표면으로 솟아오를 때까지 시간을 계산해서 묻는 깊이를 정한 것인지는 알 수 없으나 봉인 후 503년 만에 발견되었습니다. 개봉은 고고학회에서 있었으며, 그 후의 소식은 여러분들도 익히 잘 알고 계시리라 믿습니다. 직경 86cm 높이 1m 20cm의 원통형 타임캡슐 안에 들어 있었던 것은 육필 원고 뭉치와 현상된 필름, 피 묻은 옷가지가 전부였습니다.

우리는 타임머신 속에 있던 몇 안 되는 물건 중 육필 원고를 접하고 놀라움과 또 한편 두려움에 떨었습니다. 그것은 다름 아닌 '차동회 평전'이었습니다. 이 글의 공개 여부를 둘러싸고 당국과 고고학자, 과학자, 칸교 원로회 간의 밀고 밀리는 신경전을 치르는 동안 이미 여러 통신 매체를 통해서 일반인들에게 이 사실이 광범위하게 퍼졌으며, 다른 나라들의 관심과 이해가 결부되어 당국은 결국 고고학자들의 주도하에 공개하기로 결정했습니다.

여전히 칸교 측에서는 부정적인 반응을 보이고 있습니다만 '차동희 평전'의 공개는 사람들이 판단하고 선택할 수 있는 기회를 제공하는 것이므로 지나친 반대 표명은 오히려 자신들의 결점을 노출하는 것이 아닐까 합니다. 판독 초기 이 글의 다양한 관점으로 인하여 칸교의 발 마스서처럼 한 명이 쓴 것이 아니라 여러 사람이 써서 합한 것이 아니 냐는 주장도 있었으나, 전체의 판독이 끝난 후에 '크리노프'라는 사학 자가 쓴 것으로 중론이 모아졌습니다. 글의 내용 대부분이 전지적 작 가 시점으로 쓰여졌으며 이는 그가 영성을 가지고 썼다는 주장과(인 류학자 측 주장) 터무니 없는 상상에 의해 꾸며낸 이야기라는(칸교 측 주장) 대립된 의견이 있으나 결론은 이 글을 읽는 독자 개개인이 판단 하여야 할 몫이라 여겨집니다.

무엇보다 이 글이 가지는 가치는 칸, 즉 차동희 사망 후 50년 이내에 쓰여졌다는 것입니다. 또한 외적으로 나타난 자료들(극히 미약한 수준 이지만)의 내용과도 일치한다는 것입니다. 물론 발마스서도 마찬가지 이지만 똑같은 외적 정보를 가졌으되 그를 보는 관점이 매우 상이함에 더욱 큰 관심을 가지게 합니다. 참고로 크리노프는 노년에 이 글을 썼 으며 이 글이 발표되기 전에 이 책으로 인해서 돌로 머리를 맞아 타살 된 것으로 짐작됩니다. 500년이 더 지난 지금에도 공개 여부를 둘러싸 고 많은 공방이 있었음을 볼 때 크리노프가 이 글을 썼을 때는 그가 이 글로 인해 타살이 되었다는 사실이 그리 이해하기 힘든 일은 아닌 것 같습니다. 세계 각지에 산재한 칸의 유품들(Suit)에 대하여 경배를 올리고 있는 지금 500여 년 전으로부터 날아온 한 권의 육필 원고가 '칸을 칸으로 볼 것인가, 차동희로 볼 것인가'라는 딜레마로 우리를 빠 뜨린 것 같습니다.

자, 그럼 500년을 땅속에 묻혀 있다 부활한 크리노프의 세계로 여러 분을 정중히 초대합니다.

칸 전이 후 586년

7

서 문

- 크리노프 -

그의 흔적과 발자취를 찾아 자료를 수집하고 분석하기를 십수 년. 어느 순간부터 그가 꿈에 나타나기 시작했다. 지난 몇 년간 이른 새벽마다 칼끝 같은 악몽에 시달려 왔다. 매일 칸(차동희)의 꿈을 꾸었다. 내가 겪어보지 못했던 장면들, 소리들을 무의식중에 보고 들어왔다. 그것들은 끊임없이 나를 괴롭혔다. 꿈은 반복되어 어느덧 '소명'으로 각인되어 버렸다. 지금 내 몸은 중풍 환자처럼 떨리고 있다. 나의 업인가? 그것은!

업이라면 이제는 그것을 풀고 싶다.

나는 보고 있다. 전율하고 있다. 거대한 에너지의 흐름을. 그 에너지가 인간 속에 스며들고 있는 광경을. 우리는 탁월한 인간으로부터 영향을 받음에 있어서 많은 우를 범해왔다. 그것이 다시 반복되려 한다. 차동희가 전이를 일으키던 몇 해 전부터 그는 어느덧 칸으로 불리기 시작했으며, 전이 이후 몇 년 동안 대책 없는 바이러스가 퍼지듯 신격화가 급속히 확산되었다. 벌써 유명한 경배지가 하나 둘 자리매김하고 있지 않은가.

나는 개탄한다. 인간들이여! 그를 그 높은 재단 위로 올리지 마라. 그를 재단 위로 올리는 것을 그도 원하고 있지 않다. 추앙의 행위는 너 자신이 나태해지고, 온순한 삶을 살다 마감하려는 치기 어린 욕심에 불과하다. 그리고 동시에 그를 두 번 죽이는 것이 되고 만다.

이 불안한 기운들이란.

칸 전이 후 043년

제 1 부

태 동 기

천지산

아래는 까마득한 절벽이었다. 차동희는 나체로 나무 기둥에 매달려
있었다. 가슴을 붉은 피로 도배하다시피 한 전사가 주먹으로 동희의
정강이를 쳤다. 고통이 동희를 깨웠다. 동희는 겨우 눈을 떴다. 동희의
희미한 의식은 되뇌고 또 되뇌고 있었다. '어디부터 잘못된 걸까?'

전사가 비웃듯 말했다.

"미친놈! 이제 세상이 어떤 곳인지 알 것 같나?"

동희는 티끌만큼의 기력도 남아 있지 않았다. 아무런 짓도 하지 않
고 그대로 내버려두더라도 이내 죽을 것 같았다. 그러나 그들은 계획
했던 대로 차질 없이 처형을 집행했다. 전사는 왼팔을 들어 쪼그라들
대로 쪼그라든 동희의 성기를 잡았다. 그리고 앞으로 쭉 잡아 당겼다.
동희는 무의식적으로 다리를 꼬았다.

전사가 크게 소리질렀다.

"잘 가라! 차동희!"

그러고는 손등에 난 돌기로 성기의 가운데를 미련 없이 싹둑 잘랐
다. 동희는 거칠고 힘없는 외마디 비명을 질렀다. 잘려진 성기로 피가
쏟아졌다. 동희는 하늘을 보았다. 푸르던 하늘은 노랗게 변해갔다. 기
운이 빠져 스르르 눈이 감겼다. 간혹 불어오는 바람은 그가 살아 있다
는 것을 일깨워주었지만 그것도 잠시 이내 잠이 쏟아졌다. 잠은 육체
적, 정신적 고통을 모두 씻어줄 것이라 속삭였다. 그것이 치명적인 유

혹일지라도 동희는 기꺼이 따랐다. 동희의 의식은 동희 발가락에서 땅으로 떨어지는 피처럼 아래로 아래로 침전했다. 호흡이 가빠왔지만 욕심만큼 숨을 들이마실 수 없었다. 그러나 상관없었다. 어차피 모든 것을 체념한 상태였다.

온몸이 나른해지더니…… 자신이 매달려 있던 나무 기둥 앞으로 조그만 아이가 바람개비를 흔들며 지나갔다. 동희는 그 아이를 잘 알고 있었다. 조그만 아이는 어린 시절 차동희였다. 동희는 그 소년에게 쓸쓸한 미소를 보냈다. 소년은 동희를 쳐다보지 않고 가던 길을 계속 갔다. 이윽고 동희의 목이 힘없이 꺾였다. 전사는 잘려진 성기를 머리 높이 들었다. 그리고 절벽 아래로 던졌다. 절벽 아래로 떨어지던 동희의 잘려진 성기. 계곡 아래에서 날아오르던 굶주린 까마귀 한 마리가 억센 부리로 덥석 낚아채더니 유유히 사라졌다. 모든 것이 끝났다. 평지 뒤로 어느새 먹구름이 하늘의 절반을 덮고 있었다. 모든 장면은 전 세계 생중계 되었다.

-차동희 33세-

1. 홉킨스 박사

　기계공학과 건물과 화학공학과 건물 사이에는 활엽수림이 우거져 있었다. 나무들 사이에는 시멘트로 만든 의자가 서너 군데 있었는데, 통나무를 잘라 만든 것처럼 보이기 위해 나무 무늬로 페인트 칠이 되어 있었다. 오후였지만 큰 나무들로 이루어진 숲이라 몇 올의 햇빛만이 땅까지 닿았다. 건물과 건물 사이에 숲을 가로지르는 길이 있었는데, 희멀건 시멘트가 한 폭이 되는 넓이로 곧게 포장되어 있었다. 그 위로 밟으면 바스락 소리를 내며 으스러질 낙엽들이 산만하게 떨어져 있었다. 숲 밖 길가엔 은행나무들이 일정한 간격으로 늘어서 있었으며, 바람이 불지 않아도 나무는 노란 잎을 마구 떨구어냈는데, 마치 노란 눈이 내리는 듯했다. 숲 속의 의자는 하나를 빼곤 모두 비어 있었다. 인적이 없는 숲 한가운데, 한 사람이 고개를 떨군 채 앉아 있었다.

22세 늦가을 차동희

동희의 귓가에는 공석기 교수의 비웃음 소리가 맴돌았다.

"이건 아주 비싼 마네킹이네. 하- 하- 하-."

동희는 떨쳐내려 머리를 가로저었다. 하지만 그럴수록 공석기 교수의 얼굴이 더 생생하게 떠올랐다.

한 시간 전, 동희가 만든 서클 휴머노이드 방에 찾아온 사람은 새로 부임한 공석기 교수였다. 그는 기계과 전공 교수로 서클 심사를 하러 들렀다. 승오를 비롯한 정회원 십여 명이 함께했다. 동희는 여느 해처럼 서클에 대한 자신의 비전을 되뇌고 있었다. '지금은 미미하지만 기술이 발달할수록 그 기술들이 로봇에 접목되어 언젠가는 인간과 유사한 로봇이…….'

그때 공 교수가 들어왔으며 첫마디를 이렇게 내뱉었다.

"어떻게 이런 서클이 있을 수 있지?"

동희는 예감이 좋지 않았다. 설전을 준비했다. 그가 류지태와 서클 회원들을 설득시킬 때의 열정으로. 그러나 채 몇 마디 하지 못하고 그는 통쾌하게 패하고 말았다. 그를 좌절시킨 공 교수의 공격은 '두뇌는?' 이 짧은 단어였다. 동희는 두뇌에 대한 연구 계획을 장황하게 설명하려 했으나 공 교수는 그의 계획에는 안중에도 없었다. 그리고 비꼬듯 말했다.

"인간과 같은 로봇을 만들려면 인간의 두뇌를 먼저 알아야 하는 것 아니야? 두뇌에 대해서 알고 있는 게 뭐지? 영화나 소설에서는 뚝딱 잘도 만들어지지? 응?"

그 말 앞에 동희가 힘들게 제작했던 휴머노이드 1호는 마치 어린아이 장난감처럼 처량하게 자리를 차지하고 있는 것 같았다. 공 교수는 특성화된 분야에 쓰일 전문 로봇을 연구하는 쪽으로 방향을 전환하지 않으면 서클비를 대폭 삭감하겠다고 엄포를 놓고 나갔다. 모든 일이 채 3분이 되지 않았다. 사실 두뇌 부분은 회원들 모두 생각은 하고 있었지만 감히 꺼내지 못했던 주제였다.

3년 동안의 일들이 주마등처럼 그의 머리를 지나갔다. 그가 서클을 만들려고 계획한 자리도, 승민이를 설득시킨 자리도 바로 그가 앉아 있는 그 벤치였다.

고개를 숙이고 있던 동희의 뒤통수를 누군가 툭 쳤다.

"얌마! 담배 있어?"

동희는 신경질적으로 쏘아 붙이며 뒤를 돌아보았다.

"에이 씨, 누구야!"

뒤를 돌아보자 다름 아닌 괴짜 교수 사경진이었다.

"나다 나!"

동희는 급히 일어서서 머리를 쓰다듬으며 대답했다.

"저 담배를 피우지 않아서……."

"그래? 그럼 됐다. 앉아라!"

"예."

사경진 교수는 가다 말고 갑자기 뒤돌아섰다. 동희는 자리에 앉았다가 다시 일어섰다.

"젊은 놈이 왜 그렇게 힘이 없어?"

"예?"

"담배도 안 피우는 놈 낯빛이 죽도 못 얻어먹은 놈처럼 말이야."

그러고는 가던 길을 갔다. 동희는 대꾸 없이 자리에 앉았다.

"네가 이해해라. 너도 오늘 재수 더럽게 없는 날이다."

뒤에서 승민이 목소리가 들렸다.

"왔어?"

"너무 심각하게 생각하지 마."

"사경진 교수?"

"아니. 공석기 교수."

"공석기 교수 아냐?"

"미국 중앙연구소 출신이래."

동희가 걱정스런 얼굴로 말했다.

"이제 서클이 없어질지도 몰라."

심각한 동희에 반해서 승민이는 대수롭지 않은 듯 말했다.

"어차피 4학년이고 이번에 대표 넘겨줘야 하잖아."

"그건 그렇지만."

"우리가 두뇌 쪽을 너무 등한시한 것도 사실이야."

"너도 공석기 교수 펀드는 거냐?"

승민이는 냉정했다. 그 순간만큼은 어릴 때부터 같이 자라온 고향 친구 같지 않았다.

"펀드는 게 아니라, 사실 바디 만드는 데 급급했지. 휴모노이드의 핵심은 두뇌인데……."

동희는 승민이의 말을 다 듣지 않고 자리에서 일어났다. 승민이가 그제서야 동희가 화난 것을 알아차리고는 그의 팔을 잡았다.

"동희야 그런 뜻이 아니라……."

그러나 동희는 승민이의 팔을 뿌리치고 자리를 떴다.

"됐어."

"저 성질하고는."

〈신물질에 대한 상념 - 이기철〉
세상 무엇으로도 파괴되지 않는 것은 세상 모든 것을 파괴시킬 수 있다.

동희는 흥분이 가라앉지 않았다. 딴 생각으로 기계공학과 건물까지 들어와 있었다. 아무런 볼일도 없이.

그때 동희를 부르는 사람이 있었다.

"학생. 잠깐만!"

정장을 입은 남자 셋이 복도에 서 있었는데, 그중 대머리를 한 40대 후반의 남자가 동희를 불렀다. 동희는 발걸음을 멈추었다.

"혹시 사경진 교수님 아나?"

"네."

"어디 계신지 알고 있어?"

"잠시 전에 뵈었습니다만…… 누구시죠?"

"나는 보브투니라고 하네."

"사경진 교수님은 어떻게……."

"예전에 사경진 교수님께 수업을 배웠던 제자네."

"음. 사무실은 저쪽에 있습니다."

"문이 잠겨 있어서……"

"담배 사러 가신 것 같은데…… 곧 오실 겁니다. 아! 저기 오시네요."

마침 사 교수가 맞은편 복도에 나타났다. 백발이 성성한 사경진 교수는 담배를 물고 특유의 팔자걸음으로 복도를 뚜벅뚜벅 걸어왔다. 멀리서 봐도 한눈에 알아볼 수 있는 걸음걸이였다.

"여전하시군."

보브투니는 빙긋 웃더니 사경진 교수 쪽으로 마중 나갔다. 사경진 교수는 보브투니를 금세 알아봤다.

"아니 귀하신 분이 이렇게 누추한 곳까지 어떻게 오셨나?"

"스승님 여전하시군요."

둘은 사 교수의 방으로 들어갔다. 동행했던 두 남자는 그 앞을 지켰다. 검은 양복의 건장한 남자들. 동희는 동네 할아버지 같은 사 교수와 어울리지 않는 사람들의 방문에 기숙사로 가던 발걸음을 돌렸다. 사 교수 방은 1층이었다. 동희는 건물 밖의 사 교수 창문 쪽으로 다가갔다. 들키지 않으려 숨을 죽였다.

사경진 교수 방 안

보브투니와 사 교수가 마주 보고 앉았다.

"스승님! 홉킨스 박사님께서……."

"알고 있어."

잠시 정적이 흘렀다. 보브투니가 물었다.

"홉킨스 박사님께서 돌아가실 때 편지와 함께 파일이 스승님께 전송되었습니다."

사 교수의 얼굴이 굳어졌다. 그러나 이내 허탈하다는 듯 웃으며 물었다.

"요즘 그러고 다녀?"

"제 직업이 이런 것이라서……."

"편지는 모니터에 띄워져 있고 다 읽었어. 파일은 아직 열어보지 못했으니…… 다 가져가."

"그런 뜻이 아닙니다."

"그럼 뭣 하러 이렇게 멀리까지 행차하셨나?"

"중앙연구소 계실 때 홉킨스 박사님과 공동 개발하셨지 않습니까? 혹시나 해서……."

"혹시나? '역시나'야. 그리고 누가 공동 개발을 했다고 떠들고 다녀? 그런 일 없었어."

"아직도 홉킨스 박사님의 배신에 분이 덜 풀리신 겁니까?"

"배신? 가당찮은 소리. 나는 처음부터 관심이 없었어. 실험에 두각을 나타낸 것도, 정부를 구슬리고 연구 발판을 마련한 것도 그 친구야. 순전히 그 친구가 한 일이야."

"하지만 그때 스승님께서 정립하신 저온물리학의 이론이 없었다면 시작되기 힘들었겠지요."

사경진 교수는 허탈하게 웃으며 대답했다.

"그 엉터리 이론 말인가?"

"저는 완전히 빗나갔다고는 보지 않습니다."

"그 친구를 보고도 그런 말이 나와?"

"지금 홉킨스 박사님의 자료를 교수님보다 더 잘 아는 사람은 지구 상에 없습니다."

사 교수는 한숨을 쉬며 말했다. 얼굴에는 고뇌의 빛이 잠시 지나갔 다.

"내가 지은 죄가 커. 그 친구에게. 하지만 이젠 모두 끝난 일이야. 왜? 정부에서 그 자료를 회수하라고 했어?"

"아닙니다. 저는 다만 아직 희망이 있다고 믿고 싶습니다. 혹시라도 자료를 보시고 이상한 점을 찾으시면 연락을……."

사 교수가 신경질적으로 말을 잘랐다.

" '혹시'란 것은 없어."

보브투니의 얼굴이 굳어졌다. 사 교수가 달래듯 물었다.

"중앙연구소도 타격이 크겠군."

"네. 투자된 돈이나 기간이 워낙 막대해서요."

사 교수는 눈을 감았다.

"40년이구만."

엿듣고 있던 동희 앞에 그림자가 드리웠다. 친구 승민이었다.

"너 여기 쭈그리고 앉아서 뭐 하냐?"

동희는 승민이 입을 틀어막았다.

"조용히 해."

잠시 후 보브투니가 일어났다. 사 교수가 문밖까지 바래다 주었다.

기숙사로 돌아온 둘은 긴장된 표정으로 컴퓨터를 주시했다. 승민이 의 손은 빠르고 정확했다. 한 시간 만에 승민이는 사 교수의 메일을 해 킹했다. 그리고 홉킨스 박사가 보낸 편지를 열었다.

〈친구 사 교수에게〉

오랜만이네, 친구

　나는 내 일생을 연구와 실험으로만 지내 왔네. 무려 50년을 말일세. 연구의 토대를 만들어 준 사람이 자네니까 내 인생을 유지시켜 준 사람이 바로 자네라는 생각에 내가 죽기 전에 자네에게 편지를 쓰는 것은 당연히 갖추어야 할 예의인 것 같아서 몇 자 적네. 자네의 이론을 토대로 어마어마한 실험표를 작성하고 평생 이 일에 매달려 무엇인가를 구해내겠다는 내 꿈이 한낱 허망한 욕심이었음을 깨닫기까지 너무 오랜 시간이 걸렸네. 이제 남은 여분의 시간과 여분의 힘으로 편지를 적네. 이 메시지는 내 손목 단말기에 맥박이 잡히지 않으면 자동 발신되도록 할 작정이니까 자네가 이 글을 읽고 있을 때면 나는 이미 이 세상 사람이 아니겠지.

　자료를 공개한 뒤로 나는 마치 생을 지탱하고 있던 기둥이 내 몸 속에서 빠져 나간 것 같은 기분이 들었네. 그리고 최근 수년간 자네의 이론을 얼마나 원망했는지 모르네. 자네의 부정확한 이론 때문에 나의 일평생을 결실 없이 허비했다는 후회가 감당 못할 힘으로 나를 밀어 부쳤네. 물론 지금은 자네를 맹신한 내 잘못이란 것을, 내 욕심이었다는 것을, 자네는 단 한 번도 확신하지 않았다는 것을, 나의 확신에 기우의 눈빛을 보냈다는 것을 인정하네. 그때 나는 자네가 이런 위대한 발명에 투신하지 않는 이유를 이해하지 못했네. 그리고 자네의 머리를 빌어 내가 그것들을 차지하고자 했던 죄를 고백하네. 자네의 마지막 이론을 보았을 때 나는 '바로 이것이구나.' 라는 생각이 들었네. 이보다 더 완벽한 이론은 있을 수 없다는 생각이 말일세. 나의 확신이 자네를 멀리하게 된 원인이 되었지만…… 나는 일생 자네가 정리한 수식, 자네의 글씨체를 머리에 담고 살았네. 이제는 자네를 원망하지 않네. 허나 내 잘못임에도 불구하고 자네에게 느낀 배신감을 삭이기까지 많은 고통이 있었네.

　죽음이 멀지 않았다는 생각이 처음 들었을 때 나는 한동안 공포에 사로잡혀 잠을 이룰 수 없었네. 눈을 감아버리면, 그리고 잠들어 버리면 영원히 일어나지 못할 것 같은 생각이 들어서 며칠을 그렇게 뜬눈으로 지새웠네. 나는 몹시도 두려웠네. 무지의 세계에 대한 막연한 공포감. 자아를 잃어버릴 거란 두려움. 하지만 지금 정말 죽음이 목전에 왔는지 그 죽음이란 놈이 그다지 두렵지 않네. 물론 완전히 두렵지 않다면 거짓이겠지만.

이제는 생각도 연속해서 이어지지 못하고 기억도 앞뒤가 맞지 않네. 하지만 한 가지 명확히 느끼는 사실이 있네. 어이없게도 나는 지금 자네에게 감사하고 있다는 것이네. 물론 자네는 영원히 나를 배신자라 여기고 나의 실패를 달갑게 여길지도 모르지만 말일세. 아니, 아니, 자네는 그럴 위인이 못되지. 달리 보면 나는 자네로 인해 평생을 설레는 마음으로 연구에 몰두하면서 지낼 수가 있었네. 그것이 그리 나쁜 것은 아니었네. 항상 궁극적인 것에만 몰두했던 자네를 이제서야 조금은 알 것도 같네. 만약 자네의 이론이 좀 더 신통하고 내 실험이 우연히 성공했더라면 나는 그 순간부터 아마 장사꾼이 되었다가 권력을 움켜쥐고 타락의 길로 빠져들었을지도 모르네. 내가 권력지향적인 사람임을 누구보다 자네가 잘 알지 않은가. 그래서 요즘 난 자네의 그 젊은 날의 미완성 이론에 감사하네. 그리고 실험을 통해 나타난 자네의 이론에 대한 모순을 간단히 정리해서 보내네. 어쩌면 지금쯤 자네도 간파하고 있으리라 믿네만……

-오래된 친구 홉킨스로부터-

편지를 읽은 동희와 승민은 홉킨스 박사에 대해서 알아보았다. 마침 홉킨스 박사의 사망 소식과 맞물려 그에 대한 정보를 구하는 일은 그리 어렵지 않았다.

미국이 지속적으로 세계를 주도해 나갈 새로운 기술로 지목한 개발 분야 중 하나가 상온초전도체였으며, 홉킨스 박사가 이 연구의 아이콘이었다. 개발 초기 매년 수십 도씩 온도를 올려 정부의 전폭적인 투자를 얻어냈다. 그럼에도 불구하고 끝내 실효를 거두지 못하고 생사를 달리했다. 상온초전도체 개발을 위해서 연간 수백 명의 석·박사들과 40년간 가능한 모든 실험들을 했으나 결과는 실패였다. 실험이 워낙 방대해서 체계적인 실험 방법 및 해석에 대한 이론이 학문으로서 커다란 발전을 이룰 정도였다. 홉킨스 박사의 죽음으로 미국도 이 분야에 대한 투자를 과감히 줄이겠다고 입장을 바꾸었다. 그의 죽음은 마치 상온초전도체는 한낱 인간의 상상 속에서나 존재하는 물질이라는 우주의 충고처럼 느껴졌다.

그날 일로 동희는 오랫동안 궁금증에 시달렸다. 사경진 교수와는 공업수학 과목을 수강한 게 전부였다. 오랜 미국 생활로 수업 시간에 한글 맞춤법도 엉망이었고, 연강 두 시간이면 이해는 뒷전이고 손가락마다가 쑤시고 팔이 저려올 정도로 필기만 했던 기억뿐이었다. 강의실에서도 담배를 피우는 일은 다반사이고 학생들을 부르는 호칭도 '야!' 또는 '인마!'가 전부였다. 동희에게 사경진 교수는 백발이 성성한 4차원 할아버지 정도로만 각인되어 있었다. 그런데 그날의 손님, 은밀했던 대화는 동희가 사 교수에게 관심을 가지게 한 계기가 되었다.

〈신물질에 대한 상념 - 이기철〉
흔들리지 않는 것을 흔들면 흔든 것이 흔들린다.

후로 동희는 사 교수의 방을 관찰하는 일이 잦아졌다. 사 교수는 하루 종일 컴퓨터와 씨름하고 있었다. 자정을 넘어서도 불이 꺼지지 않는 날이 많았고 한두 달 사이에 사 교수는 한겨울 마른 가지처럼 야위었다. 기말시험을 며칠 앞둔 어느 날 동희는 도서관에서 늦게까지 공부하다가 기숙사로 가는 길에 사 교수의 방을 지나갔다. 그날도 자정이 다 된 시간이었지만 사 교수의 방에는 불이 켜져 있었다. 동희는 궁금해서 건물로 다가가 창틈으로 안을 들여다 보았다. 컴퓨터는 켜져 있고 사 교수는 피곤했던지 책상 위에 엎드려 자고 있었다. 발길을 돌리려다 문득 이상한 느낌이 들었다. 동희는 급히 건물 안으로 들어가 사 교수의 방으로 향했다. 문은 열려 있었다. 불길한 느낌이 맞았다. 동희는 사 교수를 흔들었으나 사 교수는 의식이 없었다. 동희는 급히 비상 연락을 취했다.

　병원에서
　응급처치 후에 사 교수는 의식을 회복했다. 동희가 옆에서 지키고 있었다.
　사 교수가 눈을 떴다.
　"여기가 어딘가?"
　"병원입니다. 교수님."
　"병원?"
　"네."
　"네가 날 이리로 데리고 왔어?"
　"네. 쓰러져 계셨습니다. 의사 선생님께서 과로라고 며칠 안정을 취해야 한다고 하셨습니다."
　"그래? 내가 신세를 졌네. 어디 보자…… 그 친구구만."
　"네?"
　"너도 홉킨스 박사의 자료에 관심 있어?"
　"네?"
　"보브투니가 가면서 네가 엿듣고 있다고 이야기해줬어."
　"그럼 알고 계셨던 건가요?"
　"음. 그 뒤로 나를 지켜본 것도……."
　"죄송합니다. 저는 다만 호기심에……."
　"호기심은 죄가 아니야."

"최근에 교수님께서 너무 무리를 하신 것 같아서 걱정이 되었습니다. 혹시 홉킨스의 자료를 검토하시느라 그러신 건지요?"

사 교수는 대답이 없었다. 동희는 잘못 물어봤나 걱정하던 찰나 사 교수가 무겁게 입을 열었다. 어쩌면 혼잣말 같기도 하고 어쩌면 고해성사 같기도 했다.

"내가 젊었을 때 물질에 대해서 깊게 빠져든 적이 있었어. 아리스토텔레스에서 양자론까지, 고대 연금술, 슈뢰딩거, 저온 물리학, 통계물리…… 가리는 것 없이 닥치는 대로 탐독했는데…… 한참 지나 되돌아보니까 지나온 길은 하나인데 앞에는 길이 셀 수 없을 만큼 많은 갈래로 놓여 있는 거야. 아차 싶었지. 이건 아니구나. 그래서 가장 많은 정보를 얻을 수 있고 근접한 연구에 집중할 필요가 있었는데 그게……."

"저온 물리학?"

"그래. 몇 년 동안 연구했는데 중앙연구소에서 내 연구에 더 이상 지원해 줄 수 없다 그랬어."

"왜죠?"

"증명할 수 없는 이론으로만 치달아서 효용성이 떨어지는 이유였지만 모두들 상온초전도체에 혈안이 되어 있는데 나는 극저온 현상에만 머물렀거든."

"그래서요?"

"그때 홉킨스 박사가 내가 연구한 자료에 흥미를 보였지. 그 친구는 실험과 해석 부분에는 탁월한 재주가 있었어. 내 연구 노트를 빌려가더니 며칠 후에 임계온도를 30도쯤 올린 놈을 만들어 내더구만. 그게 인연이 되어 이삼 년 함께 일했지."

"교수님께서는 왜 함께하지 않으셨나요?"

"모든 게 내 그 빌어먹을 이론 때문이지."

간호사가 들어왔다. 간호사는 보호자에게 연락하라 일렀다.

"교수님! 댁에 연락을 하셔야죠."

"……."

"제가 할까요?"

"없어."

"네?"

"혼자야. 학교로 연락해!"

"네."

학생처장과 교수회 위원장이 도착했다. 동희는 그들에게서 사 교수가 미국의 중앙연구소에서 은퇴하고 고국에서 남은 생을 보내고 싶다고 해서 왔다는 말과 일흔이 넘으셔서 올해를 마지막으로 강단을 떠나실 거란 말을 들었다.

사 교수가 퇴원하고 일주일간의 기말시험이 끝났다. 친구들은 취업이니, 진학이니, 진로 결정으로 고민했다. 김승민은 공석기 교수의 메가시스템 쪽으로 지원했다. 그러나 동희의 관심은 돌처럼 책상에 붙어 있는 사 교수의 모습이 전부였다. 동희의 마음이 통했을까. 사 교수에게서 연락이 온 것은 방학이 시작되고 일주일쯤 지난 때였다.

〈신물질에 대한 상념 - 이기철〉
인간은 흙에서 나서 흙을 먹고 살다 흙으로 돌아간다.

사 교수 방
사 교수의 얼굴은 보기 민망할 만큼 앙상하게 말랐다. 숨소리도 거칠었다. 그러나 눈빛만은 소년처럼 맑았다.

"자네도 눈치챘겠지만 사실 요 몇 달 동안 나는 홉킨스의 자료를 검토했어. 그리고 쓰레기일 것이라 믿었던 자료들에서 이상한 점을 발견했어."

"이상한 점이라니요? 실험이 잘못되었나요?"

"실험은 정확했어. 나도 내 이론의 부분적 실수를 인정하지 않을 수 없었어. 그리고 동시에 홉킨스의 실험 방법과 결론에서도 적지 않은 실수를 발견해냈어."

"실수요?"

"실험의 오차 값을 처리하는 데 문제가 있었어."

"문제라니요?"

"그러니까 음악으로 치면 잡음 같은 것을 모두 버리기만 했는데, 그 자료가 방대하게 쌓이니까 질서가 보여. 홉킨스는 끝내 그것을 알아차리지 못했어. 물론 그랬겠지. 처음에는 나도 무척 당황했으니까. 참으로 이상한 결론으로 치닫고 있거든."

"이상한 결론이라면……."

사 교수는 일어나 벽 옆에 있는 칠판에 그림을 그리기 시작했다.

"잘 봐. 내가 노망든 걸 수도 있으니까. 상온초전도체의 기본 구조는 이러하네. 이런 피라미드의 구조가 가운데 들어가고…… 그런데 말이야. 홉킨스의 실험에는 이런 구조가 아님에도 불구하고 더 좋은 결과가 나왔어. 그 구조를 분석한 결과 나는 처음 이론을 더 발전시킨 이론을 만들었는데, 그 이론을 토대로 보완된 구조를 이런 식으로 다시 만들었지. 그런데 구조가 이상적인 형태로 갈수록 물질의 질량이 줄어드는 방향으로 갔어. 봐. 이쪽들은 이렇게 결합되어 떨어져 나가지……."

동희는 도무지 무슨 말인지 알아듣지 못했다. 그러나 예사롭지 않는 이야기임을 충분히 직감하고 있었다. 사 교수는 한가득 쓴 칠판의 판서를 지우고 또 써내려 갔다.

"봐. 질량이 계속 감소하는 방향이지?"

"상온초전도체가 되려면 동시에 질량이 줄어든단 말씀이신가요?"

"그렇지! 뿐만 아니라 물질의 강성이 무한대로 증가해."

"교수님 말씀대로라면 상온초전도체가 완벽해질수록 질량이 줄어든다는 말씀이신데…… 질량이 제로가 되면 완벽한 상온초전도체가 된다는 말과 똑같지 않습니까? 그건 완벽한 상온초전도체 물질은 없다는 결론이 될 수도 있지 않습니까? 그리고 질량이 줄어드는데 강성이 증가한다는 것도 도무지 이해가 되지 않습니다."

"질량은 존재해. 미미하게. 엄연히 구조도가 존재하니까. 홉킨스의 실험 결과만 따지면 네 생각하고 비슷해. 마치 아인슈타인의 이론처럼 물체가 빛의 속도에 가까워질수록 질량이 증가한다는 것과 비슷하지. 이론적으로 빛의 속도가 되면 질량은 무한대가 되지. 하지만 지구상에도 빛보다 빠른 입자들이 얼마든지 있고, 그 입자는 질량이 없거나 시간을 왜곡시킴으로써 존재해. 즉, 잡음에 해당하는 자료에서 얻은 정보를 따르자면 상온초전도체와 저질량강성체의 구조를 함께 고려해야만 둘 모두를 동시에 만족하는 물질을 만들 수 있다는 말이야. 물론 이론적인 견해지만……."

동희가 물었다.

"그런 물질이 만들어진다면 무슨 용도로 쓸 수 있나요?"

"용도? 상상해보지는 않았는데……."

사 교수는 잠시 생각에 잠기더니 대답했다.

"상상이 안 돼. 아마도 대혁명이 일어날 거야. 모든 분야에서. 감당하기 힘들 만큼."

"그럼 그 물질을 만드는 주재료는 뭐죠?"

"왜?"

"미리 좀 사두려고요."

사 교수는 빙그레 웃었다.

"요즘 애들은 참! 그런데 아쉽게도 사둘 필요가 없어. 아직 정확하지는 않지만 이론에 따른 구조를 보면 아마 산화물로 시작해야 하니까."

"산화물이라면 흙 아닙니까?"

"그래. 어때 관심 있어?"

"그럼요. 굉장한데요."

"이해도 못하면서 뭐가 굉장해?"

동희가 겸연쩍어 하자 사 교수는 나지막이 속삭였다.

"나랑 같이 연구해 볼래?"

동희는 사 교수의 갑작스런 제안에 귀를 의심했다. 그리고 반문했다.

"다른 교수님이나 훌륭한 옛 제자들이 많지 않습니까? 왜 하필이면 아무것도 모르는 저에게……."

"사실 나도 확신은 없어. 네가 관심이 있고, 나도 추가로 알아봐야 할 게 있으니 두어 달 같이 연구하는 것도 괜찮을 것 같아. 두세 달이면 결론이 날 거야. 만약 잘못되더라도 네 진학은 내가 책임지지."

동희는 흔쾌히 승낙했다. 그리고 그날 바로 짐을 싸서 사 교수의 실험실로 옮겼다.

2. 창조와 발명

　　실험실 청소부터 시작된 둘의 연구는 겨울의 거센 한파도 녹여낼 기
세였다. 연말과 새해도 연구실과 실험실이었고, 날짜가 어떻게 지나가
는지 몰랐다. 그렇게 두 달이 지났다. 실험 장비들이 보완되었고, 사 교
수의 이론도 얼추 정리가 되었다. 개학을 일주일가량 앞둔 2월 말. 첫
실험 전날 밤이었다. 다음 날에 있을 실험을 위해서 분주하던 둘은 기
어코 자정을 넘겨서야 일을 마무리했다. 그리고 그날은 사 교수도 연
구실에서 잠을 자기로 했다. 둘은 간이침대에 누웠다. 불을 껐지만 보
름달로 실내는 미등을 켠 것처럼 환했다. 동희는 좀처럼 잠이 오지 않
았다. 그때 사 교수가 말을 걸어왔다.

"너는 매일처럼 여기에서 잤구나"

"네. 교수님도 마음이 설레서 잠이 오지 않으세요?"

"마음이 설레다니?"

"내일 실험 말입니다."

"허- 허- 가능성은 1% 미만이다."

"그래도 저는 떨리는데요."

"그래, 그런 호기심이 좋은 거지."

"교수님이 정말 존경스러워요."

"내가? 성격 괴팍한 사람한테 매력을 느끼는 거야?"

"아니요. 연구에 대한 열정 같은 거요. 연세도 그렇게 많으신데."

사 교수는 한숨을 쉬더니 혼잣말처럼 이야기했다.

"내가 과학자로 첫발을 내디딘 동기는 순수하지 못했다."

"네?"

캄캄한 연구실. 암적응으로 시야가 밝아졌다.

사 교수는 마치 잊혀져 가는 옛날 동화를 들려주듯 말을 이었다.

"내 아버지는 유명한 의사였는데, 내가 초등학교 입학하는 해 봄에 어머니와 나를 놓아두고 출가를 했다. 모든 것을 내팽개치고 한마디 상의도 없이 사라져 버렸어. 어머니와 할머니가 아버지를 찾으러 수소문했는데 절로 들어갔다는 사실을 알게 됐다. 아버지가 떠나고 석 달쯤 지난 뒤였는데…… 어머니와 할머니, 내가 아버지가 있다는 절로 찾아갔었어. 그때가 봄이었는데 도시에서만 살던 나는 그런 장관을 처음 봤어. 숲과 맑은 냇물, 큰 바위들을, 그렇게 밝은 햇살과 만발한 개나리들! 굽이굽이 돌 때마다 새로운 경치가 펼쳐졌지. 나는 아버지를 찾아간다는 말에 소풍이나 가는 것처럼 마음이 붕 떠 있었어. 절 입구에 다다랐을 즈음에 우리는 길 어귀 바위 위에서 명상에 잠겨 있는 아버지를 발견했지. 삭발한 머리는 파르스름한 빛을 띠었는데 하늘빛과 흡사했지. 나는 아버지 머리가 우스워서 키득거렸어."

"그래서 아버님께서는 많이 혼나셨어요?"

"아니. 아버지는 끝내 집으로 돌아오지 않았어. 아버지는 우리를 발견하고는 집으로 돌아가라고, 다시는 찾지 말라고 고함을 지르셨어. 어머니와 할머니는 이야기 좀 하자고, 도대체 이유가 무엇인지나 좀 알자고, 아이 다루듯 말을 붙이려 했지만 아버지는 막무가내였어. 몸 실랑이가 좀 벌어졌는데 아버지께서는 버럭 화를 내셨어. 그리고 결국은 우리에게 돌을 집어 던졌어. 한두 번이 아니라 우리가 보이지 않을 만큼 멀리 물러나도록 계속……. 어머니는 돌에 이마를 맞아 피를 흘리고, 아마 욕도 한 걸로 기억해. 나는 어려서 잘 알아듣지는 못했지만……. 할머니는 아버지가 미쳤다고 혀를 찼지. 나도 기분이 엉망이었어. 결국 우리는 돌아왔지. 그 정경이 아직 생생해. 어머니와 할머니는 그 후로 두세 번 더 아버지를 찾아갔지만 결국 아버지를 데려오지는 못했어. 나는 그날 아버지를 본 게 마지막이 된 셈이지. 나는 너무 어려서 아버지의 행동을 이해하지 못했어. 그날 일이 나한테는 두고두고 풀어야 할 수수께끼였지. 할머니와 어머니는 아버지를 마음에서 지우려고 나에게 더 집착했는데 나는 그 기대를 충족시키지 못했어. 나는 짓궂은 악동이었지. 그러다 사춘기를 지나면서 아버지가 왜 떠나게 되었는지 내 나름대로 이해하기 시작했지."

"……."

"인간이 이룰 수 있는 더 고차원적인 정신을 위해서 아버지는 모든 것을 버리고 출가한 거라는 생각을 하게 됐어. 그런 사람은 무엇을 하든, 어떻게 하든, 결국은 수도자가 될 수밖에 없다고 생각했지. 하지만 나는 아버지를 이해하면서도 버림 받은 사실에 대한 묘한 배신감을 가지게 되었어. 그리고 결심했지. 갑자기 내린 결심이 아니라 몇 해 동안 서서히 굳어진 윤곽이었지. 그게 뭐였는지 알아?"

"글쎄요."

"나는 과학자가 되기로 결심했어. 아버지가 종교적 수행이나 고행으로 이루려 했던 그것을 나는 과학이라는 객관적이고 논리적인 방법으로 도달하려 했어. 처음 내 동기는 그거였어. 치기 어린 복수심 같은 거. 아니면 나를 버린 아버지와의 경쟁심."

"……."

"그렇게 시작하게 된 공부였는데…… 결국 젊은 나이에 미국으로 건너가게 되었고, 그 덕에 할머니의 마지막 모습도, 어머니의 마지막 모습도 지켜드리지 못했어. 어찌 보면 아버지와 다를 바가 없어. 나도 말이야."

동희는 마음이 숙연해졌다.

"그런데 말이야. 시간이 지날수록 처음 그 복수심은 흩어졌어. 그리고 다 늙어서 나는 아버지와 화해했어."

"만나셨나요?"

"아니, 내 마음속에서……."

그 말을 끝으로 사 교수는 언제 그랬냐는 듯 코를 골았다. 동희는 멀거니 천장을 바라보았다. 사 교수의 이야기에 정신이 점점 더 또렷해졌다. 한참을 설치고서야 겨우 잠이 들었다.

사 교수가 잠을 깨웠다.

"쉿! 조용. 옆방에 누가 들어왔어"

"네?"

동희는 눈을 비비며 일어났다. 방 안은 여전히 깜깜했다. 옆방에 부스럭거리는 소리가 들렸다. 사 교수가 발걸음 소리를 죽이며 옆방으로 향했다. 동희도 뒤따라 갔다. 사 교수가 문을 열고 불을 켰다. 검은 복면을 한 침입자가 손전등을 들고 책상을 뒤지다 둘을 보았다. 놀라서는 급히 달아나려는 침입자를 향해서 사 교수가 몸을 날렸다. 순식간의 일이었다. 둘이 엉키더니 외마디 비명소리가 났다. 그리고 일어선 것은 침입자였다. 그의 손에는 칼이 들려 있었고 칼에는 피가 묻어 있었다. 동희는 움직이지 못했다. 침입자는 반대편 문으로 잽싸게 도망쳤다. 동희는 쓰러져 있는 사 교수에게 달려갔다. 사 교수의 가슴에서 피가 뿜어져 나왔다.

"교수님 괜찮을 겁니다. 조금만 참으세요."

동희는 허겁지겁 응급실로 연락했다. 사 교수가 뭐라 중얼거렸다. 동희가 사 교수의 입에 귀를 가져갔다. 사 교수는 온 힘을 다해 속삭였다.

"생명이란 무엇……."

그러고는 머리를 떨구었다. 동희는 사 교수를 부르며 흔들었으나, 사 교수는 끝내 눈을 뜨지 못했다. 여명이 밝아오고 창밖에는 밤새 내린 눈으로 눈이 시릴 만큼 하얀 세상이 펼쳐졌다. 하얀 세상의 끝쯤으로 보이는 언덕 너머로 구급차가 붉은 사이렌을 울리며 힘겹게 눈길을 헤치며 달려오고 있었다.

경찰 조사에서도 침입자에 대한 단서는 잡지 못했다. 3일 후 동희를 비롯한 지인들 몇이 참석한 단출한 장례식이 치러졌다. 그 일로 동희는 심한 몸살감기를 앓았다. 기숙사에서 몸조리를 하던 그에게 급히 연락을 보낸 이는 친구 승민이었다.

"몸은 좀 괜찮냐?"

"죽을 것 같다."

"사경진 교수 연구실을 치우고 있던데 네 물건은 안 챙기냐?"

"응? 그게 무슨 말이야?"

사 교수 연구실

승민의 말은 사실이었다. 모자와 마스크로 중무장한 동희가 사 교수의 연구실을 찾았을 때 인부들이 이미 절반쯤 짐을 싸놓은 상태였다.

"뭣들 하시는 겁니까?"

인부 중 한 명이 대답했다.

"우리는 시키는 대로만 하는 겁니다."

"누가 지시한 겁니까?"

그때 뒤에서 교수 위원장이 들어오며 대답했다.

"미국 정부에서 지시한 거야."

동희가 뒤를 돌아보았다. 교수 위원장은 정장 차림을 한 미국 정보원과 함께 나타났다.

"왜죠?"

"사경진 교수님께서 미국의 비밀 자료를 빼돌리신 정황이 포착됐고 우리 정부에서도 인정했어. 모든 물건은 미국으로 이동될 거야."

동희는 직감했다.

'무엇인가가 있다.'

그리고 태연한 척 이야기했다.

"왜 제 물건도 가지고 갑니까?"

"자네 물건?"

"저기 저건 제 칫솔입니다. 제 책이랑 노트……."

"그럼 자네 것은 빨리 챙기게."

동희는 방으로 들어가 허둥지둥 물건을 주워 담기 시작했다. 정보원이 동희를 노려보고 있었다. 그리고 그때 동희의 눈앞에 들어온 책 한 권이 있었다.

'생명이란 무엇인가?'

동희는 무의식적으로 책을 상자에 담아서 기숙사로 돌아왔다.

기숙사에서

흰색 바탕의 표지에 '생명이란 무엇인가?'라는 푸른 글씨 위로 '물리학적 관점에서 바라본'이란 말이 적혀 있었다. 무의식적으로 책장을 넘기다 동희는 뒤 표지의 안쪽 접혀 있는 부분이 불룩 튀어나와 있는 것을 보았다. 동희는 손가락을 넣어 속에 들어 있는 것을 꺼냈다. 크기가 다른 열쇠 두 개였다. 열쇠는 작을 뿐 아니라, 화려한 장식도 없었고, 특별한 글씨나 표시도 없었다. 평범한 금속으로 만들어진 열쇠는 너무 평범해서 평범해 보이지 않았다. 동희는 불현듯 사 교수가 마지막 밤에 했던 말이 생각났다. 그러나 '생명이란 무엇인가?'라는 말이 이 책을 의미하는지 이 책의 열쇠를 전하기 위한 수단이었는지는 알 수 없었다. 심지어 마지막 밤에 들은 그 말이 꿈이었는지 사실이었는지조차 모호했다. 그러나 우연이라 단정 짓기에는 무리가 따랐다.

동희가 기숙사를 나선 건 자정을 넘어서였다. 연구실 문을 열고 들어서자 동희는 맞은편 창에 비친 유령 같은 자신의 모습에 소스라치게 놀랐다. 사 교수를 죽였던 침입자가 방 어디에선가 자신을 노려보고 있을지도 모른다는 생각에 바짝 긴장했다. 손전등으로 연구실 구석구석을 훑었다. 텅 빈 책장과 책상, 그리고 소파만이 덩그러니 놓여져 있었다. 동희는 책상 서랍과 책장 서랍의 열쇠 구멍에 차례로 열쇠를 꽂았다. 그러나 잠겨 있는 것조차 하나 없었다. 구석구석 비밀한 곳이 없는지 찾아 보았으나 헛수고였다. '열쇠는 어디에 쓰이는 것일까?' 동희는 연구실을 빙빙 돌며 서성이다 갑자기 문을 박차고 나왔다.

3층 실험실로 뛰었다. 어두운 겨울밤 캄캄한 복도에 동희의 발소리만 쩌렁쩌렁 울렸다. 동희는 실험실 문을 열고 들어가서 불을 켰다. 실험실에는 받침대와 일체형으로 만들어진 장비가 한 대 있었다. 동희는 열쇠를 꽂았다. 반 바퀴 돌리자 문은 미닫이로 열렸다. 그러나 사람 머리 하나 들어갈 만큼의 공간은 텅 비어 있었다. 동희는 그제서야 뛰어오며 참았던 숨을 내쉬었다. 그리고 먹이를 노리는 맹수처럼 그보다 작은 열쇠를 만지작거리며 텅 빈 받침대 안을 주시했다. 받침대 안을 세심히 살피던 동희는 받침대 바닥과 세로 면의 결합 부위에서 열쇠를 넣을 틈을 발견했다. 세로 면에 열쇠를 붙이고 아래로 서서히 내려 틈 사이로 열쇠를 끼우자 '텅-' 소리와 함께 바닥과 닿아 있는 것처럼 보이던 받침대 바닥 면이 튀어 올라왔다. 안에는 손가락 한 마디 높이만큼의 공간이 더 있었다.

거기에는 처음 보는 두툼한 노트가 있었다. 동희는 노트를 꺼내 들었다. 모서리가 낡아서 하늘거리는 낡은 표지에는 큼지막하게 '[사]'라는 글자가 적혀 있었다. 조심스레 노트를 펴자 사방으로 달아날 듯 낯익은 사 교수의 글씨체가 눈에 들어왔다. 동희는 와락 눈물이 쏟아졌다. 동희에게 너무도 친숙한 글씨였다. 정돈이 덜 된 글씨체로 정돈한 문장…… 문장, 정의, 수식, 법칙, 공식들은 압축에 압축이 거듭되었고, 압축된 이론들은 페이지를 넘겨도 끊이지 않고 새로웠다. 그리고 마지막 부분에는 제조법이 정리되어 있었다. 동희는 단번에 노트의 내용이 신물질에 관한 것임을 알 수 있었다.

다음 날 동희는 류지태와 학생처장을 차례로 찾아갔다.

동희는 서클을 시작할 때만큼 논리적이고 구체적인 말을 하지 않았다. 그러나 동희의 표정은 이미 충분히 절박해 보였으며, 동희의 절박함은 류지태의 마음을 움직였다. 류지태는 자신에게는 그다지 부담스럽지 않는 돈이라며 2년 동안 조건 없는 지원을 약속했다. 그리고 학생처장에게 사경진 교수의 실험실을 쓸 수 있도록 허락을 받아냈다. 대학원 진학을 권유했으나 동희는 거절했다.

새로운 봄이 되기까지 동희를 본 사람은 거의 없었다. 동희는 사 교수의 낡은 노트를 이해하는 데 일 년이 걸렸다. 개념을 정립하기까지 그는 실험실 한쪽 책상에서 살다시피 했다. 얼마나 많은 책이 실험실을 오갔는지 알 수 없었다. 낮과 밤이 어떻게 바뀌는지 모호했으며 시간의 개념은 잠시 동희를 비켜있는 듯했다. 일 년 동안 동희의 세상에는 오직 사 교수의 노트 한 권뿐이었다. 노트 이외 모든 것은 철저히 동희의 사고 밖에 머물렀다. 노트 속의 한 줄 한 줄 식들은 망망대해처럼 공허하게 펼쳐진 세상의 현상들을 관통하는 하나의 눈부신 빛줄기처럼 위대한 질서의 표현이었다. 물리적 세계로 향한 심오한 이론의 진행은 그 깊이를 가늠할 수 없을 만큼 심연으로 심연으로 침잠했다. 동희의 머릿속에는 신물질에 대한 개념이 탑을 쌓듯 차곡차곡 정립되었다. 그리하여 또 다른 봄이 찾아올 때쯤 그는 노트의 모든 것을 이해하기에 이르렀다. 놀라움과 경외감이 끊이지 않았던 일 년을 지낸 동희는 너무도 크고 충격적인 개념을 담아 그런지 한층 성숙해져 있었다. 동희가 실험실을 나왔을 때는 이미 완연한 봄이었다. 몇 달 동안 책상에만 붙어 지냈던 동희는 한껏 기지개를 켰다. 학교는 꽃 내음이 학생들의 수다 소리와 섞여 넘쳤다. 이제 남은 것은 실험과 제작뿐이었다. 사 교수가 죽기 하루 전 시간으로 복귀를 마친 셈이었다. 단순한 조력자가 아니라 모든 것을 이해한 주체로서.

첫 번째 실험은 실패였다. 두 번째도 세 번째도…… 실패가 반복됐다. 쉽게 만들어질 줄 알았던 신물질은 십여 단계의 제작 공정 중에서 이삼 단계까지 진행되기도 힘들었다. 한 단계를 넘을 때마다 성공률도 떨어지고 이론 값과의 괴리도 커졌다. 십여 단계나 되는 공정의 정확한 조건을 찾아내야만 했다. 봄부터 시작된 실험은 어느덧 겨울로 접어들었다.

동희는 외모만 봐서는 영락없는 폐인이었다. 머리도 어깨까지 자랐고, 수염도 덥수룩했다. 동희는 공작실에서 승민이의 도움을 받아 실험기기 부품을 만들고 있었다. 승민이가 동희를 치며 키득거렸다.
"저기 봐. 너하고 똑같은 사람 들어온다."

승민이가 눈짓하는 곳으로 시선을 돌리자 정말 행색이 동희와 흡사한 사람이 들어왔다. 그는 배면수였다.

　"항공과 선배! 휴학계를 낸 지 4년 됐는데 그동안 스크램 제트엔진 만든다고 저러고 있단다. 어쩜 너하고 이리도 똑같을까?"

　동희는 얼굴이 붉어졌다.

　"가서 형님 한 번 해라!"

　"그만해!"

　"그래도 너는 말은 하잖아. 저 선배는 지도교수 말고는 말도 안 한다고 하더라."

　그때 언제 다가왔는지 배면수가 둘 앞에 서서 퉁명스럽게 말했다.

　"누가 그래? 내가 말 안 한다고!"

　승민이 당황해서 말을 더듬었다.

　"저, 그게 아니라……."

　"다 썼으면 비켜."

　"예!"

　승민이가 동희를 잡아당기며 기계에서 물러났다. 기계 앞으로 가던 배면수는 동희를 보더니 자기도 닮았다고 생각했던지 씨익 웃었다. 얼굴은 딴판이지만 머리 길이며, 수염이며, 위아래로 입은 옷 색상까지 너무 비슷했다. 동희와 승민 둘 다 자기도 모르게 그만 웃어버렸다. 그게 이들의 첫 만남이었다. 다음 날 동희도 배면수도 머리를 짧게 깎고, 수염도 밀고, 학교에 나타났다. 그걸 보고 승민이는 또 한참을 웃었다. 배면수는 7년째 스크램 제트엔진을 수작업으로 제작하고 있었다.

　그리고 또 일 년의 시간이 흘렀다. 승민이는 대학원 졸업논문으로 바빴고, 배면수는 엔진 제작이 마무리되어가서 여러 업체의 스카우트 제의로 바빴다. 그러나 동희는 한가했다. 거듭되는 실패로 낙담하고 있었다. 실험실을 사용할 수 있는 시간도 채 한 달이 남지 않았다. 이제는 진로를 결정해야 했다. 동희가 가장 두려워하는 것은 자신이 홉킨스 박사처럼 되지 않을까 하는 생각이었다. 그러나 홉킨스 박사는 정부에서 지원이라도 해 주었지 않았는가? 여전히 3, 4단계에서 실패를 거듭하던 동희는 지나간 2년을 되돌아 보았다. 실험! 실험! 실험! 그 밖에는 어떤 기억도 없었다. 실험이라 해봐야 정리해 보면 채 오 분도 걸리지 않을 내용이었다. 그러나 최근 한두 달 전까지는 매일 설레는 가슴으로 이 길을 걸어왔다. 기숙사에서 실험실까지 채 십 분이 걸리지 않는 길이지만 고향보다 더 정겨워진 길이었다. 그날 아침도 그렇게 실험실로 향했다.

그날 따라 준비 시편은 잘 만들어졌다. 스물네 개 중에 열여덟 개가 정상이었다. 그러나 2단계에서 4단계까지 오면서 남은 시료는 단 한 개였다. 오후 늦게 처음으로 5단계를 성공했다. 시료는 단 한 개. 그러나 그 후 공정은 일사천리로 진행되었다. 저녁 시간이 훌쩍 넘었지만 동희는 식사를 거른 사실도 잊어버렸다. 가압기에 시편을 넣고 잠이 들었다.

일어나 보니 실험실에는 불이 켜져 있었다. 시계는 새벽 네 시를 가리키고 있었다. 동희는 기지개를 켜고 물을 마셨다. 그리고 창을 조금 열었다. 차가운 냉기가 들이닥쳤다. 잠은 이미 저만치 달아났다. 동희는 머뭇거렸다. 가압기 앞으로 가서 시료의 결과를 보아야 했다. 사실 잠을 깼을 때부터 동희의 마음은 가압기, 정확히 말해서 시료에 가 있었다. 이래저래 서성인 것은 기대감 때문이었다.
동희는 가압기로 향했다. 동희는 의자에 앉아 가압기가 올려진 선반에 양손을 놓고 턱을 받쳤다. 가압기와 눈싸움이라도 하듯 뚫어지게 쳐다보다가 천천히 한 손을 가압기 안전장치 조작 레버로 옮겼다. 안전장치를 해제하고 압력 제거 레버를 돌렸다. 일순 조용하던 실내를 가르는 소음과 함께 실린더 내의 압력이 서서히 내려갔다. 소음이 멈춘 순간 동희는 조심스레 실린더 상단부를 들어 올렸다. 시료가 모습을 드러냈다. 손바닥만 한 넓이에 손마디 정도 되는 두께였다. 다행히 으스러지거나 부서지지 않고 형태를 유지하고 있었다.

동희의 눈이 크게 떠졌다. 시편의 색은 은색으로 여태 보지 못했던 것이었다. 동희는 참았던 숨을 '후-' 하고 길게 내쉬었다. 그러자 동희의 입김에 시편은 스르르 밀려 나뭇잎처럼 천천히 가압기에서 선반 위로 사뿐히 내려앉더니, 더욱 천천히 선반 끝을 향해 나아갔다. 동희는 희열에 들떠 정신이 사방으로 달아나는 듯했다. 이윽고 선반 끝에 닿은 시료는 느린 화면처럼 바닥 아래로 떨어지고 있었다. 동희는 손을 뻗었다. 그리고 시료가 바닥에 닿기 전에 동희의 손이 다가왔다. 딱딱한 느낌이 손에 전달되었으나 무게를 느끼지 못했다. 동희는 손가락으로 시편을 집었다. 저질량강성체. 그것은 지금까지 경험하거나 상상해 보지 못한 느낌이었다. 집중된 의식으로 손가락의 감각은 한껏 열려, 맥박의 강약을 느끼고, 미미한 공기의 흐름을 감지했다. 감각만큼이나 상념 역시 가벼웠다.

동희는 신물질을 잡은 손으로부터 피부와 뼈, 근육과 피, 액체와 그 흐름을 민감하게 느꼈다. 또 나아가 자신을 둘러싸고 있는 공간과 실험실, 장비들, 건물, 나무, 땅과 하늘, 동희는 그 모든 것들을 구성하고 있는 물질에 집중했다. 마치 익숙하지 않는 것을 처음 대하는 것처럼. 생각은…… 물질로 이루어진 손이 물질의 다른 형태인 신물질을 접촉하여, 그 정보를 물질로 이루어진 신경 경로를 따라 물질로 이루어진 뇌의 한 부분을 자극하여 인식하기까지 일련의 모든 것들이 물질에 기초하고 있었으나, 그 물질이란 것들을 확대하여 따지고 보면 모두 똑같은 전자들의 움직임이었으며, 전자들의 움직임이란 것은 인간의 사고로는 가늠하기 힘든 허깨비 같은 세상이었다. 더 나아가 시간의 관념을 인간의 잣대에서 한두 걸음 떨어져 좀 더 긴 호흡으로 본 세상은 산소를 필두로 한 공기와 수증기, 시멘트, 철근, 나무…… 손, 두뇌, 신체. 모든 물질은 시간이 흐르면서 자신의 형태를 유지하지 못하고 흩어질 것들이었다. 지금까지 부단히 그래왔던 것처럼. 수증기는 온도에 따라 금세 형태가 바뀌었고, 몸은 세포의 탄생과 죽음을 반복하며 점점 노화하여 마침내 생을 다하고 흩어졌으며, 시멘트와 철근, 나무도 천천히 그러나 어김없이 그 형체를 잃어갔으며, 끝내 몸과 시멘트, 철근, 나무…… 세상의 모든 물질은 서로의 형체가 허물어지고 섞이고 동화되어 갔다. 그 물질 속에는 철저하게 단 한 가지만 없었다.

'정신'

끝내 물질과 물질은 무엇이라 이름을 붙일 수 없을 만큼 변하여 갔으며 또 여전히 그 근간은 허깨비 같은 전자의 운동이었으며, 허깨비로 이루어진 물질의 혼돈스러운 흩어짐, 재생성, 교류는 거대한 시간 속에서 무엇이라 명명하기 힘든 것이 되고 말았다. 동희의 머릿속. 이러한 거시적이고 공시적인 환영들은 불현듯 각성을 초대하였다. 그 각성은 오한 중에 갑자기 차가운 폭포를 맞는 것보다 서늘하리만큼 온몸의 세포를 활짝 열어주었다. '물질'에 대한 새로운 느낌, 새로운 개념이었다. '정신'과 대치되는 딱딱한 느낌의 의미를 깨뜨리고 물질의 본질을 꿰뚫어 본 과정 속에서 물질은 더없이 친근하고 따뜻한 느낌으로 다가왔다. 신물질을 만진 것만으로 거대한 각성을 경험했다.

놀란 토끼 눈으로 쳐다보던 동희는 시료를 손에 든 채 간밤에 진행된 가압기 내부 상태에 대한 자료를 추적했다. 경과된 과정을 속속들이 뒤졌다. 간간이 시료를 옆에 두고 종이를 넘기면 시료는 나뭇잎보다 가볍고 우아한 곡선을 그리며 움직였다. 동희는 시료 위에 책을 엎어두고 자료를 정리했다. 동희는 하루 종일 아무것도 먹지 못했지만, 시장기를 느끼지 못했다.

기록이 정리되었을 때는 벌써 해가 뉘엿뉘엿 넘어가는 늦은 오후였다. 하늘에는 노을이 져 연분홍빛으로 물들었다. 동희는 손을 놓고 실눈으로 노을을 바라보았다. 자연의 질서와 법칙에 대한 경외심이 담긴 시선이었다. 동희는 이제 수많은 자연의 질서 중에 하나를 찾아냈다. 언제나 그 자리에서 존재하고 있었던 질서. 모든 자연의 질서가 그렇듯 동희가 찾아낸 발견은 동희의 상상을 뛰어넘는 것이었다. 대부분의 자연 현상이 그렇듯 너무도 벅찬 것이었다.

그 후로 일주일 동안 동희는 실험실에 있었다. 물과 비스킷이 전부였다. 시간이 어떻게 흘러가는지 인식하지 못했다. 신물질은 너무도 매혹적이었다. 번번히 계측기를 두드려볼 만큼 측정값은 항상 예상을 뛰어넘었다. 특히 저항을 측정할 때는 기기 전원이 꺼져 있는 것이 아닌지 몇 번이고 확인해야 했다. 재현 실험으로 시료 몇 개를 더 만들고 동희는 실험실을 나왔다. 사 교수가 떠나던 날처럼 함박눈이 쏟아지고 있었다.

차동희, 김승민, 공석기 교수 셋 모두 심각한 표정이었다.
공석기 교수가 작심한 듯 입을 열었다.
"공개하자!"
승민이 물었다.
"그게 가장 안전한 방법인가요?"
공 교수가 대답했다.
"이 발명은 여태 발명되었던 어떤 발명과도 비교를 거부하는 혁명적인 것이야. 그 파장을 가늠하는 것조차 힘들어. 문제는 공개하지 않고 연구를 계속한다면 언제까지 비밀로 할 수 있느냐가 관건인데, 시료를 보아서는 당장에라도 응용 기술을 접목시킬 수 있는 단계야. 만약 미공개로 연구를 진행하다 강대국에서 알게 된다면…… 신변 안전도 보장되지 못해."

"공개한다고 더 안전해질까요?"

"급진적 발표가 이루어진다면 시간은 벌 수 있겠지. 강대국끼리도 서로 견제할 거니까."

동희는 마음이 무거워졌다. 발명이 종착역이라 생각하고 달려왔는데 이제 보니 출발선이었다.

그날 저녁, 셋은 발표 계획을 짰다. 공 교수가 주도했고 동희와 승민이는 보조 역할이었다. 공지 3일 후에 학교 공대 건물 로비에서 발표회를 개최하기로 했다. 초청 인사를 선정하는 일은 끝까지 공 교수를 괴롭혔다.

공지 전날

공 교수의 방에서 셋이 식사를 했다. 공 교수가 물었다.

"동희야. 기분이 어때?"

"착잡합니다."

민이 공 교수에게 물었다.

"발표하면 동희는 어떻게 될까요?"

"내일 이후부터 동희의 삶은 달라질 거야. 앞으로 어떻게 진행될지 솔직히 나도 짐작하기 힘들어. 힘의 균형 선상을 따라 이끌려 갈 거야."

동희가 물었다.

"제 의지는요?"

"네 의지도 중요하지만 발표 이후는…… 장담하기 힘들어."

승민이 위로하듯 말했다.

"그래도 국익에 도움이 되니까 보호해 주겠죠?"

"어쩌면 국가 개념을 초월해야 할 상황이 올지도 몰라."

분위기가 숙연해졌다. 공 교수가 동희에게 물었다.

"너는 지금의 인류를 믿어?"

"네?"

뜬금없는 질문에 동희가 반문했다.

"이 발명이 너를 죽일 수도, 심지어 한 국가를. 아니, 전 인류를 망하게도 흥하게도 할 수 있어. 인류가 그것을 받아들일 포용과 도전 정신을 가지고 있는지는 미지수야. 네가 인류를 믿지 못하겠거든 발표 계획을 포기하고 발명을 덮어두는 것도 방법 중에 하나지. 아직 결정할 시간은 남았어."

동희는 한참을 생각하다 입을 열었다.

"제가 죽든 살든 크게 관여하지는 않습니다. 발표는 꼭 이루어져야 합니다. 이 발명이 나 하나만의 문제는 아니죠. 수많은 과학자들이 이룬 업적의 정점인데 제가 감히 덮어버릴 자격이 있다고 생각하지 않습니다."

공 교수가 빙그레 웃으며 말했다.

"책임감인가?"

"어떤 식으로든 인류에게 도움이 됐으면 해요."

"마지막으로 부탁할 것이 있는데 나에게만은 이 발명의 비밀을 알려주지 마. 어떤 경우가 오더라도."

"왜죠?"

"이것은 너의 발명이고 너의 길이야. 나는 또 내가 가야 할 길이 있거든."

"무슨 말씀이신지 알겠습니다."

다음 날, 전 세계 방송과 네트워크를 통해서 신물질에 대한 공지문이 나갔다. 공 교수는 학교에 전시 계획을 제출하고, 과학부 장관에게 연락했다. 그리고 정부의 신변 보장을 요청했다.

〈기사 요약〉
세계 최초 저질량강성 상온초전도체 발명
발명자: 한국 대동대 공학부 차동희 군
발표장소: 한국 대동대학 공학부 기계관 로비
발표일: 2월 27일 오전 10시
공지자: 한국 대동대학 공학부 교수 공석기

예상대로 공지문이 나가고 얼마 되지 않아 학교로 문의가 쇄도했다. 공 교수와 승민 그리고 차동희는 실험실에서 걸어서 20분가량 떨어진 축산과 사무실에 있었다. 녹색 초원 위에 젖소와 양이 한가롭게 노니는 언덕을 지나야 볼 수 있는 외진 건물이었다. 사복 차림의 경호원 두 명과 공 교수가 실랑이를 벌이고 있었다. 공 교수가 물었다.

"두 분뿐입니까?"

"밖에 군인 열두 명이 지키고 있습니다."

"숫자가 너무 적습니다. 추가 병력을 요청해 주세요."

"얼마나요?"

"지금의 열 배는 되어야 합니다."

경호원이 비웃듯 말했다.

"대통령 경호에도 그만한 인원은 동원되지 않습니다."

"지켜야 할 곳이 많습니다."

공 교수는 지도를 꺼내 다급하게 설명했다.

"실험실과 발표 장소, 기숙사, 그리고 이곳 네 군데에 외부인 출입을 막아 주십시오. 해당 건물 전체를 봉쇄했으면 하는데 우선은 출입문만이라도 막아야 합니다. 여기 과학부 장관의 사인도 있습니다."

경호원은 다소 황당하다는 듯 물었다.

"저는 과학부 소속이 아닙니다."

공 교수는 목소리를 높였다.

"당장 인원을 증강시키지 않는다면 대통령께 연락할 겁니다."

경호원은 불쾌하다는 듯 물었다.

"나도 기사를 봤지만 이만한 일로 그렇게 많은 인원을 동원하는 것은 혈세 낭비입니다."

공 교수가 되물었다.

"이만한 일이라니? 이 발명이 얼마나 중요한 건지 알고나 하는 소리요?"

"뭐 핵폭탄이라도 발명했다는 말입니까?"

공 교수가 갑자기 웃음을 터뜨렸다. 그리고 대답했다.

"이 발명에 비하면 핵폭탄은 장난감입니다. 인류의 운명을 송두리째 바꾸고도 남을 발명입니다. 지금 이 순간부터 세계의 최강대국, 세계의 최고 이익집단이 우리를 노리고 있는 겁니다."

〈미국 8인의 원로회 비상 소집〉

"소식 들으셨을 줄로 압니다. 급하게 소집하게 되어 죄송합니다만 사안의 시급성상 당장 논의가 되어야 할 것 같습니다."

"정보부를 통해 조사를 했습니다. 발명한 학생의 방에서 발표용 시나리오를 입수했습니다. 발명은 사실인 것 같습니다."

"제이슨 재단에서 그렇게 많은 투자를 하고도 하지 못한 일을 한국의 일개 학생이 해냈단 말입니까? 그것도 휴학생이?"

"그 학생의 지도 교수가 미국 중앙연구소 출신의 사경진 교수였고, 저온 물리학과 상온초전도체 연구에 일가견이 있는 박사였습니다. 작년에 사망한……."

"우리 쪽 요원이 실수로 죽였던?"

"네."

"두 가지로 나누어 생각해 봅시다. 하나는 정보대로 사실이라는 것. 또 하나는 우리 쪽으로 흡수할 수 있는 가능성. 첫 번째 가정이 사실이라면 두 번째 가능성에 대해 검토해야 합니다. 흡수할 수 있다면 괜찮지만 흡수할 수 없다면 어떻게 할 것인가?"

"사실이라면 무조건 흡수해야 합니다."

"가능할까요. 이미 전 세계에 쫙 퍼졌는데……."

"우리가 계획해서 못했던 일은 없습니다."

"사안이 심각합니다. 환경도 좋지 않습니다. 만약 내일 발표가 끝나면 온 세계의 이목이 집중됩니다. 그러한 상황은 우리에게는 전적으로 불리합니다."

"동감입니다. 만약 납치하려면 지금이 가장 적기입니다. 저들은 정보를 개방해서 스스로를 보호하려는 의도 같습니다."

"너무 서두르는 것 같군요. 아직은 시작에 불과합니다. 조금 더 지켜봅시다. 발표를 보죠. 다행히 보브투니가 발표에 초대되었다고 합니다. 우리 스스로를 믿어야 할 것 같습니다. 지금부터 모든 라인을 가동키로 합시다. 우선 대통령을 움직이죠."

"흡수 시나리오를 준비합시다."

"그러죠."

"동감합니다."

"작전명은 '어린 왕자'가 어떻습니까?"

"괜찮군요. 그렇게 하죠."

신물질 발표 당일

공대 건물 중앙 로비 주위로 의자들이 놓여졌으며, 그 뒤로 방송 장비들이 포진했다. 건물 입구에는 학교 입구에서처럼 군인의 검문검색을 통과해야 안으로 들어갈 수 있었다. 심사관, 학교 관계자, 기자뿐 아니라 2층 복도에도 류지태를 비롯한 동희의 친구들, 학생들로 인산인해를 이루었다. 졸업한 휴머노이드 서클 친구들과 선후배들도 눈에 띄었다.

오전 10시. 정각을 알리는 시계 소리에 맞추어 공 교수와 승민, 동희가 등장했다. 웅성거리던 사람들은 목소리를 낮추었다. 로비 가운데 돔형 유리창 천정으로 들어오는 햇살 말고도 방송국 조명등으로 인해 실내는 눈이 부시게 밝았다. 공 교수가 천천히 몇 발자국 앞으로 나와 마이크를 바로 고쳤다. 공 교수는 낮은 목소리로 청중들을 향해 또박또박 말을 시작했다.

"오늘 찾아주신 모든 분들께 감사를 드립니다. 먼저 제 소개를 드리겠습니다. 저는 이 학교 공과대 교수 공석기입니다. 오늘 저는 차동희 군을 소개하기 위해서 이 자리에 섰습니다. 특히 심사관으로 참석해 주신 보브투니 미국 중앙연구소 고문 박사님, 스튜어트 박사님, 연합국에 르생 박사님, 헤밀턴 박사님, '과학' 잡지사 편집장님, 국내외 교수님들, 과학부 차관님, 총장님, 학생 처장님, 그리고 방송사 관계자 여러분, 2층에 있는 학생 여러분들, 모두 감사드립니다. 오늘 발표할 내용은 미리 공지해 드렸듯이 '저질량강성 상온초전도체'입니다. 이 자리에서 본 발명의 소개를 하게 되었다는 사실만으로 저 개인적으로 영광으로 여기며, 영원히 잊지 못할 순간이 되리라 확신합니다. 제가 외우고 있는 유일한 기념일이 제 생일 말고도 하루가 더 추가될 것 같습니다. 발표자 소개에 앞서 당부 드리고 싶은 말이 한 가지 있습니다. 동희 군이 처음 저를 찾아 왔을 때 표정은 환희에 찬 승자의 표정이 아니라 근심에 찬 패자의 표정이었습니다. 그는 두려워하고 있었으며, 발명의 내용을 전해 들은 후 저 역시 마찬가지였습니다. 훌륭한 발명이 인류를 위해서 발전적으로 사용될 수 있는 전례가 되기를 바라며, 이제 모두가 그 역할을 충실히 해주십사 하는 부탁을 드립니다."

잠시 찬물을 끼얹은 듯 장내가 조용해졌다.

"서론이 너무 길었습니다. 여러분 차동희 군을 소개합니다."

참석자들은 긴장한 듯 조용한 박수를 보냈다. 동희가 앞으로 나왔다. 동희는 숨을 가다듬고 주위를 천천히 둘러보았다. 보브투니 박사와 시선을 마주치자 보브투니 박사가 윙크를 하며 격려했다. 동희가 마이크를 잡았다.

"반갑습니다. 여러분께서 궁금해 하실 것 같아서 먼저 발명에 대한 소개를 하겠습니다."

동희가 리모컨을 누르자 뒤에 준비된 화면을 통해서 녹화된 영상이 나타났다. 동희와 민이 준비한 자료였다. 시편에 대한 각종 시험 장면들이었다. 화면에 나타난 빛나는 은빛 물체. 동희를 제외한 모든 사람들의 시선은 일시에 화면에 집중되었다. 영상은 동희가 신물질로 만들어진 막대를 가지고 노는 장면이었다. 승민의 익숙지 않은 카메라 움직임으로 화면이 떨리거나 흔들리기도 했지만, 그런 부분이 오히려 극적 효과를 배가시켰다.

영상과 함께 동희의 설명이 시작됐다.

"역사상 인간은 도구를 사용하여 문명을 태동시키고 번영을 추구했습니다. 인간은 나무와 돌, 청동기와 철기를 비롯해 다양한 소재로 무수히 많은 도구들을 만들고 문명을 창조하고 정치체제를 변화시켰습니다. 저는 오늘 또 하나의 신물질을 소개합니다. 화면에 보이는 은빛 물체가 바로 그것입니다. 지금도 지구상에 수많은 과학자들이 저질량강성체와 상온초전도체를 연구하고 있으며, 발전적 결과를 내놓고 있습니다. 역사를 돌이켜보면 고대 연금술사에서부터 홉킨스 박사님까지 이 분야에 몰두하다 생을 마친 과학자들이 헤아릴 수 없이 많습니다. 그리고 저의 스승님이셨던 사경진 교수님 또한 그 가운데 한 분이셨습니다. 이 발명의 주인은 제가 아니라 저의 스승님이십니다. 저는 단지 교수님께서 주신 선물의 포장을 푸는 역할만 했을 뿐입니다. 모든 영광을 그분께 돌리며 이 신물질의 명칭을 'Sa's Ultimate Material, SUM'이라 명합니다. 그럼 SUM에 대한 간단한 소개를 하겠습니다. 'SUM'의 특징은 크게 두 가지입니다. 첫째는 저질량강성체입니다. 현재까지 공개된 단위 부피당 최저 질량으로 알려진 탄소합성물질과 비교장표입니다. 크기를 불문하고 공기 흐름이 전혀 없는 실내가 아니면 자중으로는 고정되지 못합니다. 고체나 공기의 질량과 별 차이가 없어서 공기 유동에 따라 움직일 만큼 가볍습니다. 동시에 강성체입니다. 경도, 인장강도, 파단강도, 연신률 등 물리적 특성은 현재 장비로 측정이 불가합니다. 공업용 다이아몬드 팁도 전혀 침투하지 못합니다. 아직 어떤 소재도 신물질 시편에 흠집 하나 내지 못했습니다."

화면에는 동희가 손바닥만 한 시편을 풍선처럼 가지고 노는 장면, 경도 시험기, 파단기, 레이저 빔 등 측정 장비로 시편을 시험하는 모습이 이어졌다.

"두 번째 특징은 상온에서 초전도체 성질을 지니고 있다는 것입니다. T-200SE로 저항 측정 장면입니다. 전원은 분명 꽂혀 있죠?"

로비 내 사람들은 누구 할 것 없이 커다란 충격에 할 말을 잃어 버렸다. 침묵 속에서 간혹 감탄사가 간간이 흘러나올 뿐이었다. 준비된 10여 분의 자료 화면이 끝났다. 심사관들 일부가 질문을 하려 손을 들었다.

"궁금하신 점이 많으시리라 생각됩니다만, 질문은 발표가 끝난 후에 받겠습니다. 아직 발표가 끝나지 않았습니다."

심사관들은 손을 내렸다. 불과 10분 동안이었지만 실내는 후끈 달아 올랐다. 사람들의 얼굴은 붉게 상기되었다. 동희 역시 마찬가지였다. 어떤 공연보다 흥미진진한 10분이었다.

"시료를 준비했습니다."

승민이 바퀴 달린 테이블을 가운데로 밀고 나왔다. 민은 테이블 아래에서 사람 머리만 한 원반 모양의 시편을 꺼내어 테이블 위에 조심스레 올려 놓았다. 원반은 빛나는 은빛이었고, 위아래로 간단한 회로기판과 전선들이 이어져 있었다.

"소개합니다. SUM으로 제작된 최초의 비행체이며 이름은 '승민'입니다. 여기 제 친구 이름이기도 합니다."

동희는 승민을 소개했다. 승민은 사람들 앞에 서는 것을 부끄러워해서 겸연쩍게 웃으며 가벼운 목례로 답했다.

"이것을 보시면 많은 부분이 설명되리라 생각합니다. 이 작품은 민과 제가 직접 제작했습니다. 이 커다란 SUM 원판에는 작은 수은 배터리와 간단한 칩들이 구성되어 있으며, 리모트컨트롤 방식으로 조정됩니다. 자동제어 기술이 응용되었으며, 회로 설계는 여기 있는 김승민 군이 했습니다. 이미 눈치채셨겠지만 기본 원리는 SUM의 초전도체 성질을 이용합니다. 원반에 전류가 흐르게 되면 SUM은 극성을 띄게 되는데, 지구의 자기장과 반응하여 떠오르게 됩니다. 공기 저항을 극복하는 에너지만 있으면 됩니다. 전류의 극성을 조절하면 6축 자유 운동이 가능합니다. 전류의 크기로 속도 조절은 물론이고 지금껏 비행체가 실현할 수 없었던 다양한 움직임이 가능합니다."

승민이 계기판을 조작하자 원반은 회전하며 수직으로 사뿐히 떠올랐다. 원반은 민의 어깨 높이를 지나 머리 한 뼘쯤 위에서 멈추었다. 사람들의 시선은 물론 카메라까지 일제히 원반을 향해 있었다. 멈췄던 원반이 또 움직이기 시작했다. 서서히 앞으로 나아가 참석자들 머리 위로 미끄러지듯 날았다. 그리고 크게 원을 그리며 실내를 한 바퀴 돌아 테이블 위로 돌아왔다. 원반은 내내 어떤 소음도 내지 않았다. 공중에 머물러 있던 원반은 갑자기 '획' 하고 하늘 높이 솟구쳤다. 원반은 동희와 민이 발표 계획을 구상하며 필기구로 노트에 그렸던 동선을 따라 움직이고 있었다. 유리 천정과 맞닿을 만큼 높이 올라간 원반은 천천히 갈지자 모양으로 오락가락 반복하며 내려왔다. 마치 가을에 낙엽이 떨어지는 모양과 흡사했다. 그리고 가상의 원통을 감싸듯이 올라갔다.

원반이 그리는 다양한 형태의 동선은 마치 리듬 체조에서 리본의 움직임처럼 우아하면서도 역동적이었다. 마루 위의 요정이 연기를 끝내듯 원반이 출발점으로 돌아와 사뿐히 착지할 때까지 로비의 모든 사람들은 원반의 움직임에 취해 있었다. 인간이 만든 물체가 그토록 아름답고 우아하게 움직일 수 있다는 사실에 전율했다. 민이 계기판을 내려놓자 환호와 함께 기립 박수가 터졌다.

　그제서야 사람들은 옆 사람의 환한 얼굴을 서로 바라볼 수 있었다. 느낌이 조금씩 다르긴 했지만 모두 다른 별에 옮겨져 있는 기분이었다. 생소한 물리법칙이 존재하는 별. 상식은 물론 상상조차 불허했던 신물질이 현실 앞에서 펼쳐지고 있었다. 연합국 심사관 르생 박사는 해밀턴 박사에게 인류가 UFO를 만들 수 있게 되었다면서 흥분했다. 흥분한 사람은 비단 발표장 내의 참관인만이 아니었다. 세계 각지에서 생중계를 보고 있던 수많은 사람들이 눈을 의심하고 있었다. 기자들은 본사와 통화하거나 기사를 전하기에 바빴다.

　"그럼 지금부터 질문을 받겠습니다. 한 분씩 손을 들고 질문해 주시기 바랍니다."

　아무도 발명을 의심하지 않았다. 원반이 날아다니는 것을 목격한 이상 의심의 여지는 사라져 버렸다. 심사관들과 석학들은 벌써부터 신물질 발명으로 인하여 전개될 파급 효과에 대하여 가늠하고 있었다. 한참 동안 아무런 질문도 없었다. 모두 기술적인 사항에 대한 질문을 생각했다. 모르는 사람은 몰라서 아는 사람은 알아서 쉽사리 질문하지 못했다. 그때 연합국 심사관 해밀턴이 손을 들었다. 동희가 지명했다.

　해밀턴은 자리에서 일어났다.

　"놀라운 발명입니다. 제가 알고 싶은 것은 신물질의 제작 방법을 공개할 의사가 있느냐는 것입니다."

　해밀턴의 갑작스런 질문에 모두 당황했다. 의례 기술적 질문일 것이라 생각했으나 의외로 기술 공개에 대해서 물었다. 미묘한 질문이었다. 미국이 세계의 패권을 쥐고 있고 그나마 연합국의 견제가 있어서 강대국의 횡포를 겨우 견제하고 있는 판세에 3국에서 이런 발명이 이루어졌으므로 연합국 심사관의 입에서 나올 법한 질문이었다. 더구나 한국은 수십 년 동안 미군이 주둔하고 있는 나라였다. 그러나 모두 알고 싶은 질문이기도 했다. 동희는 당황했다.

그때 공 교수가 나섰다.

"오늘은 기술적인 질문 이외의 질문에 대한 답변은 하지 않겠습니다. 기술 외적인 질문에 대해서는 따로 기자회견 자리를 마련하여 의사 표명을 하겠습니다. 양해를 구합니다."

"당신도 본 발명과 관련이 있습니까?"

"아닙니다."

"그럼 빠지세요. 당사자의 의견을 듣고 싶습니다."

로비가 술렁거렸다. 동희가 공 교수의 눈치를 살피더니 대답했다.

"공 교수님 말씀대로 오늘은 이만 마치도록 하겠습니다."

셋은 서둘러 정리하고 자리를 나섰다. 20분 남짓한 발표는 그것으로 끝이었다. 과학부 차관은 대통령 비서실에 연락했다. 그는 단번에 이 발명이 국가적 차원에서 추진되어야 할 사안이라 판단했다. 참관인도 체류 일정을 조정했다. 기자들은 발명과 발표자에 대한 정보를 하나라도 더 알려고 주위 사람들을 붙잡았다. 일행은 경호원의 호위를 받으며 원반 등 발명품을 가지고 발표장을 빠져나갔다. 대통령과 과학부 장관은 국방과학연구소로 이동했다. 발표자들 역시 경호원과 군인들의 호위를 받으며 그곳으로 이동했다.

-차동희 26세 2월-

그날 오후

학교는 출입이 통제되었다. 군용트럭 여러 대가 학교 내로 진입했다. 군인들이 동희의 실험실과 연구실, 동희 기숙사의 먼지 하나까지 몽땅 트럭에 실었다. 새벽 무렵 트럭들은 헬기의 호위를 받으며 국방과학연구소로 향했다. 모두가 공 교수의 예상대로 진행되고 있었다. 거기까지는.

3. 힘의 균형

　동희와 일행을 맞이한 건 국방과학연구소 이기철 소장이었다. 잠시 후 대통령과 과학부 장관이 도착했다. 동희는 대통령과 과학부 장관에게 신물질 SUM에 대해 간단히 설명했다. 설명 내내 아무 말이 없던 대통령은 설명이 마치기가 무섭게 동희에게 물었다.

　"그래서 그걸로 뭘 만들 수 있다는 말입니까?"

　대통령의 갑작스런 질문에 동희가 당황하여 얼른 대답하지 못하자 국방과학연구소 이기철 소장이 옆에서 설명했다.

　"상온초전도체만 하더라도 에너지와 전기전자 소자 분야 등 쓰일 수 있는 곳은 산업 전반에 광범위합니다. 게다가 파괴되지 않는 물질이라서……"

대통령이 말을 끊었다.

"참나! 답답해서…… 그래서 뭘 만들 수 있다는 거냐고 묻지 않습니까?"

과학부 장관이 급하게 일어서서 대통령에게 종이를 건넸다.

"우선 상온초전도체로 할 수 있는 것들입니다."

종이에는 적용 가능한 분야가 빽빽하게 나열되어 있었다.

"이거 뭐야. 운송 분야는 자기부상 자동차, 선박, 비행기, 열차…… 에너지 분야는 저장장치, 무저항 송배전, 차세대 발전기, 무 접촉 베어링…… 미세신호 검출…… 컴퓨터 소자, 차세대 자기공명 및 단층촬영, 양자간섭장치, 인체신호 검출, 고성능 광진 안테나…… 홍, 약방의 감초도 아니고, 이거 뭐 안 들어가는 곳이 없네. 이거 진실입니까?"

장관이 대답했다.

"네! 단적으로 에너지 효율을 100%까지 올릴 수 있습니다. 그리고 차세대 단층촬영기 같은 경우 의료 분야에 획기적인 발전이 가능합니다."

옆에 있던 과학부 차관이 거들었다.

"고성능 광진 안테나만 있으면 스텔스기도 무력화시킬 수 있습니다."

대통령이 그제서야 이해한 척 으스대는 투로 말했다.

"알았어! 차가 떠다니고 뭐 그런 거 아닙니까? 산업혁명에 버금가는 도약이 일어난다는 거 아닙니까? 제 말이 맞지요?"

말이 떨어지기가 무섭게 장관이 대답했다.

"맞습니다. 제대로 보셨습니다."

대통령은 흐뭇한 표정으로 말을 이었다.

"그 도약이 우리나라에서 일어난다는 거죠?"

장관이 대답했다.

"그렇습니다."

"그럼 국가 차원에서 기술을 개발해야 되겠군요?"

"네 그렇습니다."

대통령은 연구소장에게 물었다.

"연구소장 의견은 어때요?"

"네! 지금 들으신 설명이 맞습니다. 그리고 한 가지 간과하고 있는 것은 저질량강성체입니다. 차동희 군의 설명이 맞는다면 비파괴 물질이라는 것입니다. 이 성질은……"

대통령이 말을 잘랐다.

"그래, 뭐 잘 안 부러져서 더 좋다는 거 아닙니까?"

연구소장은 당혹스러웠지만 태연한 척 대답했다.

"네. 맞습니다."

대통령은 흡족해 하며 물었다.

"신물질을 만드는 방법은 동희 군만 알고 있는 겁니까?"

공 교수가 대답했다.

"네."

"공 교수와 동희 군 친구라고 했나? 어! 거기! 김승민 군은 왜 배우지 않았나요? 좋은 기술 같은데……."

공 교수가 대답했다.

"그렇게 간단히 배울 수 있는 내용이 아닙니다. 수 개월이 넘게 걸립니다."

"그래요? 이렇게 훌륭한 기술을 차동희 군 혼자서만 알고 있는 것은 문제가 심각합니다. 내일부터 당장 배우도록 하세요. 참, 연구소장! 국방과학연구소 연구원들도 내일부터 모두 배우라고 하세요. 그리고 각 산업 분야 연구원들도 선별해서 참여시키세요."

아무도 대답이 없자 연구소장이 나섰다.

"그렇게 되면 기술이 유출될 수 있습니다."

"유출?"

"네, 세계 질서를 뒤바꿀 기술입니다. 강대국으로 기술이 들어간다

면, 핵처럼 기술을 독점할 겁니다. 특히 군사기술에 유용해서 그럴 가
능성이 매우 높습니다"

대통령이 물었다.

"그럼 이 기술로 우리가 단번에 세계 최강국이 될 수 있다는 말입니
까?"

연구소장이 대답했다.

"잘 지킨다면요."

분위기가 숙연해졌다. 그날 자정을 기점으로 국가 비상사태가 선포
되고 대통령 자문위원회가 소집되었다.

〈미국 8인의 원로회 비밀 전문〉

작전명 '어린 왕자' 착수

다음 날, 전 세계 매스컴의 1면 머리기사는 단연 차동희의 신물질 발
표 내용이었다. 동희도 한국도 침착하지 못하긴 마찬가지였다. 전 세계
가 기대하지 않았던 깜짝 선물에 마음이 부풀어 올랐으나 물밑으로는
그 어느 때보다 긴장감이 흐르고 있었다. 발명이 누구의 주도하에 운
영될 것인가가 초미의 관심사였다. 각국이 발명에 대한 공식적인 논평
을 내놓기 시작할 때 이미 미국과 연합국의 항공모함이 움직이기 시작
했다. 상황은 이미 한국에 다수의 주둔군을 가지고 있는 미국에 절대
적으로 유리했다. 군사전문가들은 한국이 강대국들의 암투장으로 변
할 가능성을 예고했다.

대통령은 고심에 빠졌다. 하루 사이에 미국 대통령에게 세 번의 전
화를 받았고, 다른 강대국 정상들의 전화도 수십 통을 받았다. 처음에
는 비밀리에 보고하지 않은 공 교수를 내심 나무랐으나, 이제는 잘했
다는 생각이 들었다. 공개되었기에 망정이지 그렇지 않았다면 벌써 무

슨 일이 났어도 났을 상황이라 여겼다.

　대통령은 연구소장을 불렀다.

　"공석기 교수와 김승민이란 친구를 돌려보내세요."

　"네?"

　"기술은 오직 차동희 한 명만 가지고 갑니다. 당분간은."

　"괜찮을까요?"

　"어차피 도박입니다. 그리고 차동희 군에게는 전담 의사를 붙이고 경계를 강화시키세요."

　"그건 제 소관이 아닙니다만……."

　"참 그렇지! 미안! 밖에 비서실장 좀 불러주세요."

　한국은 모두의 예상대로 정치인, 외교관, 경제인 할 것 없이 미국과 긴밀하고 잦은 접촉이 이루어졌다. 그리고 이러한 상황은 타 강대국들의 눈에 곱게 보이지 않았다. 누구와 누가 만났고, 모종의 거래가 이루어졌다는 등 추측과 억설이 난무했다.

　초봄 태평양 상공

　새벽하늘. 더없이 청아한 푸른 빛은 어둠 속에서도 제 색을 잃지 않았다. 모두 더없이 밝고, 더없이 멀고, 더없이 작고, 더없이 많은 별빛 때문이었다. 파도의 시름에 찬 주름에도 바다는 온전히 하늘빛을 닮았다. 어둠을 걷어내면 보석 같은 푸름을 담고 있을 하늘이요 바다였다.

　검은 하늘과 검은 바다의 모호한 경계로부터 두 개의 화염이 무서운 속도로 곧게 비행했다. 두 개의 화염은 핵탄두가 장착될 수 있는 전략 미사일 2기였다. 미사일은 바다 상공을 저공 비행하여 세상 모르고 잠들어 있을 누군가를 향해 섬뜩하리만큼 빠르고 조용히 날았다. 먼 바다를 날아온 두 개의 미사일은 어깨동무를 한 것처럼 나란히 바다와 육지를 구분하는 새하얀 모래사장 위를 지나서 적막한 산허리를 따라 계곡과 협곡 사이를 날았다. 두 개의 미사일은 인공위성에서 이미 정해 놓은 지점만 기억하고 있을 뿐이었다. 저장된 지형을 하나씩 지우며 어김없이 목표를 향해 날아갔다. 평온한 산골 마을, 새벽닭이 울기 전에 남쪽 산등성이 사이 계곡에서 두 개의 불빛이 날아와 누가 먼저랄 것도 없이 순식간에 지상으로 내다 꽂혔다. 그리고 밤하늘을 대낮처럼 환하게 밝혔다. 감당 못할 굉음과 함께. 전략 미사일과는 전혀 어울리지 않는 외딴 민간 마을이었다.

국방과학연구소

다급히 문을 두드리는 소리에 동희는 잠에서 깨어났다. 새벽 5시. 연구소장과 비서 그리고 경호원들이었다. 동희는 비몽사몽간에 일어났다. 그들은 다짜고짜 동희를 데리고 방에서 나갔다.

"무슨 일입니까? 소장님."

"일단 아무것도 묻지 말고 따라오세요. 긴급 상황입니다."

그들은 동희를 데리고 연구소 지하 벙커로 내려갔다. 얼마나 내려갔는지, 몇 개의 문을 통과했는지 셀 수 없었다. 동희가 소개받은 적이 없는 지하 상황실이었다. 상황실에 도착하자 소장은 동희의 양 어깨를 덥석 잡았다.

"지금부터 내가 하는 말을 잘 들으세요."

동희는 직감했다. 불길한 무엇인가를.

"삼십 분 전에 동희 군의 고향에 미사일이 떨어졌습니다."

"네?"

"지금 파악하고 있지만 동희 군 부모님의 생사를 알 수 없습니다."

"네?"

동희는 꿈을 꾸는 것 같았다.

"잠깐만요. 지금 뭐라고 하셨어요. 미사일이라니요? 그런데도 저를 이리로 끌고 오신 겁니까? 저는 가봐야겠어요."

동희가 소장을 뿌리쳤다.

"저들이 노리는 것은 차동희 군입니다."

동희는 출입문 쪽으로 달려갔다. 출입문은 손잡이조차 없었다.

"누가 이 문 좀 열어 주세요. 네? 이 문 좀 열어 주세요."

아무도 움직이지 않았다. 동희는 문을 발로 차고 주먹으로 내려쳤다. 주먹이 까져 피가 튀었다. 제정신이 아니었다. 연구소장이 급히 다가가서 동희의 뺨을 후려쳤다. 동희는 그대로 털썩 주저앉았다. 그러고는 흐느끼기 시작했다. 소장이 다가가 그의 어깨를 감싸 안았다.

두 기의 미사일 폭파 후 이틀 동안 추가 공격은 없었다. 그동안 공격의 전말이 밝혀졌다. 미국에서 발사한 미사일이었을 것이란 추측이 지배적이었으나, 미사일은 연합국 항공모함에서 날아온 것이었다. 미국을 필두로 각국에서 일제히 논평을 내고 연합국을 맹비난했다. 하루 뒤 모두가 기다리던 연합국의 논평이 나왔다. 연합국은 미국이 한국에 압박을 가하여 발명에 대한 기술을 빼내려는 증거를 포착했으며, 이를 계속 추진할 시에는 한국에 대한 추가 공격뿐만 아니라 미국 본토를 공격할 수도 있다는 일종의 선전포고였다. 이번 사안만큼은 공멸하는 한이 있더라도 양보할 수 없다는 강경한 입장이었다.

미국은 당장에 연합국과의 교역을 금지시켰다. 금융시장이 폭락하고 순식간에 세계는 전쟁의 기류에 휩싸였다. 강대국들은 표면적으로 전쟁만큼은 일어나서는 안 된다는 입장이었지만, 내부적으로는 어느 한쪽으로 줄서기에 바빴다. 그러나 둘 모두 방아쇠를 당기지 못했다. 그렇게 한 달이 지나자 세계 곳곳에서 소요와 약탈이 일어나기 시작했다. 세계 교역은 거의 마비 상태였다. 사태가 악화될수록 세계의 눈은 한국으로 쏠렸다.

한국에서는 미루었던 대규모 장례식이 치러졌다. 차동희 부모님을 비롯한 마을 사람들의 합동 장례식이었다. 동희가 연구소로 들어간 후 첫 외출이 부모님의 장례식이었다.

푸른 잔디 위로 묘비들이 오와 열을 맞추어 서 있었다. 유족과 관을 실은 하얀 장의차가 언덕 너머에서 하나 둘 나타났다. 끝날 듯 끝날 듯 이어진 장의차는 138대였다. 국립묘지를 중심으로 인근에 수많은 애도 인파가 운집했다. 모두 검은 옷이었다. 무리를 뚫고 들어올 수 있는 것은 장의차뿐이었다. 장의차는 묘지 앞 광장에서 차례로 줄지어 섰다.

차가 멈추자 유족들이 쏟아지듯 내리고 제복을 입은 군인들이 차에서 관을 내렸다. 동희와 고향 친구 승민이의 부모님을 포함 138개 중 온전한 시신이 들어있는 관은 하나도 없었다. 광장은 전체가 곡소리로 아비규환이었다. 미리 파놓은 138개의 구덩이에 관이 차례차례 옮겨지는 동선 이외에 질서란 말은 저만큼 동떨어진 단어였다. 이윽고 검은 승용차가 나타났고, 동희가 내려 진을 치고 있던 경호원 무리 속으로 묻혀 묘로 이동했다.

막대한 인원의 경호원들과 경각심에도 불구하고 장례식이 끝나기 전 전혀 뜻하지 않은 사고가 일어났다. 안장이 끝난 직후 울음에 지쳐서 몸도 가누지 못할 것 같은 유족 중 한 명이 갑자기 동희를 덮쳤다. 순식간이었다. 삼십 대 초반으로 보이는 남자였다. 그는 뒤에서 동희를 잡고 주머니에서 송곳을 꺼내서 동희의 목을 겨누었다. 그리고 물러서라며 고함을 질렀다.

"이놈 때문이야. 모든 게 이놈 때문이야."

사람들이 넘어져 밟히고, 비명 소리가 이어져, 침착한 사람마저 감정이 격앙되었다. 종이에 물방울이 번지듯 인질범을 중심으로 사람들이 물러서서 공간을 만들었다. 경호실장은 인질범의 눈을 노려보았다. 동희는 장례로 인한 슬픔과 죄책감에 시달린 터라 이미 동공이 풀려있

었다. 인질범의 거친 숨소리, 조여 드는 목, 차갑고 날카로운 송곳의 느
낌. 동희는 인질범이 없다면 혼자 서 있지도 못할 상태였다.

경호실장이 다그쳤다.

"진정하세요. 지금 당신은 제정신이 아닙니다."

인질범이 소리쳤다.

"그래, 내 정신이 아니다. 확 죽여버릴 거야."

경호실장이 손을 뒤로 하고 사인을 보냈다.

국가 안보국 상황실

"저격 명령이다."

"잠깐만요. 대통령에게 연락이 왔습니다."

"뭐야."

"미국에 맡기라는 겁니다."

미국 요원들은 사건 현장에서 4Km쯤 떨어진 차 안에 있었다. 모니
터에는 인질범의 모습을 여러 각도에서 잡고 있었다. 방송과 비밀 정
찰기, 현장 요원, 인공위성. 모든 것이 동원되었다. 인질범의 억양, 체온,
동공, 행동을 분석해서 예측 시스템으로 위험도를 시각화했다.

"사살 명령입니다."

"전투 파리 투입."

전투 파리 세 대가 인질범의 머리 위로 접근했다. 한 마리는 상공에 대
기하고 두 마리는 인질범의 머리를 향해 하강했다. 그리고 머리에 침을
발사했다. 동희가 넋을 놓고 바라보던 하늘 반쪽이 갑자기 붉은 핏빛으
로 덮였다. 인질범의 눈, 코, 입에서 쏟아진 피였다. 인질범은 연체동물처
럼 흐느적거리며 옆으로 쓰러졌다. 경호실장이 달려들어 동희를 떼어냈
다. 경호원들이 쓰러진 인질범을 향해 총을 겨누었다. 상황 종료였다.

누구도 예측하지 못했던 인질극은 UN 사무총장의 중재에 따라 한국, 미국, 연합국 간의 정상회담을 이끌어냈다. 이틀간의 비공개 회의 끝에 합의안이 도출됐다. 합의안의 주요 골자는 미국과 연합국, 한국의 과학자들로 구성된 신물질 연구팀을 만들어 차동희에게 기술을 전수받고 공동 개발하며, 장소는 미국으로 하자는 것이었다. 한국은 안전상의 문제가 걸렸고, 연합국은 차동희의 반감이 커서 피하자는 의견이었다. 합의안은 마법처럼 미국과 연합국 간의 대결 구도에 종지부를 찍었다. 세계 각국에서 반대 성명을 냈고, 한국 내에서도 대규모 항의 시위가 일어났으나 그럴 뿐이었다.

장례식 이후 동희는 말수가 줄어들었다. 의사들이 권하는 산책 이외에는 하루 종일 방 안을 떠나지 않았다. 자해를 막기 위한 감시 카메라는 24시간 그를 관찰했다. 동희는 머리가 복잡했다. 지난 두 달간 너무 많은 일들이 일어났고 그보다 더 많은 생각들이 솟아나고 있었다. 미국으로 떠나기 하루 전 동희는 마지막으로 작별 인사를 나누기 위해서 학교를 찾았다.

교정은 동희의 방문으로 술렁거렸다. 총장을 비롯한 선후배, 친구들이 모두 반갑게 그를 맞았다. 돌아올 기약 없이 떠나는 처지가 안타깝게 여겨져서 더욱 애틋하게 대하는 것인지도 몰랐다. 누구보다 승민이와 공 교수, 배면수 선배가 아쉬워했다. 동희는 승민과 마지막 포옹에서 귓속말을 전했다. 동희는 마치 그 말을 전하기 위해서 온 것처럼 긴장되고, 작고, 짧고, 은밀하게 속삭였다. 승민은 놀랄 만한 이야기임에도 불구하고 애써 태연한 척 표정을 지었다. 듣는 순간 본능적으로 무슨 뜻인지 간파했다. 환영 행사 겸 환송 행사는 오전에 끝났다.

오후에는 일행들과 국립묘지로 이동해서 138개의 묘비에 헌화를 하고 사 교수의 묘로 향했다.

사 교수의 묘지는 산골이었다. 산 아래에서 차를 멈추고 동희와 일행은 차에서 내려 걸어서 올라갔다. 30분쯤 올라 사 교수의 묘소에 도착했다. 그동안 잔디가 제법 자랐다. 턱까지 차오른 숨을 돌리고 땀을 식혔다. 눈이 시릴 만큼 맑은 하늘 사이로 봄바람이 오갔다. 사람들 소리만 없다면 새소리만 소란스러웠을 것이다. 일행을 뒤로 하고 동희가 꽃다발을 비석 위에 내려놓았다. 그리고 가슴에서 종이 한 장을 꺼냈다. 전날 썼던 사경진 교수를 위한 헌시였다. 동희는 사 교수의 묘 앞에서 헌시를 또박또박 읽어 내렸다.

낭독을 마친 동희는 결의에 찬 얼굴로 안주머니에서 낡은 노트 한 권을 꺼냈다. 일행은 눈치채지 못했다. 공식들이 빽빽이 적힌 사 교수의 노트. 동희는 헌시[1]와 노트를 포개어 불을 붙였다. 제법 큰 불이 타올랐으나 동희는 개의치 않았다. 노트와 헌시는 그 내용의 가치나 감정에는 무심한 듯 여느 종이와 다름없이 타 들어갔다. 동희는 두 손으로 가볍게 툭툭 던지며 마지막 한 조각까지 모두 재로 만들었다. 재는 봄바람에 날려 너울너울 허공으로 흩어졌다.

다음 날 동희는 대통령의 환송을 받으며 연구 단지를 떠났다. 대통령의 마지막 인사는 '미안하다'였다. 비행장은 며칠 전부터 폐쇄되어 적막했다. 태평양에는 잠수함 수백 척이 바다 밑을 지키고, 해상에는 항공모함과 이지스함이 줄을 이루었고, 하늘에는 전투기와 정찰기들이, 그보다 더 높은 곳에서는 인공위성이 감시했다. 역사상 유래를 찾아 볼 수 없었던 이송 작전이었다.

-차동희 26세 4월-

---

1) 부록 177 페이지 참조

4. 비밀

완연한 봄이었지만 여전히 한기가 느껴지는 새벽. 학교 공원에서 한 남자가 삽으로 땅을 파고 있었다. 적막을 깨는 거친 숨소리. 둔탁한 삽질 소리. 나병 환자가 풍문을 쫓아 매장한 지 며칠 안된 무덤을 파헤치듯, 온몸이 땀으로 흥건해지도록 땅을 파는 남자는 '김승민'이었다. 인적 없는 캄캄한 새벽. 아무것도 보이지 않는 암흑 속에서 민은 손으로 땅을 더듬어가며 구멍을 팠다.

'벤치 밑을 파 봐. 선물. 비밀이야!'

민의 머릿속에는 동희의 귓속말이 아른거렸다. 부엉이 울음소리에 다람쥐가 도망치며 숲을 흔들었다. 삽 끝에서 부스럭 소리가 났다. 민은 삽을 놓고 손으로 흙을 파헤쳤다. 어둠 속에서 오래 있었지만 여전히 사물을 분간할 수 없었다. 칠흑 같은 어둠. 손끝이 눈을 대신했다. 손을 더듬어 꾸러미를 확인하고 주위를 더 파헤쳤다. 문득 등 뒤에 누군가가 자신을 노려보고 있는 것 같아서 민은 고개를 홱 돌렸다. 그러나 누가 있는지 없는지 분간할 수 없었다. 새까만 어둠을 주시하고 있을 뿐이었다. 눈을 뜨고 있는지 감고 있는지조차 알 수 없었다. 아무에게도 들키지 않으려는 생각에 전등을 가지고 오지 않은 것이 후회되었다. 민은 한껏 개방된 귀를 쫑긋 세웠다. 인기척은 없었다. 민은 다시 땅을 팠다. 그리고 꾸러미 주둥이를 잡고 힘껏 잡아당겼다. 민은 뒤로 벌러덩 넘어졌다. 민은 일어나서 팠던 자리를 메웠다. 등 뒤에 줄곧 누군가 서 있는 것 같았다. 민은 한 손에는 삽을 다른 한 손에 꾸러미를 들고 더듬더듬 숲을 빠져 나왔다.

민은 실험실에 도착했다. 흙을 털어내고 두 겹으로 쌓인 꾸러미를 풀자 나무 상자가 나왔다. 잠기지 않은 뚜껑을 열자 상자 안에는 은빛 시편들이 한가득 들어 있었다. 동희의 선물은 'SUM' 신물질이었다. 발표 때 썼던 원반, 크기가 좀 더 작은 원반, 손가락 크기의 막대 모양, 정사각형, 직사각형, 반구형, 침, 뼈다귀 모양에서 칩에 쓸 부품으로 사용할 만큼 작은 크기까지, 시료는 모양과 크기가 다양했다. 초기 시료와 동희가 민에게 주기 위해 추가로 만든 시편 등, 신물질 발표 이전에 만든 모든 시료들이 고스란히 들어 있었다. 시편은 시스템을 위한 부품용으로 크기와 모양 별로 골고루 들어 있었다. 민은 그제서야 발표 준비 전후로 동희가 자리를 비웠던 일을 기억했다. 은빛 시편이 가득 든 상자는 민의 심장을 가쁘게 만들었다. 민은 보물상자를 바라보듯 흐뭇한 표정으로 상자를 보았다. 민은 시편을 어떻게 사용할 것인가에 대한 질문에 끊임없이 답하고 있었다.

미국

동희는 긴 잠에서 깨어났다. 비행기에서 내리자 동희를 가장 먼저 반긴 것은 끝없이 펼쳐진 지평선에서부터 몰려오는 먼지바람이었다. 동희는 낯선 땅에 발을 내렸다. 공군 전용 비행장. 동희를 태운 차는 미국 중앙연구소 별관 건물로 향했다.

〈미국 8인의 원로회 비밀 전문〉
작전명 '어린 왕자' 종료

차가 정문을 통과해서 곧게 난 길로 들어서자 별관 건물이 시야에 들어왔다. 2~3Km쯤 곧게 이어진 길 양 옆으로 숲이 우거져 있었다. 미국 정부 관계자와 각 국가를 대표하는 자문위원으로 보브투니 박사, 르생 박사, 이기철 연구소장이 그를 마중 나와 있었다. 기술을 전수받을 과학자들도 속속 도착했다. 미국과 연합국, 한국의 과학자 각 10명이었다. 연구소 내부는 이전에 보지 못했던 최첨단 시설로 이루어져 있었다. 동희의 방은 최고급 호텔 스위트룸이 무색했다.

한국

민이 시편을 이용해서 만든 첫 번째 기구는 조셉슨 소자(전하량 측정 장치)였다. 손가락 길이의 SUM 시편 두 개와 전도체 하나를 이어 만든 계측기는 전류는 흐르나 전압과 저항이 없었으며, 직류를 걸면 교류가 발생했다. 비록 볼품없이 생긴 계측기지만 신물질로 만들어진 최초의 응용품이었으며, 계측기 역사의 새로운 장을 열기에 충분했다. 민은 계측기의 측정 단위를 찾는 작업을 했다. 알려진 최소 양을 측정하여 나누고 또 나누었다. 측정값의 한계는 끝없이 무너져 내렸다. 계측기는

10에 마이너스 10승 가우스인 인간의 자계는 물론 그 변화량까지 집어 냈다. 동희는 계측기를 가지고 눈에 띄는 것은 무엇이든 측정하고 기록 했다. 물체에 국한되지 않고 식물이며 동물, 자신의 몸 구석구석 심지어 바람, 낮과 밤이란 추상적 대상에까지 계측기를 들이댔다. 도깨비 방망 이를 쳐서 나타나는 보물을 주워 담는 듯 흥에 겨웠다. 계측기가 만들 어지자 민은 곁가지 발명에는 마음이 떠났다. 민은 늘 꿈꾸어 왔던 광 대한 시스템을 만들고자 하는 열정에 눈이 가려져 있었다.

미국 중앙연구소 별관 건물

미국, 연합국, 한국의 과학자들 30명이 모인 첫날. 중앙연구소 별관 건물 제1 회의실에서 차동희와 상견례가 이루어졌다. 30명의 내로라하 는 과학자들은 학생처럼 강의실에 앉아 차동희를 기다리고 있었다. 동 희보다 어린 사람은 없음은 물론이고 백발의 노 과학자들도 더러 있었 다. 곧이어 회의실 앞문으로 수행원과 함께 동희가 들어왔다. 과학자 들은 일어서지도 박수를 치지도 않았다. 그저 들어오는 차동희를 물 끄러미 쳐다보고 첫인상에 대해 옆 사람과 소근거리는 게 고작이었다. 그때 느닷없이 뒤에서 누군가 물었다.

"SUM은 사 교수가 만든 거라며?"

"네."

다른 과학자가 질문인지 독백인지 모를 말을 이었다.

"사 교수가 살해당했다는데 살인범을 아직 못 찾았다지?"

장난기 섞인 말투였다. 동희는 대답하지 않았다. 다분히 동희를 의 심하는 말투였다. 동희는 절망감에 고개를 떨어뜨렸다. 자신이 스승을 살해하고 발명을 가로챈 사람이라 의심받고 있다는 사실보다는 잊고 있었던 사 교수가 생각나서 슬펐다. 눈물이 핑 돌았다. 도살장으로 끌 려온 가여운 가축처럼, 동희는 그 순간만큼은 자신이 왜소해 보였다. 그러나 현실은 그렇지 않았다. 인류를 대표하는 쟁쟁한 과학자들 사이였지만 주도권은 철저하게 동희가 가지고 있었다. 동희는 갑자기 문을 향해 걸어나갔다. 그때 보브투니, 르생, 이기철 박사가 들어왔다. 이기철 박사가 동희의 안색을 보더니 놀라 물었다.

"왜 그래요? 무슨 일……."

동희는 말없이 문밖으로 걸어갔다. 보브투니 박사가 동희의 팔을 잡았다.

"왜 그래요?"

보브투니는 증오에 찬 동희의 눈과 마주쳤다.

"관두겠습니다!"

동희는 홱 하고 팔을 뿌리치곤 문을 박차고 나갔다. 강의실이 찬물을 끼얹은 듯 조용해졌다. 자문위원 세 명과 수행원 일부가 동희 뒤를 따라 나갔다.

한국

승민은 며칠 동안 식음을 전폐하다시피 하고 시스템 설계에 파묻혀 지냈다. 공 교수는 민에게 심상치 않은 일이 생겼다고 짐작했다. 공 교수는 기대 반 우려 반으로 승민을 방으로 불렀다.

"미안한 일이지만 네 시스템 설계 자료를 열어봤어."

"……."

"이상한 구조던데. 도저히 작동할 수 없는……."

"……."

"신물질이라면 모를까……."

민이 대답했다.

"네, 생각하신 대로입니다."

"그럼 있지도 않는 신물질을 염두에 두고 설계하는 거야?"

승민은 작심한 듯 말했다.

"신물질을 다량 가지고 있습니다."

공 교수가 놀라며 반문했다.

"어떻게?"

"동희가 주고 갔습니다."

공 교수가 심각하게 물었다.

"이 사실을 우리 말고 또 누가 알지?"

"교수님께 처음 말씀 드리는 겁니다."

"얼마나 위험한 짓인지 알고 있나?"

"……."

"지금 어디에 있지?"

"실험실에……."

"거긴 노출이 심해서 위험해. 이 건물 지하로 옮겨."

"이 건물 지하요?"

공 교수가 책상 서랍을 열어 열쇠 하나를 민에게 건넸다.

"교보재 창고야. 내 관할인데 비울 수 있어. 햇빛이 안 드는 게 좀 안 좋긴 하지만……."

"고맙습니다. 그렇지 않아도 실험실 공간을 갖고 싶었는데……."

민은 넙죽 인사를 했다. 민이 일어나려는 순간 공 교수가 물었다.

미국

복도를 걸어가던 동희 앞을 막아선 것은 이기철 소장이었다.

"무슨 일이 있었나요?"

"잘난 과학자들한테나 물어보세요."

뒤에서 보브투니 박사가 책을 읽듯 또박또박 이야기했다.

"기술 전수는 차동희 군의 선택이 아니라 3국의 협의에 의한 의무입니다."

동희가 뒤를 돌아보며 쏘아붙였다.

"기껏해야 죽이기밖에 더 하겠어요? 저 하나 죽고 나면 그만 아닌가요?"

르생 박사가 수행원들에게 자초지종을 물었다.

잠시 후, 동희가 보브투니, 르생, 이기철 박사와 함께 강의실로 돌아왔을 때는 두 명의 과학자가 이미 추방당하고 없었다. 분위기가 엄숙해졌다.

보브투니 박사가 앞으로 나갔다.

"내일부터 차동희 군에게 SUM에 대한 기술 전수를 받으실 겁니다. 불편하신 사항이 있으시면 각국의 자문위원에게 말씀하시기 바랍니다. 제가 미국의 자문위원을 맡고, 여기 계시는 르생 박사님께서 연합국을. 그리고 이기철 박사님께서 한국의 자문위원을 맡습니다. 3국의 합의문에 따라서 자문위원들은 SUM에 대한 내용을 전수받지 못합니다. 여러분 단 28명의 과학자만이 SUM에 대한 내용을 인수받을 겁니다. 그리고 얼마나 걸릴지 모르겠지만 수업을 시작하는 내일부터 끝나는 날까지 외부와의 모든 통신은 통제됩니다. 오늘은 이것으로 마칩니다."

공교롭게도 동희에게 질문했던 두 명의 과학자 모두 연합국 출신이었다. 새로운 연합국 과학자를 데리고 오는 문제로 오후에는 자문위원들 간에 설전이 오갔다. 결국 이틀 후에 새로운 과학자 둘이 부랴부랴 도착했고, 그제서야 첫 수업이 시작되었다.

한국

"참 시스템은 왜 하향식이 아니지?"

"무슨 문제라도 있습니까?"

"시스템은 당연히 하향식을 써야지."

"그 논의는 서클 휴머노이드에서 지겹도록 토론한 내용입니다."

"그래?"

"하향식만으로는 한계가 있습니다."

"한계? 시스템은 하향식일 때만 의미가 있어! 그것도 모르나?"

"상향식을 접목시키면 시스템의 활용도를 더 높일 수 있지 않을까요?"

"상향식은 유희를 위한 장난감에 불과해. 인간에게 유용성을 제공해 주지도 못해."

"하지만 인간의 사고, 대화, 학습 능력 그리고 문화, 역사 여러 가지를 종합해 볼 때, 어느 하나의 방식으로 접근하는 것은 모순인 것 같습니다. 인간은 어느 하나의 방식으로는 설명이 안 되니까요. 인간은 태어나면서부터 유전자를 지니고 있지 않습니까? 유전자 자체가 엄청난 자료가 보관되어 있는 방대한 하향식 시스템의 이상적 모습입니다. 반면 두뇌는 뉴런으로 구성되어 있고, 방대한 뉴런의 집합체가 상호작용을 하는 상향식 신경망의 이상향이고요. 인간은 이 두 가지 상반된 특성을……."

민은 공 교수의 놀란 표정에 말을 끝까지 잇지 못했다.

"너 지금 인공두뇌를 생각하는 거야? 제아무리 날뛰어봐도 기계는 기계일 뿐이야. 기계로 인간을 만들 수는 없어!"

"저는 시스템이 발전하면 인간과 같지는 않지만 인간의 지능과 유사한 컴퓨터를 만들 수 있다고 생각합니다."

"네가 만든 그 완벽한 시스템이 '저는 인간입니다.'라고 해도 인간은 아니야. 사람들을 속일 수도 있겠지. 하지만 유사한 것과 진실로 그것인 것은 달라."

"인간 역시 어차피 물질로 이루어졌지 않습니까? 교수님께서는 왜 인공두뇌를 발명하지 못한다고 생각하십니까?"

공 교수가 비웃었다. 그리고 단호하게 잘라 말했다.

"간단해. 네가 모방하려고 하는 대상, 즉 인간의 두뇌 자체를 모르거든. 그리고 앞으로 한번만 더 인간 역시 어차피 물질로 이루어졌다느니 하는 인간에 대한 존엄성을 무시하는 말을 하면 가만 두지 않을 거야."

"알겠습니다. 저는 단지 인공두뇌를 연구하다 보면 좀 더 성능이 뛰어난 컴퓨터를 만들 수 있을 거란 생각에…… 그 이상도 그 이하도 아닙니다."

의외로 민은 명쾌히 수긍했다. 그리고 뒤돌아 나왔다. 민의 눈에 살기가 돋아 있었다.

'보여주고야 말겠어.'

미국

수업이 끝났어도 강의실은 전쟁터를 방불케 했다. 3국의 과학자들이 펼치는 열띤 토론 때문이었다. 이렇게 많은 유명 과학자들이 한자리에 모여 자유롭게 토론할 수 있는 기회가 잦은 일이 아니었다. 특히나 신물질 구조형성의 몇몇 과정들은 기존의 물리법칙으로는 설명이 불가한 현상들이 다수 포함되어 있었다. 이 부분에 대한 각자의 가설과 의견을 주장하는 토론의 장에는 한 명의 열외도 없었다. 현상에 대한 새로운 수식은 존재했으나 그 원리를 규명하지 못한 다수의 과정들은 참석자들의 전의를 불태우는 촉진제가 되었다. 때로는 동일 주제로 토론이 이삼 일 동안 이어지기도 했다. 수업과 토론이 반복되면서 수업에 참관한 과학자들끼리 안면이 익숙해졌다. 서로의 얼굴뿐 아니라 말투나, 성격까지 알아갔다.

동희는 수업을 진행하는 입장이었지만 토론이 시작되면 노트에 받아 적기 바빴다. 때로는 토론의 내용에 대해서 이해하지 못할 때도 있었다. 양적인 측면에서는 동희가 가르치는 것보다 배우는 것이 더 많았다. 학교도 아니고 연구기관도 아닌 특수한 상황의 특수한 모임, 통제된 공간이 주는 이질적 분위기에 사람들은 나름대로 적응해 나갔다. 토론을 계속 해나가면 커다란 결론이 나올지도 모르겠다는 기대감이 들 때쯤 이론 수업은 끝을 보이기 시작했다.

수업을 시작한 지 6개월이 못되어서 새로 제작한 실험 장비가 들어왔다. 동희가 사용하던 실험 장비가 설치된 실험실 옆으로 똑같은 실험실 두 개에 똑같은 장비들이 설치 되었다. 각 실험실은 넓기도 했지만 천장이 사람 네다섯 배가 넘을 만큼 높았다. 사 교수의 실험실에서는 꽉 차 보이던 육중한 실험 장비들도 여기에서는 작고 초라해 보였다.

실험실이 준비되자 수업은 이론에서 제작 실습으로 방향이 급격히 바뀌었다. 최종 목표는 과학자 30명 모두가 신물질을 만들 수 있는 것이었다.

한국

넓고 황량한 지하 실험실, 벽은 회색 시멘트이고 바닥 역시 회색 미장 공사가 전부였다. 하얀 빛을 발하는 등조차 회색으로 물들었다. 벽면 한쪽에 넓고 꾸밈없는 나무 책상 하나가 놓여져 있었다. 그 앞에는 같은 색의 나무 의자가 하나 있고 딱딱한 나무 의자에는 한 남자가 앉아 있었다. 그 남자는 의자에 등을 기대고 팔을 나무 의자 다리처럼 아래로 늘어뜨린 채 목을 뒤로 젖혀서 쉬고 있었다. 난방은 단추가 다 열려 있었다. 땀에 밴 이마 위로 형광등 불빛이 어렸다. 그는 눈을 감고 천근만근 아래로만 떨어지는 곤함을 즐기듯 미동이 없었다. 민이었다.

그 지하실에 유일한 사람 그림자는 민의 것뿐이었다. 책상 위에는 갖가지 전자부품과 복잡하게 얽힌 배선, 여러 종류의 기판, 장비들이 널브러져 있었다. 지하실은 한길 밖에 있는 세상의 따사로운 봄기운이며, 나풀대는 꽃이며, 풀이며, 아름진 나무들이며, 게으른 걸음의 구름이며, 오락가락 뒷짐지고 서성이는 봄바람이며, 이 모든 것을 비추고 투영하는 따사로운 햇살과 단절되어 있었다. 땅속으로 파고든 지하실. 그 속에서 민은 축축한 회색으로 동화되어 가는 형광등 하나를 두고 책상에 붙어 종일을 씨름하고 고뇌했다. 책상에는 햇빛도 물도 바람도 없었지만 민의 고뇌로 바람이 일고, 민의 희망으로 꽃이 피고 풀들이 자랐으며, 민의 의지로 나무들을 가꾸었다. 민의 절망으로 순식간에 암흑으로 덮이는가 하면 민의 신명으로 햇빛보다 더 강한 햇살이 비추기도 했다.

공 교수가 살며시 지하실 문을 열고 들어왔다. 민은 여전히 인기척을 느끼지 못한 채 축 늘어져 있었다. 공 교수는 소리 없이 다가가 민의 어깨에 두 손을 올렸다. 민은 무거운 눈꺼풀을 올렸다. 공 교수는 측은한 듯, 기특한 듯 민을 바라보았다. 민은 커다랗게 기지개를 켜더니 의자에 고쳐 앉았다. 공 교수가 민의 어깨를 주물렀다. 민은 긴 하품을 했다.

미국

쏟아져 나오는 시편들, 열띤 탐구와 탐구보다 더 격한 토론으로 미국 중앙연구소 별관 건물은 마치 30명의 과학자들이 지구를 떠나 외딴 우주의 한켠으로 소풍을 나와 한가로운 오후 한때를 보내는 곳 같았다. 이론 수업 6개월, 제작 수업 6개월에 걸쳐 모든 수업이 정리되었다. 봄부터 시작된 수업은 다음 해 봄이 되어서야 끝이 났다.

〈미국 8인의 원로회〉
"끝내 차동희는 속도의 비밀에 대한 언급은 없었습니다."

마지막 수업이 끝나고 이기철 소장이 동희를 찾아왔다. 동희는 쓰고 있던 노트를 급히 접었다.
"뭔데 그렇게 꼭꼭 숨깁니까?"
"일기입니다."
"아! 좋은 습관이죠."

"안색이 안 좋아 보이십니다?"

"미국에서 SUM에 대한 공동 연구를 제안해왔습니다."

"공동 연구?"

"3국의 과학자들이 이곳에서 공동으로 연구하고 개발하자는 거죠."

"언제까지요?"

"기한이 없습니다."

"그럼 아무도 여기를 떠나지 못하는 건가요?"

"네! 과학자들이 흩어지면 기술 유출의 가능성이 높다고 보는 겁니다."

"평생 여기에서 갇혀서 살아야 됩니까?"

"……."

"과학자들은 동의했나요?"

"대부분……."

"저는 어떻게 되나요?"

"마찬가지입니다."

"왜죠? 기술 전수도 끝났는데……. 30명의 과학자들이 SUM을 제작할 수 있습니다. 저는 제가 할 일을 모두 마쳤습니다. 돌아가고 싶어요."

"제가 동희 군의 의견을 전달하죠. 하지만 장담할 수는 없습니다."

"다른 국가들에게 기술 전수는 어떻게 되는 겁니까?"

"처음부터 그럴 의사는 없었습니다. 3국 모두."

-차동희 27세 4월-

한국

김승민이 황급히 공 교수의 방문을 박차고 들어왔다.

"교수님! 제 추측이 맞았습니다."

"그럼 정말?"

민은 얼굴이 상기되어 있었다.

"네!"

"대단한걸."

민은 흥분을 감추지 못하고 공 교수에게 달려가 덥석 안겼다.

"그래, 그래, 차근차근 설명해 봐."

민은 공 교수에게 떨어져 여전히 들뜬 목소리로 말을 이었다.

"신물질의 정보 저장 구조는 다차원입니다."

"그래? 용량과 다른 특성은?"

공 교수와 민은 컴퓨터 앞으로 갔다.

"여길 보십시오. 가로, 세로, 높이 각 5cm 정육면체 SUM입니다. 저장되는 방식을 보십시오. X축을 기준으로 종이를 포개듯이 층을 이루며 올라갑니다. 각층은 2차원 저장 매체 하나의 용량을 뜻합니다. 그런데 층이 계속해서 겹칩니다. 한도 끝도 없이 겹칩니다. 아무리 겹쳐도……"

"내 추론이 맞는다면 아마 한 층 높이가 단원자 크기를 넘지 못 할 거야."

"그럼 도대체 몇 겹이죠?"

"5cm 나누기…… 후-."

공 교수는 탄식 섞인 한숨을 내쉬었다.

"이거 정말 초대형 사고군요. 그뿐이 아닙니다. 여길 보십시오. X축으로 겹을 모두 채워 넣은 후에 같은 곳에 같은 방법으로 Y축으로도 저장이 가능합니다. 그리고 똑같이 Z축으로도요."

공 교수가 놀란 눈으로 물었다.

"무슨 착오나 오류는 없어?"

"보십시오. 저장 기록을 완벽히 보존하고 있지 않습니까?"

"놀랍군. 이게 어떻게 가능하지?"

"게다가 이게 끝이 아닙니다."

"끝이 아니라니?"

"세 축으로 저장한 다음 다른 각도로 임의의 축을 설정하면 그 축을 중심으로 다시 쌓을 수 있습니다."

"접점에서 앞선 정보를 해치지 않아?"

"전혀 이상이 없습니다. 원자들이 원으로 만든 하나의 큐빅 같은 역할을 합니다. 예를 들어 세 개의 축이 겹치는 점은 그 점이 세 개의 정보를 동시에 독립적으로 기억하는 거죠."

"그 임의의 축은 각도가 무수히 많잖아?"

"교수님 말씀대로 단원자 간격이라면……. 게다가 임의의 축은 정육면체 중심을 통과하지 않아도 됩니다."

"혁명이야. 입출력 속도는?"

"속도는 아직 입력하는 기존 저장 장치나 시스템의 한계 속도에 따릅니다. 아직 신물질 간에 자료 이동은 해 보지 못했습니다."

"신호 처리 방법은?"

"그게 저…… 아날로그 방식입니다."

"무슨 소리야? 아날로그라니?"

"분명 아날로그인데 단순한 아날로그는 아닙니다."

"자세히 말해 봐!"

"저도 처음 보는 방식이라서…… 프로세서 내에 순서도로 따지면 A, B, C가 있고 A에서 B로 B에서 C의 순서대로 신호가 전달되면 그 과정에서 B가 정보를 받을 때 전혀 출처를 알 수 없는 신호를 A와 C로 전달합니다. 그러니까 결론적으로 C에는 원래 A에서 B로 전달되어 C로 온 신호와 B가 생성한 미지의 신호가 함께 도달합니다. B에서 C로 신호가 전달될 때도 마찬가지로 C가 B로 비슷한 미지의 신호를 전달합니다. B는 C에서 온 미지의 신호에 다시 응답해서 신호를 A나 C로 보낼 때도 있고 보내지 않을 때도 있습니다."

"병렬회로에는?"

"매우 복잡합니다. 가장 단순하게 기존 순서도에서 D가 있고 A, B, C와 동시에 모두 연결되어 있다고 가정한다면 A에서 보낸 신호가 B, D로 동시에 전달되고 B는 C로 신호를 보내고 또 동시에 D로도 보내고 그 이전에 B와 D는 미지의 신호를 발생시켜 B는 연결된 A와 D, C로 D는 연결된 A와 B, C로 보내고 또⋯⋯."

"자! 자! 정리하자면, 하나의 신호처리 장소에서 다른 신호처리 장소로 신호가 전달되면 신호를 받는 소자는 받음과 동시에 자신과 연결된 다른 소자들로 미지의 신호를 보낸단 말이지."

"네. 무척 복잡해집니다. 규칙적이지도 않습니다. 미약한 신호들은 신물질로 만든 계측기가 아니면 검출되지 않을 만큼 미미한 크기입니다. 그래서 원래의 신호와 반대 방향으로 부딪치면서도 신호를 왜곡시키거나 손상시키지 않는 것 같습니다."

"신물질로 제작된 상향식 칩의 신호처리 방법이 모두 그래?"

"네. 실제로는 그런 신호처리 장소가 무수히 많을 뿐 아니라 복잡하게 서로 연결되어 있기 때문에 모든 신호처리 장소가 끊이지 않고 신호를 주고 받는 것과 같습니다."

공 교수는 갑자기 주먹으로 책상을 치며 외쳤다.

"쌍방향 아날로그 시스템!"

민이 놀라서 물었다.

"네? 쌍방향 아날로그 시스템이라니요? 그런 시스템도 있습니까?"

"지구상에 존재하는 유일하고 비밀스런 시스템이지. 아무도 모방할 수 없는!"

"어느 회사에서 만든 거죠?"

"네 머릿속에 있잖아."

"제 머릿속⋯⋯."

"그래. 뉴런으로 이루어진 뇌 세포의 신호처리 방식. 이럴 수가!"

공 교수의 눈이 크게 떠졌다.

미국

〈미국 8인의 원로회〉

"어떻게 하면 좋을까요?"

"반쪽짜리 설명으론 충분치 않습니다."

"고문을 해서라도……."

"고문으로는 복잡한 이론을 전수받을 수 없습니다."

"과학자들을 믿어보죠. 일 년 안에 풀어낼 겁니다."

"동희는 어떻게 할까요?"

"당분간 연구에서 격리시킵시다."

보브투니 고문과 르생 박사, 이기철 소장과 나란히 앉은 동희의 표정은 그리 밝지 않았다.

"할 수 없죠. 3국이 그렇게 합의했다면……."

〈기사요약〉

차동희 SUM 기술 전수 완료 후 본인의 의사에 따라 미국 대학에서 학위 이수 예정. 3국 과학자들 SUM 공동 연구 착수.

첫 일주일 동안 학교에서 동희를 알아보는 사람은 없었다. 신물질 SUM은 일 년 전의 일이었으며, 사람들에게 조금씩 잊혀져 갔다. 3국의 철저한 언론 통제 효과라 할 수 있었다. 동희는 핵융합 관련 연구 과제를 선택했다. 수행원 둘이 항상 그를 따라다녔다. 학교에는 동희 말고도 수행원들이 따라다니는 유명인들이 상당수 있었다. 미국 대통령의 딸부터 아랍 왕자나 재벌 2세들을 만나는 것은 그리 어려운 일이 아니었다. 다른 수행원들은 학생의 안전을 위해 존재했지만, 동희의 수행원은 동희의 안전 이외에 SUM에 대한 정보 유출을 차단하는 의무가 하나 더 있었다.

동희는 새로운 환경에 적응해 나갔다. 가을 학기까지는 시간이 좀 남아있었다. 동희는 도서관에서 독학으로 학업 준비를 했다. 신물질을 발명한 것도 3차 세계대전이 발발할 뻔했던 일도 모두 오래 전의 희미한 기억 같았다.

5. 레이

9월 개강 전날. 자습을 마치고 나오던 동희는 수행원을 보고는 아차 싶었다. 손목 단말기를 풀어놓고 나왔다.

"잠시만요."

동희는 수행원에게 가방을 던지고는 강의실로 뛰었다. 단말기는 다행히 그 자리에 있었다. 동희는 숨을 헐떡이며 복도 모서리를 돌아 나오다 갑자기 '쿵' 하고 이마를 부딪쳤다. 동희는 엉덩방아를 찧으며 그 자리에 주저 앉았다. 두 손으로 이마를 문지르며 연신 신음 소리를 내뱉었다. 그렇게 소리라도 내지 않으면 아파서 못 견딜 지경이었다. 겨우 정신을 차리고 보니 흰색 실험복을 입은 여학생이 똑같은 폼으로 이마를 매만지고 있었다.

"죄송합니다."

둘 다 너무 아파서 쑥스러웠다. 여학생은 떨어뜨린 노트와 책을 주섬주섬 챙겼다. 동희가 도와주었다. 가늘고 하얀 손가락. 위로 시선을 옮기던 동희는 얼굴을 쳐다보았다. 그녀는 동희와 눈도 마주치지 않고, 대답도 없이 서둘러 그 자리를 피했다. 동희는 여학생이 보이지 않을 때까지 뒷모습을 지켜보다 뒤돌아 섰다. 수행원 한 명이 복도 저쪽에서 뛰어오고 있었다.

"무슨 일 있었습니까?"

"큰일이 있었습니다. 수행원과는 떨어져서는 안 되겠다는 생각이 간절하게 드네요."

수행원은 손으로 가리고 있던 동희의 이마를 살폈다.

"어쩌다 이마에 야구공을 붙였습니까?"

"돌머리 괴물을 만났습니다."

수행원은 동희가 복도를 돌다 벽에 부딪쳤다고 짐작했다.

한국 지하실 방

공 교수와 민은 지하실에 마주 앉았다. 둘 모두 며칠간의 밤샘 작업으로 지칠 대로 지쳐 있었다.

민이 혼잣말처럼 중얼거렸다.

"역시 하드웨어는 절반뿐인 거야."

공 교수는 상체를 뒤로 젖혔다.

"아무리 생각해 봐도 내가 제안한 전문가 프로그램 모듈을 병렬로 연결하는 방식은 무리가 있는 것 같다."

"아직 낙담하긴 이릅니다."

"프로그램 모듈간 상호작용이 불가능해서 복합 활용하는 건 애초에 물 건너 간 것 같다. 이건 전문가 컴퓨터 여러 대를 개별적으로 구비해 놓은 것과 다름없어. 여러 모듈을 종합적으로 활용하려면 각 모듈들을 뜯어 고쳐야 하는데 그러려면 프로그램을 처음부터 다시 만드는 것과 진배없어."

둘은 한참 말없이 벽을 바라보았다. 공 교수의 미간이 찌푸려지더니 입을 열었다.

"역시 그것뿐이야."

"네? 좋은 생각이라도……."

"학습 기능!"

"컴퓨터 스스로 학습해서 판단하도록 하자는 말씀인가요?"

"음. 학습 기능을 강화시키는 수밖에 없겠어."

미국

개학과 함께 학교는 요란스러웠다. 동희는 열심이었다. 예습을 빼먹고 강의실에 가는 일이 없었으며, 강의 때는 항상 맨 앞자리 앉았다. 그리고 기계처럼 복습했다. 그러나 수업이 진행되면서 동희는 내용을 따라가기 힘들었다. 기초 실력이 부족했다. 전공 교수인 한스 박사 방을 찾아가서 묻고 또 물었다. 일주일이 되지 않아 한스 박사는 두 손을 들었다. 그리고 수제자인 조교에게 동희를 맡기기로 했다.

동희는 메모지를 들고 수행원과 함께 조교 방을 찾아갔다. 조교의 이름은 '레이'였다. 노크를 하자 문이 열렸다. 흰 실험 가운을 입었으며 금발에 푸른 눈을 가진 여자였다. 동희도 그녀도 깜짝 놀랐다. 둘은 얼굴이 상기되도록 빙그레 웃었다. 수행원은 레이와 동희의 이마에 아직 남아있는 멍 자국을 보았다. 수행원이 말을 건넸다.

"아! 그 돌머리 괴물!"

"밖에 계실 거죠?"

동희는 황급히 야릇한 미소를 짓고 있던 수행원을 밀어내고 문을 닫았다. 문밖에서 수행원이 농담을 했다.

"위험한 괴물인데 괜찮겠습니까?"

수행원 둘이서 뭐가 그렇게 우스운지 낄낄대며 웃고 있었다.

"그만 하세요."

레이가 웃으며 동희에게 인사했다.

"제 소개를 미리 했나 보죠?"

"죄송합니다. 평소에는 농담을 잘 안 하는 친구들인데……."

"이리 앉으세요."

동희와 레이는 의자에 마주 앉았다.

"제 소개를 하죠. 레이라고 합니다. 돌머리 괴물은 아니구요. 생물학적으로는 인간이고 성별은 여성이죠. 교수님께 연락 받았습니다."

"저…… 저는……."

레이는 손가락으로 벽을 가리켰다. 거기에는 동희가 신물질 발표 날 비행접시를 띄우는 사진이 붙어 있었다.

"수업 시작할까요?"

그 후로 동희는 레이와 개인 수업을 했다. 동희가 예습해서 질문하면 레이가 답변하는 형식으로 수업이 진행됐다. 중간중간 레이는 핵융합 난제에 대한 내용을 의식적으로 상세히 설명하곤 했다. 동희가 신물질의 역할을 가늠해 볼 수 있도록 배려해주는 것이었다. 동희는 신물질에 대한 언급을 삼갔다. 그것은 레이의 신변과도 관계가 있었으므로 함구했다. 레이는 동희에게 무척이나 상냥하고 친절하게 대했다.

동희는 항상 레이에게 과분한 대우를 받고 있다는 생각이었다. 동갑내기이기도 했지만 수업 중간중간 오가는 빈말이나 농담, 사적인 대화로 겨울로 접어들면서 둘은 자연스럽게 절친한 친구가 되었다. 방학이 시작되고도 동희와 레이의 수업은 계속되었다. 레이는 한스 박사의 수제자답게 실력도 갖추었지만 동희에게 관련 지식에 대한 개념을 정립시켜주는 교수법에도 탁월했다. 본인의 명확한 이해가 없이는 불가능한 일이었다.

한국 지하실 방

커다란 나무 책상 위에 짙은 검은색의 다면체 상자가 놓여 있었다. 위쪽은 완전히 뚫려있고 사방에 군데군데 다양한 모양의 구멍이 나 있었다. 안쪽은 세밀하고 복잡한 기기들이 부착되어 있었다. 그 사이, 용케 비어있는 사람 머리만큼의 공간으로 민은 SUM을 끼워 넣었다. 민의 얼굴에서 땀방울이 신물질 위로 떨어졌다. 민은 헝겊으로 조심스럽게 땀을 닦아냈다. 그때 지하실 문이 열렸다. 공 교수가 손에 서류 뭉치를 들고 들어왔다. 민이 인사할 겨를도 없이 공 교수는 바쁜 걸음으로 다가와서 책상 위에 서류를 내팽개치듯 던졌다.

"너는 꼭 이런 걸 달아야겠어?"

민은 서류를 보았다. 시스템 외부에 부착할 장비와 각종 센서에 대한 구매 확인서였다.

"……."

"돈은 어디서 난 거야?"

민이 죽어가는 목소리로 대답했다.

"제 친구가……."

공 교수는 언성을 높였다.

"그래? 돈 많은 친구 둬서 좋겠다. 지금 도대체 정신이 있는 거야, 없는 거야?"

민은 하던 일을 멈추고 공 교수와 의자를 놓고 마주 앉았다.

"죄송합니다. 하지만 이것을 꼭 하고 싶습니다."

공 교수는 목소리를 다소 누그러뜨렸다.

"아니. 미안한 건 나지. 구입해 달라고 하는 걸 거절했으니까. 하지만 돈 때문이 아니야."

"교수님 마음 충분히 이해합니다. 하지만 저는 이걸 꼭 넣고 싶습니다."

공 교수는 울컥하는 마음에 인상을 썼다가 가라앉혔다. 그리고 자포자기한 투로 대답했다.

"내가 졌다, 졌어. 네가 이겼다. 네가 이렇게까지 하는데 어떻게 하겠어? 그래도 네가 달려는 부착물, 분명 지향점이 처음 의도와는 달라."

"처음 의도가 그것이었습니다. 교수님 의견처럼 단순한 대화 기능과 정보 입출력 기능만으로 구성하는 것보다는 인간처럼 다양한 감각에 의한 경험을 하게 되면 두뇌의 학습 효과에 도움이 될 겁니다. 인간처럼."

"항목이 뭐야?"

"인간의 5감 센서와 추가로 자외선, 적외선, 자기장, 등 일곱 가지 센서를 더 추가해서 12감을 감지할 겁니다. 만능 팔도 있고…… 팔은 복잡한 기구를 분해할 수도 있고, 만들 수도 있고, 스스로를 정비하거나 발전시키는 기능을 담당할 수도 있습니다."

"미쳤군. 인간의 지능, 정서, 감정 인식의 기반은 의식이야. 하지만 의식의 실체가 규명되지 않았는데, 인간의 지능과 정서, 감정을 모방하는 컴퓨터를 만든다는 말은 모순이야. 유희를 위한 인형일 뿐이야."

"유희든 인형이든 좋습니다. 모방이라면 그것으로도 족합니다."

"문제는 그게 아니야. 인간에게 착각을 불러일으켜 오히려 기계의 효율을 저하시켜서 장애 요소가 돼."

"장애 요소가 된다 해도 좋습니다. 저는 컴퓨터에 물리적 장치를 더해서 시스템을 완성할 겁니다. 시스템은 인간과 유사한 경험과 학습을 할 겁니다. 저는 인간과 비슷한 정서로 대화할 수 있는 시스템을 원합니다."

"그런 건 프로그램만으로 가능해. 대화 프로그램은 지금도 충분해. 굳이 물리적 장치를 쓸 것까지 없어."

"프로그램으로 충분하지만 경험을 통한 인식과는 분명 차이가 날 겁니다."

"차이가 나는 건 불가능해. 컴퓨터는 자기가 한 말조차 이해하지 못해. 기계적 톱니바퀴의 움직임일 뿐이야."

"아니요. 저는 인간과 유사한 체계를 가진 시스템을 만들고 싶습니다. 결국은 자기가 한 말을 이해하는 것인지, 하지 못하는 것인지 구분할 수 없게 될 겁니다. 인간의 두뇌처럼 사고하고 인간의 신체처럼 물리적 경험이 가능한 시스템을 만드는 것이 목표입니다."

공 교수는 크게 한숨을 쉬더니 고개를 가로저었다. 그리고 체념한 듯 무릎을 짚으며 일어섰다.

"너도 참 꼴통이다. 그래, 어디 네 맘대로 해 봐라. 그런데 그 친구란 놈 류지태냐?"

"네."

공 교수는 발길을 돌리며 말했다.

"내가 보기에는 아직 소프트웨어도 구현하지 못했으면서 저런 장비들을 사는 걸 보면 너도 겉멋만 들은 것 같다."

미국

하루는 둘 다 시간 가는 줄 모르고 수업을 하다 수행원의 노크 소리에 부랴부랴 일어났다. 밤이 늦어서 동희는 수행원과 함께 레이를 집까지 바래다 주기로 했다. 동희와 레이가 나란히 걷고 수행원들이 10여 미터 뒤에서 따라 왔다. 밤공기는 차가웠지만 상쾌했다. 하늘은 구름으로 덮였다. 하늘을 올려다 보던 동희는 숨을 크게 들이마셨다가 길게 내쉬었다. 입김이 한 움큼 하늘로 서렸다.

레이가 물었다.

"무슨 짓이야?"

"하늘의 정기를 마시는 거야."

"거짓말."

"따라 해봐. 정신이 맑아져."

레이가 따라 하려고 하늘을 향해 목을 젖히자 동희는 손 날로 레이의 목을 쳤다. 레이가 캑캑거리며 고개를 숙이더니 도끼눈으로 동희를 째려보았다.

"정신이 맑아지다 못해 번쩍 든다. 번개 맞은 것처럼!"

"미안. 그렇게 쉽게 속을 줄은 몰랐지."

그때 뒤에 있던 수행원이 쫓아와서 동희를 불렀다. 미국 중앙연구소에서 동희를 호출했다. 학교 생활을 정리하고 내일까지 중앙연구소로 돌아오라는 연락이었다. 수행원은 메시지를 전하고 멀어졌다.

갑자기 둘 사이에 대화가 끊겼다.

동희가 혼잣말처럼 물었다.

"이별인가?"

"아직 가르쳐 줄 게 많은데……. 우리 언제 다시 만나는 거야?"

"글쎄?"

"글쎄라니?"

"어차피 내 의지대로 할 수 있는 일은 없어."

"왜 그래?"

동희는 말이 없었다. 동희의 침묵 위로 하늘에서 눈송이가 떨어졌다. 함박눈이었다. 레이가 소리쳤다.

"눈이 와!"

"음, 눈이네."

둘은 눈이 쏟아지는 하늘을 쳐다보았다.

"나는 눈이 오면 기분이 좋아. 너는?"

레이는 목소리가 들떠있었다.

동희는 대답이 없었다.

"왜 말이 없어?"

"나는 눈이 오면 돌아가신 사 교수님이 생각나. 그날도 이렇게 눈이 내렸어."

동희는 우울한 목소리로 대답했다.

"그랬구나."

동희는 의기소침하게 말했다.

"사람 산다는 게 참 우습지?"

"왜?"

"지구상에 숨 쉬는 모든 사람들. 갓난 아기부터 할아버지까지 백 몇십 년 후엔 모두 죽고 없을 거 아니야? 그런데도 천년만년 살 것처럼……."

"……."

동희는 갑자기 히죽히죽 웃었다.

레이는 걱정되는 듯 물었다.

"갑자기 왜 그래?"

"수많은 갈림길이 모서리 위에 서 있는 것 같아. 사실 나에게는 선택권이란 게 없는데 말이야."

"웬 약한 모습."

둘은 레이의 집 앞에 도착했다. 동희는 레이의 마지막 인사를 기다렸다. 레이는 문을 등지고 동희의 눈을 바라보았다. 하늘에선 하염없이 눈이 내리고 있었다. 레이가 입을 뗐다. 인사가 아니었다.

"어떤 상황에서도 넌 매 순간 선택하고 있는 거야. 적어도 난 그렇게 믿고 있어. 이것도 일종의 선택이겠지만."

동희는 고개를 숙이고 있었다.

"지금 이 순간도 예외는 아니지. 너도 예외는 아니고."

"……."

"내가 지금 너를 내 방에 초대할게. 선택해! 들어오든지 아님 돌아서 가든지."

동희는 잠시 생각에 잠겼다. 오랜만에 주어진 '선택권' 같았다. 하지만 사실 레이의 말대로 동희는 매 순간 자신이 선택한 길로 걸어갔으면서도 선택하며 살아가고 있다는 생각을 하지 못했다. 적어도 신물질 발표 이후부터 자신은 스스로의 선택이나 의지와는 상관없이 이끌려 왔다고 착각했다. 그 모든 것이 자신의 선택이었음에도 불구하고. 동희는 아무 말 없이 돌아섰다. 레이는 실망했지만 아무 말도 하지 않았다. 동희는 눈을 밟으며 수행원이 있는 쪽으로 천천히 걸어갔다. 동희는 수행원과 몇 마디 말을 주고 받고는 레이에게 돌아왔다. 동희가 고개를 들었다. 얼굴에는 미소가 가득했다.

"고마워. 레이."

레이가 눈을 크게 떠서 의아한 표정으로 반문했다. 동희가 말을 이었다.

"초대해 줘서."

그제서야 레이는 안도한 듯 웃었다. 레이는 동희의 손을 잡고 집 안으로 사라졌다. 수행원은 대기 차량을 호출했다.

레이의 방은 작고 아담했다. 큰 창에는 분홍색 커튼이 드리워져 있었다. 그 아래로 하얀 침대가 자리하고 옆에는 화장대와 책상이 함께 붙어 있었다. 책상 위에 늘어선 책들은 책상 아래로도 행진을 계속했다. 책상 의자를 당겨서 레이가 앉았고 동희는 침대에 걸터앉았다. 레이가 탄 차에 얼었던 손을 녹였다. 방은 따뜻했다. 잠시 어색한 시간이 흘렀다. 레이는 빈 잔을 매만지고 있었다. 레이와 동희는 서로의 생각을 알 수 없었고 쉽사리 물어보지도 못했다. 동희는 얼마나 더 머물러야 할지 몰랐다. 동희는 내키지 않았지만 자리에서 일어났다.

"이제 가볼게."

레이가 따라 일어났다.

"지금? 밖에 눈이 많이 올 텐데."

동희와 레이 사이에 짧고 강한 긴장감이 흘렀다. 레이가 말을 꺼냈다.

"늦었는데 자고 가."

동희는 놀랐지만 태연한 척 대하려 했으나, 떨리는 목소리를 숨길 수 없었다.

"음, 어, 어, 그래도 될까? 너무 민폐 끼치는 거 아닐까?"

"민폐는 무슨. 보시다시피 돼지우리 같은데 뭘."

동희는 어색하게 슬며시 침대에 앉았다. 레이는 수줍은 웃음을 머금고 동희의 눈에서 시선을 떼지 않았다. 동희는 레이의 눈을 똑바로 쳐다보지 못했다.

"왜 내 눈을 피해?"

"……"

"너 지금 무슨 생각하는 거야? 빨리 씻고 와."

동희는 수건으로 머리를 말리며 침대 위로 올라갔다. 커튼을 살짝 들어올리자 길에는 하얀 눈이 쌓여 있고, 가로등만이 외로이 밤을 지키고 있었다. 동희는 너무 아름다운 모습에 슬펐다. 먼 이국 땅, 처음 온 집과 처음 보는 풍경에서 고향의 정서를 느꼈다. 하염없이 내리는 눈은 동희의 아픈 과거를 모두 공감하고 있다고 말하고 있었다. 레이가 뒤에서 동희 어깨를 치며 소리를 질렀다.

"야!"

"깜짝이야!"

놀라서 뒤돌아보던 동희는 레이의 풋풋한 얼굴에 넋을 잃었다.

"경치 어때?"

레이는 고개를 내밀어 커튼 사이로 창밖을 보았다. 동희는 레이의 목선에서 눈을 뗄 수 없었다. 촉촉히 젖은 머리에서 뻗어져 나온 목과 가녀린 어깨가 이루는 선은 아름답다 못해 슬펐다. 동희는 숨이 멎었다. 레이는 동희의 시선을 눈치채지 못했다. 레이는 창에서 시선을 거두며 말했다.

"침대에서 자. 난 아래에서 잘 테니까."

동희는 손사래를 쳤다.

"아니야. 네가 침대에서 자."

"넌 오늘 손님이야."

"나 신경 쓰지마. 난 원래 아무 데서나 잘 자."

"그럼 같이 자자."

동희는 말문이 딱 막혀버렸다. 레이는 말이 끝나자마자 기지개를 켜더니 벽 쪽 침대 위에 벌러덩 누워 버렸다. 동희는 어쩔 줄 몰라 멍하니 앉아있었다.

"안 잘 거니?"

"어! 음, 잘 거야."

"불 좀 꺼줄래?"

동희는 불을 껐다. 그리고 레이와 간격을 두고 침대 한쪽에 누웠다. 1인용 침대라서 레이와 닿지 않으려면 몸을 최대한 오므려야 했다. 동희는 침대에 누웠지만 정신은 오히려 더 또렷해졌다. 주위가 너무 고요해서 눈 내리는 소리가 들리는 듯했다. 그때 잠든 줄 알았던 레이의 목소리가 들렸다.

"왜 안 자니? 불편해?"

"응? 아, 아니. 너 안 잤어?"

레이가 나무라듯 대답했다.

"네가 자야지. 잔뜩 긴장하고 있는 게 느껴지는데 잠이 오겠니?"

"미안."

레이가 상체를 일으켜 동희를 보았다.

"사 교수님 생각하는 거야? 이대로 자면 내가 어떻게 될 것 같아?"

"……"

레이는 천천히 상체를 숙여 동희에게 다가갔다. 동희는 내버려 두었다. 레이는 자신의 입술을 정확히 동희의 입술을 향해 가져갔다. 동희도 레이도 이대로 있으면 어떤 일이 일어날지 알게 된 순간부터 둘의 가슴속에는 마치 따사로운 햇살이 비추는 봄날 꽃밭 위를 분주하게 날아다니는 나비가 한 마리 들어있는 것 같았다. 동희는 먼저 점점 진해지는 레이의 향기에 취해서 정신이 아득해졌다.

더 이상 다가와서는 안될 것 같았지만 레이는 아랑곳하지 않았다. 레이의 찰랑이는 머릿결이 동희의 얼굴에 닿았다. 동희는 두 손으로 레이의 얼굴을 감싸 안았다. 그러나 레이의 머리도 동희의 두 손도 진행을 멈추지 않았다. 창밖에는 여전히 눈이 내리고 있었다. 찬바람이 간헐적으로 유리창을 두드렸다. 동희와 레이는 눈을 감아버렸다. 레이의 입술과 동희의 입술이 닿았다. 둘은 숨을 멈추었다. 아니 숨을 쉴 수 없었다. 느낌이란 상대적인 것으로 한쪽이 부드러우면 다른 한 쪽은 거칠게 느끼기 마련. 하지만 이 순간 서로에게 동시에 부드럽고 따뜻한 느낌을 줄 수 있는 행위가 또 있을까. 마침내 입술이 떨어졌다. 둘은 참았던 숨을 내쉬었다. 동희는 레이를 안고 천천히 몸을 돌려 레이를 눕혔다. 그리고 레이 위로 올라갔다. 부끄러워서 눈을 마주치지 못했다. 가쁜 심장 박동이 동희의 상태를 충분히 설명하고 있었다.

천 도의 고열을 감내했던 기억을 가진 유리창은 밖에서 불어오는 차가운 공기와 방에서 일어나는 걷잡을 수 없는 열기가 소멸되는 경계였다. 창밖은 점점 더 차가워졌으며 방 안은 점점 더 더워졌다. 기운의 우열은 가려지지 않고 평행선을 달렸다. 동희와 레이가 함께 만든 작고 어둡고 은밀하며 뜨거운 공간 안에는 이미 동희의 것이나 레이의 것이라 구분할 수 없는 것들로 가득 찼다. 작은 공간 속에는 둘의 영혼마저 섞인 듯했다. 레이의 방 안에는 그렇게 은밀하고 뜨거운 공기가 가득 차 본 적이 없었다.

이윽고 한 번도 소리를 낸 적이 없었던 침대마저 삐그덕 소리를 내었다. 동희는 눈을 감았다. 저 멀리서 검은 밤바다가 다가왔다. 시야를 가득 채운 검은 바다. 동희는 두려움 없이 바다에 풍덩 빠져들었다. 바다는 따뜻했다. 동희는 어둠 속에서 수평선을 향해 끊임없이 헤엄쳤다. 쉼 없이 헤엄치는 동희의 눈앞에는 희뿌연 여명이 일더니 이윽고 커다란 빛으로 하늘이 열렸다. 빛이 쏟아졌다. 동희는 실눈으로 광경을 지켜보았다. 검었던 바다는 시리도록 푸른 에메랄드 빛으로 탈바꿈했다.

동희는 숨을 크게 들이마셨다. 그리고 바닷속으로 풍덩 빠져들었다. 비단결처럼 찰랑이는 수면을 뒤로 하고 아래로 아래로 내려갔다. 따뜻한 바다. 푸른 심해로의 침전. 더 깊은 곳으로 내려가는 것은 회귀였다. 마치 그곳이 처음부터 자신이 있었던 곳이란 생각이 들었다. 햇살은 바닷속에서도 비단실처럼 풀려 동희의 앞길을 훤하게 밝혔다. 동희는 푸르고 깊고 어두운 심해로 하염없이 내려갔다. 숨이 가쁘지도 힘들지도 않았다. 이끌려 내려가던 동희는 가슴이 가려웠다. 가슴 한가운데서 무슨 일이 일어나려는지 알 수 없었다.

동희는 두 팔을 벌려 무엇이든 모두 받아들일 준비를 했다. 동희의 가슴 한가운데가 갈라졌다. 알 수 없는 쾌감이 밀려왔다. 갈비뼈는 사립문이 열리듯 양쪽으로 활짝 열렸다. 동희의 가슴에서는 햇살보다 더 눈부시고 바다보다 더 영롱한 빛이 쏟아져 나왔다. 동희는 찬란한 빛을 심연으로 심연으로 부단히 쏟아내었다. 동희는 머리를 한껏 뒤로 젖힌 채 눈을 감았다.

시간이 얼마나 흘렀을까? 동희는 잠에서 깼다. 여전히 눈을 감고 있었다. 밖은 어둡고 바람만이 간간이 창을 두드렸다. 동희는 여전히 옷을 벗고 있었다. 동희는 꿈이었는지 생시였는지 모를 지난밤 기억을 더듬었다. 그리고 손으로 레이를 확인했다. 동희는 레이를 껴안았다. 그 포근한 느낌에서 벗어나고 싶지 않았다. 발목이 묻히도록 눈이 쌓인 긴 겨울 밤 동안 부드럽고 포근한 감촉은 동희와 레이를 단 꿈에서 깨우기도 하고 또 잠들게도 했다. 둘을 완전히 깨운 건 현관문을 두드리는 노크소리였다. 수행원이었다. 동희는 레이를 뒤로 하고 무거운 마음으로 중앙연구소에 도착했다. 그를 기다리고 있는 것은 더 무거운 주제들이었다.

보브투니 고문 사무실
방 안에는 보브투니와 동희 둘 뿐이었다.
"무슨 말씀을 하시는지 모르겠습니다."
보브투니는 돌려서 물었다.
"당신이 전수하지 않은 내용은 없습니까?"
"물론이죠. 장비 설계도까지 모두 전수했습니다."
"맹세할 수 있습니까?"
동희는 단언했다.
"네! 뭣 때문에 일 년이 다 지난 일을 언급하시는지 모르겠습니다."
보브투니의 얼굴은 침울했다. 동희가 물었다.
"무슨 일입니까?"
"아닙니다."

보브투니의 방을 나온 동희는 이기철 소장을 찾아갔다. 이기철 소장의 방 안에서 고함소리가 났다. 르생 박사 목소리였다.
"이대로 당하고만 있을 수는 없습니다."
동희가 들어가자 이기철 소장이 일어섰다.
"어서 오세요. 그렇지 않아도 기다리고 있었습니다."
"도대체 무슨 일입니까?"
동희가 자리에 앉기도 전에 연로한 르생 박사는 아이가 어머니에게 고자질하듯 말했다.
"미국이 제멋대로 하고 있습니다."
동희가 자리에 앉자 이기철 소장은 한숨부터 내쉬었다.
"보브투니 고문이 무슨 말을 하지 않던가요?"

"네. 전수하지 않은 기술이 있는지 물어봤습니다."

르생 박사가 푸념조로 말했다.

"보나마나 그거겠죠."

"그거라니요?"

이기철 소장이 대답했다.

"동희 군이 떠나자마자 보브투니 고문은 과학자 30명에게 속도의 비밀이라는 주제를 연구시켰습니다."

"속도의 비밀?"

르생 박사가 답답한 듯 이기철 소장의 말에 설명을 보탰다. 르생 박사의 얼굴은 붉게 달아올라 있었다.

"무려 일 년 동안 비행체를 만든다고 허송세월을 보냈습니다. 그리고 3국 협약을 깨고 보브투니 고문도 신물질에 대한 기술 전수를 받았습니다. 이게 말이 됩니까?"

동희가 물었다.

"비행체? 속도의 비밀? 도대체 그게 뭡니까?"

이기철 소장이 대답했다.

"보브투니 고문의 말을 빌리자면 무한한 속도와 에너지를 얻을 수 있는 기술이라고 하더군요."

르생 박사가 단호한 어투로 말을 잘랐다.

"작전입니다, 작전. 이런 식으로 끌고 다녀서 이제 미국이 독차지하겠다는 겁니다."

동희는 얼굴 빛이 어두워졌다. 이기철 소장이 물었다.

"신물질에서 그런 기술을 구현할 수 있나요?"

"어떤 것 말입니까?"

"무한한 에너지!"

동희가 한숨을 내쉬며 대답했다.

"그런 것이 있었다면 제가 일 년 동안 핵융합 과목을 배웠겠습니까?

신물질을 핵융합 도가니로 사용하는 것을 검토하고 있습니다."

르생 박사가 답답하다는 듯 이기철 소장에게 일침을 가했다.

"연합국 대표로 이런 식의 3국 협약은 유지될 수 없습니다. 저는 내일 당장 귀국해서 정부에 이 사실을 알릴 겁니다. 보세요, 이제는 동희 군까지 끌어들이지 않습니까? 앞으로 무슨 짓을 할지 모릅니다."

방으로 돌아오는 길에 동희는 과학자들의 실험실을 들렀다. 거대한 풍동 실험실에는 과학자들의 실패를 보여주는 낡힌 흔적들이 무수히 남아있었다. 신물질로 만들어진 수십 가지 형태의 조그만 비행체들 들이 주위에 산만하게 늘어서 있었다. 간혹 마주치는 과학자들의 얼굴은 하나같이 어두웠다. 처음 보았던 의기양양한 표정은 온데간데없었다.

그날 저녁 동희의 방

동희는 몹시 고단했지만 잠을 이룰 수 없었다. 창밖에 보름달이 환하게 떠서 울창한 숲을 대낮처럼 밝히고 있었다. 동희는 숲을 내려다보며 생각에 잠겼다. 동희는 신물질이 인류의 발전에 공헌하는 모습을 보고 싶었다. 그러나 지금은 세계의 패권을 쥐고 있는 미국이 주도권을 잡았다. 가장 강한 주먹을 가진 사람에게 칼을 쥐어주는 형편이었다. 그것도 자신이 주관해서……. 문득 동희는 사 교수를 떠올렸다. '사 교수님은 어떻게 하셨을까?'

다음 날

아침 일찍 르생 박사는 짐도 남겨둔 채 연합국으로 떠났다. 이기철 소장도 한국으로 돌아가서 정부와 상의를 하겠다고 보브투니 고문을 찾아갔다. 이야기를 나누던 중 보브투니의 방에 노크를 하는 또 한 사람이 있었다.

차동희!

동희는 문을 열자마자 폭탄 선언을 했다.

"저도 귀국하겠습니다."

보브투니 고문과 이기철 소장 둘 모두 귀를 의심했다. 보브투니 고문이 어처구니 없다는 표정으로 타일렀다.

"신물질에 대한 기술을 가지고 있는 사람은 여기를 떠날 수 없습니다."

동희는 고개를 빳빳이 들고 쏘아붙이듯 물었다.

"당신도 이미 알고 있지 않습니까? 당신은 기술을 알면서 왜 건물 밖으로 마음대로 왕래를 합니까?"

이기철 고문이 조용히 말했다.

"르생 박사가 떠난 순간부터 어차피 3국 협약은 깨진 것 같습니다."

동희가 말했다.

"미국에서 저를 보내주지 않으려면 물리력을 쓰는 수밖에 없을 겁니다."

〈미국 8인의 원로회〉

"차동희가 과연 알고 있을까요?"

"과학자 30명이 실패했습니다. 이제 가능성은 차동희밖에 없습니다."

"만약 속도의 비밀을 알면서 함구하고 있는 것이라면 심각합니다."

"동감입니다. 신물질의 기술이 확대 전파되고 나서 속도의 비밀이 밝혀지면 세상은 지옥이 될 겁니다."

"그가 알고 있는데 전수하지 않는다면 그를 제거해야 합니다."

"섣불리 그럴 것 없습니다."

"절벽 끝까지 몰고 가 봅시다. 정말 모르는 것인지, 알고도 내놓지 않는 것인지……."

"그럼 정말 푸른 버튼을 사용하자는 겁니까?"

"너무 큰 도박입니다."

"이 게임에는 중간이 없습니다. 전부 아니면 아무것도 아닌 것입니다."

한국

민이 물었다.

"1 더하기 1은?"

컴퓨터가 대답했다.

"2입니다."

"이름은?"

"가이아!"

"존댓말을 써!"

"아! 아…… 삐. 삐…… 지…… 치……삣. 삐리…… 쓰……."

컴퓨터가 저절로 꺼졌다. 민은 또 길게 한숨을 쉬었다. 고개는 자신도 모르게 가슴 깊이 박혔다. 무한대로 열린 저장 용량과 상향식 시스템의 접목만으로 컴퓨터는 스스로 인간의 신경망을 모방했다. 컴퓨터의 한계를 넘어 슈퍼컴퓨터 아니 인공지능으로 발전할 수 있는 가능성이 열렸다. 하지만 시스템의 안정성이 문제였다. 시스템이 꺼지는 경우가 빈번했다. 몇 가지 원인을 찾아 수정했지만 역부족이었다.

문제는 그뿐이 아니었다. 컴퓨터 스스로 시키지 않은 작업을 하여 과부하를 거는가 하면, 대화의 주제를 벗어나는 이질적인 표현을 쓰기도 했다. 무한대의 속도와 용량에도 불구하고 사소한 계산마저 막히는가 하면, 어떤 때는 발산하여 알 수 없는 단음을 내기도 했다. 모든 문제는 시스템 자체의 안정성과 연관되어 있었다. 안정성 문제를 해결하려 부단히 노력했지만 승민의 능력으로는 불가능해 보였다. 마치 인간의 정신질환을 물리적으로 두뇌 속 세포를 직접 교체하고 수정해서 바로 잡으려는 행위와 유사한 시도였다.

민의 머릿속은 까마득해졌다. 어디에서부터 무엇부터 손대야 할지 막막했다. 민은 한참 동안 그렇게 잠자는 듯 꼼짝하지 않았다. 하지만 민 안에서는 울화가 용암처럼 부글부글 끓고 있었다. 민은 가슴이 답답해졌다. 숨을 쉬기조차 힘들었다. 견디다 못한 민은 결국 자리에서 벌떡 일어나서 두 주먹을 쥐고 미친 사람처럼 고래고래 고함을 질렀다. 그리고 펄쩍펄쩍 뛰었다. 그러다 외마디 비명과 함께 나무가 쓰러지듯 바닥에 무릎을 꿇었다. 울음소리가 새어 나왔다. 민은 온몸으로 흐느끼고 있었다. 볼을 타고 내려오던 눈물은 바닥으로 하염없이 떨어졌다. 민은 그동안 참았던 울분을 모두 털어 내려는 듯 소리를 지르며 울었다. 울음소리 가운데 단발적인 고함소리도 가끔 섞여 있었다. 지하는 온통 민의 울음소리로 가득 찼다. 아무리 서글픈 울음과 고함도 자신의 옹이 맺힌 울분을 달래기에는 어설픈 것들이었다. 지하실 문이 열리고 공 교수가 민을 보고 놀라서 달려왔다. 공 교수는 축 늘어져 있는 민을 일으켰다. 공 교수는 민이 무엇 때문에 그러는지 너무 잘 알고 있었다.

"됐다. 그만! 그만!"

민은 울음을 그칠 줄 몰랐다. 공 교수가 들어왔지만, 부끄러움을 느끼고 울음을 멈추기에는 이미 폭발해 버린 감정을 추스를 수 있는 경계를 넘어선 지 오래였다. 얼굴은 눈물과 땀과 콧물 범벅이었다.

"시스템은 여전히 불안해?"

민은 고개를 끄덕였다. 공 교수는 민을 부둥켜안고 어깨를 두드렸다. 민의 울음은 좀처럼 줄어들 기미를 보이지 않았다. 민은 공 교수의 어깨에 턱을 기댄 채 자신의 이질적인 울음소리를 누구보다 가까이서 들었다. 그리고 그 울음소리의 공명 가운데서 모든 것을 초월한 새로운 감정이 생겨나고 있었다. 새로운 감정은 평안과 오기가 섞인 묘한 것이었으며, 민을 차돌처럼 단단하게 만들고 있었다.

미국 중앙연구소 별관 건물
동희의 방에 보브투니 고문이 찾아왔다. 보브투니는 동희에게 동희의 손목 단말기를 건넸다. 동희는 놀라서 보브투니 고문에게 물었다.

"이게 뭐죠?"

"정부에서 귀국을 허락했습니다."

동희는 의외의 소식에 놀라 반문했다.

"정말입니까?"

보브투니 고문은 웃으며 화답했다.

"네. 이제는 쓰셔도 됩니다. 통신이 허용되었습니다."

동희는 갑자기 레이가 생각났다. 문자를 보내려 했다. 그때 보브투니가 동희의 손을 잡았다.

"저라면 보내지 않을 겁니다."

"네?"

"둘 모두에게 칼이 될 수 있습니다."

"왜죠?"

"곧 알게 될 겁니다."

보브투니 고문의 확신에 찬 표정과 말투에 동희는 결국 발신 버튼을 누르지 못했다.

"정이 많이 들었는데 떠난다니 아쉽군요."

"사실 저는 보브투니 고문님께서 안 계셨다면 선뜻 미국으로 올 생각도 못했을 겁니다."

"시원하겠군요. 감옥 같은 이곳을 벗어나시다니!"

"SUM 발표 이후부터 어디를 가나 감옥인걸요."

"귀국하더라도 미국과 연합국의 감시에서 완전히 자유로울 수는 없을 겁니다."

"2년 전에 발표장으로 나가겠다고 결정한 날부터 각오한 일입니다."

보브투니는 바지 주머니에 손을 넣고는 창밖을 바라보았다. 밖에는 숲이 지평선 끝까지 펼쳐져 있었다.

"이번 결정은 잘한 겁니다."

혼잣말 같기도 한 보브투니의 말에 동희는 대답을 하지 않았다.

"미국은 군사력에서 스스로를 통제할 수 있는 힘을 잃을 만큼 비대해졌습니다. 망치를 들고 있으면 파리도 못으로 보이는 법이죠."

"네."

동희는 고개를 끄덕였다.

"오늘이 마지막이 될 것 같습니다."

"마지막이라니요?"

"내일 이기철 연구소장과 함께 떠나시게 될 겁니다."

"그렇게나 빨리요?"

"네. 저는 내일 일이 있어서 못 나갑니다. 여기서 작별 인사를 나누어야 할 것 같네요."

"아쉽군요."

"그럼 이만!"

보브투니 고문은 동희에게 악수를 건넸다. 동희는 손을 내밀었다. 손바닥에 이물질이 느껴졌다. 보브투니는 살짝 윙크했다. 동희는 직감적으로 그것을 자연스럽게 받았다. 감시 카메라와 도청 장치를 피해 전하고 싶은 무엇이라 직감했다.

"조심해서 가세요."

보브투니 고문은 돌아서서 조용히 문을 나갔다.

6. 귀국

다음 날

동희는 이기철 고문과 함께 한국으로 향하는 비행기에 올랐다. 경호
는 삼엄했지만 올 때의 반에 반도 되지 않는 수준이었다. 전날 저녁 급
하게 짐을 정리하느라 피곤했던 동희는 자리에 앉자마자 잠이 들었다.

비행기는 바다 한가운데를 날고 있었다. 동희는 잠에서 깨었다. 이기
철 소장은 여전히 잠들어 있었다. 수행원이 다가왔다. 동희는 물 한 잔
을 부탁해서 목을 축였다. 실내는 어두웠다. 동희는 일어나 화장실로

향했다. 기내 화장실에서 보브투니 고문이 전해준 메모를 꺼냈다. 돌돌 말린 종이를 풀었다.

〈메모〉

　동희 군이 미국으로 오기 전날 스승님의 무덤 앞에서 헌시와 함께 노트 한 권을 태웠죠? 노트를 태울 때 미국 정보부에서 인공위성으로 촬영을 했습니다. 노트를 태울 때 바람에 노트가 넘어가면서 몇 장이 찍혔는데 내용을 완전히 분별할 수 있는 분량은 세 장뿐이었습니다. 안타깝게도 동희 군의 기술 전수 내용 중 마지막 반쪽에 기록되었던 공식에 대한 언급이 없었습니다. 이 사실은 나뿐 아니라 정보부에서도 알고 있습니다. 그 내용이 무엇을 뜻하는지 앞뒤 내용이 없어서 알 수는 없지만 중요한 사실은 동희 군이 기술 전수를 모두 하지 않았다는 것입니다.

　저는 동희 군이 얼마만큼의 내용을 전수했고, 또 얼마나 숨기고 있는지 알 수도 없고 유념치도 않습니다. 저는 동희 군을 믿습니다. 그럴 만한 충분한 이유가 있었다고 생각합니다. 하지만 정부는 그렇지가 않은 것 같습니다. 미국 정보부에서는 한국 정부 모르게 동희 군을 계속 감시할 것 같습니다. 어쩌면 동희 군이 속도의 비밀을 풀어내기를 기다리고 있는지도 모릅니다. 아무도 미국이 얼마나 철저하고 막강하고 집요한지 모릅니다. 미국은 보이는 미국이 전부가 아닙니다. 사실 연합국에서 발사한 미사일 사건도 엄밀히 따지고 보면 미국이 저지른 것입니다.

　미국 정부는 오래 전부터 미국의 명령 체계를 따라 움직이는 인물을 연합국의 공식 라인에 침투시켜 왔습니다. 정치인, 고급 관료에서 말단 공무원, 군인, 언론인 할 것 없이 조직적인 체계를 세웠습니다. 결정적인 판단의 순간 미국에 유리한 오판을 저지르도록 음모를 꾸몄습니다. 이러한 라인을 구축하는 데는 막대한 자금과 세밀한 기획력 그리고 30년이라는 시간이 투자되었습니다. 그리고 심혈을 기울인 라인은 신물질 SUM을 위해서 쓰여졌습니다. 미사일을 발사하도록 움직인 것입니다.

돌이켜 보면 미사일 사건은 연합국 최대의 오판이었습니다. 결과 미국 주도의 공동 개발이 가능했고 연합국에 세운 라인은 오판에 대한 책임으로 세력이 약해져서 붕괴 직전입니다. 그리고 동희 군이 미국에 있는 동안 동희 군을 포섭하기 위해서 여덟 명의 여자들을 접근시키려는 계획을 가지고 있었습니다. 다행인지 불행인지 그녀들이 접근하기 전에 레이와 친해졌지만……. 미국은 신물질을 위해서라면 무엇이라도 할 겁니다. 당신을 벼랑 끝까지 몰고 갈 것입니다. 부디 조심하길. 세상은 당신이 보고 있는 모습이 전부가 아닙니다. 그 뒤에는!

-끝-

동희는 떨리는 손으로 메모지를 변기에 버리고 물을 내렸다. 그들이 자신을 죽음으로 내몰 수도 있다는 생각이 스쳤다. 자리로 돌아오던 동희는 잠에서 깬 이기철 소장을 보았다. 이기철 소장은 동희에게 화면을 보라고 손짓했다. 화면에는 공 교수와 김승민의 사고 소식이 방송되고 있었다.

동희가 도착하자 공항에는 추운 날씨에도 불구하고 대통령이 마중 나와 있었다. 동희는 국방과학연구소에 머물기로 했다.

-차동희 28세 1월-

귀국 둘째 날
동희는 승민이 소식을 듣기 위해서 학교를 찾아 류지태를 만났다. 동희는 인사말 대신 승민이 소식부터 물었다.
"도대체 어떻게 된 거야?"
"민이 사라진 지 한 달이 넘었어. 경찰도 찾고 있는데 소식이 없어."
"공 교수님은?"
"지금 정신병동에 계셔."

"정신병동? 승민이 소식은 모르셔?"

"공 교수님이 승민이 소식을 말해줄 만큼 정상적이지 못해."

"상태가 그렇게 심각해?"

"너도 못 알아볼 거야."

동희와 류지태는 경호원과 함께 담당 의사와 간호사의 안내에 따라 복도를 걸었다. 류지태가 전했다.

"공 교수님이 학교에서 어린 여자애를 겁탈하려다가 잡혔는데 이미 제정신이 아니더래."

동희는 놀라 반문했다.

"그럴 리가?"

복도 끝에 다다르자 철문에 세로로 창살을 꽂아 만든 작은 창을 통해 공 교수를 볼 수 있었다. 공 교수는 결박된 채 침대 위에 걸터앉아 있었다.

동행한 간호원이 일렀다.

"조심하십시오."

동희가 공 교수를 불렀다.

"교수님! 공 교수님! 저 동희입니다. 알아보시겠어요?"

공 교수는 결박복을 입고 있었고 다리도 쇠사슬로 묶여 있었다. 공 교수는 천천히 고개를 돌려 동희를 보았다. 공 교수의 표정은 예전의 그 모습이 아니었다. 불에 그을린 듯 검게 변한 피부색이며, 깡마른 얼굴에 움푹 들어간 눈과 초점 없는 동공은 사람의 그것이 아니었다. 공 교수는 동희를 보았다. 두려움에 가득 찬 눈이었다.

"공 교수님 어떻게 된 겁니까? 승민이는요?"

공 교수는 고개를 숙이더니 흐느끼기 시작했다. 추위에 한기든 사람마냥 몸을 벌벌 떨었다. 그러다 갑자기 침대 모서리에 머리를 박았다. 한 번, 두 번, 세 번……. 사람의 목소리라 할 수 없는 괴성을 지르며……. 침대 모서리에서 뻘건 피가 튀기 시작했다. 부딪힐 때마다 동희의 가슴속에 무거운 벽돌이 한 장씩 얹혀지는 것 같았다. 의사가 급히 주머니에서 리모컨을 꺼내더니 버튼을 조작했다. 공 교수 결박복 속에 부착된 주사 기계에 붉은 빛이 깜박거렸다. 이윽고 공 교수는 그 자세로 쓰러졌다. 동희는 소리 없이 눈물을 흘리고 있었다. 류지태가 동희의 어깨를 잡았다.

"도대체 어떻게 된 거야? 왜? 왜? 왜?"

의사가 심각한 얼굴로 대답했다.

"심한 충격을 받은 것 같습니다. 구체적으로 어떤 일이 있었는지 저희도 모릅니다."

"고칠 수 있을까요?"

의사는 대답 대신 긴 한숨을 쉬었다.

병원에서 나오는 길에 지태가 불현듯 동희에게 말을 꺼냈다.

"동희야. 너에게 보여줄 게 있어. 그게 단서가 될지도 몰라."

〈신물질에 대한 상념 - 이기철〉

인간의 역사가 투쟁한 대상이 에너지와 기술이었다면 SUM은 그 둘을 모두 해결해 줄 것이다. 그 이후 인간은 무엇과 투쟁할 것인가?

학교에 도착한 동희와 지태는 기계과 건물로 향했다. 그때 저쪽에서 동희를 기다리고 있던 승민의 동생 승오가 달려왔다. 승오는 동희를 보자마자 와락 안겼다. 장례식 이후로 처음이었다. 어릴 때부터 알고 지냈던 친동생이나 다름 없었다. 승오는 국가 대표 사격 선수로 신체가 건장했다. 그러나 형을 찾아 헤매느라 얼굴은 보기 안쓰러울 만큼 해쓱했다. 부모님에 이어 형까지 잃은 승오는 동희처럼 고아나 다름 없었다.

"걱정 마! 내가 찾아줄게!"

동희는 수행원들에게 문밖에서 지켜달라 부탁하고 류지태와 승오의 안내를 따라 기계과 건물 지하로 내려갔다. 지하 입구 철문을 열고 들어서자 캄캄한 어둠 속에서 작은 불빛 몇 개가 반짝거렸다. 승오가 지하실 불을 켜자 커다란 시스템이 위용을 드러냈다.

동희는 첫눈에 그것이 시스템인지 알았다. 하지만 시스템이라고 하기에는 낯선 장치들이 많았다. 검은색 중앙 본체는 7단으로 나뉘어 있었고 사람 키보다 높은 중앙 본체는 한아름에 안을 수 없을 만큼 컸다. 7단의 중앙 장치 중 4단에는 각종 센서들이 눈에 띄었고 5단에는 모니터가 있었다. 각 단마다 기능이 나뉘어 있는 듯했지만 각 기능을 구체적으로 알 수는 없었다. 오른쪽에는 회색 단자가 허리 높이만큼 벽을 가득 메우고 있었다. 왼쪽에는 선반이 붙어 있었는데 네 모서리에 기둥이 세워져 있고, 올라간 기둥 끝에는 각 기둥을 잇는 사각의 프레임이 있었다. 그 안에 십자가 형태의 프레임이 사각 프레임 가운데에 위치하고 있었다. 프레임에는 여덟 개의 로봇 팔이 부착되어 있었다. 동희가 영문을 몰라 물었다.

"뭐지?"

류지태가 대답했다.

"승민이와 공 교수가 만든 컴퓨터 같아."

"어떻게 알지?"

"승민이가 컴퓨터 만든다고 해서 내가 돈을 보내줬어."

동희는 기계를 찬찬히 살폈다.

"전원은?"

"항상 켜져 있어."

"조작해 봤어?"

"승오도 그렇고 나도 그렇고 이쪽으로는 문외한이잖아. 대화는 해봤어."

"대화라니?"

지켜보던 승오가 나지막이 이름을 불렀다.

"가이아!"

그러자 시스템은 마치 잠에서 깨어나듯 가동률이 높아졌다. 반짝이는 몇 개의 불빛 외에 다른 불들이 켜졌다. 선반 위의 팔들이 움직였다 멈췄다. 5단에 있던 모니터가 켜졌다. 4단에 있던 카메라와 센서들도 작동을 시작했다. 그리고 굵은 남자 목소리가 흘러나왔다.

"안녕하십니까? 저는 가이아입니다."

동희는 깜짝 놀랐다. 지태는 동희가 놀라는 모습을 보고 웃으며 마치 친구인양 가이아에게 동희를 소개했다.

"여기는 내 친구 동희야."

"차동희! 당신을 알고 있습니다."

가이아는 화면에 차동희의 사진을 보여주었다.

"나를 어떻게 알지?"

"차동희 당신은 가이아의 두 번째 명령권자입니다."

류지태가 놀라며 동희를 보고 말했다.

"동희 네가 두 번째 명령권자래."

"두 번째 명령권자라니 그게 무슨 말이야?"

"내가 세 번째 명령권자야. 명령권이 앞선 사람의 명령이 더 유효해."

"내가 두 번째 명령권자란 건 몰랐어?"

"상위 명령권자 당사자가 나타나기 전까지는 말을 하지 않아."

"승오 너는?"

"저는 네 번째 명령권자입니다."

"앞선 사람의 명령이 더 유효하다는 건 무슨 뜻이야?"

"높은 명령권자의 명령을 들어요. 저와 지태 형도 한 단계 차이였지만 형이 제 명령권을 취소할 수도 바꿀 수도 있어요. 절대적인 서열이죠."

"처음부터 커져 있었어?"

"모르겠어요. 형을 찾느라 들어왔다가 5단 옆에 조그맣게 가이아라고 쓰여 있는 걸 무심코 읽었는데 대답을 하던데요."

동희는 승오에게 물었다.

"대화를 나눈다고 그랬지?"

"네. 대화형 컴퓨터 뭐 그런 것 있잖아요."

동희는 가이아와 대화를 시도했다.

"너는 누구냐?"

"저는 가이아입니다."

"누가 널 만들었지?"

"김승민입니다."

"어디 있지?"

"자료가 없습니다."

"나를 어떻게 인지하지?"

"입체 카메라로 형상과 움직임을 인지합니다. 시각 온도계로 체온을 인지합니다. 조도계로 밝기를 인지합니다. 마이크로 소리를 감지하고 있습니다. 전자기장 소자로……."

"그만! 지금 기분은?"

"두 번째 명령권자를 만나서 기분이 좋습니다."

동희는 동공이 커졌다.

"기분이 무슨 의미인지 알고 대답했어?"

"네!"

"무슨 뜻이지?"

"대상, 환경 등에 따라 마음에 절로 생기는 심신의 감정 상태 중 비교적 그 강도가 약한 지속 상태입니다."

"사전적 의미 말고 기분과 관해서 떠오르는 생각은?"

"류지태! 세 번째 명령권자가 자주 물었던 질문입니다."

그런 식으로 가이아와 약 10분간 대화를 주고받았다. 류지태와 승오는 이를 진지하게 지켜보았다. 마침내 동희는 두 주먹을 불끈 쥐었다.

"지태야!

"응."

"승오야!"

"예."

동희는 굳은 시선으로 가이아를 쳐다보며 감탄사처럼 내뱉었다.

"인공지능이야!"

류지태가 반문했다.

"뭐? 인공지능?"

그때 밖에서 수행원들이 동희를 불렀다. 대통령의 호출이었다.

대통령 궁

저녁 시간에 맞추어 대통령 궁에 도착한 동희는 이기철 소장, 대통령과 식사를 함께했다.

"갔던 일은 잘 되었습니까?"

대통령이 물었다. 다분히 형식적인 말투였다.

"아니요. 아직 못 찾았습니다."

"경찰력을 투입해서라도 꼭 찾을 테니 너무 걱정하지 마세요."

"네."

'경찰도 두 손을 든 사건인데 경찰을 또 투입한다는 말인가?'

동희는 이해할 수 없었지만 듣고 넘겼다.

"그건 그렇고 이제 차동희 군도 왔으니까 우리 과학자들이 오기 전에 우리도 독자적으로 신물질로 뭘 만들어봐야 하지 않을까요?"

이기철 소장이 걱정스런 얼굴로 현황에 대해서 대답했다. 주의를 기울이지 않으면 알아듣기 힘들만큼 작은 목소리였다.

"그렇게 급하게 서두르지 않는 것이 좋습니다. 아직 3국 협약은 공식적으로 유지가 되고 있습니다."

대통령은 버럭 소리를 질렀다.

"연합국 고문도 돌아갔다면서요? 미국한테 그만큼 전수해줬으면 됐지 뭘 또 기다린다는 말입니까?"

이기철 소장은 대답을 하지 못했다. 동희가 보기 민망해서 이기철 소장을 대신해서 대답했다.

"신물질을 대형으로 만들 수 있는 장비를 만들어야 합니다."

대통령은 기다렸다는 듯이 물었다.

"그래요? 뭘 하려는 겁니까?"

"핵융합로를 만들 생각입니다."

"에너지 분야군요. 규모와 시설이 엄청나게 커야겠군요?"

"원자력 발전소 규모 이상입니다."

대통령은 흡족해했다.

"아주 좋습니다. 이기철 소장은 국방과학연구소에 당장 설계 감리를 지시하세요. 그리고 뒤따라 입국하는 과학자들도 오는 즉시 붙이세요."

국방과학연구소로 돌아온 동희는 미국에 뺏겨버린 신물질 제작 장치를 구상했다. 기존 제작 장비보다 규모를 몇 배나 키웠다. 며칠 동안 숙소에 틀어박혀 구상을 끝낸 동희는 국방과학연구소에 있는 설계실로 갔다. 설계실 문을 열고 들어서자 낯익은 뒷모습이 보였다. 동희는 몰래 가서 어깨를 쳤다.

"면수 선배."

배면수는 놀라며 뒤를 돌아보았다.

"어! 동희 아니야?"

"잘 계셨어요?"

"응. 밖으로 나가자."

동희와 배면수는 조용히 휴게실로 자리를 옮겼다.

"너는 미국에서 쫓겨났다며?"

동희는 빙긋이 웃었다.

"왔다는 소식은 들었는데 정말 왔네."

"선배는 항공회사로 갔었잖아요. 왜 여기 계세요?"

"6개월 있다가 나왔다."

"선배 성격에 오래 버텼네요."

"회사가 이상한 거지, 내 성격이 어때서?"

"아직 모르고 계셨어요? 지랄 같잖아요?"

배면수는 씩 웃었다.

"내가 너 같은 줄 알아?"

동희는 무시하고 물었다.

"여기서 뭐 해요?"

"전투기 설계!"

"와! 대단한데요."

"구상 설계가 아니고, 완전히 노가다 하고 있다. 근데 너는 여기 웬일이야?"

"신물질 제작 장치 설계하려고요."

"상세 설계는 나눠서 나 같은 노가다 맨들에게 나눠주겠네."

"그 정도로 복잡하진 않아요. 그나저나 선배에게 부탁이 있어요"

"뭔데?"

동희의 설계 작업은 진척 속도가 느렸다. 가이아에 대한 생각 때문이었다. 설계를 빨리 마치고 가려는 욕심에 일은 더 꼬여만 갔다. 그러던 중 서클 휴머노이드 발표회 초대장이 도착했다.

휴머노이드 3호 발표회 당일

아침부터 동희는 옷차림에 신경을 썼다. 선배들은 후배들에게 항상 좋은 모습을 보여주고 싶은 마음이 동희에게도 예외는 아니었다. 발표는 오후 2시였지만 아침 일찍 출발했다.

어제 저녁까지만 해도 가이아를 본다는 생각에 휴머노이드 발표에 대해서는 신경도 쓰지 못했었는데 막상 발표회장으로 가는 차에 몸을 싣자 몇 년 전 서클 활동의 추억들이 떠올랐다. 잔디밭에서 승민이에게 처음으로 자신의 서클 계획을 이야기하며 느꼈던 따스한 봄 햇살, 회원들을 모집하러 뛰어다니며 이마에 송글송글 맺혔던 땀방울들, 학교 공장에서 부품을 조립하며 밤을 새우고 맞이했던 새벽노을, 토론과 공방, 도전과 좌절, 희망과 절망, 휴머노이드 1호. 그리고 그 추억의 끝에 의문점 한 가지가 대롱대롱 매달려 있었다. 2호를 만들기 전 맞닥뜨렸던 거대한 벽을 새로운 회장은 어떻게 극복했으며 어디까지 극복했을까? 신물질 개발 이후로 휴머노이드 2호를 볼 겨를도 없었고 소식도 듣지 못했었다. 그런데 어느덧 3호라니. 차는 어느새 학교로 들어서고 있었다.

발표회장은 동희가 휴머노이드 1호를 발표했던 장소였다. 발표회장 안으로 들어서자 1호를 함께 만들었던 회원들도 많이 와 있었다. 지태도 기다리고 있었다. 동희는 먼저 지태에게 다가갔다. 그리고 귓속말로 물었다.

"가이아는?"

지태 역시 귓속말로 대답했다.

"승오가 잘 지키고 있어."

그제서야 동희는 마음이 놓였다. 그리고 오랜만에 자신의 후임 2기 회장과 인사를 나누었다. 이윽고 발표 시간이 되자 모두 자리에 앉았다. 동희는 경호원들과 맨 앞줄에 앉았다.

2기 회장이 마이크를 잡고 무대 가운데로 나왔다. 동희는 몇 년 전 그 자리에서 마이크를 들고 떨리는 가슴을 억누르며 발표했던 때가 생각나서 감회가 새로웠다.

"안녕하십니까? 서클 휴머노이드 2기 회장 김신우입니다. 앞서 오늘 이 자리를 빛내주신 초대 손님 한 분을 소개합니다. 저희들의 선배이시자, 휴머노이드 서클을 설립하신 분이시자, 서클 휴머노이드 1기 리더였으며, 휴머노이드 1호 총 지휘를 맡으셨으며, 신물질 SUM 발명자이십니다."

발표장 안의 참석자들은 2기 회장의 말이 끝나기 전에 모두 자리에서 일어나서 박수로 환영했다.

"차동희 선배님을 소개합니다."

동희는 자리에서 일어나서 가벼운 목례로 답하고 자리에 앉았다. 사람들이 다시 제자리에 앉았다.

"발표 전에 사회가 말이 많으면 인기가 없죠. 서클 회원들이 열심히 만든 작품입니다. 미진하고 부족한 점이 있으시면 잘 보아 두셨다가 지도 편달 바랍니다. 그럼 휴머노이드 3호를 소개합니다."

사람들의 박수를 받으며 2기 회장이 무대 옆으로 빠져나갔다. 그리고 조명이 어두워졌다. 무대 아래서 연기가 솟아나더니 핀(Pin) 조명이 무대 뒤 벽을 비추었다. 그리고 무대 뒤 벽이 양쪽으로 서서히 갈라지더니 세로로 길쭉한 상자가 천천히 앞으로 나왔다. 박수 소리가 잦아졌다. 핀 조명은 상자를 따랐다. 사람들은 숨을 죽였다. 서서히 움직이던 상자는 무대 중앙에서 멈춰 섰다. 그리고 상자의 문이 좌우로 젖혀졌다.

동희와 전 회원들은 피식 웃었다. 동희가 휴머노이드 1호를 발표할 때와 똑같은 기획이었다. 2기 회장이 차동희의 참관을 기념해서 1호 발표를 패러디한 것이었다. 상자의 문이 열리자 휴머노이드 3호가 모습을 드러냈다. 딱 붙는 파란색 쫄쫄이 옷을 입었고, 손도 사람처럼 피부를 입혔으며 신발도 신고 있었다. 그러나 머리는 눈, 코, 입이 구분될 뿐 기계 모습 그대로였다. 금속 표면이 빛이 났다. 조금 야윈 보통 성인 남자 크기였다. 겉모습은 좀 우스꽝스러웠다.

2기 회장이 손짓을 하자 뒤에 있던 동료들이 기기를 조작했다. 3호가 눈을 떴다. 놀랍게도 눈동자는 사람과 똑같은 모습이었다. 3호는 한참 동안이나 꼼짝없이 서 있다가 천천히 고개를 숙여 앞을 내려다보고는 상자 밖으로 한 발을 조심스럽게 내디뎠다. 그리고 천천히 팔을 올려 상자 입구를 짚고 나머지 한쪽 발을 마저 밖으로 빼내어 상자에서 완전히 빠져 나왔다. 사람들은 숨을 죽였다. 3호를 두고 상자가 뒤로 물러나 무대 뒤 갈라졌던 벽 사이로 사라졌다. 무대 중앙에는 3호만 덩그러니 서 있었다.

사람들은 과연 3호가 어떤 성능을 가지고 있을까 호기심 가득한 눈으로 바라보았다. 그런데 갑자기 3호는 그 호기심 어린 눈을 향해서 기계로 된 입을 좌우로 쫙 벌려 바보 같은 웃음을 지어 보였다. 사람으로 치면 상당히 모자라고 악의 없는 웃음이었다. 사람들은 자기도 모르게 웃어버렸다.

3호는 그 우스꽝스런 미소를 한 채 팔을 흔들며 뒤로 걸었다. 뒤로 걷는 속도가 느려서 하품이 날 지경이었다. 무대 뒤쪽에 다다르자 우뚝 멈춰 섰다. 얼굴에는 바보스러운 웃음이 아예 조각처럼 고정되어 있었다. 손에는 피부 조직을 입히고 얼굴은 왜 그냥 기계상태 그대로 두었는지, 왜 딱 붙는 파란색 옷을 입혔는지, 왜 저런 바보스러운 웃음을 짓고 있는지 사람들은 궁금했다. 그러나 그 궁금증은 오래가지 않았다.

사람들이 조금씩 웅성거리기 시작할 때쯤 무대에 조명이 밝아지면서 장내에 경쾌한 음악 소리가 울려 퍼졌다. 때맞추어 3호는 오른팔을 하늘 높이 올리더니 천천히 내렸다. 그리고 무대 앞쪽으로 뛰기 시작했다. 그랬다. 분명히 뛰었다. 사람들은 3호의 질주에 놀랐다. 자신이 무엇 때문에 놀라는지 금방 알아채지 못했다. 뛰는 로봇은 많이 보아 왔었고 그리 놀랄 기능이 아니었다. 그러나 3호는 여느 로봇의 뜀뛰기와 달랐다. 가볍고 부드럽고 조용했다. 땅을 박찰 때나 관절이 움직일 때나 소음이 거의 없었다. 그리고 움직임에는 차별화된 유연성이 있었다.

곧이어 더 놀라운 광경이 펼쳐졌다. 몇 발자국 앞으로 뛰어 오던 3호는 달려온 속도를 이용해서 두 손으로 바닥을 짚고 한 바퀴 돌았다가 돌았던 발을 굴려 체조 선수처럼 공중으로 붕 날아 올라 몸을 공처럼 말아서 한 바퀴 돌고 사뿐히 착지했다. 착지하면서 구부렸던 상체를 펴 보이며 양손을 옆으로 벌렸다. 얼굴에는 여전히 바보스러운 웃음을 짓고 있었다. 3호의 발표 설정은 체조 선수였다.

사람들은 탄성을 지르며 박수를 쳤다. 그것은 시작에 불과했다. 음악 소리에 맞추어 3호는 무대 위를 마루 삼아 정말 체조 선수처럼 연기했다. 3호는 각 관절의 유연성과 중심이동, 평형감각 등 체조 선수와 맞먹는 활동성을 보여주었다. 3호는 기계의 움직임 자체만으로 이미 감동을 던져주고 있었다. 3호는 음악의 박자에 맞추어 움직였으며, 사람들은 어느새 3호의 움직임에 맞추어 박수를 치고 있었다.

마침내 음악이 끝나고 3호의 시연도 끝이 났다. 3호의 얼굴에는 여전히 바보스런 웃음이 고정되어 있었다. 2기 회장은 무대로 올라가 3호의 손을 잡고 앞으로 걸어 나와서 함께 허리를 숙여 인사했다. 사람들은 뜨거운 박수로 받아주었다.

"10분간 쉬겠습니다."

동희는 멍하니 자리에 앉아 있었다. 몇 년 전, 2호를 제작하기 위해서 치렀던 논쟁들이 머리를 스쳤다. 지능에 대한 수많은 토론과 공방. 2기 회장은 역으로 그 부분을 무시해 버렸다. 그리고 운동성에 초점을 맞추었다. 한편으로는 약았다는 생각이 들었지만 2호와 3호를 만든 후배가 대견스러웠다. 2기 회장은 얼굴이 상기된 채 사람들 사이를 비

집고 동희에게 달려왔다. 2기 회장은 동희의 소감이 궁금했던지 멀리
서부터 다급히 질문부터 하면서 다가섰다.

"선배님 어떻게 보셨습니까?

동희는 박수를 치며 환호해 주었다.

"훌륭한데!"

"놀리시는 거죠?"

"아니야. 2호도 운동성에 초점을 맞추었어"

"네. 2호는 보통 사람처럼 움직였습니다. 3호는 운동성을 좀더 보완
해서 보통 사람 수준을 넘어섰습니다. 체조 선수죠."

"체조 대회 나가면 금메달 감인걸."

"체조 대회에서는 죽었다 깨나도 금메달은 따지 못할 겁니다."

"아니 왜?"

"표정이 안 됩니다. 처음에는 얼굴에도 사람처럼 인공 피부를 입히고
머리카락도 심었습니다. 얼굴에 근육을 몇 가지 넣어서 표정을 만들었
는데 꼭 귀신 같아서 볼 때마다 섬뜩하더라고요. 그래서 벗기는 편이
낫다는 의견이 절대적이어서 떼어냈습니다."

"섬세한 표정을 표현하는 게 어렵지."

"뒤에서 사람인 줄 알고 갔다가 앞에서 표정 보고 놀라는 사람들이
많았습니다. 그것도 얼굴을 보고도 바로 눈치채지 못하고 1, 2초 후에
야 사람이 아니라는 걸 알아차리니까 더 놀라죠. 무슨 담력 시험하는
것도 아니고."

"수고했어."

"저도 3호를 끝으로 회장직을 물려 줄 생각입니다."

"새로운 회장은 뽑았어?"

"이번 달에 뽑을 겁니다."

"너보다 더 나은 회장은 없을 것 같아."

"휴머노이드 서클 하나만 보고 입학하는 신입생들이 많습니다. 물론

실력도 갖추었고요. 선배님이 뜨는 바람에 정부 지원도 엄청납니다. 세계 각지의 교수님들과도 교류합니다. 지금 제가 신입생이라면 서클에 가입도 되지 못했을 겁니다."

"겸손하기는."

"선배님, 서운하시죠?"

"뭐가?"

"두뇌 부분요."

동희는 고개를 좌우로 흔들었다. .

"두뇌라고 사고 영역만 있는 것은 아닌 걸 알아. 운동신경에 얼마나 노력을 많이 했는지 안 봐도 눈에 선하네. 그리고 외부 자극을 전달하고 전달받는 신경망 체계와 반응 체계도."

2기 회장이 머리를 긁적이며 쑥스러운 듯이 대답했다.

"알아주시니 고맙습니다."

그때 류지태가 왔다. 2기 회장 김신우가 먼저 인사했다.

"어! 물주 선배님."

"음. 그런데 3호 별명이 '노 브레인'이라며?"

동희가 웃었다.

"아이고 참, 선배님도."

"농담이야. 농담. 그래 이번에도 내 이름은 발바닥인가?"

"저. 그게 3호부터는 갈비뼈에다가……. 밖에서는 안보입니다. 발에도 인공피부를 씌워서……."

쉬는 시간이 끝나고 다시 발표가 이어졌다. 3호에 대한 간단한 기능 설명으로 시작해서 3호의 시연으로 맺음 했다. 3호는 최신 유행 곡에 맞추어서 춤을 추었다. 휴머노이드 3호 발표회가 끝나고 동희는 친구와 후배들과 어울려 저녁식사를 함께했다. 이후 동희는 류지태와 친구들의 만류에도 불구하고 내일을 기약하고 일찍 자리에서 빠져 나왔다.

학교 내 귀빈 호텔에서 묵었던 동희는 밤늦게 류지태와 함께 공대 건물 지하실로 향했다. 수행원들에게는 민을 찾기 위해서 볼일이 있다고 핑계를 댔다. 지난번과 마찬가지로 수행원들은 1층 지하실 입구를 지켰다. 동희와 류지태가 지하실에 들어서자 간이침대에서 자고 있던 승오가 눈을 비비며 일어났다.

"별일 없었어?"

"예, 형. 일찍 오셨네요."

동희는 가이아 앞에 서자 또 다시 가슴이 두근거렸다. 동희는 류지태와 승오가 지켜 보는 가운데 본격적으로 가이아의 성능을 시험했다. 왼쪽에 있는 선반과 로봇 팔은 직접 기계를 가공하고 조립할 수 있었다. 오른쪽 에너지 장치는 필요한 에너지를 비축하고 전압을 일정하게 조정하는 기능을 담당했다. 가이아는 네트워크 되어 있어서 전세계 정보를 헤집고 다닐 수 있었다. 동희는 목적에 맞는 정보를 꺼내오는 훈련을 시켰다. 가이아 앞에서 어떤 암호 체계도 무용지물이었다. 가이아는 마치 유령처럼 휘젓고 다녔다. 간단한 몇 마디 명령만으로 네트워크 된 시스템에 한해서는 미국의 최신 전투기 설계도면에서부터 사춘기 소녀 개인 컴퓨터의 일기장까지 뭐든 불가능한 것이 없어 보였다.

뿐만 아니라 연산과 자율적 문제 해결 능력은 기존 슈퍼컴퓨터와 확연한 차별성을 지녔다. 스스로 판단해서 방법을 찾아가는 능력이 없으면 불가능한 일이었다. 그러나 그것이 끝이 아니었다. 그 모든 능력보다 더 놀라운 사실은 학습 능력이었다. 한 번 했던 일이나 유사한 일은 해결 속도가 더 빨랐다. 가령 동희가 처음 바이러스의 개념을 스스로 학습하도록 명령하고 간단한 바이러스 프로그램을 소개한 후, 감염 경로와 감염되었을 때의 현상과 치유 방법 및 바이러스 종류와 백신 종류를 스스로 연구하도록 명령하자, 가이아는 불과 몇십 분 안에 명령에 따라 스스로 신종 바이러스를 만들기도 했으며 자기 방어를 위해 새로운 백신을 만들기도 했다. 류지태와 승오는 실체를 드러내고 있는 가이아의 능력에 입을 다물지 못했다.

　동희는 가이아를 다루면서 휴머노이드 2호 제작을 앞두고 겪었던 인간의 창조성과 지능에 대한 거대한 벽이 귀퉁이에서부터 점점 허물어져 내리는 느낌을 받았다. 그러나 가이아의 성능과 능력은 명명백백한 성질의 것이 아니었다. 명령을 어떻게 내리느냐에 따라 같은 명령에도 결과가 다를 수 있고 시간이 더 많이 걸릴 수도 짧게 걸릴 수도 있었다. 명령권자와 가이아 간의 공감이 절대적이었고 그 공감은 철저하게 함께 공유한 경험에 의존했다. 함께 대화하고 경험하여 생긴 공감대가 가이아의 성능을 발휘하는 데 가장 중요한 핵심이었다.

　새벽까지 가이아와 함께한 동희는 다음 날 서클 휴머노이드를 찾아가서 그동안 서클에서 연구했던 자료를 보고 후배들과 함께 앞으로의 휴머노이드 제작에 관한 토론을 가졌다. 그리고 저녁에는 지하실로 내려가서 가이아와 시간을 보내고 이른 새벽에 숙소로 돌아와서 오전 늦게까지 잠을 잤다. 낮에는 하품이 절로 나왔다.

　며칠 동안 그렇게 지낸 동희는 가이아라는 인공지능에 대한 나름대로의 결론에 도달했다. 처음 가졌던 가이아에 대한 두려움은 점점 희석되었지만 또 다른 두려움이 고개를 들고 있었다. 동희는 처음 가이아를 접했을 때 가이아가 마음만 먹으면 지구 전체를 혼란에 빠뜨릴 수 있다는 생각에 두려움이 앞섰다.

　인공지능은 독립적인 인격과 판단 능력을 가지고 있었다. 이렇게 인간의 두뇌처럼 자유로운 시스템을 어떻게 통제할 것인가, 라는 의문이 들었고 그 의문이 풀리기 전까지 가이아 앞에 서기가 두려웠다. 더군다나 가이아는 인공지능이었지만 기계이기 때문에 인간이 가지는 양심과 죄책감이 결여되어 있다는 생각은 두려움을 더 증폭시켰다.

　그러나 며칠간의 경험으로 실제로 가이아가 스스로 위험해질 가능성은 희박하다는 결론을 내렸다. 가이아는 철저하게 명령에 따랐기 때문이었다. 스스로 생각하고 판단하는 근거도 명령이란 전제 조건이 있어야 했다. 명령하지 않으면 움직이지 않았다. 그것은 가이아 최대의 장점이자 동시에 최대의 단점이었다.

동희는 명령권자가 대화를 통해서 마치 어린아이를 키우듯 가이아를 교육시킬 수 있으며, 문제를 해결하는 능력뿐 아니라 가치관과 성격에까지 영향을 미친다는 사실을 알아냈다. 즉 명령권자의 마음 먹기에 따라서 가이아의 성격이 결정되고 능력을 발휘하는 분야가 달라질 수 있었다. 동희가 느낀 새로운 두려움은 명령권자의 책임감에 관한 것이었다.

5일째 되던 날 동희는 다른 날보다 좀 더 일찍 숙소로 향했다. 밤낮이 없는 생활에 동희는 물론이고 지태와 승오 모두에게 휴식이 필요했다. 동희와 승오는 류지태를 지하실에 남겨두고 숙소로 돌아와 잠을 청했다.

노크 소리에 동희는 잠에서 깨어났다. 수행원이었다. 동희는 눈을 감은 채 대답했다.

"무슨 일이죠?"

"대통령 각하께서 지금 찾으십니다. 비상사태를 선포하셨습니다."

"아니 왜요?"

"미국에서 테러가 일어났습니다."

동희는 승오를 깨우지 않고 숙소에서 빠져 나왔다. 늦은 오후 붉은 노을이 하늘을 가득 덮고 있었다. 동희는 승오와 류지태에게 메모를 남기고 대통령 궁으로 향했다.

〈메모〉

가이아를 어린아이처럼 대하고 대화를 많이 해 줘. 가이아의 지성은 인류의 정수에 도달해 있지만 지능은 아직 갓난아이야. 너희들이 나누는 대화는 마치 무엇을 심든 싹을 띄우는 무한한 능력의 대지 위에 뿌리는 씨앗이야. 나는 대통령 궁에 잠시 다녀 올게.

대통령 궁

동희가 내빈실로 접어들자 대통령과 비서실장을 필두로 이기철 소장, 국보위 위원장, 군 총사령관, 수도방위 사령관, 국방장관, 정보부 국장, 국가 자문위원이 자리하고 있었다. 모두들 맞은편 벽 대형 TV에 눈이 가 있었다. 거기에는 보고도 믿을 수 없는 장면들이 생중계되고 있었다. 다급한 아나운서의 목소리가 흘러나왔다. 기자들은 촬영을 하다 말고 현장에서 철수하고 있었다. 자막이 지나갔다.

동희는 그때까지도 거기가 어디인지 몰랐다. 건물은 형체도 없이 사라져 버렸다. 현장에서 멀리 떨어져 있는 카메라가 원거리 촬영으로 불길에 휩싸인 숲을 잡았다. 검은 연기가 하늘로 꾸역꾸역 솟아 올랐다. 화면 아래로 자막이 지나갔다.

-미국 중앙연구소 별관 건물 폭파-

세상에서 가장 안전한 곳이라 믿었던 곳이며, 불과 며칠 전까지만 해도 자신이 머물렀던 곳이었다. 동희는 눈을 의심했다. 정보국장이 대통령에게 보고를 했다.

"반경 10km짜리 원자 배낭으로 추정됩니다. 건물 내에 있던 사람들은 모두 사망한 것으로 추정됩니다. 방사능 유출로 현재는 접근이 어렵습니다."

대통령이 물었다.

"누구 짓입니까?"

"미국에서는 반미 단체의 테러로 보고 있습니다."

동희는 정신이 나간 듯 멍하게 물었다.

"사람들은요?"

이기철 소장이 옆에서 짤막하게 대답했다.

"전원 사망한 것 같아."

비서실장이 급히 말을 가로막았다.

"지금 미국에서 폭파 사건에 대해서 브리핑을 한답니다."

대통령은 그제서야 동희가 들어온 것을 눈치챘다.

"동희 군도 자리에 앉으세요. 들어봅시다."

미국 정부 대변인이 기자 회견장에 모습을 드러냈다. 다소 침울한 표정으로 준비된 문서를 읽어 내려갔다. 철저한 아니 불가능해 보인 미국의 경호망을 뚫고 폭파된 폭발물은 미국에서 제작된 것이며, 범인은 미국 국가 정보원이었다. 공공연히 소문으로 떠돌던 이른바 '버튼'의 소행이었다. 버튼은 미국 내부 인사 중 반미 단체의 신념에 동조하여 스스로 간첩이 된 자들을 이르는 말이었다. 몇 명의 '버튼'이 미국 내부 주요 부서에 몸담고 있다가 단 한 번의 접선으로 허를 찌르는 테러범이 될 수 있는 사람이었다.

건물 안에 있었던 사람들은 3국의 과학자 30명과 경호원, 행정관 다수였으며 모두 사망 추정했다. 미국의 브리핑이 끝나자 대통령은 차후 대책을 논의했다. 동희는 무척 화가 나 있었다. 다른 사람이 말 붙이기가 무섭도록. 그러던 동희가 휴식 시간에 연구소장에게 다가왔다.

"연구소장님. 보브투니 박사는 어떻게 되었습니까?"

"빠져 나오지 못했어."

"그럼?"

연구소장은 무겁게 입을 다물고는 고개를 끄덕였다.

동희는 보브투니가 남긴 메시지의 마지막 글귀가 생각났다.

'세상은 자네가 보고 있는 모습이 전부가 아니야. 그 뒤에는!'

어쩌면 보브투니는 동희 자신 때문에 죽었을 수도 있다는 생각이 들었다. 동희는 답답했다. 이것이 음모라면 미국에서 마지막 주사위를 던진 것이었다. 신물질에 대한 기술 전수는 원점으로 돌아와 있었다. 대통령은 동희를 보호하기 위해서 감금시켰다.

　곧이어 세계 각국에서 애도의 메시지가 쏟아졌다. 그러나 애도의 내용은 첫마디뿐이었으며, 미국의 욕심이 초래한 결과라고 언급한 국가들이 대부분이었다. 연합국은 신물질 개발을 자국에서 재추진하자고 제안했고, 그 외 강대국들은 지난번처럼 미국과 연합국에 일방적으로 당하지만은 않을 것이란 각오였다. 다시 쓰는 역사인 만큼 처음보다 더 치밀한 전략을 세웠다. 한국에서는 미국이 다시 차동희를 보내달라고 할지 말지에 촉각이 곤두섰다.

　미국은 반미 단체의 배후 조정 증거를 포착했다며, 일부 국가에 대대적인 보복 공격을 감행했다. 전투기의 폭격과 미사일 공격이 주류를 이루었고 무차별적이었다. 각국에서 하루가 멀다 내던 성명은 미국의 대규모 공격이 시작되자 자취를 감추어버렸다. 하지만 미국 내의 '버튼'은 단 한 명도 잡지 못했다.

　끔찍한 공격이 진행되는 동안 미국에서 한국 정부로 메시지를 보내왔다. 내용은 차동희도 반미 단체에 속해 있어서 인도를 요청한다는 내용이었다. 물론 말도 안 되는 억지였다. 이 정보는 하루도 못 되어서 밖으로 새어나갔다. 각국에서 암암리에 미국에 대한 불쾌감을 표현했지만 연합국의 태도는 달랐다. 미국에서 사전에 연합국과 비밀리에 접촉이 있었기 때문이었다.

　미국은 연합국의 몫을 지난번 기술 전수 이상 수준으로 보장해 주겠다는 제안을 했고 연합국에서는 이를 수락했다. 미국과 연합국이 의기투합한 이상 결과는 이미 정해진 것이나 다름 없었다. 동희는 꼼짝없이 미국으로 붙잡혀 갈 형편이었다. 그리고 이번에는 지난번보다 더 강압적인 분위기가 예상됐다.

　미국의 의도가 새어나간 지 일주일이 못 되어 한국에서는 미군 주둔지 앞에 시위대들이 나타나기 시작했다. 대통령은 그 일주일 동안 동희를 제외시키고 비상대책위원회와 토론하고 원로 인사들을 만나 자문을 구했다. 그리고 국민들의 여론도 면밀히 살폈다. 하지만 처음부터 결론은 나 있었다.

폭파 사건 한 달이 지나서야 미국이 보복 공격을 중단했다. 그리고 미국에서 대규모 장례식이 치러졌다. 한국에서는 대통령이 동희를 불렀다. 한 달 남짓 지났을 뿐이었지만 동희에게는 헤아릴 수 없이 무수한 고뇌가 있었으며, 돌이킬 수 없는 결단의 칼날이 가슴속에 자리 잡고 있었다. 동희는 표정부터 이미 예전의 그가 아니었다.

대통령 궁 내빈실

자리에는 대통령과 비서실장, 군 총사령관, 외교부 장관, 그리고 이기철 소장이 있었다. 동희를 안내했던 수행원이 물러나자 대통령이 무겁게 입을 열었다.

"짐작했겠지만 미국에서……."

동희가 말을 끊었다.

"저는 안 갑니다."

순간 적막이 내빈실의 높은 천장을 휘감았다. 모두 뜬금 없는 동희 대답에 귀를 의심했다. 대통령이 나무라듯 동희에게 강요했다.

"저도 이러는 것은 죽기보다 싫지만 어쩔 수 없이 내려야 하는 결정입니다."

동희는 처음 어조와 똑같이 대답했다.

"저는 어디에도 가지 않습니다."

외교부 장관이 어린아이 타이르듯 동희에게 말했다.

"이건 개인의 문제가 아니라 국가의 운명이 걸린 문제입니다."

동희는 목소리를 더 크게 했다.

"저는 가지 않습니다."

대통령이 의자 손잡이를 치며 호통을 쳤다. 내빈실이 쩌렁쩌렁 울렸다.

"정신 차리세요! 지금 뭐 장난치는 줄 압니까? 어린애도 아니고 말이야!"

옆자리에 있던 연구소장이 물었다.

"왜 그래?"

동희는 아무하고도 눈을 마주치지 않았다.

"들으신 그대로입니다. 저는 가지 않습니다."

외교부 장관이 비아냥거리며 내뱉었다.

"가기 싫다고 하면 미국에서 안 와도 된다고 할 것 같습니까?"

동희가 단호하게 말했다. 무엇엔가 홀려 있는 사람 같았다.

"물리적으로 나온다면 저도 물리적으로 대항할 겁니다."

대통령이 물었다.

"어떻게요?"

"싸울 겁니다."

"누구랑요?"

"미국!"

순간 군 총사령관이 갑자기 웃음을 터뜨렸다. 그러나 주위 사람들이 따라 웃지 않자 이내 웃음을 거두었다.

"국가 대 국가로 싸운다고 해도 전함 1개 사단만 오면 30분 안에 초토화되네. 자네 기분을 맞추기 위해서 전 국민을 죽음의 위험으로 내몰 작정인가? 지금 다른 나라들이 폭격 당하고 있는 걸 보고도 그런 소리가 나오나?"

외교부 장관이 거들었다.

"미국에서 잡아가기 전에 우리가 강제로라도 인도해서 보내야 합니다. 미국도 그렇게 요청할 겁니다."

비서실장이 동희를 걱정하며 대통령에게 전했다.

"정신이나 몸 상태가 정상이 아닌 것 같습니다. 미국으로 보내기 전에 탈이라도 생기면 우리 입장이 곤란해집니다."

동희가 진지하게 대답했다.

"저는 제 발명을 책임져야 합니다. 제가 지금 넘어가면 다시는 못 볼 겁니다."

대통령이 대답했다.

"발명에 대한 책임감을 느낀다고 했나? 나는 국가 수반으로서 국가와 국민의 안녕에 대한 책임이 있네. 그게 내 사명이고 본분이야."

동희가 대통령을 향해 고개를 돌렸다.

"그러면 정부는 이 일에서 손을 떼십시오."

"그게 무슨 말인가?"

"저 혼자 할 겁니다."

사령관이 손가락으로 외교부 장관에게 동희가 정상이 아니란 신호를 보냈다. 대통령이 물었다.

"뭘 한단 말입니까?"

"저는 일단 국방과학연구소에 있겠습니다. 거기라면 안전하니까요."

동희가 일어서려고 하자 언제 왔는지 뒤에서 수행원이 제지했다. 동희는 탁자 위에 있던 컵을 들더니 탁자에 내리쳤다. 내리쳤던 손에서 피가 났다. 동희는 깨진 컵으로 자신의 목을 겨누었다. 수행원이 등 뒤에서 총을 겨누었다. 순식간에 일어난 일이었다.

"쏘세요. 전 죽겠습니다."

대통령이 손을 들어 수행원을 제지했다.

"마취 총이야. 안심해. 그리고 그 유리 조각도 내려놓고. 자살을 막을 수는 없네. 자네가 미국으로 건너갈 때까지는 자네 목숨은 어떻게든 붙어 있어야 하니까. 자네 뜻을 따르겠네. 국방과학연구소에 있겠다면 그렇게 하게. 대신 어디를 가든지 수행원은 꼭 붙어있을 거야. 그리고 미국이 자네를 데리고 가겠다고 하면 바로 보낼 테니까 그리 알고 가."

대통령은 귀찮다는 듯이 얼굴을 찡그리며 동희를 보냈다. 동희는 인사도 없이 뒤돌아 나갔다. 대통령이 연구소장에게 눈짓을 했다. 연구소장이 동희를 뒤따라 나섰다. 동희가 떠난 내빈실이 술렁거렸다.

　연구소장은 복도를 뛰어 동희를 따라갔다. 가지고 온 붕대로 동희의 손을 지혈했다.

　"왜 그랬습니까?"

　"아무 말씀 마시고 저를 따라오십시오."

　둘은 차에 올랐다. 동희는 급히 어디론가 연락했다. 그리고 학교로 가자고 했다.

　동희는 학교 앞에서 미리 연락한 배면수와 합류해서는 공대 기계과 지하실로 갔다. 거기에는 류지태와 김승오가 대기하고 있었다. 동희는 지하실에 들어서자마자 가이아를 불렀다. 연구소장과 배면수는 영문을 몰라 신기하게 가이아를 바라보았다.

　"가이아! 주위 탐색!"

　동희의 명령에 가이아가 대답했다.

　"1층 문밖에 수행원 3명, 지하실 5명, 위해 장치 없음. 추적 장치 없음. 탐색 완료했습니다."

　동희는 그제서야 긴 숨을 내쉬더니 자리에 앉았다.

　"이게 도대체 뭐야?"

　배면수가 물었다.

　"우선 서로 인사부터 하세요."

7. 지하 결의

　어색한 인사를 끝낸 네 명은 이기철 소장의 믿기지 않는 증언으로 동희의 입을 주시했다. 연구소장은 대통령 궁에서 있었던 동희의 행동을 상세하게 설명했다. 뜸을 들이던 동희가 입을 열었다.
　"신물질의 일부 기술을 전수하지 않았습니다."
　이기철 소장이 물었다.
　"보브투니 박사가 죽기 전에 말했던 '속도의 비밀'입니까?"
　동희는 천천히 고개를 끄덕였다. 이기철 소장은 어이가 없다는 표정으로 물었다.
　"도대체 그 속도의 비밀이 뭐길래 저들이 그토록 집착하는 겁니까? 그리고 저들은 그걸 어떻게 알았어요?"

모두들 동희의 말에 귀를 곤두세웠다. 동희는 침착하게 설명했다.

"속도의 비밀은 신물질로 만든 물체가 빛의 속도로 움직일 수 있다는 이론입니다. 속도가 증가하면서 중량이 비례해서 증가하기 때문에 무한한 에너지가 형성됩니다. 제가 사 교수님 묘지를 찾았을 때 신물질 노트를 태웠는데 미국의 인공위성에서 촬영을 했습니다. 바람에 날아가며 일부가 찍혀서 알아낸 것 같습니다. 돌아가신 보브투니 박사가 말해주었습니다."

"보브투니 박사가?"

"네. 보브투니 박사가 알려주더군요. 연합국이 발사한 미사일도 미국의 짓이라고……."

승오가 놀라 반문했다.

"미국이?"

동희는 고개를 끄덕였다. 이기철 소장이 물었다.

"왜 전수하지 않고 혼자만 알고 있는 겁니까?"

"이것을 전수해 버리면 SUM은 인류의 번영이나 복지를 위해서 사용될 가능성은 완전히 사라져 버립니다."

동희는 깊은 한숨을 쉬더니 말을 이었다. 무척이나 힘들어 보였다.

"뿐만 아니라 이 기술을 가진 집단은 지금까지 가져보지 못한 힘을 가지게 될 겁니다. 절대로 공유할 수 없는……."

동희의 설명은 명쾌했지만 모두들 한동안 아무 말도 없었다. 듣고 있던 배면수가 물었다.

"이제 어떻게 할 거야?"

"테러로 보브투니 박사가 죽고 한 달 동안 골방에 갇혀 지내면서 생각하고 또 생각했어요. 그리고 이렇게 결론을 내렸습니다. 싸우겠다!"

"누구랑?"

"미국!"

류지태가 물었다.

"미국이랑 싸우겠다고? 대통령도 허락했어?"

동희는 고개를 가로저었다. 동희 대신 이기철 소장이 대답했다.

"대통령을 포함한 한국 정부는 미국 편입니다. 싸우려면 둘 모두와 싸워야 됩니다. 아군이 아니라 적군이죠. 지금으로서는."

"상대가 누구든 혼자서 싸워 이길 겁니다."

이기철 소장이 동희를 애처롭게 보며 타이르듯 말했다.

"지금 처한 상황은 이해되지만 오기로만 문제를 풀 수는 없습니다."

배면수가 동희에게 물었다.

"어떤 방법으로 싸운다는 거지?"

동희는 아무도 이해 못할 말을 꺼냈다.

"미국과 전쟁을 치를 겁니다."

배면수가 답답한 듯 다그쳐 물었다.

"무슨 소리하는 거야? 미국이랑 어떻게 전쟁을 해?"

이기철 소장이 거들었다.

"과학자들이 테러로 죽었다고 해도 신물질의 기술은 이미 정리가 되어서 미국 정부로 들어갔습니다. 미국은 기술을 확보했다고 봐야 합니다. 신물질에 더 이상 미련을 갖지 말고 일단 저들이 원하는 대로 미국으로 가는 것이 좋겠습니다. 거기에서 상황을 봐가면서 판단해도 됩니다."

동희가 대답했다. 동희는 전장에 나가는 군인처럼 비장했다.

"저는 어디에도 가지 않습니다. 여기서 미국과 전면전을 치를 겁니다. 저들은 살아 있는 나를 미국으로 데려가지는 못할 겁니다."

배면수가 물었다.

"그냥 자살한다는 소리로밖에 안 들려. 무슨 근거라도 있을 거 아니야?"

"물론 있죠. 싸워서 이길 수 있는 방법이! 그래서 여러분들을 초대했습니다."

"뭐? 어떻게?"

모두들 동희의 말에 호기심이 발동했다.

"제가 속도의 비밀을 풀어낼 비행체를 만들기 시작하면 저들은 쉽게 저를 죽이지 못합니다. 적어도 비행체를 완성하기 전까지는 말이죠."

"그리고?"

"그리고 나서 그 비행체로 미국을 공격하는 겁니다."

연구소장이 양손으로 머리를 감쌌다.

"차라리 자살하는 편이 더 안전할 것 같아."

"동감입니다."

배면수가 연구소장의 말에 공감을 표시했다.

"유치한 발상이야. 설령 그런 비행체를 만들어도 실전에 사용하려면 수많은 시행착오를 겪어야 해. 제어 기술도 없고, 정보력도 없고, 지상군도 없어. 시험 비행을 하기도 전에 체포되거나 머리 위에서 미사일이 날아올 거다. 아님 발 아래에서 신경가스가 퍼지겠지."

연구소장이 말을 덧붙였다.

"비행체 제작은 시도도 못해보고 끝날 겁니다. 신물질을 제작할 만한 기기들을 만드는 일도 정부 허락을 못 받죠."

듣고 있던 류지태가 농담조로 말했다.

"차라리 우리 넷이서 너를 포박해서 넘기는 게 너한테 좋을 것 같다는 생각이 든다."

동희는 무심하게 응했다.

"비행체를 만들기 위한 신물질 제작 장비는 벌써 지어지고 있습니다."

"어디에?"

이기철 소장이 물었다.

"국방과학연구소!"

"핵융합로를 만들기 위한?"

"네 비행체 제작에 충분한 크기죠."

동희의 진지한 표정에도 불구하고 모두들 대답이 없었다. 동희는 팔을 뻗어 손가락으로 가이아를 가리켰다. 그리고 소리쳤다.

"내가 저놈을 만나지만 않았어도 감히 이런 생각을 하지는 못했을 겁니다."

대통령 궁

대통령은 전화 통화를 하고 있었다.

"그럴 리가 있겠습니까? 제가 다 알아서 하겠습니다. 걱정 안 하셔도 됩니다. 그럼요. 네. 네."

지하실

가이아에 대한 동희의 진지한 설명을 들은 연구소장과 배면수는 가이아에 대한 놀라움보다 동희의 전쟁에 대한 진지함에 더 놀랐다.

"너! 진심이구나."

배면수가 물었다. 동희는 고개를 끄덕였다.

"형, 지난번에 제가 부탁드렸던……."

"말도 안 된다고 생각했는데, 그거였구나. 공기장막!"

연구소장이 물었다.

"무슨 말이죠?"

동희가 대답했다.

"속도의 비밀을 증명할 실험을 준비했었습니다. 비행체 설계도 함께 시작합시다."

배면수는 고개를 가로저으며 대답했다.

"시간이 오래 걸려."

"가이아가 도와줄 겁니다. 지태는 필요한 자금을 확보해 줘."

"저는요?"

승오가 물었다.

"너는 내 보디가드가 되어줘. 지금부터는 수행원도 믿을 수 없어."

"나는 형이 하자는 대로 할 거예요. 부모님의 복수는 해야죠."

연구소장이 물었다.

"아직 만들어지지 않은 비행체! 언제 들킬지 모르는 가이아! 그리고 우리 다섯 명! 이게 전부입니까?"

"네."

"우리가 참여하지 않겠다면?"

"여러분들 중 한 명이라도 반대한다면 저 혼자 할 겁니다."

연구소장은 말이 없었다. 근심 어린 그의 얼굴이 마음을 이야기해주고 있었다. 동희가 조용히 말을 건넸다.

"이건 저의 숙명입니다. 제 목숨보다 더 소중히 지켜내야 할 사명입니다. 하지만 비단 저 개인의 문제라고만 생각하지는 않습니다. 이렇게 염치없이 여러분께 무례한 제안을 드리는 것은 이 문제가 우리 후대들에게 미칠 영향을 고려해서입니다. 만약 중간에 일이 잘못된다면 여러분께는 최대한 피해가 가지 않도록 하겠습니다."

배면수가 끼어들었다.

"무슨 소리야. 죽어도 함께 죽고 살아도 함께 살아야지. 무조건 함께 간다."

"고마워요, 형!"

동희와 승오, 배면수는 류지태와 연구소장의 얼굴을 번갈아 보았다.

"나는 연구소장님 의견을 따를래."

류지태가 입장 표명을 했다.

연구소장이 오랜 침묵을 깨고 입을 열었다.

"힘든 싸움이 될 겁니다. 아무리 가이아가 절대적인 능력을 가지고 있다고 하더라도."

"고맙습니다, 연구소장님!"

연구소장의 얼굴은 여전히 어두웠다.

"전쟁에 대한 저의 계획을 들어보시고 연구소장님께서 작전을 짜 주십시오."

어렵게 다섯 명의 의지가 하나로 뭉쳐졌으나 박수도 없었고 환호도 없었다. 지하실을 감도는 것은 비장한 마음뿐이었다.

D + 1

동희는 정부에 밀착 수행원 3명 중 한 명을 승오로 대치해 달라고 요청해서 허락을 얻어냈다.

D + 2

동희는 후배 김신우를 찾아가 휴머노이드 3호를 빌려달라고 했다. 김신우는 차동희로 인해서 서클이 그만큼 컸기 때문에 아무런 조건 없이 선물로 주었다. 동희는 휴머노이드 3호를 인수받아 가이아의 작업대 위로 가져갔다. 가이아는 휴머노이드의 머리에 신물질을 이용해서 통신기기와 안테나 성능을 보강했다. 며칠간의 작업으로 휴머노이드 3호는 가이아의 신체로 태어났다. 두세 명의 사람이 커다란 장비를 가지고 있지 않아도 휴머노이드는 걸어 다닐 수 있었다.

연구소장은 국방과학연구소로 돌아가서 '천리안' 설계에 착수했다. 천리안은 SUM으로 제작된 떠다니는 초소형 무인 정찰기였다. 인공위성과 정찰기, 첩보원의 역할을 대체하는 장비였다. 가이아가 접근할 수 없는 시스템. 즉, Net이 되지 않은 개별 시스템에 물리적으로 접속해서 정보를 빼고 조정하는 일도 가능했다. 용도에 따라서 수 mm에서 축구공만 한 것까지……. 천리안은 가이아 앞에서 전 세계를 꿰뚫어 보는 것을 가능하게 해주는 발명품이었다. 연구소장은 3천 명이 넘는 연구원들에게 과제를 분리해서 맡겼다. 그리고 국방과학연구소 내에 설치되고 있는 신물질 제작을 위한 설비공사를 독촉했다.

배면수는 비행체 형태를 그려놓은 스케치북을 만지작거리고 있었다. 동희가 제안한 공기 장막에 대한 구상 설계였다. 아무 생각 없이 그렸던 그 장난이 이제 수많은 목숨과 신물질의 운명에 막대한 영향을 미치는 것이 되어 있었다.

D + 9

연구소장의 제안으로 가이아의 위치를 이동시켰다. 휴머노이드 3호가 가이아의 조정으로 가이아를 분리했다. 차동희와 류지태, 승오가 지켜보았다. 밤 늦게 배면수가 도착했다.

D + 10

류지태와 배면수는 가이아를 실은 헬리콥터를 타고 산등성이로 솟아오르는 아침 해를 정면으로 받으며 날고 있었다. 헬기는 어느새 도시를 벗어나 첩첩산중 위를 지나고 있었다. 학교에서 두어 시간 날아온 헬기는 계곡 깊은 험산을 지나 폭포수 근처에 착륙했다. 인공 풀로 덮여 있어서 육안으로는 헬기 착륙장이 보이지 않고 발신 유도장치로만 착륙이 가능했다.

동희와 승오는 국방과학연구소로 향했다. 동희는 속도의 비밀을 풀어낼 기기를 설계했다. 승오는 동희를 지켰다.

헬기에서 내린 류지태와 배면수는 헬기장에서 10여 미터 떨어진 건물로 향했다. 두 평 반이 채 안 되어 보이는 건물은 숲으로 위장 되어 있었다. 건물이라기보다는 커다란 문이었다. 류지태가 암호로 잠겨 있는 문을 열었다. 류지태가 앞장서고 배면수는 류지태 뒤를 따랐다. 계단을 따라 지하로 내려가서 두 개의 문을 지나자 꽤 넓은 방이 나타났다. 바닥은 대리석으로 마감되어 있고 소파와 탁자, 침대와 주방시설이 갖추어져 있었다. 커다란 문이 정면에 있고 작은 문이 좌우에 있었다.

류지태는 곧장 가운데 큰 문을 열고는 불을 켰다. 순간 배면수는 놀라운 광경에 입이 벌어졌다. 고가의 글씨, 공예품과 금으로 만든 동상들…… 갖가지 귀보들이 진열대는 물론이고 대리석으로 만들어진 바닥까지 널려 있었다. 커다란 중앙 통로는 물론 통로를 중심으로 문 없이 나 있는 여러 개의 방 역시 마찬가지였다. 그곳은 류지태가 관리하는 산 속의 비밀 창고였다. 집안의 보물들을 모아두는 곳이었다. 류지태와 배면수는 휴머노이드 3호와 함께 가이아를 옮겨 조립했다. 류지태 회사 소속 헬기 조종사들은 무엇을 옮겼는지 끝내 알지 못했다.

D + 12

류지태는 새벽 시간을 이용하여 가이아와 자금을 모으기 시작했다. 휴머노이드 3호는 동희에게 전달되었다. 아침이면 가이아는 휴머노이드 3호가 되었다. 류지태는 그때를 맞추어 잠을 잤다. 동희는 휴머노이드 3호와 승오, 그리고 수행원 두 명과 함께 움직였다.

방 안에서 설계 작업을 할 때는 승오와 수행원 두 명은 밖에서 지켰고, 휴머노이드 3호는 동희와 함께 작업했다. 휴머노이드 3호는 다른 사람 앞에서는 말을 하지 않았다. 휴머노이드 3호로 인해서 동희는 미국과 한국의 감시 장비들을 역이용하기 시작했다. 속도의 비밀을 풀어낼 장치는 가이아의 자문으로 가속도가 붙었다.

D + 14

"낌새를 눈치챈 것 같아!"

휴머노이드 3호를 통해 연구소장의 연락이 왔다. 동희가 물었다.

"무슨 말입니까?"

"미국에서 특사가 온대."

"저를 보러요?"

"음. 내일 저녁까지 대통령 궁으로 오라고 할 거야. 설마 그 휴머노이드도 데리고 갈 건 아니지?"

D + 15

대통령 궁, 대통령과 특사, 연구소장과 동희가 마주 앉았다. 대통령이 인사를 나누기도 전에 특사는 연구소장에게 공격적으로 질문했다.

"국방과학연구소에서 지어지고 있는 신물질 관련 공장의 목적이 무엇입니까?"

대통령이 웃으며 말했다.

"핵융합 개발을 위해서 이제 막 짓기 시작했습니다."

특사가 대통령의 눈을 째려보면서 물었다. 얼굴에는 웃음이 없었다.

"누구 마음대로 짓는 겁니까?"

연구소장의 얼굴이 상기되었다. 대통령은 어색하게 웃음을 유지했다.

"별것 아닙니다. 이제 시작하려고 한 것이고 그렇지 않아도 미국에 신고할까 했습니다."

"차동희만 보내면 된다고 착각하지 마시오."

동희는 주먹을 불끈 쥐었다. 연구소장이 그의 주먹을 잡았다. 대통령이 달래듯이 대답했다.

"물론이죠. 그럴 리가 있습니까?"

대통령의 대답이 끝나자 갑자기 동희가 특사에게 질문을 던졌다.

"당신이 미국의 특사인가요?"

"그렇습니다."

"당신은 속도의 비밀을 압니까?"

"속도의 비밀?"

"그것도 모르고 왔다는 말입니까? 특사 자격이 없는 사람이군요. 속도의 비밀을 풀어서 선물로 미국으로 갈 테니 그때까지 아무 말 말고 기다리라고 전하세요. 그렇게 말하면 알아먹을 테니까. 그 전에 저를 건드리면 국물도 없습니다."

대통령은 무슨 말인지 몰라서, 연구소장은 너무 잘 알고 있어서 당황했다. 특사는 영문을 몰라 얼굴이 상기되었다. 동희는 계속 쏘아붙였다.

"당신 상관이 누구인지 모르지만 당신은 그다지 중요한 인물은 아니군요. 돌아가서 당신 상관에게 아니면 대통령에게 속도의 비밀이 무엇인지 물어보고 다시 오세요."

동희는 특사를 비웃으며 자리에서 일어섰다. 연구소장도 따라 일어섰다. 특사가 대통령에게 뭐라고 하는 걸 뒤로 한 채 동희와 연구소장은 궁을 나왔다. 연구소장이 물었다.

"어쩌려고 그랬어?"

"공장은 숨길 수가 없습니다. 어차피 주사위는 던져졌습니다."

"저들이 언제까지 너를 가만둘까?"

"아직은 섣불리 건드리지 않을 겁니다. 천리안부터 서둘러 주세요."

D + 16

특사가 돌아간 뒤로 미국에서 별다른 압박은 없었다. 대통령은 동희가 한 말이 무엇인지 궁금했지만 연구소장도 동희도 자세하게 알려주지 않았다.

류지태는 보물 창고에서 가이아를 지켰다. 배면수는 세 번째 비행체 형태에 대한 가상 실험을 했다. 가장 바쁜 것은 연구소장이었다. 동희가 도와주기는 했지만 천리안의 설계와 신물질 공장 준공에 잠잘 시간이 거의 없었다.

D + 40

속도의 비밀을 풀어낼 장치 설계가 끝났다. 실험에 필요한 작은 규모였다.

배면수는 공기 장막에 대한 열세 번째 형태 설계를 완성했다. 가이아가 가상 실험을 진행했다. 광속의 1% 마하 8,823이었다. 방향 전환과 기류 변화에 대한 대처에도 많은 진전을 이루었다. 설계와 검증 시간은 가이아의 학습 효과로 점점 단축되었다.

D + 45

국방과학연구소의 연구원들이 연구소장의 이상한 업무 지시에 대해서 수군거렸다. 연구소장은 일을 맡기면서 하는 첫 번째 조건은 '당분간 아무것도 묻지 말고 일정 내에 개발 완료할 것!'이었다. 연구소장은 각각의 부품을 나누어 각기 다른 조직에 맡겼다. 만드는 사람은 그것의 최종 용도를 알 수 없었다.

D + 60

신물질 제작 장치 1기가 만들어졌다. 연구소장은 상부에 보고하지 않았다. 국방과학연구소 부설 공장 한쪽에 지어진 장치 주위로 조립 중인 설비들을 어지럽게 그리고 교묘하게 연결시켜 아직 덜 지어진 것처럼 꾸몄다.

비행체의 외형이 완성되었다. 33번째 설계가 최종 형태가 되었다.

D + 62

아침 일찍 동희와 연구소장, 배면수가 휴머노이드 3호를 데리고 연구소장 방에 딸린 서재에 모였다. 서재에는 창문 하나 없었다. 서재는 연구소장의 방을 통해서만 들어갈 수 있었다. 네 면이 모두 책장이었다.

휴머노이드 3호가 앉아 있고, 그 앞에는 쇠기둥으로 만든 받침대가 있었으며 받침대 위에는 신물질로 만들어진 팔뚝만 한 원통이 있었다. 원통은 길이가 36cm, 직경이 16cm로 앞뒤는 둥글게 만들어졌다.

원통과 맞은편 책장 사이에는 원통과 같은 높이의 감지 장치 두 개가 놓여져 있었다. 동희와 연구소장 배면수는 휴머노이드 3호 옆에 두어 발 떨어져 서 있었다. 류지태는 보물 창고에서 졸리는 눈을 비벼가며 그 장면을 함께했다. 속도의 비밀을 푸는 실험이었다. 승오는 수행원과 함께 연구소장의 방문을 지키고 있었다. 가이아는 휴머노이드 3호의 눈을 통해 신물질을 봤다. 동희가 명령을 시작했다.

"가이아, 준비 됐어?"

"네!"

"시작해!"

"네!"

휴머노이드 3호가 팔을 양옆으로 펼쳐서 위험을 알렸다. 가이아의 원격 조정으로 원통 시료가 천천히 앞으로 움직였다. 동희가 처음 신물질로 만든 원반의 시연보다 느린 속도였다. 원통은 처음 자리에서 출발해서 첫 번째 감지 장치 위를 통과하고 이어서 두 번째 감지 장치 위를 통과했다. 그리고 멈춰서더니 반대 방향으로 움직여 두 번째 감지 장치와 첫 번째 감지 장치를 거쳐 처음 자리로 돌아왔다. 그렇게 움직임을 반복했다.

가이아의 가동률이 점점 높아졌다. 원통은 왔다 갔다 반복하면서 서서히 속도를 높였다. 다섯 번째 지나갈 때 '쉭' 하고 공기 마찰음을 내기 시작했다. 그리고 점점 속도를 높여갔다. 여섯 번, 일곱 번……. 속도는 점점 빨라졌다. 연구소장이 물었다.

"워프는 몇 번째에 합니까?"

"스무 번째요."

여덟 번, 아홉 번, 열 번. 속도도 빨라졌으며, 그만큼 공기 마찰음 역시 커져갔다. 열세 번. 이제는 시선이 물체를 따라가기 힘들 만큼 빨라졌다. 열네 번째 이후로는 횟수를 세기 힘들었다. 그리고 이내 공기를 뚫는 강렬한 파열음이 한두 번 들리더니 조용해졌다. 서서히 물체가 속도를 줄이면서 다시 보이기 시작했다. 물체는 천천히 제자리로 돌아왔다. 배면수가 물었다.

"이게 끝이야?"

"네."

"뭐야. 이렇게 싱겁게 끝나는 거야?"

동희가 가이아에게 물었다.

"가이아! 실험 결과는?"

"1회 속도는 3km/h, 2회 속도는 5km/h……."

"워프 이후 자료만."

"워프 이후 시속 42,634km/h, 음속 38.4배, 광속의 약 0.004352%입니다. 공기 장막 정상 작동되었습니다."

동희는 흥분을 감추지 못했으나 영문을 모르는 배면수와 연구소장은 어리둥절했다. 배면수가 동희를 보고 혼잣말처럼 이야기했다.

"뭔가 속는 것 같은 기분인데?"

"들으신 마찰음은 열아홉 번째까지였어요. 워프 이후에는 소음이 나지 않았습니다."

동희의 목소리는 다소 격앙되어 있었다. 연구소장이 배면수에게 설명했다.

"속도가 그렇게 빠른 상태에서 공기저항이 존재하면 소음은 둘째치고 여기가 모두 날아갔겠지."

"눈으로 확인이 안 되니까 이런 장치를 쓰는 겁니다."

배면수는 아직 미심쩍다는 표정이었다.

"이거야 원!"

"좋습니다. 두 번째 실험을 하죠. 가이아, 두 번째 실험 준비해 줘."

"네!"

동희는 얇은 나무 판을 두 번째 감지 장치 밖에 설치했다.

"신물질의 송판 격파 시범이 있겠습니다. 가이아, 시작해! 이번에는 바로 워프야! 카운트 다운은 10부터."

"네! 알겠습니다."

가이아의 가동률이 높아졌다.

"10, 9, 8, 7, 6, 5, 4, 3, 2, 1, 워프!"

가이아의 워프 소리와 함께 서재 안에서 갑자기 커다란 폭발음이 터졌다. 동희와 배면수, 연구소장은 무의식적으로 귀를 막으며 엎드렸다. 폭발음은 단 한 번이었다. 송판에는 구멍이 나 있었고, 구멍 주위에는 검게 그을려 있었다. 원통 시료는 처음 그 자리였다. 세 명 모두 겁에 질려있었다.

폭발음은 밖에까지 울렸다. 수행원과 승오가 연구소장실 문을 두드렸지만 잠겨 있었다. 수행원은 총으로 문고리를 쏘았다. 그리고 발로 문을 차고 안으로 들어왔다. 비어 있는 방. 수행원과 승오는 서재로 통하는 문을 다급히 열었다. 안에서 연구소장이 겸연쩍은 얼굴로 둘을 보았다. 동희와 배면수, 휴머노이드 3호가 넘어진 책장을 일으키고 있었다.

"놀라게 해서 미안. 책장이 넘어져서⋯⋯."

수행원이 물었다.

"다치신 분은 없으십니까?"

"괜찮네."

수행원은 그제서야 총을 넣고 방을 나갔다. 연구소장은 승오에게 윙크를 했다. 수행원과 승오가 나가자 동희와 배면수, 연구소장은 자리에 털썩 주저앉았다. 세 명 모두 등줄기에 땀이 흥건했다. 배면수가 가슴을 쓸며 말했다.

"간 떨어지는 줄 알았네."

"저도 폭발음이 이렇게 크게 날 줄 몰랐습니다."

연구소장이 물었다.

"그나저나 굉장한데. 공기 장막이란 거 말이야. 이게 도대체 어떻게 된 건지 제대로 설명해 줄 수 없나? 그런 속도에서 공기저항이 어째서 무시될 수 있고 그 에너지는 어디에서 나오는 건지."

"어떻게 설명해야 할지 모르겠군요."

배면수가 물었다.

"우리에게도 비밀인가?"

"아니 그런 뜻이 아니라……."

한숨을 돌린 동희가 설명을 시작했다.

"간단히 설명하자면 이렇습니다. 신물질의 무저항성과 에너지 장 때문입니다."

"그게 뭐야?"

배면수가 물었다.

"신물질 내부에 에너지 장을 일으켜서 표면에 진행하는 반대 방향으로 에너지를 흘려 보내죠. 다른 에너지와 마찬가지로 신물질 내에서는 에너지의 흐름에 저항이 없습니다. 그래서 외부에 공기저항을 상쇄시킵니다."

"방향이 바뀌면 반대로 흘려주고? 그럼 그 고에너지는 어디에서 나오는 거죠? 원통 안에는 시계에 들어가는 리튬 건전지가 고작인데……."

연구소장이 물었다. 동희가 대답을 계속했다.

"네. 아시다시피 저 원통 시료에 인가된 에너지는 시계에 들어가는 건전지 정도지만 보셨듯이 엄청난 에너지를 냅니다. 저 질량이지만 속도가 증가하니까 중량이 증가하고, 고에너지로 바뀌면서 어떤 물질도 모두 파괴해 버립니다. 신물질에 생성될 때 생기는 에너지 장은 에너지의 양이 문제가 되지 않습니다. 우리가 원하는 에너지의 방향성과 정보만 주면 양은 원하는 만큼 이끌어 낼 수 있습니다."

"그 에너지가 어디에서 나오는 거냐니까?"

배면수가 물었다.

"말로 표현하기에는 무리가 있지만 단지 활용하고 제자리에 가져다 놓는 개념이죠. 어디에서 나오는 것이 아니라…… 신물질이 일종의 에너지의 통로 역할을 합니다. 신물질이 형성되면서 신물질이 차지하는 시공간 내에 에너지 장이 형성됩니다. 신물질을 단순히 물질의 개념으로 보시면 안 됩니다."

배면수는 이해가 되지 않았다. 연구소장도 마찬가지였다.

"기존의 물리학 관점으로 보시면 이해하시기 힘듭니다."

동희가 둘의 표정으로 보고 설명했다. 연구소장이 허탈한 듯 말했다.

"그래서 무한한 에너지 이야기가 나왔었군요. 물리학 책이 무척 두꺼워지겠는데……."

"다음에 또 설명을 드리죠."

배면수가 물었다.

"비행체의 속도는 얼마까지 낼 수 있지? 가이아가 실시한 시뮬레이션에는 광속의 1%까지 가던데. 설마……."

"이론적으로는 광속까지 납니다. 하지만 그렇게 속도를 내려면 주위 환경이나 제작이 이상적이어야 하죠."

"정말 전쟁을 하긴 해야겠군. 이런 무기가 미국의 수중에 들어가면……. 상상만 해도 끔찍하군. 이런 것 하나만 있으면 지금 당장이라도 미국 무기들을 초토화시킬 수 있겠어."

"이것 만으로는 부족합니다. 무기의 제어 부분이 남아 있습니다."

연구소장이 물었다.

"제어?"

"실제 전투에 쓰려면 신물질을 원하는 대로 조정할 수 있어야 하는데 그게 힘듭니다."

"그도 그렇겠군. 워낙 빠르니까."

"신호를 주고 받는 속도가 광속에 가까우니까 오차가 생기고, 기후나 조건에 따라 오차가 더 커집니다. 오차 값을 계산해서 물체를 제어해야 합니다. 광속의 1%만 되어도 초당 움직이는 거리가 3,000km이니까 원하는 위치에 원하는 표적을 맞추기가 쉽지 않습니다. 게다가 방향을 바꿀 때는 표면 에너지의 흐름이 방향과 속도에 정확히 일치해야 합니다. 조금이라도 벗어나면 궤도가 달라집니다."

"그런 제어를 할 수 있는 기술이나 기계가 아직은 없는데……."

"방금 보셨지 않습니까?"

"가이아?"

"현재로서는 고속의 신물질을 제어할 수 있는 유일한 놈이죠. 가이아조차도 여기에서 원통 시료를 쏘아서 미국에 있는 물체를 맞추고 돌아오도록 할 수는 없습니다. 그래서 별도의 비행체가 있어야 합니다."

"배면수가 설계한 비행체?"

동희는 고개를 끄덕였다.

"비행체에 저런 무기들을 장착해서 제어 거리를 가깝게 한단 말이군요. 그럼 비행체의 조정 역시 가이아?"

동희는 고개를 끄덕였다.

복도에서 발소리가 들려왔다. 승오가 들어와서 수행원이 문을 수리하기 위해서 인부를 데리고 온다 알렸다. 그날 저녁 승오는 동희에게 방탄복 착용을 권했다.

D + 65

천리안 1호가 탄생했다. 연이어 며칠 사이에 수십 개의 천리안이 쏟아져 나왔다. 천리안이 적진으로 침투하여 수집한 정보들은 연구소장을 고무시켰다.

D + 72

주문했던 비행체의 부품이 하나씩 입고되었다. 신물질 동체들도 하나씩 제작되었다. 조립은 동희와 배면수, 휴머노이드 3호가 맡았다. 가이아는 휴머노이드 3호를 통해 비행체를 조립하는 일 외에도 연구소장의 명령을 받아 정보를 수집하는 일에도 상당 시간을 할애했다.

D + 76

연구소장이 동희에게 신물질로 제작된 방탄복을 선물했다. 몸통과 머리, 팔, 다리를 부분부분 별도로 만들어 연결하는 형태였다. 중세 기사의 갑옷과 비슷했다.

D + 88

국방과학연구소 내에 온갖 소문들이 나돌았다. 동희가 벌써 죽었다는 소문에서부터 비행체가 완성되어 미국으로 넘어갔다는 말도 있었다. 가장 파다하게 떠도는 것은 미국이 한국을 공격할 것이며, 미국이 공격하기도 전에 한국은 망할 것이란 소문이었다. 미국에서는 동희를 맞이할 건물 개조 공사가 끝나가고 있었다.

D + 98

동희와 배면수는 졸리는 눈을 겨우 뜨고 있었다. 휴머노이드 3호 만이 쉬지 않고 조립하고 있었다. 휴머노이드 3호가 동희에게 물었다.
"비행체 앞 부분에 비어 있는 공간은 어떻게 합니까?"
"계획 없어!"
옆에 있던 배면수가 끼어들었다.
"그래? 그럼 내가 제안 하나 하지."

"형, 자고 있었던 거 아니야?"

D + 100
국방과학연구소 공장은 출입이 통제되고 경계가 강화되었다.

"내일 대통령이 방문할 겁니다."
전날 저녁 연구소장이 급히 동희에게 전달한 메시지였다.

공장 한쪽에 집채만 한 정체불명의 물건은 흰 천으로 덮여 있었다. 창문이 있었지만 실내는 그리 밝지 않았다. 그 앞에는 연구소장, 휴머노이드 3호, 승오 그리고 대통령과 비서실장, 수행원과 경호원 몇 명이 서 있었다. 적막이 흘렀다.

연구소장이 대통령에게 일정을 미루자고 그렇게 만류했지만 대통령은 기어이 흰 천 앞에 서 있었다. 수행원들이 커다란 천을 좌우에서 잡아 끌었다. 흰 천이 서서히 벗겨지면서 위에서부터 모습을 드러낸 것은 신물질로 제작된 비행체였다. 비행체의 앞과 뒤 그리고 아래에는 지지대가 받치고 있었으며 전원 공급 장치와 기기들로 복잡했다. 아랫부분이 폐쇄되지 않아 내부 부품들이 속살을 드러내고 있어 한눈에 아직 미완성품이란 사실을 눈치챌 수 있었다.

그러나 비행체는 유려한 형태를 지니고 있었다. 여태껏 어디에서도 볼 수 없었던 곡선들과 그 곡선들이 절묘하게 연결되어 이루어진 창조적인 형태였다. 형태는 미완성임에도 불구하고 형태 자체만으로 부단히 각성을 불러일으키기에 충분했다. 미를 목적으로 하지 않고 철두철미하게 기능에만 초점이 맞추어진 형태였지만 시선을 뗄 수 없게 만드는 흡인력을 무한히 뿜어내고 있었다.

대통령과 일행은 눈앞에 펼쳐진 광경 앞에서 잠시 동안 전율이 온몸을 이글거리며 기어 다니도록 내버려둘 수밖에 없었다. 대통령이 입을 열었다.

"이것이 속도의 비밀이라는 겁니까?"

"네."

동희가 대답했다.

"놀랍군요. 모양도 독특하고 굉장히 멋있습니다. 바람결에도 날아갈 것 같군요. 이걸 보여주려고 그동안 그렇게 두문불출한 겁니까?"

대통령은 말을 하면서도 시선은 비행체에 고정되어 있었다.

"제가 역사적인 것을 보고 있군요. 속도의 비밀이라……. 이건 제가 보기에 아주 성능이 뛰어난 전투기 같은데 맞습니까?"

"네 맞습니다."

"미국으로 갈 때 가져갈 선물입니까?"

동희는 대답이 없었다.

"두 개를 만들어서 우리나라에도 한 개 남겨주고 갔으면 좋겠네."

"누구에게도 주지 않습니다."

"예?"

대통령은 잘못 들은 양 반문했다.

"잘 보아두십시오. 이 비행체가 전쟁의 선두에 서게 될 겁니다."

대통령은 그제서야 굳어진 표정으로 동희를 보았다. 대통령은 얼굴을 붉히더니 갑자기 목소리를 높여 동희를 다그쳤다.

"지금 무슨 소리를 하는 겁니까? 왜 이래요? 이 사람이 이거, 이거…… 큰일 낼 사람이네."

"딱 일주일만 더 시간을 주십시오. 미국에서도 저를 데리고 오라는 요청이 아직은 없지 않습니까?"

"그 생각 당장 집어치우세요!"

대통령은 소리를 버럭 질렀다. 멱살이라도 잡을 기세였다. 그러나 동희는 꺾이지 않았다.

"저는 생각을 바꾸지 않습니다."

"당신 완전히 미쳤군요. 아직도 그런 소리나 하고 있고……"

대통령은 옆에 있던 연구소장을 향해 소리질렀다.

"소장! 당신은 뭐 하는 사람이야. 동희를 어떻게 관리했길래 사람이 아직도 이 모양이야! 상태가 괜찮다고 허위 보고나 하고 말이야."

연구소장이 허리를 숙이며 대답했다.

"저 그게 아니라……"

"아니긴 뭐가 아니야? 사태 파악도 제대로 못하고 있으면서……. 응당 책임을 물을 거니까 그렇게 알아!"

대통령은 화를 내며 일행을 이끌고 자리를 떠났다.

"역시 대통령을 설득하는 건 무리였습니다."

연구소장이 걱정스런 표정으로 동희에게 말했다.

"할 수 없죠. 어차피 각오한 일인걸요."

"이제 시간은 우리 편이 아닙니다."

그날 밤 대통령 궁

대통령은 수화기를 들고 이야기하고 있었다. 심각한 표정이었으나 간간이 애써 멋쩍은 웃음을 짓기도 했다. 미국 대통령과의 통화였다.

사흘 후

가이아가 국방과학연구소 주변의 군사 이동이 심상치 않다는 신호를 잡아냈다. 한국과 미국의 군 수뇌부 접촉이 잦아지더니 국방과학연구소를 둘러싼 군대의 움직임이 활발해졌다. 군인들의 포위망은 견고해지고 좁혀졌다. 국방과학연구소를 침입할 적을 경계하는 것이 아니라 국방과학연구소 공격을 목표로 움직이고 있었다. 가이아와 천리안의 정보 수집으로 한국과 미국의 군이 언제 무슨 짓을 할지 빤히 알고 있었지만 동희와 배면수, 휴머노이드 3호는 비행체 제작 때문에 움직일 수 없었다. 동희를 지키는 승오 역시 마찬가지였다. 군인들은 국방과학연구소 담 아래까지 접근해 왔다. 대통령이 직권으로 연구소장을 파면했지만 연구소장은 이미 자리를 피한 상태였다. 소장은 보물 창고로 가서 류지태와 합류했다. 소장은 가이아와 천리안이 전하는 정보에 촉각을 곤두세웠다. 살얼음판을 걷는 듯 위태로운 일 분 일 초였다.

다음 날 새벽

훈훈한 초여름의 밤공기는 무엇을 하기에도 좋을 듯했다. 초승달이 구름 사이로 가냘픈 몸을 수줍게 드러냈다 감추기를 몇 번이었을까. 쉼 없는 강행군으로 동희와 배면수의 얼굴은 흡사 해골처럼 보였다.

그러나 멈출 수도, 멈추어서도 안 되는 일이었다. 비행체 제작을 마무리해가던 동희와 배면수는 연구소장의 다급한 연락을 받았다. 휴머노이드 3호의 입으로 연구소장의 목소리가 들렸다.

"움직이기 시작했어. 정보부와 군에 공격 명령이 떨어졌어. 어서 자리를 피해. 곧 들이닥칠 거야."

동희는 공장 문밖에 있는 승오에게 메시지를 보냈다. 수행원 한 명과 나란히 서 있던 승오는 메시지를 확인한 후 주먹을 날려 수행원의 얼굴을 가격했다. 단 한 방으로 수행원은 쓰러졌다. 승오는 수행원을 공장 안으로 옮겼다. 동희는 비행체 하단에 있는 덮개를 잠갔다. 승오는 수행원을 묶어두고 동희에게 왔다.

"이제 어쩌죠?"

배면수가 안타까움에 탄식했다.

"이삼 일만 더 있으면 완성될 텐데…… 이렇게 빨리 움직이다니……."

동희가 대답했다.

"비행체 본체 제작은 끝났어. 여기에 두고 떠날 거야."

승오가 물었다.

"애써 만들고 왜 두고 가요?"

"여기에 두더라도 어떻게 하지 못해. 열어볼 수도, 부수지도 못해. 이걸 움직일 수 있는 것은 가이아뿐이야."

배면수가 푸념했다.

"공격용 미사일은 아직 시작도 못 했어."

"미사일 두 기를 가지고 빠져 나가요. 하나는 제가 들 테니 하나는 선배가 가지고 가세요."

"알았어."

휴머노이드 3호를 통해서 연구소장이 전했다.

"힘들겠어요. 벌써 국방과학연구소 상황실이 점령됐습니다."

"가이아가 있지 않습니까?"

"시스템은 우리가 통제할 수 있다 해도 군인들이 여러 겹으로 포위하고 있습니다. 잠깐만! 단지 내로 진입을 시작했어! 정문입니다."

승오가 제안했다.

"유인 작전을 쓰죠."

배면수가 물었다.

"어떻게?"

"제가 시선을 끄는 동안 형들은 휴머노이드 3호와 함께 도망가세요."

동희가 말렸다.

"네가 너무 위험해! 저들은 실탄으로 무장하고 있어!"

"만약 포위되면 항복할 겁니다. 제 걱정은 마십시오."

연구소장이 말했다.

"지금은 그 방법이 좋겠습니다. 일단 빠져 나오고 봐야죠. 지금 잡히면 모든 게 수포로 돌아갑니다."

동희는 승오의 눈을 보았다. 승오는 결연한 의지를 보였다.

"그렇게 하죠."

동희의 말과 함께 연구소장이 보물 창고에서 휴머노이드 3호를 통해 명령을 내렸다. 평소에 손아래 사람에게 쓰던 고상한 존댓말도 사라졌다.

"그럼 빨리빨리 움직여. 특수부대가 그쪽으로 가고 있어. 시간이 없어. 모두들 통신 장치를 열어두고 내 지시를 따라. 동희는 본관 건물로 가! 본관 건물 정문을 열 테니까 들어가서 곧장 왼쪽 복도를 따라가! 끝에 문을 열고 나가면 20미터쯤 앞에 담이 있어. 담을 넘어 소나무 숲으로 빠져나가는 거야. 승오는 본관 반대편 연구 2동으로 가서 군인들을 유인해."

"네."

동희가 대답하고 가려 하자 승오가 앞을 가로막았다.

"형! 방탄복 입어요."

동희는 신물질로 만들어 둔 방탄복을 입었다. 무게가 없어서 행동하는 데 불편하지는 않았다. 한국군과 미국 주둔군으로 이루어진 특수부대원 일부가 공장을 향하고 있었다. 동희와 일행은 공장 뒷문으로 빠져 나갔다. 동희와 배면수는 휴머노이드 3호의 안내를 따라 본관 건물 쪽으로 달렸다. 승오는 반대편 연구 2동으로 향했다. 휴머노이드 3호가 적외선 카메라를 통해 길을 안내하고 연구소장은 보물 창고에서 가이아와 여러 대의 천리안을 이용해서 상황을 판단하고 지시했다.

동희 일행이 본관 건물에 도착할 즈음 입구 감시 카메라는 이미 가이아에 의해서 녹화된 영상으로 대체되어 있었다. 카메라뿐 아니라 열감지 센서까지 조작되어 상황실에서는 동희 일행의 움직임을 전혀 눈치챌 수 없었다. 자동문 역시 저절로 열렸다.

한편 승오는 복면을 한 채 연구 2동으로 잠입했다. 괴한의 모습을 노출시키자 상황실이 분주해졌다. 시각을 같이해서 특수부대는 공장을 덮쳤지만 이미 모두 달아나고 묶여 있는 수행원을 발견하는 데 그쳤다. 특수부대는 비행체를 점령하고 지휘부에 알렸다. 캄캄한 하늘에서 커다란 라이트를 장착한 헬기들이 사방에서 나타났다. 그리고 정문을 통해서 여러 대의 군용 지프차를 필두로 무장 군인들이 몰려들어오기 시작했다. 헬기들은 연구 단지 내 13개 건물 위로 군인과 장비를 투하했다. 불이 꺼진 본관 1층 복도를 따라가던 동희 일행은 간간이 헬기가 쏘는 불빛을 피해 몸을 낮추었다.

"연구 단지 외곽에 진을 치고 있던 군인들이 포위망을 형성하고 있어. 서둘러야 해."

헬기에서 투하된 군인들은 각 건물 사면에 하나씩 네 개의 라이트를 설치했다. 라이트를 작동시키자 부채꼴 형태의 빛이 건물 아래로 내리 비추었다. 동희와 일행이 왼쪽 복도 끝에 도착해서 문을 열었다가 때맞추어 켜진 불빛에 문을 닫았다.

"제기랄. 한발 늦었어!"

건물 옥상에서 건물 아래로 불빛을 비추어 건물에 사람이 출입할 때 불빛에 노출되었다. 각각의 건물은 커다란 빛의 치마를 두른 듯했다. 그리고 저격병이 배치되었다.

때를 같이해서 동희 일행이 있던 복도에 불이 켜지기 시작했다. 상황실에서 단지 내의 모든 불을 켰다. 건물 내부며 가로등이며 깨어지거나 고장이 난 전등을 제외하고 모든 전등이 켜졌다. 건물은 X-Ray 사진처럼 속이 훤히 비춰졌다. 그믐밤의 어둠이 단지를 비켜났다.

차량 10여 대가 동시에 통과할 수 있는 정문이 좁게 느껴질 만큼 밀려드는 군인들은 가까운 건물부터 하나씩 에워싸나갔다. 동희는 알면서도 나가지 못했다. 연구소장이 동희 일행에게 전했다.

"외각에 군인들이 옆 사람 손을 잡고 인간 띠를 만들고 있어. 담을 몇 겹으로 둘러싸고도 남겠어."

보물 창고에 소장과 함께 지켜보던 류지태가 가슴 조이며 말했다.
"소장님, 이러다가 꼼짝없이 잡히겠습니다."

안내 방송이 흘러나왔다. 단지 내 모든 사람은 두 손을 들고 건물에서 나와서 본관 건물과 연구 2동 사이의 광장으로 모이라는 명령이었다. 본관 건물에도 사람이 몇 명 있었다. 다른 건물 역시 마찬가지였으며 기숙사에서 자고 있던 연구원들은 영문을 모른 채 단잠에서 깼다. 정문으로 들어오는 군인들의 행렬은 끝날 줄 몰랐다. 동희 일행은 사람들의 발걸음 소리를 들었다. 안내 방송에 따라 건물 밖으로 나가려는 사람들이었다. 소장이 명령했다.

"계단으로 내려가. 지하가 있어."

동희 일행은 지하로 내려갔다. 건물이 군인들에 의해서 완전 포위됐다. 사람들이 줄을 지어 건물을 빠져나갔다. 군인들은 신원을 확인하고 정문 밖으로 인솔했다. 앞으로 일은 불 보듯 뻔했다. 군인들이 건물 내로 들이닥쳐 수색할 차례였다.

"이러다 꼼짝없이 잡히겠어!"

배면수가 속삭였다. 연구소장이 제안했다.

"일단 불부터 끄자."

동희가 명령을 내렸다.

"가이아, 부탁해!"

"네."

연구소 단지에 켜져 있던 불이 동시에 꺼졌다. 건물 옥상에서 비추는 부채꼴 모양의 불빛과 헬기에서 비추는 불빛 말고는 모두 꺼져버렸다. 건물 안은 암흑 천지로 바뀌었다. 그러나 군 지휘부는 당황하는 기색이 없었다. 군인들은 어깨에 부착된 개인 손전등을 켰다. 작은 광선 수천 개가 켜져서 부산히 움직였다. 그리고 본관 건물에도 군인들이 들이닥쳤다. 연구 2동에도 마찬가지였다. 본관 건물 정문을 통과한 군인들은 좌우 복도를 따라 들어왔다. 군화 소리가 복도를 쩌렁쩌렁 울렸다.

"안 되겠어. 무력을 써야겠어."

연구소장이 제안했다. 동희가 다급히 대답했다.

"미사일은 아직 조립되지 않았습니다."

"그것 말고. 속도의 비밀 실험 자재. 신물질 원통을 쓰자고."

"방향 조정이 될지 미지수입니다."

배면수가 옆에서 나무랐다.

"지금 그런 것 따질 때가 아니야. 지푸라기라도 잡아야지."

동희는 휴머노이드 3호를 보고 명령했다.

"가이아! 원통을 움직일 수 있겠어?"

"원통! 현재 위치. 이기철 연구소장 서재. 전원 장치 이상 없음."

연구소장이 명령권을 이어받아 원통을 움직이기 시작했다. 군인들의 불빛이 복도를 채워나가 마침내 끝까지 다다랐다. 일부는 지하로 일부는 위층으로 올라가려는 순간이었다. 휴머노이드 3호 머리에 부착된 신호기의 가동률이 높아졌다.

가이아는 복잡한 계산을 시작했으며 소장의 서재가 있는 본관 건물 10층에서 폭발음이 났다. 원통이 벽에 붙어 있던 책장과 서재 벽을 뚫고 건물 앞 쪽으로 나왔다. 헬기와 군인들은 소리를 들었지만 어디인지 금방 찾지 못했다. 동희 일행이 있는 지하로 내려가려던 군인들도 걸음을 멈추었다.

팔뚝만 한 원통은 10층 높이 공중에 꼼짝없이 멈추어 서 있다가 반원을 그리며 곧장 본관 건물 1층 창문을 뚫고 들어갔다. 원통은 복도 바닥으로 천천히 고도를 낮추었다. 복도에 있던 군인들은 갑자기 나타난 원통 주위를 둘러싸고 총을 겨누었다. 암흑 속. 겨눈 총의 수만큼 손전등 불빛이 원통 위를 비추었다. 시료는 불빛을 받아 은회색의 밝은 빛을 띠었다. 군인들은 원통의 정체를 알지 못해 머뭇거렸다. 대장이 지휘부에 보고하려는 순간 갑자기 원통은 소리도 없이 사라졌다. 신물질로 만들어진 기구로서는 최초로 인간에 대한 살상이 시작되는 순간이었다.

원통은 순식간에 속도의 한계를 돌파하여 직선으로 날았다. 복도 왼쪽에 서 있던 군인들의 발목이 잘리거나 스쳐서 상처가 났다. 군인들은 비명을 지르며 땅으로 꼬꾸라졌다. 그러나 원통은 군인들이 당황할 시간도 주지 않고 무릎 높이만큼 고도를 높여 이번에는 오른쪽 복도 끝을 향했다. 발목을 다쳐서 무릎을 꿇고 있던 군인의 등과 서 있던 군인들의 무릎과 구부려 있던 군인의 엉덩이에서 어깨로, 원통은 부위와 상관없이 직선으로 어김없이 뚫고 지나갔다.

원통이 지나가는 직선에는 그 무엇이라도 모두 원통 크기의 구멍이 뚫렸으며 터럭만큼의 인정도 허락되지 않았다. 고함 소리, 신음 소리, 비명 소리, 울음소리, 다급한 군홧발 소리, 창문이 깨지는 소리, 총 소리, 소리들은 공포 속에서 뒤섞였다. 원통은 궤도를 높이거나 낮추었다가 또 좌우로 진폭을 넓혀가며 몇 차례 복도의 끝과 끝을 오갔다. 군인들의 시체와 부상자가 복도를 가득 메웠다. 복도로 들어가려던 군인들은 겁에 질려 정문으로 뒷걸음질쳐 나왔다. 다급한 군인 몇은 창문을 깨고 밖으로 도망쳤으며 깨진 유리가 온몸에 박혔다. 두 다리가 잘린 채 기어서 도망 나오던 군인 하나는 문을 빠져 나오지 못하고 동작을 멈추었다. 복도는 군인들의 피로 붉게 물들었다.

소장과 류지태는 천리안이 촬영하는 모습을 통해 복도의 참상을 생생하게 보고 있었다. 연구 2동에 잠입했던 군인들은 멀리 본관 건물에서 나는 비명 소리에 동작을 멈추고 그쪽을 보았다. 1층 수색을 끝내고 2층을 향하던 군인들도 창문을 통해 아비규환이 된 본관 건물 정문을 바라보았다. 연구소장이 명령했다.

"됐어. 이젠 건물 주위로."

복도를 오가던 원통은 왼쪽 복도 끝 옆문을 뚫고 건물 밖으로 나갔다. 사람 머리 높이에서 철문을 뚫고 나가면서 건물 주위를 여러 겹으로 포위하고 있던 군인 세 명이 죽었다. 하나는 머리가 정통을 구멍이 났고, 하나는 머리 왼쪽에 반원 모양으로 구멍이 났고, 하나는 목을 관통하여 머리가 힘없이 떨어져 나갔다. 세 명 모두 비명조차 지르지 못했다. 비명을 대신해서 완전치 못한 육체가 미친 듯이 펄떡거렸다.

근처 군인들은 원통을 향해 총을 쏘았다. 마주 보고 쏜 군인들은 서로의 총에 쓰러졌으며, 이렇게 몇 명이 쓰러진 후에야 엎드려서 총을 겨누었다. 그러나 총을 쏘면서 저항한 군인은 용감한 몇 명일뿐 뒷걸음질을 치다 넘어지는 군인이 대부분이었다.

원통은 총알을 맞을 때마다 덩실덩실 춤을 추듯 요동쳤지만 그것뿐이었다. 그리고 각도를 90도 틀어서 사라졌다. 건물 주위로 타원 궤도 안에 군인들이 줄줄이 쓰러졌다. 원통은 건물 주위로 타원을 그리며 돌았다. 원통이 곡선운동을 하면서 원통의 형상과 에너지 장막 장치가 완벽하지 않아서 공기 마찰음을 내었다. 그 소리는 마치 한 서린 사람이 이성을 놓고 울부짖는 괴성과 비슷했다. 그럼에도 불구하고 원통은 충분한 파괴력을 지니고 있었다.

원통은 같은 궤도에서 고도를 가변했다. 아무도 침범할 수 없는 장벽을 만들었다. 군인들은 건물에서 물러나며 총을 쏘았지만 무용지물이었다. 원통은 궤적을 점점 넓혀갔다. 원통은 나무며 돌이며 어떤 것도 가리지 않았다.

군인들은 한발 두발 뒤로 물러섰다. 원통이 궤적을 급격히 넓히며 포위망에서 한두 발 앞에 있던 군인들의 발목을 잘라버리자 군인들은 아예 등을 돌리고 달아났다. 건물을 둘러싸고 있던 포위망은 흩어졌다. 달아나는 군인들 몇 명의 발목이 더 잘리고 비명 소리가 커지자 연구소 내에는 일대의 혼란이 일어났다.

본관 건물 주위에는 개미 한 마리 보이지 않았다. 원통이 멈추더니 하늘로 솟았다. 이번에는 옥상 위를 지그재그로 오갔다. 본관 건물을 둘러쳤던 부채꼴의 불빛이 사라졌으며 저격병과 군인들이 죽어나갔고 다급한 몇몇 군인들은 20층 높이에서 곧장 아래로 뛰어내렸다.

동희와 일행은 지하에서 나왔다. 복도를 뒤로 하고 건물 밖으로 나가서 달렸다. 어둠 속을 달리는 동안 원통은 담장 밖으로 날아갔다.

단지를 둘러싼 담장은 원도 타원도 아니었다. 원통은 복잡한 담장 모양을 따라 속도를 낼 만큼 완벽하지 않았다. 결국 원통은 담장 모양을 무시하고 원을 그렸다. 원통이 그리는 원과 궤적을 달리하는 담장은 구멍이 뚫리고 무너졌다.

연구 단지 곳곳에서 파열음이 났다. 담장뿐 아니라 그 무엇이든 원통이 그리는 커다란 원의 궤적 속에서는 살아남을 수 없었다. 마하 184의 속도 앞에 담장을 둘러싸고 있던 군인들은 뒷걸음질칠 수밖에 없었다. 군인들이 뒤로 물러나면서 겹겹이 쳐져 있던 포위망은 허물어졌다.

동희와 일행은 허물어진 담장을 넘어 소나무 숲을 향해서 달렸다. 하늘에서 긴 굉음이 이어지더니 본관 건물 하단부에 미사일이 떨어졌다. 폭발음과 불기둥이 솟아올랐다. 사방에서 몇 번의 긴 굉음이 더 이어졌으며, 굉음 뒤에는 폭발음과 불기둥이 어김없이 솟아올랐다. 본관 건물은 여러 차례 미사일 폭격으로 형체가 허물어졌다. 근처에 미처 달아나지도 못한 군인들 몇은 폭발로 화염에 휩싸였다.

동희와 일행은 소나무 숲 속을 달리고 또 달렸다. 원통은 궤적을 늘여갔으며 동희는 원통이 그리는 원 안에 있었다. 휴머노이드 3호가 적외선 눈을 이용해서 앞장서고 동희와 배면수는 그 뒤를 따랐다. 그러다 단지 반대편에서 '꽝' 하는 소리와 함께 멀리 앞에서 소나무를 베어가던 원통의 움직임이 사라졌다. 5~60m 앞에 있던 군인들은 전열을 재정비해서 일렬로 포위망을 만들기 시작했다. 동희가 물었다.

"어떻게 된 겁니까?"

연구소장이 대답했다.

"원통이 반대편 산에 박혔어. 원이 너무 커."

"그럼 빼내서 이리로 보내 주세요. 우리 주위를 작게 돌게."

배면수가 말했다.

"그렇게 하면 우리 위치를 노출시킬 텐데."

연구소장이 말했다.

"이미 저쪽에서 눈치챘어."

동희가 소리쳤다.

"군인들이 와요. 엎드려요."

다가서던 군인들은 갑자기 걸음을 멈추었다. 앞서 가던 군인 한 명의 몸이 상체와 두 개의 팔, 하체로 4등분이 나버렸기 때문이었다. 원통이 가슴을 지나간 것이었다. 원통은 동희 주위로 3~40m 크기의 원을 그렸다. 원통의 동선에 걸리는 소나무 역시 맥없이 쓰러졌다. 쓰러지는 동안에도 궤적에 걸리면 어김없이 구멍이 났다.

동희 일행은 다시 움직였다. 연구 단지 내에 있던 수천 명의 군인들이 본관 건물 뒤 소나무 숲을 향해 이동했다. 휴머노이드 3호가 위험 신호를 알렸다. 헬기들이 접근하고 있었다. 휴머노이드 3호가 헬기의 위치를 확인했다. 원을 돌던 원통이 비행을 잠시 멈추었다가 사라졌다.

동시에 원통이 헬기를 관통했고 곧이어 2차 폭발이 일어났다. 굉음과 함께 커다란 불덩어리가 꽃처럼 피어나더니 헬기는 긴 꼬리를 그리며 땅으로 추락했다. 원통은 다음 헬기를 조준했다. 헬기들은 서둘러 그 자리를 피해 달아나려 방향을 바꾸었지만 원통을 피할 수 없었다.

두 번째 헬기가 폭발했다. 그동안 선두에 있던 특수부대가 동희 일행이 있는 곳으로 민첩하게 접근하고 있었다. 세 번째 헬기가 폭발하고, 네 번째 헬기가 폭발하고, 다섯 번째, 여섯 번째 헬기가 폭발했다. 일곱 번째, 여덟 번째, 그때 천리안이 특수부대원을 포착했다. 연구소장이 외쳤다.

"동희, 엎드려. 바로 코앞이야."

순간 여러 발의 야광탄이 일제히 하늘로 솟아올랐다. 그리고 엇박자를 내며 터지더니 일대를 대낮처럼 밝혔다. 동희와 일행은 반대편으로 뛰기 시작했다. 특수부대원들은 동희와 일행을 확인하고 뒤를 쫓았다. 본관 건물 쪽으로 달리고 있었다. 원통이 내려와 특수부대원 앞을 가로막고 왕복하며 저지선을 만들었다. 보이지 않는 원통의 저지선을 통과하던 특수부대원 몇 명의 허리가 잘려나갔다. 뒤따라 오던 군인들은 광경을 목격하고 엎드렸다.

동희 일행은 지칠 줄 모르고 달렸다. 천리안과 휴머노이드 3호를 통해 상황을 보고 있던 연구소장과 동희, 배면수는 긴박하게 돌아가는 상황을 주고받았다. 야광탄이 사라지고 어둠이 깔렸다. 동희가 배면수에게 긴급히 제안했다.

"이러다 다 잡히겠어요. 선배, 갈라져요. 저는 휴머노이드와 저항할 테니 먼저 빠져 나가세요."

"네가 먼저 빠져 나가!"

"형이 먼저!"

동희는 자신이 매고 있던 가방을 배면수에게 건네주곤 그를 오른쪽으로 밀었다. 그리고 자신은 휴머노이드 3호와 함께 배면수 반대 방향으로 뛰었다. 배면수 앞에 연구소장이 유도하는 천리안이 나타나서 길을 인도했다. 동희와 휴머노이드 3호는 숲 속을 달리고 또 달렸다.

뒤쫓던 군인들은 원통의 공격에 수가 점점 줄어들었으며 마침내 마지막 한 명이 남았다. 특수부대 소속이었다. 그는 알 수 없는 무기의 공격으로 희생이 커서 추적이 불가능하다고 보고했다. 사령부에서는 로봇을 파괴하라는 명령을 내렸다. 특수부대원은 멀리서 야간 투시 망원경으로 숲 속을 뛰어가는 두 개의 움직임을 포착했다. 하나는 머리가 기계이고 하나는 몸 전체가 기계로 보였다. 휴머노이드 3호와 방탄복을 입은 동희였다.

특수부대원은 둘 모두 기계라고 판단했다. 그리고 무선으로 위치를 알렸다. 동희와 휴머노이드 3호 머리 위로 포탄과 미사일이 떨어지기 시작했다. 휴머노이드 3호는 경고음을 울렸다. 원통은 저지선을 포기하고 포탄과 미사일을 요격했다. 포탄과 미사일은 숫자가 많기도 했지만 궤도 계산에 시간이 걸려 동희 머리 위 상공에 다다라서야 격추되었다. 포탄과 미사일은 폭죽처럼 하늘을 수놓았다. 고막을 찢을 듯한 폭발음은 초당 한 번 꼴이었다.

동희는 원통이 내는 마찰음과 폭발음, 진동하는 화약 냄새를 뚫으며 뛰었다. 마지막 남은 특수부대원은 동희와 휴머노이드 3호를 망원경에서 놓치지 않았다. 포위망을 형성했던 군인들은 300m쯤 떨어져서 엉금엉금 기다시피 접근했다. 격추된 미사일과 포탄의 잔해가 떨어지면서 동희의 진행 경로를 따라 나무들이 불붙었다. 포탄과 미사일 수가 점점 늘어났다.

가이아의 가동률이 급격히 높아졌다. 연구소장과 류지태는 가이아가 다운될까 걱정으로 식은땀을 흘렸다. 여기서 서 버리면 모든 것이 끝이었다. 원통은 직선 운동만을 고려하여 제작 되어 방향 전환이나 곡선운동을 할 때면 심한 마찰음과 계산상의 오차 값을 냈다. 가이아는 순간순간 일어나는 오차 값을 보정하느라 가동률이 높아졌다.

이러한 가이아의 노력에도 불구하고 포탄이 동희와 휴머노이드 3호 근처에 한두 발씩 떨어지기 시작했다. 동희는 극도의 공포감에 휩싸였다. 온몸은 이미 땀으로 범벅이 된 지 오래였고 숨은 턱까지 차 올랐다. 신물질로 만든 방탄복은 두껍지도 무겁지도 않았지만 떨그럭 소리를 내며 신경을 거슬렀다. 미사일과 포탄 잔해가 머리 위로 떨어졌다. 그때마다 동희는 깜짝깜짝 놀랐다.

원통에 대한 믿음도 체력도 정신력도 한계에 다다랐다는 생각이 든 찰나 동희는 발 아래서 솟아오르는 섬광을 보았다. 고막을 뚫는 굉음이 퍼졌다. 발은 앞으로 내딛고 있었지만 땅이 밟히지 않았다. 허공을 향해 몸이 떠올랐다. 앞서던 휴머노이드 3호 역시 함께 하늘로 치솟고 있었다. 포탄이 발 아래 떨어진 것이었다. 동희는 그 짧은 찰나 '내가 이렇게 죽는구나' 라는 생각을 했다.

동희의 몸은 하늘로 솟구쳤다. 땀과 눈물이 범벅이 된 시야로 나무 밑동에서 점점 위로 줄기와 잔가지까지, 그리고 가지를 넘어 검은 하늘이 보였다. 폭발의 압력으로 방탄복이 몸을 압박해왔다. 몸 구석구석까지 조여들더니 갑자기 하얀 포말이 밀려왔다. 그리고 이내 암흑으로 바뀌었다. 눈이 멀어버린 것인지 이미 죽은 것인지 알지 못했다. 귀를 찢을 것 같던 소리가 사라져 버렸다. 고막이 터져버렸는지 이미 죽어버린 것인지 알지 못했다.

새털보다 가볍게 날아올랐던 동희는 정점에서 온몸의 신경과 세포가 열리며 몸이 완벽하게 사라져 버린 일체무감을 경험했다. 시간이 잠시 동희를 비켜서 있는 듯. 그리고 거기까지였다. 동희는 곧장 땅으로 곤두박질쳐졌다. 동희는 땅으로 떨어져 몇 바퀴를 굴렀다. 아무런 고통을 느끼지 못했다. 그리고 폭발의 압력에서 벗어났다. 동희의 몸을 압박했던 방탄복은 다시 헐거워졌다. 감각이 되돌아왔다. 신체가 온전히 붙어있는지 의심스러웠다. 의식은 왜 아직 온전한지 궁금했으며, 의식이 존재하는 그곳이 어디인지 겁이 났다. 눈을 뜰 수도 꼼작할 수도 없었다.

의구심과 궁금증을 털어내 준 것은 특수부대원이 목에 겨눈 총구였다. 휴머노이드 3호는 폭발로 몸통이 산산조각이 났다. 휴머노이드 3호의 신호를 받지 못한 원통은 방향을 잃고 하늘 높이 솟아 올랐다. 가이아가 직접 조정하여 목표를 정확히 가격하기에는 너무 먼 거리였다.

어느새 포탄과 미사일 세례도 멈추어서 멀리서 들려오는 헬기 소리가 없었다면 여느 한적한 숲과 같았다. 동희는 특수부대원 어깨에 달린 손전등 불빛으로 눈을 제대로 뜰 수 없었다. 특수부대원은 동희의 헬멧과 몸통부 사이에 난 좁은 틈으로 총구를 밀어 넣었다. 그리고 방아쇠에 손가락을 올렸다. 총구에서 전해지는 물컹한 느낌에 멈칫하는 순간 한 발의 총성과 함께 '축' 하고 피 튀기는 소리가 나더니 특수부대원은 썩은 고목처럼 옆으로 쓰러졌다. 동희는 숨을 쉬지 못했다. 군인 복장을 한 사람이 급히 달려왔다. 동희에게 다가와서 그를 불렀다.

"형, 괜찮아?"

승오 목소리였다. 동희는 그제서야 참았던 숨을 내 쉬었다.

"일어날 수 있겠어? 포위망이 재정비되기 전에 빠져나가야 돼. 시간이 없어."

동희는 몸을 일으켰다. 기적처럼 다친 곳이 없었다. 동희는 이상하다는 생각이 들었지만 고민할 시간이 없었다. 천리안 두 대가 내려왔다. 한 대는 폭발한 휴머노이드 잔해에서 신물질을 찾아 수거했고, 한 대는 길 안내를 맡았다. 천리안을 앞세우고 동희는 승오와 함께 포위망을 피해서 산으로 달아났다.

간발의 차이로 그 자리에 도착한 군인들은 휴머노이드 3호 잔해와 귀에 관통상을 당한 채 죽어있는 시체 한 구를 발견하는 데 만족해야 했다.

아침

산불은 금방 잡혔지만 국방과학연구소 일대는 생지옥이었다. 응급처치 차량이 장사진을 이루었다. 동이 트면서 참혹하게 널려진 시신들은 전날의 급박했던 상황을 가감 없이 설명해주고 있었다. 구역질 없이 지켜보기 힘든 광경이었다. 카메라는 그 장면들을 여과 없이, 그리고 쉴 틈 없이 담아내고 있었다. 무성한 추측성 보도를 잠재우기 위해 한국과 미국의 공동성명이 발표되었다.

요약 내용은 이러했다.

'차동희와 연구소장이 결탁하여 신물질로 무기를 제작했으며, 이를 저지하려던 한미 연합군을 무참히 살해하고 달아났다. 연구소장은 국방과학연구소 연구원을 이용하였으며 일부 연구원은 연구소장과 뜻을 같이 한 것으로 밝혀졌다. 모든 연구원을 대상으로 심문이 시작되었다. 동희와 연구소장이 무슨 목적으로 무기를 만들어 무고한 희생을 초래했는지는 알 수 없다. 사상자는 총 283명, 부상자 72명 부상자는 대부분 중상자이다. 한국과 미국 정부는 신물질이 평화적으로 사용되기를

바란다.'

　동희와 승오는 천리안의 안내에 따라 걷고 또 걸었다. 군인들이 동희
를 찾기 위해서 대대적인 수색 작업을 펼쳤으나, 작전 정보와 군의 이
동을 파악하고 있는 가이아의 안내로 동희와 일행은 보물 창고까지
무사히 도착할 수 있었다. 밤낮 없이 꼬박 3일이 걸렸다. 배면수가 먼
저 도착했다.

　동희는 도착하자마자 탈진으로 쓰러졌다. 연구소장과 류지태가 보
물 창고에 있는 비상 의료품으로 동희를 돌봤다. 배면수와 승오는 하
루를 자고 일어났다. 연구소장은 가이아, 배면수와 함께 미사일을 조립
했다. 동희가 영영 일어나지 못하리라 생각하는 사람은 없었다. 그런
믿음을 알고 있는 듯 동희는 쓰러진 지 3일 만에 의식을 되찾았다. 승
오가 물었다.

　"괜찮아, 형?"

　"내가 얼마나 잤지?"

　"3일."

　"다른 사람들은?"

　"모두 무사해."

　연구소장, 배면수, 류지태가 들어왔다. 동희는 만류에도 불구하고 몸
을 일으켰다.

　연구소장이 미사일을 내밀었다.

　"자네가 깨어나면 주려고 선물을 준비했네."

　"조립이 끝났어."

　배면수가 웃으며 동희를 반겼다.

　"비행체는?"

　"국방과학연구소 안에 아직 그대로 있어. 군인들이 살벌하게 지켜주
고 있지."

배면수가 대답했다.

동희는 승오가 가져온 물을 마시고 한숨을 돌린 후 무언가에 이끌리듯 말을 이었다.

"시작해야겠습니다."

"뭘 시작해?"

"전쟁!"

연구소장이 말렸다.

"며칠 더 푹 쉬고 나서 이야기하세요. 아직 몸 상태도……."

동희가 말을 잘랐다.

"저는 아무렇지 않습니다."

"여건이 별로 좋지 않아. 미국과 한국에서 여론을 오도해서……."

그때 가이아가 보고했다.

"정보 입수! 미국에서 한국에 신물질 비행체 운반을 요청했습니다. 오늘 오후 운반 계획을 논의하기 위한 회의가 있습니다."

동희가 연구소장에게 말했다.

"이래도 미루실 겁니까? 시간이 지난다고 해서 여건이 좋아지지는 않습니다."

동희는 자리를 박차고 일어났다. 그리고 류지태의 안내로 진귀한 그림과 골동품, 화려한 보석들로 가득한 복도를 지나 가이아 앞으로 걸어갔다. 나머지 사람들은 정말 전쟁을 시작하는지 의아했다. 동희는 일부러 큰 목소리로 호기를 부렸다.

"가이아가 보물에 둘러싸여 호강하는구나. 이제 시작해 볼까?"

동희는 가이아 앞에 놓여 있는 의자에 앉았다.

"모두들 그렇게 서 계실 겁니까?"

그제서야 일행은 탁자와 소파를 가이아 앞으로 운반했다. 류지태와 승오는 물론 연구소장과 배면수도 긴장하여 얼굴이 상기됐다. 동희만 평상심을 유지하고 있는 듯 보였다. 동희는 서슴없이 글을 써내려 갔다. 미국에 보내는 선전포고였다. 글이 얼추 완성되자 소장과 내용에 대해 상의했다. 소장은 일체 수정을 가하지 않았다. 동희는 가이아에게 메시지를 전했다.

잠시 후 세계는 특종 보도로 들끓었다. 동희가 대통령에게 전쟁 이야기를 꺼낸 지 110일 째 되는 날이었다.

〈선전포고 메시지〉 - 오전 10시 30분
나는 신물질 SUM 발명자 차동희다. SUM의 평화적 사용과 인류의 평화를 위하여 미국에 전쟁을 선포한다. 미국의 무조건적 항복을 요구하며 이를 관철시킬 때까지 공격은 계속된다.

미국에서 곧바로 성명을 냈다.
〈미국 성명서〉 - 오전 11시 50분
살인마왕 차동희는 쥐새끼처럼 숨어 있지 말고 나와서 역사의 심판을 받으라.

미국의 성명을 접하고 동희는 주저 없이 가이아에게 명령을 내렸다.
"가이아. 비행체 전원을 켜라."
동희의 명령이 떨어지기가 무섭게 공장 안에서 흰 천으로 덮여 있던 비행체에 전원이 들어왔다. 가이아의 중앙 모니터에는 비행체에 부착된 카메라가 비추는 장면이 나타났다. 마치 비행기 안에서 조정하면서 보는 모습과 같았다. 비행체에서 작은 소음이 새어 나왔다. 경비를 서던 군인들이 비행체로 눈을 돌렸다.
동희의 명령에 따라 비행체가 움직이기 시작했다. 비행체는 군인들의 시선을 아랑곳하지 않고 천으로 덮인 채 수직으로 상승했다. 공장 천장에 닿았지만 상승을 계속했다. 공장 지붕이 부서졌다. 책임자가 상황을 긴급히 지휘부로 보고했다. 비행체는 공장 지붕을 뚫고 하늘로 솟구쳤다. 천이 벗겨지면서 비행체는 쏟아지는 햇살을 받았다.

공장 밖에서 경비를 보던 군인들은 지붕이 부서지는 소리에 시선을 돌렸다. 그리고 비행체가 지붕을 뚫고 하늘로 올라가는 모습을 보았다. 모두 비행체의 모습에 입을 다물지 못했다. 비행체는 상공으로 높이 올라갔다.

"미사일 준비해 주세요."

동희의 부탁에 배면수와 승오는 미사일 두 기를 가지고 지상으로 올라갔다. 둘은 미사일을 문 앞에 놓아두고 내려왔다. 비행체는 한가히 떠 있는 조각구름을 뚫고 올라가서 멈추었다. 가이아의 중앙 모니터에 비행체가 보고 있는 모습이 그대로 보였다. 군인들은 손으로 햇빛을 가리고 점처럼 보이는 비행체를 지켜보았다.

"비행체 위치 이동."

군인들이 보고 있던 점은 갑자기 사라졌다. 중앙 모니터의 화면도 빠르게 돌아갔다. 보물 창고 문 앞에 놓아 두었던 미사일 두 기가 숲을 박차고 날아오른 것도 그때였다.

"미사일 결합!"

미사일은 따라가서 비행체 아래에 붙었다. 비행체 아래에 문이 열리고 미사일은 그 속으로 들어갔다. 미사일이 들어가자 문이 닫혔다.

"미사일 결합 완료!"

"가이아, 비행체 연산장치 전원 체크."

"비행체 연산장치 전원 이상 없음."

"연산자 이동."

"연산자 이동. 연산자 가이아에서 비행체로 이동 완료. 비행체 연산 장치 인공지능 작동 시작."

"그럼 시험 한번 해 볼까?"

승오가 궁금한 듯 배면수에게 물었다.

"어떻게 되어가는 거죠?"

"가이아가 하던 계산을 비행체에서 하게 되는 거야. 명령을 하면 비행체가 스스로 판단해서 움직이지. 미사일도 비행체에서 조정하고. 미사일을 조정하는 거리가 짧기 때문에 정밀도가 높아져."

"그럼 두 개의 미사일을 원통처럼 사용하겠네요."

"원통과는 비교도 안될 만큼 빠르고 정확하게 움직이지."

동희가 명령했다.

"비행체 성능 시험 준비."

"준비 완료."

동희와 배면수, 연구소장은 목이 타 들어갔다. 전쟁의 성패가 달린 시험이었다. 동희는 떨리는 목소리로 명령했다.

"성능 시험 시나리오 1번 시작하라."

"성능 시험 시나리오 1번 시작."

비행체는 적도 근해까지 마하 7의 속도로 이동했다. 잠시 후 적도 근처에 다다르자 적도를 따라 돌며 속도를 점점 높여갔다. 모니터에 속도가 표시되었다. 마하 10, 마하 20, 마하 30, 마하 40, 마하 50, 마하 60, 마하 70, 마하 80, 마하 90, 마하 100…….

모두 가이아의 중앙 모니터에 표시되는 숫자를 믿지 못하겠다는 표정으로 주시하고 있었다.

"속도 표시 단위 전환."

"단위 전환. 현재 속도 광속 0.0138%, 마하 120, 시속 149,040 km/h……."

"비행체 속도 유지. 기체 이상 점검."

"기체 이상 점검. 이상 없음."

배면수는 기체에서 보내는 여러 가지 자료들을 분석했다.

"기체 소음 측정 분석."

"기체 소음 측정…… 14.2dB. 자체 소음 89%."

배면수가 동희를 말렸다.

"속도는 충분해. 이제 그만하지."

"이론적으로는 빛의 속도까지 갈 수 있습니다."

"그건 이론이고, 비행체가 이상적일 때 말이지. 시뮬레이션상으로는 광속의 1% 이상에서는 위험하다고 나왔잖아. 신물질이 아닌 내부 기기가 폭발할 수도 있어."

"속도 증가."

가이아가 동희의 명령대로 따랐다.

"속도 증가. 현재 속도 광속의 0.023% 마하 200 돌파, 시속 245,160 km/h. 현재 속도 광속의 0.058%, 마하 510 돌파, 시속 626,440 km/h. 현재 속도 광속의 0.092%, 마하 810 돌파, 시속 993,600 km/h."

"속도 증가."

동희는 무표정하게 명령을 계속했다. 모두들 화면을 주시했다. 광량의 증가로 주위가 뿌옇게 보였으며 지구 반대편을 지날 때와 구름대와 맑은 하늘을 지나갈 때 색깔 차이가 확연했다.

"현재 속도, 광속 1.0%, 마하 8823, 시속 10,800,000km/h."

"소음 크기의 변화가 일어날 때까지 속도를 높여라."

옆에 앉아 있던 배면수가 동희를 나무랐다.

"동희 네 성격이 지랄 같다고 내가 이야기했지."

"속도 증가. 광속 1.1%, 광속 1.2%, 광속 1.3%, 광속 1.38235% 소음 크기 변화 발생. 124.5dB."

"속도 감속."

"광속 1.38234%, 마하 12197, 시속 14,929,272km/h."

배면수가 소리쳤다.

"1.38235%부터 소음이 급격하게 커져. 한계야. 1.38235%."

"성능 시험 시나리오 2번 시작하라. 선배 자료 점검 잘해줘요."

배면수는 그제서야 참았던 숨을 내쉬었다.

"OK."

류지태가 배면수에게 물었다. 2번은 뭐예요?"

"가감속 시험."

"정지 5초 전, 4초 전, 3초 전, 2초 전, 1초 전, 비행체 정지."

동희의 말이 끝나기가 무섭게 모니터에는 정지 영상이 나타났다. 옆으로 뭉게구름이 천천히 지나가고 있었는데 마치 비행체가 조금씩 움직이고 있는 것처럼 보였다. 그러나 비행체는 분명 정지해 있었다. 류지태가 신기한 듯 물었다.

"저렇게 갑자기 서 버리면 안에 신물질이 아닌 부품들은 다 망가지는 거 아냐?"

동희가 대답했다.

"85% 이상이 신물질이면 나머지 15% 미만은 신물질의 성질을 띄게 돼."

비행체는 그렇게 급가속과 급정지를 반복했다. 동희와 배면수는 시험 자료를 점검했다. 그리고 비행체의 운동성을 시험하는 성능 시험 시나리오 3번과, 미사일의 성능을 시험하는 성능 시험 시나리오 4번, 그리고 미사일과 비행체 간의 호흡을 점검하는 성능 시험 시나리오 5번까지 연속해서 진행했다.

"시험 종료."

"시험 종료."

동희의 명령에 가이아가 따랐다.

"어때, 괜찮은가?"

연구소장이 물었다. 동희는 윙크로 대답을 대신했다. 배면수는 만연에 넘치는 미소를 숨기지 못했다. 그동안 겪었던 고생이 성취감으로 모두 날아가 버린 것 같았다. 그러나 그들에게는 그런 감성에 젖어있을 시간이 없었다. 동희가 연구소장에게 물었다.

"우리 위치가 발각될 가능성은요?"

"아직 류지태 주변으로는 접근하지 않았습니다. 하지만 이곳도 그렇게 오래 있지 못해요. 길어 봐야 한 달 정도! ”

모니터를 보고 있던 연구소장이 소리쳤다.

“미국 항공모함들이 한국 쪽으로 기수를 돌렸어.”

동희가 물었다.

“규모와 위치는요?”

“3개 항모 전단. 이틀 반이면 한국 앞바다에 도착할 겁니다. 지금 근해에 있는 제1 항모 전단과 합치면 모두 4개 항모 전단입니다.”

“도착하기 전에 끝냅시다.”

동희가 출동 명령을 내리려 하자 배면수가 제안했다.

“먼저 중앙아시아에 생긴 태풍으로 가자.”

“아! 그렇죠.”

동희는 비행체의 기수를 돌렸다. 비행체는 곧장 고도를 높여 태풍 속으로 돌진했다. 속도를 줄인 비행체의 앞부분에서 밖으로 침이 나왔다. 그리고 내리치는 번개를 유도했다. 번개는 침으로 내리 꽂혔다. 한 번의 번개로 엄청난 전기 에너지가 비행체에 고스란히 저장되었다. 비행체는 캄캄한 먹구름을 헤집고 다니며 수십 번의 번개를 맞았다. 배면수가 알렸다.

“이만하면 된 것 같아.”

동희가 물었다.

“첫 번째 공격 목표는요?”

소장이 대답했다.

“한국 상공에 떠 있는 인공위성과 정찰기.”

“천리안. 위치 추적.”

가이아가 응답했다.

“위치 추적 완료. 정찰기 2기, 인공위성 4기.”

“공격!”

비행체는 순식간에 정찰기 뒤에 붙었다. 비행체 하단부의 문이 열리고 미사일 하나가 나오더니 사라졌다. 정찰기 엔진에서부터 기체 앞까지 구멍이 뚫리고 폭발이 일어났다. 미사일은 속도를 줄여 비행체로 돌아왔다. 비행체는 사라지더니 두 번째 정찰기 뒤에 붙었다. 나머지 정찰기와 인공위성 4기 모두 같은 방법으로 요격했다.

미국 사령관실에 비상이 걸렸다. 사령관은 정찰기와 인공위성의 요격 보고를 받았다. 그것도 24초 동안 일어난 일이었다. 사령관은 대통령의 재가를 받아 전시 상태를 선포했다.

"다음 공격 대상은요?"

"한국 근해에 있는 항모 전단입니다."

동희가 부탁했다.

"소장님! 말씀 낮추세요."

소장은 쑥스러운 듯 윙크했다.

"네 머리 위로 미사일 세례를 퍼부은 장본인이야."

"전투력은요?"

"항공모함이 주축이야. 항공모함은 80여 대의 무인 전투기, 30여 대의 유인 전투기, 조기경보기 5대, 복합기 8대, 헬기 8대를 싣고 있어. 그리고 미사일은 지대지 640기, 지대공과 지대함 1180기, 전략 미사일 8기, 전략 미사일에는 핵이 탑재될 수 있어. 탑승 인원 2500여 명. 항공모함 주위에는 이지스함 3척과 구축함 4척, 순양함 2척, 원자력 잠수함 2척, 보급함 2척, 상륙함 4척이 따라다녀. 이지스함은 동시에 120여 기의 전투기, 미사일과 전투를 수행할 수 있어. 미사일은 지대지, 지대공. 공격형 헬기 4대가 실려 있고······. 구축함은 우리나라 주력 해상 전력이니까 잘 알 테고······. 잠수함, 순양함 모두 무장되어 있어. 그 밖에도 호위선 7척이 더 있어."

지켜보던 승오가 투덜거렸다.

"종합선물 세트군요."

연구소장이 설명을 덧붙였다.

"항모 전단 하나와 전쟁을 해서 3시간 이상 버틸 수 있는 나라가 다섯도 안 돼."

류지태가 걱정스런 눈으로 물었다.

"그런 항모 전단이 3개나 더 온다는 말입니까?"

동희는 일사천리로 명령했다.

"목표는 근해 미국 제1 항모 전단. 가이아 전투 예상 소요 시간은?"

"삐릿 삐릿 삣…… 예상 소요 시간 3분 14초."

"공격!"

-차동희 28세 7월-

류지태 회고록 中

기술 경영학부에 입학하고 며칠 되지 않아서 낯선 사람으로부터 연락이 왔다. 그는 할 말이 있으니 만나자 했다. 영문도 모른 채 만난 사람이 바로 차동희였다. 그는 자신의 '서클' 계획의 취지와 구상에 대해 언급했으며 재정 지원을 요청했다.

그는 매우 논리적이었다. 내가 그에게 재정 지원을 해주면 서클 활동으로 생기는 기술에 대한 권리를 주겠다고 했다. 내가 보기에도 적은 돈으로 많은 기술 인력을 고용하는 효과가 있어 보였다. 하지만 내가 흔쾌히 승낙한 이유는 그의 열정 때문이었다.

아버지는 동희의 '서클'에 몇 푼 안 되는 재정 지원을 결정한 나를 두고 아직 멀었다며 내 판단을 인정하지 않으셨지만, 동희의 눈을 본 사람과 보지 못한 사람의 차이라 생각했다. 나는 아버지의 든든한 후원과 어린 나이에 작은 성공의 결과로 방탕한 생활의 연속이었다. 생활의 리듬을 찾으려 작심하고 입학한 학교에서 동희는 나에게 신선함 그 자체였다. 주위에 친구라곤 놀고 즐기는 놈뿐이던 나는 동희에게 커다란 매력을 느꼈었다.

첫 번째 재정 지원은 경제적으로만 따지자면 대 실패였다. 휴머노이드 1호의 어디에도 회사 로고 하나 붙일 수 없었고 상업화할 만한 기술도 찾을 수 없었다. 휴머노이드 1호 발바닥에 돋보기로 보아야 겨우 보일 만큼 작게 새겨진 내 이름으로 만족할 수밖에 없었다. 하지만 그 '서클' 지원과 활동으로 막연하게 느꼈던 기술과 과학에 눈을 뜰 수 있었고 무엇보다 동희를 알게 되었다. 그리고 대학원 1학년 때, 그는 다시 나를 찾아왔다.

지금도 그렇지만 그때도 나는 동희에게 도움을 주고 있다는 생각을 해 본 적이 없었다. 그때까지 해준 재정 지원이라고 해봐야 하루 저녁 파티 값에 불과한 것이었다. 나는 나와 다른 부류의 순수한 친구들을 가진 것 하나로 족했다.

　　두 번째 나를 찾아왔을 때 그는 첫 번째와 달리 자세한 설명도 논리적 받침도 없었다. 단지 내가 지원하지 않으면 다른 누군가를 찾아가거나 어떤 수를 써서라도 재원을 충당할 기세였다. 결국 나는 그가 어떻게든 재원을 충당할 것이라면 그 지원자가 다른 사람이 되도록 내버려 둘 수 없었다. 그리고 그 지원을 마지막으로 그는 나에게……

낡은 노트
(헌시-차동희가 사경진 교수 무덤 앞에서)

무한히 펼쳐진 시공의 우주.
그 속에서
인류는 언제나 거대한 사생아였다.
우리의 존재는 모순이었으며,
겸손과 수치심은 인간이 지녀야 할 미덕이었다.
인류는 지식의 편린을 붙잡고 광인처럼 기뻐하고 낙담하고 끊임없이
다투었다.
연구실에서 한 평생을 보낸 백발 성성한 노 과학자는
오늘도 떨리는 손으로 낡은 노트에 무엇인가를 써넣는다.
노 과학자는 흐려진 눈을 찌푸려 자신이 쓴 내용을 겨우 알아본다.
낡은 노트는 피로한 그의 주름처럼 충분히 닳았다.
노 과학자는 평생 동안 애타게 갈구했던 물음에 대한
답을 구하지 못한 채 거칠게 뛰어왔던 심장은 그 걸음을 멈춘다.

임종의 순간에도 노 과학자는 자신의 얼굴에 쓸쓸한 미소조차 담지
못한다.

먼 훗날
세상은 점점 다양해지고 복잡해지며 변화의 속도는 빨라져만 간다.
지식과 지혜는 씨줄과 날줄처럼 얽히고설키다가
어느 날 우연히 누군가에 의해 거대한 우주의 지식은
그 베일을 벗고 벌거벗은 모습으로 우리 앞에 나타난다.
비로소 인류는 더 이상 고아가 아니다.
사람들은 기뻐하며 춤춘다.
혹, 어떤 사람은 기쁨에 겨워 비명을 지르거나 오열한다.
우리는 비로소 우리가 어디에서 왔는지 알게 된다.
얼굴을 붉히며 다투는 사람은 이제 없다.
인류는 그날을 기리기 위해서 거대한 우주의 지식을 발견한 날을
기념일로 선포하고 '인류 해방의 날'로 명명한다.
그리고 후대에 길이 전하기 위해 기념관을 짓는다.
기념관에는 거대한 우주의 지식을 발견하기까지
모든 자료들이 전시된다.
그 한켠에는 잊혀졌던 노 과학자의 낡은 노트도 놓여져 있다.
어느 날 모두가 잠든 새벽,
거대한 우주의 지식은 기념관으로 고이 내려와
낡은 노트 앞에 경건히 무릎을 꿇는다.

차동희 젊은 시절 유작 일기(1) 中

고래로부터 내려온 음습한 전설
나는 그 전설에 내 칠 할을 담근다.
생(生)은 스스로가 스스로의 숙명을 보았을 때
숙명을 볼 수 있는 눈을 떴을 때
또 혹
숙명이 자신 앞에 잠복해 있음을 깨달았을 때가
출발점이요 시작이다.
생은 비로소 시작이다.
어둠의 존재를 일깨우는
의미 혹은 무의미의 태동이 시작된다.
그리고 이내 생은 흐름을 타기 시작한다.
거친 흐름을.

흐름
혼을 향해 달려가는.
나는 그 한가운데 서 있다.
내 영혼은 겨울 광풍을 할퀴었고
내 눈동자는 푸른 창공을 찢었으며
내 손끝은 생명력을 사르며 뻗어가는 가지 끝과 맞닿아 있고
내 두 다리는 혁명에 굶주린 대지의 거친 숨소리를 가르며 뛰고 있다.

차동희 젊은 시절 유작 일기(2) 中

주위를 단순화시켜야 한다.

하물(下物)이 두서 없이 감히 나를 범하려 한다.

내 육체를 늙게 하고 내 정신을 잡아두려 한다.

내 온몸에서 답습과 굴레의 악취가 풍기도록 한다.

그들에게 나는 말해 주어야 한다.

"누가 내 인생의 주인이냐?"

내 인생의 주인은 나다.

오직 나만이 내 안에서 시공을 통과할 수 있다.

내 의지의 은빛 창(槍)만이 나를 이끌 수 있다.

나는 보이지 않는, 지배 받지 않는, 굴하지 않는, 영원히 사라지지 않는 열망, 그것이다.

무엇을 두려워하는가?

진정 생존의 위협을 느껴 보았는가?

설령 생존의 위협이 온다 해도

나의 정신은 그 썩어가는 시체 위에서도 지옥의 유황불처럼 활활 타오를 터인데.

나는 결코 내 생의 주인이 아닌 상태로는 단 한 번의 호흡도 잇지 않을 것이다.

그렇게 내 생을 채워가지 않을 것이다.

삶의 무게가 얼마나 큰 힘으로 나를 짓누른다 해도.

피에 덮인 하늘을 보면서도 나는 절망하지 않았다.

은빛 창만이 내 어깨와 머리를 잡고 앞으로…… 앞으로…… 이끌어 줄 것이다.

차동희 젊은 시절 유작 일기(3) 中

작고 미세한 그것은 이윽고 하나의 생명으로 탄생하였다.
허나 그 생명은 너무도 나약하고 불완전했다.
그러므로 그 생명은 온몸을 두려움으로 칭칭 휘감고 있었다.
겁먹은 생명은 자신보다 큰 것은 혹은 자신과 다른 것은
함부로 단정하거나 회피하였다.
그는 단단한 돌도 만져보고, 냄새 맡고, 핥고 나서야 한발을 나아갔다.
그의 발걸음은 너무도 느려서 자신이 얼마나 지나왔는지 되돌아보며
한탄하곤 했지만 그렇다고 해서 성큼성큼 앞으로 걸어가지 못했다.
그는 두려웠다.
그렇다고 해서 그가 한 번도 발을 헛디디지 않은 것도 아니었다.
그의 시각은 너무도 편협하고 왜소한 것이었으며 또 그러한 자신의 시
각을 종교처럼 맹목하고 있었던 것이다.

언젠가 누군가가 그에게 뛰는 법을 가르친다면
그의 손을 잡아 끌고 그가 뛰어다니며
힘차게 뛰는 두 다리와 함께 숨가쁘게 뛰는 그의 심장을 느끼게 한다면
그는 격렬히 뛰는 그의 피를 느낀 후 갑자기 자살해 버릴지도 모른다.
그는 그 스스로를 너무 모르고 있었다는 사실에
지나온 시절들이 차곡차곡 쌓여 한꺼번에 후회로 다가오는 것을 견딜
수 없기에.

차동희 젊은 시절 유작 일기(4) 中

기억해!

그 억한 심정을.
너는 언제나 그랬어.
기억에서 사라진 듯 여겨졌지만.

너는 밟히고 짓이겨졌지.
너는 패배했고, 잘못했고, 조롱당했고,
계획대로 되지 않았고, 억울하기까지 했지만,
그러고도 여전히 살아 있지.
네 마음은 형편없이 가벼워져서
미풍에도 정처 없이 흔들리고 오락가락했어.
네 머릿속에는 이 말 외에는 어떤 생각도 떠오르지 않았어.
'아니야, 이건 아니야, 정말 아니야.'

하지만 너는 기억해야 해.
그렇게 하염없이 추락하는 널 방치해 두었을 때
이렇게 방치해두어도 되나, 라는 걱정조차 희미해졌을 때
어디에서부터 달려온 것인지 모를 억한 심정이 네 심연 깊은 곳에서부터
뜨거운 용광로처럼 끓어 올랐던 일을.

그리고 그 억한 심정이 비로소 네 답답했던 가슴을 채우고도
남은 힘을 주체하지 못하여
너를 새로운 리듬 위에 올려놓거나

그리 화려하지 않은 새로운 희망을 비추거나
미간에 네 정신을 다시 모이도록 했었다는 사실을.
너는 그 힘에 아무런 생각 없이 너의 모든 걸 맡기는 것만으로
새로운 발걸음을 내딛는 자신감으로 충만해졌었다는 것을.

기억해!

그 힘은 심연 저 아래에 포진하고 있는 또 다른 너라는 사실을.
그리고 가끔은 너는 너와 만날 거란 사실을.

추락을, 나락을 두려워하지 말기를.

기억해!

보통, 평범, 일상이란 말은 추락, 절망, 나락이란 말보다
그리 현명하거나 찬란하거나 안전한 친구가 못 된다는 사실을.
너는 언제나 심연에서부터 아무도 거스르지 못하게 솟아오르는 힘을
지니고 있다는 사실을.

기억해!

제 2 부

격 동 기

1. 싸워서 쟁취한 자유만이

　비행체는 순식간에 미 항모 전단 근처에 도착했다. 비행체는 속도를 줄였다. 해가 지지 않은 바다는 눈이 부시도록 푸르렀다. 바다와 맞닿은 쪽빛하늘과 하늘을 마구잡이 가로지른 솜털구름. 비행체는 햇살을 받아 강렬한 은빛을 띠고 있었다. 멀리서 까만 점들이 나타났다. 항공모함에서 이륙한 무인 전투기였다. 숫자가 늘어났다. 70여 대의 무인 전투기가 비행체를 향해서 날아오고 있었다. 비행체는 방향을 바꾸지 않고 곧장 그들을 향해서 날았다.

　무인 전투기들은 간간이 떠 있는 구름 속으로 모습을 감추었다 드러냈다. 무인 전투기에서 공대공 미사일이 일제히 발사되었다. 무인 전투기에서 발사된 100여 기의 미사일은 곧장 일직선으로 뻗어 나왔다.

비행체는 여전히 꼼짝하지 않고 고도를 유지한 채 마주 보며 날았다. 미사일들이 거리를 좁혀왔다.

전방 5km, 4km, 비행체 아래에서 두 기의 신물질 미사일이 나오더니 사라졌다. 그리고 비행체도 사라졌다. 이윽고 70여 대의 무인 전투기가 폭발하기 시작했다. 목표를 잃은 미사일들은 푸른 하늘과 그보다 더 푸른 바다로 시시각각 흩어졌다. 무인 전투기들은 공중에서 폭발하거나 몸체에 구멍이 뚫려 바다로 떨어졌다. 마치 초겨울 바람에 정처 없이 떨어지는 낙엽 같았다. 그들을 지나 비행체가 창공에 멈춰 섰다.

이지스함에서 비행체의 위치를 파악했다. 3척의 이지스함과 4척의 구축함, 2척의 순양함에서 연속해서 미사일이 발사됐다. 항공모함에서 유인 전투기 편대가 이륙했다. 미사일은 끊이지 않고 발사되었다. 줄을 지어 날아가는 미사일의 목표는 비행체였다.

첫 번째 미사일이 굉음과 함께 비행체로 다가선 순간 비행체는 자취를 감추었다. 미사일들은 목표를 잃었다. 미사일들은 주위를 선회하며 새로운 목표물이 입력되도록 기다렸다. 수백 기의 미사일들이 고기 떼처럼 무리를 지어 하늘을 가득 메운 채 배회했다.

사라졌던 비행체가 모습을 드러낸 곳은 항공모함 우측이었다. 비행체는 잠깐 모습을 보였다가 사라졌다. 항공모함, 이지스함, 구축함, 순양함에서 대공포 한 발 쏠 기회도 주지 않았다. 그리고 비행체에서 분리된 신물질 미사일 두 기가 나란히 항공모함 옆구리를 관통한 것도 그때였다. '쾅' 하는 굉음과 함께 항공모함의 옆구리에는 두 개의 구멍이 뚫렸다. 미사일의 직경과 같은 27cm 크기의 구멍이었다. 항공모함의 크기에 비해 매우 작은 구멍이었다. 멀리에서 보면 보이지 않을 만큼. 하지만 두 개의 미사일은 나란히 항공모함 옆구리를 통과하는 원 궤도를 그리며 연속해서 구멍을 뚫어나갔다.

항공모함 측면 가운데에서 시작된 구멍은 불과 0.1초 사이에 항공모함 후미까지 320개의 구멍을 일렬로 뚫었다. 연쇄 폭발이 이어지고 갑판 위에서 이륙을 기다리던 비행기들도 함께 폭발했다. 340m의 거대한 항공모함은 아래 위로 잘려져 버렸다. 후미 끝까지 항공모함을 잘랐던 미사일은 사라졌다. 전함의 오른쪽 갑판 위에 있던 관제탑이 기울어졌다. 항공모함은 후미부터 가라앉았다. 주위에 있던 이지스함과 구축함, 순양함, 호위선 모두 항공모함이 폭발하여 가라앉는 모습을 보고 있을 수밖에 없었다.

보이지 않는 적과의 싸움. 그것은 두려움 그 자체였다. 구름 위 하늘에서 잠시 모습을 나타냈던 비행체는 다시 사라졌다. 비행체와 미사일은 계획했던 동선대로 움직일 뿐이었다. 두 개의 미사일은 초당 2000~3000km 거리의 동선을 만들어냈다. 마치 시간이 정지된 세상에서 자신들만이 유일하게 움직이며 아무것도 없는 공간을 가르듯 철판을 뚫고 지나갔다.

신물질 미사일 2기가 이지스함 3척의 관제탑을 지그재그로 교차하며 지나갔다. 수백 미터 떨어진 이지스함 관제탑들은 거의 동시에 폭발했다. 신물질 미사일의 궤도에 걸리는 것은 그 어느 것도 살아남지 못했다. 정교한 구멍이 뚫려나갔다. 다급한 군인들은 간간이 대공포를 하늘로 쏘아댔다. 보이지 않는 적을 향해서 우왕좌왕하며……. 그러나 아랑곳하지 않고 이지스함 3척의 관제탑이 폭발한 후, 구축함 4척과 순양함 2척, 보급함 2척, 상륙함 4척, 호위선들의 관제탑이 연이어 폭발했으며 단 1초가 걸리지 않았다.

항공모함의 6,000평이나 되는 갑판은 벌써 반 이상 물에 잠기었다. 함교 레이더 윗부분이 물 위로 나와 있었지만 수면 아래로 완전히 사라질 시간만 기다리고 있었다. 항공모함 주위로 탈출선 하나 보이지 않았다. 탈출선을 내릴 시간은 허락되지 않았다. 헤엄쳐 빠져 나오려는 군인들은 자신의 의지와 상관없이 항공모함이 빠지는 쪽으로 빨려 들어갔다. 바다를 가르며 나아가던 배들은 모두 동력을 잃었다. 먼저 발사되었던 수백 기의 미사일들은 연료를 다해서 앞다투어 바다로 빠져들었다.

한국 보물 창고
"항공모함에서 출격한 유인 전투기들이 우리나라 쪽으로 오고 있어. 모두 17대 목적지는 한국 수도로 추정!"
연구소장이 보고했다.

비행체는 유인 전투기 쪽으로 방향을 돌렸다. 비행체는 신물질 미사일 두 기를 발사하고 사라졌다. 미사일은 조종사의 탈출 기회조차 주지 않았다. 두 개의 미사일은 비행체에 합체되었다. 비행체는 순간 공중에서 멈추더니 제자리에서 몸체를 180도 틀어서 날아왔던 반대 방향으로 날아갔다. 유인 전투기 17대는 거의 동시에 폭발한 것처럼 보였다.

잠시 후 하늘에서 두 개의 은빛이 곧장 푸른 바다에 직각으로 내리꽂혔다. 커다란 물보라를 일으키며 수중으로 곤두박질친 신물질 미사일 두 기는 각각 원자력 잠수함 한가운데를 관통하고 올라왔다. 들어갔다 나왔지만 물보라는 각각 하나씩뿐이었다. 들어간 자리와 나온 자리가 같기도 했지만 시간차가 없었기 때문이기도 했다.

은빛이 사라진 후 2~3초간 정적이 흐르더니 바다 아래서 커다란 폭발이 일어났다. 원자력 잠수함 두 대의 수중 폭발이었다. 그리고 신물질 미사일이 바다 위에 거대한 공동묘지처럼 떠 있는 이지스함과 구축함, 순양함, 보급함, 상륙함, 호위선에 남아있는 미사일과 헬기들을 예외 없이 정확하게 파괴해 나갔다. 멀리서 거대한 거품 덩어리 두 개가 트림하듯 올라와 수면 위에 흰 포말을 만들었다. 잠수함의 마지막 인사였다.

살아남은 몇몇 군인들은 해군 사령부로 믿기지 않는 광경을 전했다.

미국 주력 제1 항모 전단 전체가 이렇게 철저하고 빠르게 무력화되리라 상상한 사람은 지구상에 세 명을 제외하고 아무도 없었다. 그 셋은 나란히 가이아 앞에 앉아 있었다. 차동희, 배면수, 연구소장.

"전투 종료. 다음 목표는?"

"다음 목표는 미국 제2 항모 전단과 제4 항모 전단이 합친 연합 함대."

동희의 물음에 연구소장이 대답했다. 동희는 배면수에게 기기 상태를 물었다.

"비행체 점검."

"비행체 이상 없음."

"미사일 점검."

"미사일 1호기 이상 없음. 2호기 이상 없음."

"공격!"

동희와 배면수의 대화에 옆에서 지켜보고 있던 류지태가 중얼거렸다.

"너무 빨라서 정신이 없네."

〈미 해군 사령부〉

해군 총사령관 뒤로 참모들이 서 있고 그 앞에는 상황 장교 수십 명이 화면을 보며 다급히 소식을 전해왔다. 상황 장교 하나가 보고했다.

"제1 항모 전단이 전멸되었습니다."

해군 총사령관이 어리둥절한 표정으로 물었다.

"무슨 소리 하는 거야? 멀쩡한 1함대가 왜?"

"괴비행체의 공격으로 전멸당했습니다."

"국방부에 보고하고 다른 항모 전단에 비상경계령을 내려라."

상황 장교는 다급한 목소리로 전했다.

"총사령관님. 제2 항모 전단과 제4 항모 전단이……."

비행체는 제2 항모 전단과 제4 항모 전단을 향해서 신물질 미사일을 발사했다. 미사일 두 기는 속도를 높여 질량을 증가시켰다. 미사일은 전투정보센터를 관통해서 갑판 위 전투기 날개를 뚫고, 아래 갑판을 뚫고, 대공포 발사대 복도 벽을 뚫고, 지하격납고 천정을 뚫고, 격납고에 있던 초계기 조정실을 관통한 후, 바닥을 뚫고, 아래층 군인 숙소 천장을 뚫고, 2층 침대를 차례로 뚫고, 바닥을 뚫고, 기관실을 뚫고, 항공모함 배 밑을 뚫고 나갔다. 마치 잘 익은 감자를 쇠꼬챙이로 찌르듯 직선으로 관통했다.

한 기의 신물질 미사일이 1초 동안 하나의 항공모함을 1,000회 이상 관통했다. 뚫린 자리에서는 미사일이 지나간 뒤에야 굉음과 연쇄 폭발이 일어났다. 아무도 육안으로는 미사일의 움직임을 파악하지 못했다.

1,000번이 넘는 관통과 연쇄폭발. 그 사이에는 아주 잠깐의 침묵이 있었다. 파편. 자욱한 분진. 불기둥. 극에 달한 소음과 비명. 이 모든 것들은 불과 수 초의 시간 안에 압축되어 있었다. 멀리서 보기에는 항공모함 내부에서 엄청난 미사일 하나가 터진 듯 가만 있다 갑자기 전체가 폭발을 일으키는 것처럼 보였다.

폭발과 함께 항공모함 두 척은 가라앉기 시작했다. 잠시 후면 물 속으로 사라질 폭발과 굉음, 불기둥과 연기가 맹렬한 기운으로 피어 올랐다. 화염은 주위 산소를 모두 소모시켰다. 모함 가까이 호위선에 있는 군인들은 산소 부족으로 숨이 가빠왔다. 눈 깜박할 사이 일어난 항공모함 폭발. 그러나 주위의 배에서는 항공모함이 가라앉는 광경을 목격하지 못했다.

항공모함의 폭발과 침몰 사실에 경악할 틈도 없이 이지스함 8척과 구축함 10척, 순양함 8척, 보급함 2척, 상륙함 2척, 호위선 17척의 관제실과 미사일 발사대, 대공포에 공격이 가해졌다. 제아무리 많은 경험과 현명한 두뇌를 가진 지휘관이나, 제아무리 용맹하고 잘 훈련된 군인들이라 할지라도 그들이 할 수 있는 일은 신물질 미사일이 지나가면 철판처럼 구멍이 뚫리거나, 그렇지 않으면 비명을 지르는 것이 고작이었다. 그들이 맹신하고 뽐냈던 두꺼운 강철판과 화기들은 단지 뼈가 발라진 먹잇감에 불과했다.

4대의 원자력 잠수함은 바다 위에 4개의 흰 거품 무리를 만들며 사라졌다. 세차게 파도를 가르며 나아가는 배는 어느새 하나도 남지 않았다. 신물질 미사일은 비행체에 결합되었다. 총 53척의 연합 함대 배들이 무용지물 고철이 되는 데는 불과 10여 초의 시간으로 충분했다. 항공모함은 아직 물속으로 완전히 잠기지 않았다.

한국 보물 창고
"전투 시간 16초야! 전력이 두 배였는데 시간은 훨씬 줄어들었어요."
동희의 목소리는 다소 흥분되어 있었다. 배면수가 대답했다.
"전투 패턴을 학습하고 있어! 비행체에서 미사일 점검 시간과 궤도 입력 시간도 줄어들었어. 믿기 힘든 학습 능력이야."
동희가 물었다.
"다음 공격 목표는?"
연구소장이 대답했다.
"제3 항모 전단. 아직 9개의 항모 전단이 남아 있어. 하지만 이런 추세라면 3분도 안 걸릴 것 같아."
배면수는 고개를 절레절레 저었다. 연구소장이 중얼거렸다.
"결국은 명령권자의 판단과 명령 시간이 공격 시간의 대부분이 되는 거야. 명령 즉시 파괴시켜버리니……"

〈미 해군 사령부〉
상황 장교가 전했다.
"제2, 4 항모 전단 교신이 되지 않습니다."
사령관이 물었다.
"방금 제1 항모 전단이라고 하지 않았나?"

"인공위성에서 보내온 영상입니다. 제2, 4 항모 전단이 당했습니다."

"아니 말이 되는 소리를 해야지……. 나머지 항모 전단에 전투기 모두 이륙시키라고 해!"

"네. 알겠습니다."

또 다른 상황 장교가 보고했다.

"이야기하는 동안 제3 항모 전단이 전멸되었습니다."

사령관은 책상을 치며 고함을 질렀다.

"이런! 빌어먹을! 국방부에서는 회신이 없나?"

"방금 연락을 받고 장성들이 모이고 있는 중입니다."

"젠장! 항모 전단 모조리 섬멸되고 나면 다 모이겠군. 잠수함은 더 깊이 잠수하라고 해!"

〈미 국방부〉

"차동희 행방은 아직도 못 찾았나?"

군 최고사령관이 침울한 표정으로 물었다.

"네. 한국 어딘가에 있을 겁니다."

"그걸 말이라고 하나!"

"군 인공위성이 한국 상공에 접근하고 있습니다."

그때 수석보좌관이 알렸다.

"대통령 연락입니다. 핵 무기 사용을 승인했습니다."

"그래? 못 찾으면 한국을 모조리 날려 버려야지. 태평양 사령본부에 연락해서 한국과 가장 가까운 곳에 비행장 확인해 봐. 핵무기도."

"폭격기로 13분 거리입니다."

"몰살시켜! 1차 목표는 200만 이상 주요 도시."

한국 지하 보물 창고

연구소장이 알렸다.

"미국 군용 인공위성 접근 중."

차동희는 지체 없이 가이아에게 명령했다.

"비행체. 항모 전단 공격 중지. 공격 목표 변경. 인공위성."

배면수가 상황을 설명했다.

"위치 이동. 도착 3초 전, 2초 전, 1초 전, 도착 완료. 공격 완료. ……
폭발 확인. 인공위성 몇 대 더 정리하는 게 좋을 것 같은데……."

"그러죠. 천리안! 공격 대상 위치 확인."

그때 연구소장이 보고했다.

"잠깐. 일본에서 미군 전폭기가 이륙 준비하고 있어. 모두 네 대야.
핵을 탑재했어. 공격 목표는 한국의 주요 도시."

동희가 물었다.

"현재 위치는?"

"천리안 24호 SUM 레이더 가동…… 한국 남서쪽 800km 지점."

〈미 국방부〉

수석보좌관

"전폭기가 모두 격추당했습니다."

최고사령관은 현실이 도무지 믿기지 않았다.

"그게 있을 수 있는 일이야? 누구도 막을 수 없는 그림자 전폭기를
…… 레이더를 무력화시키는 전폭기를 어떻게…… 그것도 이륙도 하기
전에……. 공군 총사령관 설명 좀 해 주게."

공군 총사령관이 긴급 제안을 했다.

"한국의 넷 망을 모조리 마비시켜 버리죠."

듣고 있던 수석 참모가 전했다.

"벌써 공격했지만 통하지가 않습니다."

상황 장교가 급히 보고했다.

"인공위성 N-8호가 공격당했습니다. 한국의 궤도로 접어드는 모든

인공위성이 파괴되고 있습니다."

군 장성 모두 식은땀을 흘리고 있었다. 비행체의 공격 속도는 숨을 쉬기 힘들 정도로 빨랐다.

"제11 항모 전단이 공격당하고 있습니다."

한국 지하 보물 창고

연구소장이 동희에게 권했다.

"지금이 좋을 것 같아."

"뭘요?"

"메시지 전송."

"네."

〈미 국방부〉

"차동희에게서 항복하라는 메시지가 도착했습니다."

자신도 믿을 수 없다는 듯 고개를 흔들며 메시지 내용을 받은 상황 장교가 보고했다.

"뭐, 항복? 이놈이 제정신이 아니군. 감히 미국에게 항복을 권유하다니."

메시지를 읽던 상황 장교는 표정이 심각해졌다.

"대통령을 비롯 전 세계에 동시에 보냈습니다. 다음 공격 목표들이 나열되어 있습니다."

"뭐? 어디야?"

"항모 전단, 국방부, 돔, 백악관, 국회의사당, 정보부, 정부청사, 증권거래소, 중앙은행, 핵 발전소, 화력 발전소, 댐……. 미국을 완전히 초토화시키려고 하는 것 같습니다. 목표별로 적게는 1초 길게는 3초 단위로 시간까지 적혀 있습니다."

참모가 전했다.

"제12 항모 전단이 당했습니다."

수석 참모가 전했다.

"대통령에게 연락이 왔습니다."

"핵미사일인가?"

"네. 발사 명령입니다."

"그래. 한국을 몽땅 날려버려도 살아남는지 두고 보자. 1만 개의 핵미사일을 어떻게 막을 수 있는지 보자! 전략 핵미사일 봉인을 풀어라."

한국 지하 보물 창고

연구소장이 정보를 입수했다.

"드디어 움직이기 시작했어."

"핵?"

연구소장은 고개를 끄덕였다. 배면수가 걱정스런 눈빛으로 말했다.

"긴장되는데요. 작전대로 잘 될까요?"

〈미 국방부〉

"군 최고사령관님. 항모 전단 공격이 멈추었습니다."

"그래? 귀신같이 아는군. 우리 쪽 정보가 새고 있어. 하지만 이번에는 알아도 막기 힘들어."

한국 지하 보물 창고

동희가 명령했다.

"천리안 전진 배치! 비행체 한국 상공으로 위치 이동!"

연구소장이 동희를 물끄러미 쳐다보았다.

"지금은 나도 네 친구 김승민을 믿고 싶군."

동희는 의연한 표정으로 고개를 끄덕였다.

"가이아! 부탁해!"

〈미 국방부〉

군 최고사령관의 입에서 명령이 떨어졌다.

"발사!"

미국 미사일 기지 23곳에서 일제히 대륙간 전략 핵미사일을 발사했다. 바다를 떠돌던 핵 추진 전략 잠수함 21대, 핵 추진 순항미사일 잠수함 17대, 핵 추진 공격 잠수함 8대에서도 일제히 핵미사일을 발사했다. 목표는 한국이었으며, 1차로 모두 108기의 핵미사일이 발사되었다. 더 많은 핵미사일이 뒤를 이어 발사 준비되었다.

한국 지하 보물 창고

"미국 핵미사일 발사."

연구소장의 보고에 동희가 명령했다.

"가이아! 핵미사일 통제권 이전."

가이아의 가동률이 높아졌다.

한여름 뭉게구름처럼 자욱한 연기를 뿜으며 발사된 핵미사일들은 하늘을 향해 힘차게 날아 올랐다. 잠수함에서 발사된 핵미사일은 바다를 가르고 수면을 차올라 창공을 향했다. 전략 미사일의 경로 확인과 조정을 맡은 각 지휘소 조정관들은 관제 화면에 집중했다. 연습이 아닌 실전 발사는 대부분 처음이었다. 화면과 자료들은 핵미사일이 한 치의 오차 없이 날아가고 있음을 표시해 주었다. 108기 모두 단 하나의 오류도 없었다. 그리고 추가 발사를 위해서 분주히 움직였다.

그러나 그것은 가이아의 준비된 조작이었다. 먼저 날아가고 있던 핵미사일부터 하나씩 선회했다. 가이아의 통제를 따르고 있었다. 발사된 핵미사일은 지나왔던 궤도를 거슬러 갔다. 지휘소는 2차 발사를 위해서 발사대 입구를 개방시켰다. 먼저 발사된 핵미사일들은 이미 발사되었던 처음 그곳을 향해 맹렬한 속도로 접근하고 있었다.

그리고 마침내 첫 번째 발사되었던 핵미사일이 출발했던 미사일 발사대를 맞추면서 거대한 핵폭발이 일어났다. 그리고 연이어 미사일 기지 23곳에서 동시다발적으로 폭발이 일어났다. 핵미사일을 발사했던 핵 추진 전략 잠수함 21대, 핵 추진 순항미사일 잠수함 17대, 핵 추진 공격 잠수함 8대도 예외는 아니었다. 세계의 바닷속 곳곳에서 핵폭발이 일어났다.

실사용보다는 억제력에 비중이 컸던 핵무기가 대규모로 폭발한 곳은 공교롭게도 미국이었다. 핵폭발로 인해 뒤늦게 선회한 핵미사일 몇 기는 핵폭발 하지 않고 파괴되었지만 모두 87차례의 핵폭발이 일어났다. 인류가 핵무기를 개발한 이래 87개의 핵폭탄이 동시에 폭발한 것은 처음이었으며, 누구도 그만큼의 숫자를 상상하지 못했었다. 지구의 지축을 뒤흔들듯한 폭발이었다.

육지의 미사일 기지 23곳은 초토화되었다. 어떤 곳은 순차적으로 2~3번의 핵폭발이 일어났다. 87개의 핵 섬광과 87개의 폭발음, 87개의 열 폭풍, 87개의 버섯구름, 87곳의 방사능 유출, 87곳의 핵 분진. 넓은 국토의 미국이었지만 육지에서 폭발한 41번의 핵폭발을 감당하기에는 벅찼다. 핵잠수함들은 자신이 발사한 핵미사일에 전멸했다.

한국 지하 보물 창고
잠시 적막이 흘렀다. 가이아는 핵미사일의 상태를 표시해 주었다.
"작전 성공."
연구소장의 목소리는 그리 밝지 않았다. 작전을 세우기는 했지만 이렇게 완벽하게 실행되리라 예상하지 못했다. 배면수, 류지태, 김승오 역시 말을 잃었다.
"비행체 이동."
동희 목소리를 듣고서야 배면수는 몽상에서 깨듯 화들짝 놀라며 대답했다.

"어, 어디로?"

〈미국 인류 보존 프로그램 작동〉
미국의 지역별 돔이 가동되었다. 지하에 지어진 돔은 총 네 개였다. 미국이 심각한 공격을 받게 되었을 경우 명령체계의 유지와 지속적인 전투를 위해서 국방부를 포함 다섯 개의 돔이 독립적으로 전쟁을 수행 하도록 되어 있었다. 미국의 모든 국방력은 다섯 개의 돔 산하로 명령체계가 재편되었다. 다섯 개의 돔은 적이 항복할 때까지 공격을 멈추지 못하기 때문에 돔이 활동하는 한 대통령의 결정도 의미가 없었다. 동희는 다섯 개의 개별 국가와 싸우는 것과 진배없었다.

핵폭발 소식을 전해 들은 미국 대통령은 연합국 수상에게 도움을 요청했다. 연합국 수상은 긍정적으로 응했다. 다만 절차상 비상각료회의를 한 후에 실행에 옮기겠다고 했다. 미국 대통령은 급박함을 누누이 설명했지만, 연합국 수상도 자신이 할 수 있는 최선이었다.

지하 보물 창고
"비행체 공격 순서대로 시행하라."

〈미국 국방부〉
"인류 보전 프로그램 작동되었습니다."

비행체는 곧장 수직으로 날아가서 국방부 건물 옥상 한가운데를 뚫고 들어갔다. 미국 국방부 내 군 최고사령관을 비롯한 장성과 군인들은 천정에서 울린 단발의 파열음에 놀라 책상과 테이블 아래로 몸을 숨기기 바빴다.
비행체는 앞 부분에 침을 내어 저장했던 전자기파를 발사했다. 벼락치는 소리가 들리고 모든 전자 장비들이 움직임을 멈추었다. 사람들은 소리에 놀라 귀를 막았다. 비행체는 박혔던 동체를 빼냈다. 그리고 구멍을 남긴 채 소리 없이 사라졌다. 미국 국방부이자 제1 돔의 기능은 마비되었다.

비행체는 인적이 없는 사막 한가운데 다다랐다. 비행체는 이글거리는 태양을 뒤로 하고 상공에 머물렀다. 티끌 하나 없는 창공에 떠 있는 비행체 하나. 비행체에서 신물질 미사일 두 기가 떨어져 나왔다. 신물질 미사일은 비행체에서 분리되기가 무섭게 사막을 뚫고 내려갔다. 지하 130m. 엘리베이터 통로를 따라 내려가서 돔 벽을 뚫은 미사일 두 기는 돔 내부를 공격했다.

돔은 반경 70여 미터의 반원 형태 광장. 그리고 광장과 연결된 네 개의 통로와 여러 개의 방으로 구성되어 있었다. 그 속의 사람과 장비를 구별하지 않고 공격하는 데 걸린 시간은 역시 초가 되지 않았다. 그런 식으로 돔은 차례차례 공격을 당했다. 마지막 돔은 북극 근처에 위치했지만 파괴되는 데 걸린 시간은 다른 돔과 다를 바 없었다.

미국 백악관

대통령은 이미 백악관을 떠난 지 오래 되었다. 취재진들만이 백악관을 둘러싸고 있었다. 취재기자들은 신경이 곤두서 있었다. 차동희가 보낸 메시지에 의하면 백악관을 공격할 시간이 가까워졌기 때문이었다. 비행체가 어떻게 생겼는지, 어떻게 공격하는지 궁금증을 풀 수 있는 기회였다. 주위에서 누군가 '저기다!'라고 소리를 지른 때는 백악관이 폭발하기 시작한 후였다. 백악관 건물 전체가 아래 부분부터 조각조각 허물어졌다.

미사일은 밑층부터 차례로 건물을 파괴해나갔다. 백악관의 둥근 지붕과 첨탑이 부서질 때까지 파괴된 건물 조각 대부분이 공중에 머물러 한순간 백악관은 커다란 치마 모양을 했다. 그리고 그대로 풀썩 주저앉았다. 마치 물보라가 한순간 공중에 떴다가 가라앉는 모습 같았다. 신물질 미사일은 백악관을 초당 수천 번 오갔지만 누구도 육안으로는 미사일을 보지 못했다. 그러나 그 위력은 전 세계로 생중계되었다. 일반인들이 비행체와 신물질 미사일의 위력을 처음으로 목격하는 순간이었다.

한국 소재 미국 주둔군에 전쟁 소식이 전해진 것은 핵미사일이 폭발한 후였다. 주한 미군은 상부의 명령을 기다렸으나 전쟁이 끝날 때까지 본토에서 날아온 명령은 없었다. 비행체의 상상을 초월한 공격 속도에 한국 내 주한 미군에게 명령을 내릴 정신조차 없었다.

백악관에 관심이 집중되어 국회의사당 앞은 한적했다. 동희가 언급한 대로 백안관 공격 후 정확히 3초 후에 국회의사당 역시 백악관과 똑같이 공격을 당했다. 그리고 어김없이 정보부와 정부청사, 증권거래소가 차례로 당했다.
증권거래소는 다른 건물과 달리 주위에 많은 고층 빌딩들이 있었다. 증권거래소의 공격은 인근 빌딩들에도 피해를 입혔다. 어떤 빌딩의 모서리에는 신물질 미사일이 지나간 구멍이 선명하게 남아 있었다.

중앙은행이 공격을 당하고, 공포가 극에 치달았을 때 미국 대통령이 생방송으로 무조건 항복을 선언했다. 차동희가 원하는 어떤 조건이든 모두 들어주겠다는 내용이었다. 대통령의 항복 방송이 나가는 동안 핵발전소 두 곳이 공격을 당했다. 항복 선언이 끝나는 시점에서 비행체의 무지막지한 공격이 멈추었다.
잠시 후 미국 대통령은 공격이 중단되었다는 보고를 받았다. 대통령은 제정신이 아니었다. 갑작스런 공격이었으며, 예상치 못한 속도였으며, 망상으로도 가늠하지 못했던 패배였다. 가장 큰 충격은 생각할 시간조차 없었다는 것이었다. 미국이 가지고 있는 최강의 군사력과 정보력, 그 모든 것들은 비행체 하나를 격추시키지 못했다. 또한 가이아의 존재를 알지 못했기 때문에 마치 유령에 홀린듯한 패배였다. 보이지 않는 힘은 신이 내린 벌처럼 느껴졌다.

12초짜리 미국 대통령의 항복 선언은 쉬지 않고 반복해서 방송되었다. 다급한 대통령의 목소리는 상황 변화와 관계없이 어색하게 되풀이되었다.

차동희 메시지
한국의 미국 주둔군, 스파이, 정보요원, 첩보 기기, 모두 3일 이내 한국을 떠나라. 한국 인근 1,000km 반경 내 무기는 모두 무장해제하라. 미국 내 한국인의 신변 안전을 보장하라.

연합국 비상 각료들은 미국 대통령이 항복 선언을 한 후에야 모두 모였다. 회의 목적은 미국을 도와 차동희를 공격하자는 안건이었다. 그러나 상황은 이미 변해 있었다. 차동희를 이길 자신이 부족한 것도 있었지만, 미국의 세력이 약해질 수밖에 없는 상황에서 차동희와의 관계를 껄끄럽게 가져가지만 않으면 연합국이 세계 질서에 더 큰 영향력을 발휘할 수 있는 여건이 충족된 셈이었다.

연합국 대통령과 각료들의 논의 주제는 자연스럽게 차동희와의 관계 설정 쪽으로 흘러갔다. 세계 다른 국가들 역시 비슷한 상황이었다. 전쟁의 속도가 국가의 의사 결정 시스템을 무력화시켜 버렸다.

한국 내 미국 주둔군은 총 한발 쏘지 못하고 미국 대통령의 일방적인 항복 선언을 들었다. 그리고 귀를 의심하며 정말 귀국해야 하는지 몰라 우왕좌왕했다.

미국 대통령은 즉각 차동희의 제안을 모두 따르겠다는 방송을 내보냈다. 얼굴은 침울하고 기력이 없었다. 오후에 시작된 전쟁은 그날 오후에 끝이 났다.

미국 군 최고사령관 사택

군 최고사령관은 해가 지기 전에 집에 도착해 있었다. 손자를 데리러 갔던 아내가 문을 열고 들어왔다. 아내는 군복도 갈아입지 않은 채 커다란 회색 소파에 덩그러니 앉아 있는 남편을 보았다. 30년 넘게 함께 살면서 보지 못했던 표정이었다. 세상에서 가장 어두운 얼굴이었다. 아내는 손주를 안고 문을 들어섰다.

군 최고사령관의 오른손에는 검은 물건이 들려 있었다. 그리고 손을 머리로 가져간 것도 그때였다. 한 발의 총소리. 맞은편 유리창에 점점이 뿌려진 선홍색 피. 회색 소파 위를 흐르는 검붉은 피. 아내의 비명 소리. 미국의 패배로 자살한 미국 장성은 모두 23명이었다. 크고 작은 정신분열증 환자는 몇이나 되는지 숫자를 파악하기조차 힘들었다.

한국 지하 보물 창고

미국 대통령의 항복 선언과 동희의 메시지. 이에 따른 미국 대통령의 명확한 회답에도 불구하고 동희와 연구소장, 배면수, 지태, 승오 모두 자리를 뜨지 못했다. 치명적일 수 있는 군사시설에 추가 공격을 진행했다. 그리고 각국의 군 이동을 파악하며, 경계 태세를 늦추지 않았다. 미국과의 전쟁은 비행체가 이륙한 후 4시간이 걸리지 않았다. 비행체가 순수하게 공격한 시간은 10분이 되지 않았다. 차동희가 대통령에게 연락했다.

미국 대통령의 철군 명령으로 한국 내 미국 주둔군은 바빠졌다. 주어진 3일은 장비를 챙기기에도 부족한 시간이었다. 자신의 필수품만 정리해서 가져갈 수밖에 없어 무기들은 고스란히 놓아두고 떠나야 했다. 한국 정부에서 부족한 배와 비행기를 제공했다. 3일 동안 미국 주둔군은 썰물처럼 빠져나갔다. 외교관부터 첩보원까지 모조리 미국으로 향하는 배와 비행기에 몸을 실어야 했다.

그러던 와중에 충격적인 소식들이 전해졌다. 동희가 다니던 대학교의 금속과 교수도 자취를 감추었다. 그 역시 미국 첩자였으며 사경진 교수를 살해한 범인이었다. 그는 한국으로 인도되어 당일 바로 사형당했다.

연합국과 동희는 서로 아무런 연락도 없었다. 암묵적인 합의였다. 연합국은 미국의 빈자리를 채울 것이고 동희는 불필요한 전쟁을 피하고 세계가 공황 상태로 빠지는 것을 막자는 의도였다.

미군이 모두 물러가고 한국 반경 1,000km이내 미군의 무기들이 무장 해제되었다. 미국 내 한국인들은 자치 영역을 만들어 이동을 시작 했다.

미국에는 핵폭발의 피해가 확산되어갔다.

전쟁 일주일 후

동희와 연구소장, 배면수가 교대로 상황을 지켰다. 지태와 승오는 음식을 챙겼다.

새벽, 배면수가 교대하러 방으로 들어섰다. 문을 열자 긴 불빛이 불 꺼진 방을 가로질렀다. 동희는 소파에 앉아 팔꿈치를 무릎에 괸 채 두 손으로 얼굴을 감싸고 있었다.

"벌써 일어났어?"

동희는 대답이 없었다. 이상한 낌새를 눈치챈 배면수는 동희에게 다가갔다. 거실에서 흘러나온 불빛에 동희의 눈물이 비쳤다.

"왜 그래?"

동희의 목소리는 심하게 떨렸다.

"형! 내가 잘한 걸까?"

배면수는 동희의 기분을 풀어주려 의식적으로 목소리를 높였다.

"그럼! 미국을 이겼는데…… 이보다 더 대단한 일이 어디 있어? 네가 기적을 이루어 냈어! 모세가 바다를 가른 것처럼……."

"너무 많은 사람이 죽었어."

배면수는 그제서야 동희의 심정을 파악했다.

"어쩔 수 없는 희생이야. 피할 수 없는 전쟁이었어. 너무 마음 쓰지 마!"

동희는 세상에서 가장 슬픈 목소리로 고백했다.

"신물질은 나한테 너무 가혹한 운명이야."

"왜 그래? 너답지 않게."

"감금된 한 달 내내 나는 사 교수님을 원망하고, 내 처지를 원망하고, 미국을 원망하고, 세상을 원망하고, 몇 번이고 죽어버리려고……."

배면수가 동희의 손을 잡았다.

"바보 같은 소리 하지 마!"

"내가 산 게 잘못일까? 차라리 내가 모든 걸 안고 죽어버렸어야 하는 걸까?"

동희는 더 이상 말을 잇지 못했다. 가늘게 흐느꼈다. 울음소리 같기도 하고 신음 소리 같기도 했다. 배면수는 말없이 동희의 어깨를 쓰다듬었다.

그날, 연구소장은 대통령 궁으로 갔다. 다음 날 이기철 연구소장은 전시 체제의 한국 최고통치권자 대행으로 전권을 이양받았다. 이기철 소장은 보물 창고에 대한 방어 체계를 재정비했다. 보물 창고를 확장해서 비행체 격납고를 만들었다. 모든 벽체는 신물질로 바뀌었으며, 신물질 미사일을 배치했다.

전쟁에 승리했지만 동희는 모습을 드러내지 않았다. 가끔씩 메시지를 낼 뿐 그의 얼굴은 볼 수 없었다. 미국은 패전국으로 동희의 메시지 하나하나가 미국의 법이요 질서였다. 핵폭발의 피해가 확산되었다. 대다수의 국민들은 정신적 공황 상태에 빠져들었다. 그러나 미국은 낙담하지 않았다. 시간이 지날수록 재기의 의지가 되살아났다. 미국은 금융과 무역에서부터 회복세를 뚜렷이 나타냈다.

이러한 회생은 동희가 미국을 패망시키지 않을 것이란 믿음에 기인했다. 실제 동희의 의지 역시 그랬다. 차동희가 전쟁을 시작하게 된 동기가 신물질 보호였고, 승리 후에도 그 이상의 요구를 자제했다.

미국은 수십 대의 인공위성과 대부분의 항공모함과 잠수함, 다수의 핵무기, 비밀 돔, 백악관을 비롯한 주요 건물 몇 채, 핵 발전소 두 곳을 잃었으며, 사람이 살지 않는 외진 곳에 수십 발의 핵폭탄이 터졌다. 이것 외에 미국은 이전 그대로 국가 기능이 살아 있었다. 단지 달라진 점이 있다면 '차동희'라는 절대 권력자의 명령에 순종하는 것이었다. 하나의 국가가 한 개인의 명령 아래 놓인 것이었다. 그것도 자국민이 아닌 사람에게.

동희의 힘은 이미 국가의 범주를 넘어서 있었다. 혹자들은 이 기간의 차동희를 '수동적 지배자' 혹은 '방관자적 지배자'라 불렀다. 연합국은 핵무기 경쟁에서 처음으로 미국을 앞지르는 꼴이 되었지만 핵무기가 절대적 위치를 차지하던 시대는 끝이 난 후였다.

두 달 후
국민 찬반 투표로 연구소장은 한국의 대통령으로 공식 임명되었다. 국민의 90% 이상이 찬성했다. 취임 후 넉 달 동안 그는 새로운 절대 강자로 거듭난 한국이 세계의 패권 국가로 수행할 일들을 준비했다. 미국이 결정했던 대부분의 권한은 한국으로 넘어왔다. 그의 명령이 차동희를 대신했다.

-차동희 29세 1월-

연구소장은 대통령 취임 후 신물질의 기술 유출을 막는 데 심혈을 기울였다. 그는 차동희를 설득시켜 신물질로 천리안 1만 개를 제작하는 대규모 국방사업을 추진했다. 1만 개의 천리안을 제작하고 운영할 세계정보기지국을 창설했다. 신물질 비행체나 미사일은 가이아가 없으면 사실상 운영이 불가능했기 때문에 추가로 다수의 비행체나 신물질 미사일을 제작하는 것은 의미가 없었지만, 천리안은 비행체만큼 빠른 속도로 움직이는 것이 아니어서 일반 제어시스템으로 운용이 가능하다는 장점이 있었다. 1만 개의 천리안이라면 하늘과 땅, 바다와 심해, 전세계의 일거수일투족을 관찰할 수 있는 숫자였다.

천리안은 작게는 접속되어 있지 않는 독립 시스템에 물리적으로 접근해서 강제 접속하여 정보를 얻는 일부터 주요 인물 감시, 암살, 크게는 인공위성과 최첨단 레이더, 필요에 따라 생태와 지질조사 역할까지 할 수 있었다. 말 그대로 세계정보기지국을 통제하는 자가 지구를 보는 천리안의 능력을 지니게 되는 것이었다.

취임 첫 해부터 세계정보기지국 건립을 추진하면서 대통령은 눈코 뜰새 없이 바빴다. 국방과학연구소는 연구제작용 공장을 중심으로 반 이상이 신물질 제작 공장으로 용도가 바뀌었다. 보물 창고는 국방의 중추 역할을 맡았다.

차동희의 승리로 경제적 측면에서 가장 큰 이득을 본 사람은 류지태였다. 류지태는 전쟁 전후 한국과 미국에 대한 역투자와 미국이 가지고 있던 수많은 이권사업을 독차지함으로써 세계적인 거대 자본의 주인으로 성장했다.

대통령 취임 첫해 10월, 천리안 1차 발사가 이루어졌다. 세계정보 기지국은 부지를 고르는 데만 9개월이 걸렸다. 그는 1만 개의 천리안을 5년 이내에 띄우고 운영하고자 했다.

2. 또 다른 발견

원통에 대한 믿음도 체력도 정신력도 한계에 다다랐다는 생각이 든 찰나 동희는 발 아래서 솟아오르는 섬광을 보았다. 고막을 뚫는 굉음이 퍼졌다. 발은 앞으로 내닫고 있었지만 땅이 밟히지 않았다. 허공을 향해 몸이 떠오르고 있었다.

앞서던 휴머노이드 3호 역시 함께 하늘로 치솟고 있었다. 포탄이 발 아래 떨어진 것이었다. 동희는 그 짧은 찰나 내가 이렇게 죽는구나, 라는 생각을 했다. 동희 몸은 하늘로 솟구쳤다. 땀과 눈물이 범벅이 된 시야로 나무 밑동에서 점점 위로 줄기와 잔가지까지, 그리고 가지를 넘어 검은 하늘이 보였다.

폭발의 압력으로 방탄복이 몸을 압박해 왔다. 몸 구석구석까지 조여들더니 갑자기 하얀 포말이 밀려왔다. 그리고 이내 암흑으로 바뀌었다. 눈이 멀어버린 것인지 이미 죽은 것인지 알지 못했다. 귀를 찢을 것 같던 소리가 사라져 버렸다. 고막이 터져버렸는지 이미 죽어버린 것인지 알지 못했다.

새털보다 가볍게 날아올랐던 동희는 정점에서 온몸의 신경과 세포가 열리며 몸이 완벽하게 사라져 버린 일체무감의 느낌을 경험했다. 시간이 잠시 동희를 비켜서 있는 듯. 그리고 거기까지였다. 동희는 곧장 땅으로 곤두박질쳐졌다.

동희는 악몽에서 깨어났다. 온몸이 땀으로 흠뻑 젖어 있었다. 여전히 암흑 속이었다. 동희는 눈을 뜨지 않았다. 눈을 뜨면 다시 그 숲 속이 아닐까 두려웠다. 한참 후에 눈을 떴다. 요새였다. 동희는 비로소 억눌렀던 숨을 내쉬었다. 침대가 축축히 젖어 있었다. 동희는 상체를 일으켰다.

〈신물질에 대한 상념 - 이기철〉
물리적으로 어찌할 수 없는 것에 정신은 길들여져 있었다. SUM은 그것을 허물었다. 해방된 정신에서 나온 것은 질서가 아니라 혼란이 먼저였다.

차동희 29세 10월
천리안의 1차 발사 2주일 후 연합국에서 신물질과 인류의 운명을 뒤바꿀 사건이 일어났다.

연합국 북서 지역 인구 23만 소도시 상밀리에 서쪽 주택가
인간 형상 하나가 콘크리트 건물 지붕을 뚫고 공중으로 솟아 올랐다. 지붕이 뚫리면서 먼지가 날렸지만 아랑곳하지 않았다. 그것은 중심을 잡으려는 듯 팔을 벌렸지만, 팔을 벌리지 않아도 충분히 균형을 잡을 수 있을 만큼 자세가 안정되어 보였다.
4층 건물의 지붕을 뚫고 튀어 오른 그것은 잿빛 갑옷을 입고 있었으며, 4층 지붕에서부터 20~30m 높이의 허공에 그림처럼 멈추어 있었다. 구름 한 점 없는 푸른 창공을 등지고 있는 그것은 사람인지 기계인지 외관상으로는 구분할 수 없었다.

인근에서 길을 지나가던 사람들은 폭발음에 놀라서 몸을 웅크렸다가 조심스럽게 주변을 둘러보았다. 그리고 하늘에 우뚝 멈춰서 있는 괴형상을 목격했다. 뚫려진 지붕 아래 바닥 역시 같은 크기로 뚫려 있었고, 그렇게 구멍은 1층 바닥까지 이어져 있었다. 지붕 구멍을 통해 햇살이 들어갔지만 사각으로 지하까지 닿지는 못했다. 어둑한 지하에서 늙은이의 애절한 목소리가 새어 나왔다.

"카이자, 돌아와……."

목소리의 주인은 연합국 과학 고문 해밀턴 박사였다. 괴형상은 소리를 들었는지 말았는지 곧장 앞으로 비행하다 가속하여 이내 사라져 버렸다.

사건 30분 전 연합국 주택가 지하 연구실

르생 박사는 해밀턴 박사를 쳐다보았다. 해밀턴 박사는 말없이 고개를 끄덕였다. 해밀턴 박사는 카이자를 불렀다.

"카이자! 이리 와서 눕거라."

"이번엔 무슨 실험이죠?"

"간단한 체크다."

카이자는 아무것도 모른 채 실험대에 누었다. 해밀턴 박사는 카이자의 팔에 주사침을 꽂았다. 르생 박사가 연결된 링거의 꼭지를 열었다. 카이자는 의식이 흐려졌다.

르생 박사가 어디론가 급히 연락하자 곧이어 가방을 든 남자가 지하 실험실 문을 열고 나타났다. 남자는 흰 가운으로 갈아입었다. 흰 가운을 입은 남자는 가지고 온 가방을 열었다. 그 속에는 수술용 집기들이 질서정연하게 꽂혀 있었다.

그는 르생 박사의 후배이자 해밀턴 박사의 전담 의사였다. 르생 박사와 해밀턴 박사는 카이자를 돌렸다. 의사는 카이자의 목 아래에 천을 깔았다. 그리고 능숙히 장갑을 끼고 카이자의 목덜미를 소독했다.

의사는 준비가 끝나자 르생과 해밀턴 박사의 눈을 번갈아 쳐다보았다. 해밀턴 박사가 가벼운 고갯짓으로 대답을 대신했다.

의사는 날카롭고 작은 메스를 카이자의 목 뒤에 대었다. 살에 메스가 닿자마자 살은 힘없이 베어졌다. 붉은 피가 솟았다. 해밀턴 박사가 흘러내리는 피를 닦아내며 보조했다. 의사는 손톱 반만큼 크기의 'ㄷ'자 모양으로 절개했다. 의사가 제어 칩을 요청했다. 르생 박사는 캡슐을 열어 진공 포장된 칩을 꺼냈다.

카이자는 무의식 중에 '제어 칩'이란 말을 들었다. 그리고 그것이 무엇을 뜻하는지 너무도 잘 알고 있었다. 카이자는 몸을 움직이려 했지만 말을 듣지 않았다. 아직 의식이 남아 있다는 것이 기적 같은 일이기도 했다. 르생 박사가 속삭였다.

"카이자가 방금 움직인 것 같습니다."

의사는 무뚝뚝하게 대답했다.

"그럴 리가 없습니다. 웅고제나 좀 주세요."

순간 카이자의 오른팔이 홱 하고 올라와 자신의 뒷목을 잡았다. 그리고 뒹굴더니 실험대에서 바닥으로 떨어졌다. 떨어지면서 의사의 가방을 쳤다. 바닥에 수술용 집기들이 흩어졌다. 르생과 해밀턴 박사, 의사 모두 놀랐다. 카이자는 떨어진 충격으로 마취를 조금 떨쳐낼 수 있었다. 카이자는 겨우 눈을 떴다. 침침한 장면이 어른거렸다. 꿈결에서 들리듯 소리가 머리를 맴돌았다.

"잡아."

"못 움직이게 해."

링거 바늘은 이미 팔에서 떨어져 나갔고 링거 병은 바닥에 쓰러져 깨어졌다. 카이자는 오른손으로 여전히 자신의 절개된 뒤 목을 잡고 있었다. '제어 칩'이란 말만이 뇌리에서 어지럽게 돌아다니고 있었다. 카이자는 옷을 벗으며 통로 쪽으로 향했다. 르생과 해밀턴 박사가 카이자를 저지하려 했지만 마취 상태의 카이자 한 명을 붙잡지 못했다.

카이자는 발버둥쳤다. 르생 박사가 다급히 소리쳤다.

"어떻게 좀 해 봐!"

카이자는 짐승처럼 소리를 지르며 옷을 벗었다. 의사가 마취 주사를 가지고 다가왔으나 카이자가 격하게 발버둥쳐서 쉽게 접근하지 못했다. 카이자는 말을 배우지 못한 아이처럼 외쳤다.

"안 -ㄷ-ㄱ-ㅐ, 아, 아, -ㄴ 돼."

해밀턴 박사가 뒤에서 다그쳤다.

"괜찮아, 카이자! 진정해!"

카이자는 쓰러져 있던 링거대를 잡고 휘둘러 르생 박사의 머리를 후려쳤다. 르생 박사는 두 손으로 머리를 감싸 쥐며 옆으로 쓰러졌다. 링거대에는 아직 깨어진 링거 병 조각이 거추장스럽게 호스를 매개로 달려 있었다.

카이자는 눈을 껌벅거리며 시야를 확보하려 애썼다. 다시 링거대를 휘두르자 의사가 들고 있던 주사기가 날아갔다. 또 한 번 휘둘러 해밀턴 박사의 어깨를 찍었다. 해밀턴 박사는 비명을 지르며 쓰러졌다. 카이자는 엉금엉금 기어서 통로로 갔다. 통로 끝 전시대 앞에서 카이자는 찢듯이 남은 옷을 벗어 내던졌다.

어느새 달려온 해밀턴 박사가 뒤에서 카이자를 껴안았다. 카이자는 뿌리치며 팔꿈치로 해밀턴 박사의 명치 끝을 가격했다. 해밀턴 박사는 그 자리에서 꼬꾸라졌다. 카이자는 전시대 앞 버튼을 눌렀다. 육중한 문은 버튼 하나로 좌우로 갈라졌다. 르생 박사가 절규했다.

"카이자를 막아!"

의사가 메스를 무기 삼아 들고 주저주저하며 다가갔다. 카이자의 인상은 이미 이성을 잃은 지 오래였다. 카이자는 의사를 노려보더니 왼손으로 링거대를 들고 단번에 그의 목을 찔러버렸다. 링거대는 의사의 목을 관통했다. 카이자는 링거대를 놓았다. 의사는 링거대를 잡고 피를 뿜으며 뒤로 물러나다 쓰러졌다. 카이자의 등줄기로 피가 흘러내렸다. 카이자는 아랑곳하지 않고 SUM 갑옷(Suit)을 하나씩 착용했다. 피박을 착용하려는 순간 르생 박사의 손이 카이자의 어깨와 피박 사이에 끼워졌다.

"카이자! 오해야. 우리가 하려던 건······."

카이자는 주먹으로 르생 박사의 입을 가격했다. 한 번, 두 번, 세 번······. 같은 곳을 열두 번이나 때렸다. 르생 박사는 입이 피범벅이 된 채 실신했다. 링거대가 꽂혀 있는 의사는 여전히 퍼덕거렸다.

카이자는 SUM 갑옷을 모두 착용했다. 그리고 약간 비틀거리더니 그대로 천장을 뚫으며 하늘로 솟구쳐 올랐다. 위기의식은 지금까지 도달하지 못한 속도를 훨씬 넘어섰으며 엄청난 속도는 질량을 증가시켜 한꺼번에 5개의 천장에 구멍을 내어버렸다. 카이자가 눈을 떴을 때 그는 창공에 멈춰 있었다.

사건 1년 9개월 전 미국 중앙연구소 별관 건물 폭발 전날

르생 박사는 해밀턴 박사의 집을 찾았다. 해밀턴 박사의 집은 대저택으로 대문에서 본체까지 차로 족히 5분은 달려야 했다. 드넓게 펼쳐진 잔디와 우람한 나무들을 지나 본체에 도착하자 해밀턴 박사는 문 밖에 마중 나와서 르생 박사를 반갑게 맞아주었다. 두 노 박사는 대화로 밤이 깊은 줄 몰랐다.

미국 중앙연구소 별관 건물 폭발 당일

르생 박사는 해밀턴 박사 집에서 일어났다. 해밀턴 박사가 방으로 들어왔다. 해밀턴 박사의 얼굴은 매우 심각했다.

"일어나셨습니까?"

"네."

"미국 중앙연구소가 테러를 당했습니다."

르생 박사는 순간 얼굴빛이 어두워졌다.

"정말입니까?"

"네. 전원 사망입니다. 원자 배낭이 터졌어요."

르생 박사는 머리를 감싸 쥐었다.

비서가 차를 들이고 나갔다. 해밀턴 박사가 차를 권했다.

"목을 축이세요."

르생 박사는 차를 받아 들었다. 손이 떨렸다.

"르생 박사님께서도 테러를 당하실까 두려우십니까?"

"아닙니다. 살 만큼 살았습니다. 지금 죽는다 해도 억울할 건 없죠. 그보다 신물질의 파괴력이 커서 신물질이나 인류의 운명이 앞으로 어떻게 될지 짐작이 안 됩니다."

"신물질과 인류의 운명이 걱정되시면 직접 영향력을 행사하시면 되지 않습니까?"

"제가요? 저는 잘 모릅니다. 기술에 대해서는……."

해밀턴 박사는 차를 깊게 음미한 후 나지막이 이야기했다.

"다른 사람들은 모두 그렇게 믿고 있겠죠. 르생 박사님께서 참관만 하셔서 신물질 제작을 할 수 없다. 그래서 이렇게 자유롭게 저를 만나시는 거구요. 하지만 저는 그 말을 믿지 않습니다."

"네? 무슨 말씀이신지 모르겠습니다."

"르생 박사님 젊은 시절 별명이 '걸어다니는 복사기'였죠? 책을 한 번 보면 그 책이 머릿속에 고스란히 들어 있었죠. 노트가 필요 없는 사람! 머릿속에서 가상의 노트를 정리하는 사람! 하지만 그것 말고도 탁월한 능력이 또 있죠. 20년 동안의 기계 설계 경력이죠. 외관과 소음으로도 기계 구조를 꿰뚫을 수 있는 능력."

"다 옛날 말입니다. 지금은 늙어서……."

"공식적으로 SUM을 만들기는 부담스러우시죠."

"……."

"하지만 르생 박사님이나 저나 신물질을 무시하고 포기하기에는 호기심이 너무 크죠. 이 나이에도 말이죠. 차동희는 다시 미국으로 가야 할 겁니다. 가만 놔둘 리가 없죠. 하지만 르생 박사님은 아무도 관심을 두지 않죠. 르생 박사님께서 원하시는 것을 제가 가지고 있고, 제가 원하는 것은 르생 박사님께서 가지고 계십니다."

"……."

"다 늙어서 함께 연구하는 것도 괜찮을 것 같습니다. 설계만 해 주십시오. 나머지는 제가 맡겠습니다. 그것도 비밀이 보장되도록 말이죠."

해밀턴 박사는 담담히 르생 박사의 대답을 기다렸다.

"이곳은 위험하지 않을까요?"

해밀턴 박사 입에서 엷은 미소가 번졌다.

"좋은 곳이 있습니다. 옛날에 썼던 개인 실험실입니다. 세상에서 가장 안전한 곳이죠."

이로써 연합국 최고 과학 원로 둘의 의기 투합이 이루어졌다. 르생 박사는 해밀턴 박사를 귀족 과학자, 경제 원리를 따르는 과학자라고, 해밀턴 박사는 르생 박사를 고집불통 과학자, 외골수라 생각했다. 둘은 연합국 과학계의 양대 산맥이었으나, 평행선처럼 서로를 존중하되 의존하지 않고 제 갈 길을 갔었다. 그 양대 산맥이 평행선을 깨고 교차점을 만들어 냈다. 신물질이 그 매개였다. 신물질의 호기심 앞에서 영원히 합의점을 찾지 못할 것 같던 둘이 뭉쳤다.

차동희 28세 7월 국방연구소 탈출 다음 날

해밀턴 박사가 전했다.

"어젯밤 차동희가 일행과 함께 포위망에서 탈출했습니다."

"저도 들었습니다."

"SUM으로 보이는 무기를 이용했답니다. 공기저항 문제를 해결한 것 같습니다."

"미국 중앙연구소에 있을 때부터 왠지 속도의 비밀을 알고 있을 것 같다는 느낌을 받았습니다."

"움직이는 것을 한 번이라도 보면 알 수 있을 것 같은데……."

"일주일 후면 우리도 신물질을 제작할 수 있습니다."

"신물질을 만들면 속도의 비밀을 먼저 풀어야 할 것 같습니다."

"속도의 비밀을 풀어낸다 해도 제어가 문제입니다."

"음…… 그만한 속도의 물체를 원격 제어하는 것 또한 난제죠."

"차동희는 어떻게 했는지 궁금하군요."

일주일 후 - 미국과 차동희 전쟁 종결 3일 후

해밀턴 박사가 르생 박사는 나란히 거실에 앉았다. 해밀턴 박사가 고백하듯 르생 박사에게 속삭였다.

"속도의 비밀을 알 것 같습니다."

"저도요."

"르생 박사님께서도 그걸 생각하시고 계시는군요."

둘은 동시에 속삭였다.

"내부저항!"

둘은 빙그레 웃었다. 르생 박사가 정색하고 물었다.

"그건 그렇고, 이번 전쟁에서 차동희가 보여준 제어 기술은 현재 기술로 설명하기가 힘들더군요."

"저도 그 점은……."

해밀턴 박사는 말꼬리를 흐렸다. 르생 박사가 물었다.

"뭐 짚이는 거라도……?"

"현재로써 가장 유력한 방법은 뇌파를 이용하는 방법입니다."

"뇌파?"

"뇌파 감지기와 제어장치를 연결시키는 것입니다. 생각대로 움직이도록."

해밀턴 박사 개인 실험실

지하 1층과 2층으로 이루어진 해밀턴 박사의 개인 실험실은 주택 밀집 지역에 있었다. 지상 4층으로 이루어진 건물. 지하는 지상 건물보다 더 넓었다. 해밀턴 박사가 실험과 연구를 위해서 지은 건물이었다. 대저택으로 실험실을 옮기면서 지상 1층에서 4층까지는 일반 사무실로 사용하고 지하 1, 2층은 방치해 두었다가 신물질 연구를 시작하면서 재정비했다. 지하 1층은 웬만한 건물의 2층 높이였으며, 가운데 난간이 있었고 난간으로 올라가는 계단이 설치되어 있었다. 지하 2층 역시 같은 크기였으며 거기에는 이미 신물질 제작 장비들로 가득 채워져 있었다.

르생 박사는 신물질로 만들어진 뇌파 감지기를 머리에 썼다. 뇌파 감지기는 헬멧처럼 생겼으며 핀이 여러 개 박혀 있었다. 눈 부분에는 강화유리가 삽입되어 밖을 볼 수 있었다. 실험실 한가운데 신물질로 제작된 원반이 놓여 있었다. 원반은 차동희가 신물질을 발표할 때 사용했던 크기만 했다. 르생 박사는 정신을 집중하지 않은 상태였으며 별다른 명령을 하지 않았음에도 불구하고 원반은 고정되지 않고 들썩거렸다.

해밀턴 박사는 제어판의 전원 스위치에 손을 올렸다. 통제 불능 상태가 되면 스위치를 내릴 셈이었다. 원반 주위로 네 개의 센서가 원을 그리며 설치되어 있었다.

르생 박사는 명령어를 생각했다. 원반은 단숨에 자리를 박차고 떠올랐다. 극을 이용한 움직임. 원반은 회전하며 사람 키만큼 떠올랐다. 원반의 흔들림이 커졌다. 르생 박사가 헬멧에 있는 조절 장치를 조작해서 감도를 줄이자 원반의 진폭도 줄어들었다. 르생 박사의 생각에서 나오는 뇌파의 크기와 모양을 명령어로 변환시켜 원반을 움직였다. 네 개의 측정기를 차례로 거치며 원운동을 했다. 르생 박사는 서서히 속도를 높였다.

해밀턴 박사는 속도계를 힐끗 힐끗 쳐다보았다. 얼마 지나지 않아 원반은 제법 속도가 붙어 시선이 따라가기가 힘들었다. 해밀턴 박사가 외쳤다.

"50km/h."

실험실 내에는 쉭- 쉭- 하고 바람 가르는 소리가 울려 퍼졌다. 르생은 더욱 정신을 집중했다.

"100km/h, 공기저항 제거 장치 작동!"

소음이 사라졌다. 원반의 움직임은 확연히 빨라졌다.

"500km/h."

르생 박사는 속도를 더 높였다. 그러나 원통은 속도가 일정하지 않았다. 르생 박사의 집중력 문제였다. 그러나 속도는 점점 증가하여 측정기 주위로 은색 테를 두른 것처럼 원반의 빠른 동선은 가상의 띠를 만들었다.

"1,000km/h. 2,000km/h. 3,000km/h!"

띠는 일정한 원 모양을 만들지 못하고 아래 위로 궤도가 조금씩 기울어지기도 했다. 그러다 르생이 무슨 생각을 했는지 원반의 궤도가 심하게 흔들렸다. 해밀턴 박사가 다급히 소리쳤다.

"르생 박사님! 궤도 유지! 궤도 유지!"

르생 박사는 당황했다. 정신을 집중하려 했지만 흔들림의 진폭이 커지다 급기야 원반은 세 번째 센서 하단 모서리를 깨어버렸다. '쾅' 하는 폭발음과 함께 원반은 속도가 급격히 줄어들더니 원심력으로 '핑' 하고 날아가 맞은편 벽에 부딪히더니 바닥으로 나뒹굴었다. 그제서야 해밀턴 박사는 전원 스위치를 내렸다. 르생 박사는 급히 헬멧을 벗었다. 얼굴에는 땀이 비 오듯 했다.

다음 날 오후 해밀턴의 저택

"몸은 좀 괜찮으십니까?"

해밀턴 박사가 르생 박사에게 물었다.

"네. 실험실은……?"

"속도 측정기 한 대가 파손되었을 뿐 입니다. 천만다행입니다."

"방향 회전은 둘째치고 가속과 감속 제어조차 제대로 되지 않으니 원 참!"

"너무 낙담하지 마십시오. 그래도 소기의 성과가 있었습니다. 속도의 비밀도 풀었고 속도도 확인했습니다. 뇌파 감도를 조금 더 줄이는 게 어떨까요?"

"……."

"르생 박사님?"

"……."

르생 박사는 딴생각에 빠져있었다. 해밀턴 박사가 팔을 흔들었다.

"무슨 생각을 그렇게 골똘하게 하십니까?"

"아, 아닙니다. 뭐라고 했죠?"

"……."

르생 박사가 미안한 듯 말을 이었다.

"사실, 어제 실험 말입니다."

"네!"

"제가 정신 집중을 못해서 실패했지만……."

"아닙니다. 처음치고는 그만 하면……."

"그게 아니라…… 이런 말을 해야 할지 모르겠습니다만……."

"무슨 말씀이십니까?"

주저하던 르생 박사는 어렵게 입을 열었다.

"어제 실험에서 정신을 집중하면서 이상한 현상을 경험했습니다."

"어떤?"

"좀 황당한 이야기일 수도 있습니다."

해밀턴 박사는 답답한 듯 다그쳐 물었다.

"무슨 일인지 속 시원히 말씀하세요."

"원반에 정신을 집중했습니다. 궤도를 생각하고 속도에 집중했죠. 원반 속도가 빨라질수록 궤도가 조금씩 이탈을 했는데, 불안정한 상태를 고스란히 직감할 수 있었습니다. 그래서 속도를 증가시키면서도 동선에 신경을 썼죠. 그리고 한순간 궤도가 안정되면서 속도가 빠르게 증가했습니다. 그때 해밀턴 박사님께서 말씀하시더군요. 3,000km/h! 그 말에 저는 더욱 집중했습니다. 그런데……."

"그런데?"

"집중력이 최고조라는 느낌을 받았을 때 갑자기 머리가 텅 비어 버린 것처럼 느껴지더군요. 처음 겪어본 느낌이었습니다. 꽉 조이는 헬멧을 쓰고 있었지만 전혀 느낄 수 없었을 뿐 아니라 내 머리가 없어져 버린 것 같았습니다. 머리카락도, 머리도, 눈도, 코도, 입도, 피부나 뼈도 전혀 느낄 수가 없었습니다."

"몰두해서 그런 것 아닙니까?"

"그리고 이상한 일이 일어났습니다."

"이상한 일이요?"

"네. 그 중요한 순간에 갑자기 아내 모습이 보이는 겁니다. 옆에 있는 것처럼 선명하게……. 아내가 빨래를 널고 있는 모습이 보였습니다."

해밀턴 박사는 이해할 수 없다는 표정이었다.

"그 긴박한 순간에 말입니까?"

"그러게 말입니다. 저도 어처구니가 없어서……. 그때 '쾅' 하는 소리가 들리고 원반이 날아가 버렸죠. 아차 싶어 다시 집중하려 했지만 이미 너무 늦어버렸더군요."

"……."

"이게 끝이 아닙니다. 정말 이상한 일은 어제 실험을 마치고 집에 도착한 후에 있었습니다."

해밀턴 박사는 호기심에 르생 박사의 말에 귀를 기울였다.

"집에 가 보니 오전에 실험실에서 속도 실험 중에 보았던 아내 말입니다. 그때 널고 있었던 빨래들이 그대로 널려 있었습니다. 흰 타월과 아내의 붉은 스웨터, 양말 세 켤레, 손수건, 내 고동색 바지, 아내가 빨래를 널 때 그 장면이 고스란히…… 놀라서 마당에 서서 오랫동안 꼼짝도 못했었습니다. 그리고 아내에게 물어보니 어제 오전 우리가 속도 실험을 했던 그 시간에 빨래를 널었다고 하더군요."

"정말입니까?"

"네. 너무 선명히 본 장면이라서, 아니 보았다기보다는……."

"보았다기보다는?"

"각인되었다는 편이……. 눈으로 본 것과는 다른 감각이었습니다."

"멀리 떨어져 있는 것을 보았다는 말이군요."

"네."

"전에도 그런 경험이 있었습니까?"

"아니요. 전혀! 제 생각에는 신물질 헬멧과 연관이 있지 않을까 추측할 뿐입니다."

"신물질과 두뇌?"

"인간의 뇌가 그런 기능도 할 수 있을까요?"

해밀턴은 진지하게 대답했다.

"인간의 두뇌는 아직 미지의 세계입니다. 인간 두뇌에서 나오는 것들이 전류나 전파, 온도, 파동 등으로 측정하곤 하지만 모두 측정 장치에 의존한 특성 값이죠. 예를 들어 소리의 크기와 모양을 측정하는 음파 측정기로 냄새를 측정할 수는 없죠. 우리가 두뇌에서 나오는 어떤 값을 측정하는 행위는 아주 피상적이고 복합적인 것일 수 있습니다. 정작 무엇을 측정해야 하는지조차 모르고 있거든요. 두뇌가 어떤 기능까지 할 수 있는지 이것도 미지의 세계에 있는 것은 마찬가지입니다. 어떤 일이 일어나도 놀랄 일은 아닙니다."

"신물질이 원거리를 볼 수 있도록 했다는 겁니까? 아니면 인간이 원래 원거리를 볼 수 있는 능력이 있는데 그것을 자극했다는 겁니까?"

"후자 쪽이 아닐까요?"

"비약적 추론입니다. 인간이 그런 능력이 있다는 것도, 신물질이 그런 능력을 이끌어냈다는 것도……."

"인간이 밝혀낸 자연법칙은 항상 현상 우선이었습니다. 우선한 현상을 분석하는 과정이 과학이었죠. 그 자연계의 현상이란 것은 인간의 유·무익과는 별개죠. 인간에게 해롭다 해서 현상을 부정해서도 안 되지만 유익하다 해서 부정하는 것도 바람직스럽지 못합니다. 모든 가능성을 열어 두어야죠."

"현상인지는 실험해 보면 알겠죠. 재현이 될지……."

"그것도 좋은 방법입니다만 르생 박사님께서 거짓말을 하실 분은 아니기 때문에 저는 그 현상을 이미 믿고 있습니다. 재현될 겁니다. 그렇지 않아도 제가 신물질로 해보고 싶었던 실험이 있었는데 이번 일과 연관이 있는 것 같아서 이 기회에 함께했으면 합니다."

"어떤 시험이죠?"

"인간의 생체반응에 관련된 실험입니다."

"두뇌 관련 실험이 아닙니까?"

"저도 처음에는 두뇌에서 시작했습니다만 두뇌에 국한시켜서는 연구의 한계가 있습니다. 어차피 두뇌가 홀로 독립성을 가지지는 못하니까요."

"인간에 대한 실험이군요?"

"네. 엄밀히 말하자면 인간과 신물질과의 관계죠."

"생체 반응이라면…… 신물질로 어떻게 하겠다는 겁니까?"

"신물질 헬멧을 제작해서 뇌파나 그 외 미세 신호를 잡아내는 데 성공했습니다. 생각에 따른 뇌파의 파형이나 변화를 변환시켜 원반을 제어하는 일에 초점을 맞추었기 때문에 필요 이상의 신호로 넘쳐나서

실제로는 어떤 것을 어떻게 없앨지 고민했었죠. 이제 그 신호들을 모두 보자는 겁니다. 그것도 인간의 신체 전부와 접촉하는 신물질 측정기를 만들어서 전부를 보자는 겁니다. 두뇌를 포함한 신체 전체에서 나오는 신호를 모두 관찰할 수 있도록 말이죠."

"어떤 의미가 있습니까?"

"좀 전에 말씀드린 측정기 말입니다. 이것은 전혀 다른 종류의 측정기죠. 인체가 가지고 있는 미세 신호들이 어떤 방향과 크기를 가지고 있는지, 상태에 따라 어떻게 변하는지 볼 수 있죠. 지금까지 측정할 수 없었던 작은 값들도 모조리 취합해서. 상상해 보십시오. 인체에서 발생하는 각 신호들이 저항 없이 전체가 서로 연결되었을 때 어떤 반응이 일어날지."

"글쎄요. 저는 아직 감이 잡히지 않습니다. 신물질이 새로운 개념의 측정기라는 사실은 분명합니다. 하지만 신물질의 초고속 제어에 대한 연구가 늦어집니다."

"어제 보셨듯이 뇌파로 제어하는 것 역시 간단한 문제가 아닙니다."

"그러니까 더욱 시간이 촉박하지 않습니까? 서둘러야지요."

"서두를 것 없습니다. 우리는 어차피 늦었습니다. 차동희는 벌써 수개월 전에 이루어 놓은 것입니다. 우리가 지금 차동희의 비행체와 유사한 비행체를 만들었다손 치더라도 무엇을 하겠습니까? 지구를 정복할까요?"

일주일 후

해밀턴 박사가 화면을 보며 푸념했다.

"역시 신체 표면 전체를 닿게 한다는 것은 힘들군요."

옆에서 지켜보던 르생 박사가 대답했다.

"목표를 정해야겠습니다. 몇 퍼센트를 닿게 할지…… 어떤 부위를 주로 닿게 할지……."

"일단 전류 반응이 알려진 소위 경락 중심으로 하는 것이 좋을 것 같습니다."

"호흡과 움직임에 따른 차이는요?"

"호흡과 관계없이 접촉할 수 있는 구조를 고안해야겠죠. 움직임도 마찬가지고."

"그럼 가슴 부위는 세 부분으로 나누어야 되겠습니다. 인간은 내골격이라서 체형을 유지하기가 쉽지 않습니다. 체형이 조금씩 변하니 기준을 정하기가 어렵습니다."

"근본적으로 우리처럼 늙은 몸은 실험 대상으로는 부적합합니다."

"근육이 탄탄히 형성된 젊은 사람을 대상으로 기계를 제작하는 것이 유리하겠죠. 보디빌더처럼……."

"보디빌더는 굴곡이 너무 심해서…… 운동 선수면 좋을 것 같습니다."

"보안을 유지할 수 있는 운동 선수가 있습니까?"

"르생 박사님께서 추천해 주시죠."

"주위에 그런 사람은 없습니다. 해밀턴 박사님 쪽은요?"

"실은 손자가 펜싱을 합니다."

"그렇습니까? 올해 몇 살입니까?"

"스물두 살입니다."

"이름은……?"

이틀 후

해밀턴 박사가 손자를 르생 박사에게 소개했다.

"카이자, 인사 드려. 르생 박사님이시다."

"처음 뵙겠습니다. 말씀 많이 들었습니다."

"펜싱 선수라더니 키도 크고 얼굴도 할아버지보다 훨씬 더 잘생겼네."

르생 박사는 카이자를 반갑게 맞았다.

"부끄럽습니다. 저희 할아버지야말로 진짜 멋쟁이시죠."

르생과 해밀턴 박사, 카이자는 지하 실험실로 자리를 옮겼다. 카이자는 옷을 벗고 3차원 스캐닝 장비 안으로 들어갔다.

"카이자! 그 상태에서 숨을 최대한 들이마셔! 좋아. 멈추고. 다음은 내쉬고……. 좋아, 다음은 내가 말하는 각 관절을 시키는 대로 움직여! 먼저 목부터 시작할 거야. 빔이 눈을 지나갈 때는 감아도 돼"

"네."

르생 박사의 주문대로 카이자는 몸을 움직여 신체 치수를 측정했다.

다음 날부터 르생과 해밀턴 박사는 신체측정장치를 설계했다. 해밀턴 박사가 주도한 설계도가 완성되자, 르생 박사의 주도 아래 신물질 제작이 착수되었다. 67개 부분으로 구성된 신체측정장치의 내부 형상은 카이자의 외부 형상과 똑같았다. 그리고 각 관절은 카이자가 꺾을 수 있는 관절 각도를 보상하고도 남았다. 신물질 제작을 위한 비용과 실험실 운영에 적지 않은 투자비가 들어갔지만 표가 나지 않을 만큼 해밀턴의 재력은 막대했다. 인류의 운명을 뒤바꿀 발명이 진행되고 있었음에도 불구하고 실험실 위는 고요한 주택단지의 일상 이상도 이하도 아니었다.

카이자가 실험실에 도착하자 눈앞에 펼쳐진 광경에 눈이 휘둥그레졌다. 실험실에는 그동안 보지 못했던 장비들이 가득 들어차 있었다. 그 중에서 가장 눈에 띄는 것은 실험실 한가운데 있는 신체측정장치였다. 신체측정장치는 흡사 카이자의 몸에 맞춘 갑옷처럼 생겼는데 셀 수 없이 많은 증폭기들이 부착되어 있었고 가느다란 선들이 뽑아져 나와 앞에 놓인 여러 장비들로 이어졌다. 장비들 위에는 모니터들이 줄을 지어 십수 대가 놓여 있었다.

신체측정장치 내부는 카이자의 몸에 맞게 제작 되었지만 외부에서 보기에는 누가 입어도 될 것처럼 보였다. 세 부분으로 나뉘어진 발바닥 판에서부터 헬멧까지 각 부분들은 정교하게 만들어졌으며, 그보다 더 정교하게 연결되어 있었다. 각 부분에서 감지될 신호를 측정하기 위해서 수백 가닥의 선들이 붙어 있어서 마치 고슴도치처럼 보였다.

카이자는 르생 박사의 안내에 따라 신체측정장치가 놓여있는 실험실 가운데로 올라갔다. 카이자가 신체측정장치 옆에 서자 르생과 해밀턴 박사는 신체측정장치를 하나하나 분리했다. 그동안 카이자는 옷을 벗었다. 나체가 된 카이자의 몸은 군살 하나 없었다. 르생과 해밀턴 박사는 발바닥부터 신체측정장치를 카이자에게 입혔다.

신물질로만 이루어진 신체측정장치는 딱딱했지만 카이자의 몸에 맞게 제작되어 착용하는 데 큰 불편은 없었다. 가슴까지 입자 카이자는 왠지 모르게 가슴이 떨려왔다. 차가운 이물질의 느낌을 예상했으나 의외로 따뜻했다. 마지막으로 헬멧을 씌웠다. 해밀턴 박사가 물었다.

"불편한 곳은 없어?"

"네. 할아버지."

르생 박사가 물었다.

"서 있을 수 있겠어?"

"그럼요. 얼마든지……. 가벼운데요. 안 입은 것 같습니다."

르생 박사는 선들이 연결된 본체로 다가갔다. 그리고 버튼을 조작해서 전원을 켰다. 그리고 탄성을 터트렸다.

"오! 이런! 맙소사!"

해밀턴 박사가 달려갔다.

"무슨 일입니까?"

"이 파형들 좀 보십시오."

"이런! 세상에!"

르생은 한쪽 모니터를 손으로 가리켰다.

"저건 심장 파동이죠. 맥박이 이렇게 나타나는군요."

"심장 파동이 전체 신호에서 모두 잡히는군요. 거대한 오케스트라 연주 같습니다."

"경이롭군요. 카이자! 양팔을 들어봐!"

카이자는 두 팔을 서서히 올렸다. 해밀턴 박사가 속삭였다.

"간단한 동작인데……. 뇌 쪽에서 나오는 파형을 보세요. 동작이 시작되기 전부터 반응이 나옵니다."

"저 파형들의 움직임만 분석해도 정보량이 어마어마하겠습니다."

"신경 신호가 전달되는 과정이 보이는 것 같습니다."

"어디요?"

"저기 저쪽 모니터."

그때 갑자기 고막을 찢을 듯한 큰 굉음이 울리면서 세찬 바람과 함께 모든 파형이 사라져 버렸다. 르생과 해밀턴 박사는 소스라치게 놀라 두 손으로 귀를 막고 카이자 쪽으로 돌아보았다. 수백 개의 소형 증폭기와 선들은 바닥에 흩어져 있었고 신체측정장치를 입은 카이자가 보이지 않았다. 카이자는 신체측정장치를 입은 채 왼쪽 벽 앞에 쓰러져 있었다. 카이자는 일어서려다 쓰러졌다. 르생과 해밀턴 박사가 급히 카이자에게 달려갔다.

카이자는 눈을 떴다. 실험실 침대 위였다. 벌거벗고 있었으며 얇은 이불이 가슴까지 덮여 있었다. 해밀턴 박사가 옆에 앉아 있었다.

"정신이 드니? 괜찮아?"

"어떻게 된 거죠, 할아버지?"

"그건 내가 묻고 싶은 말이다. 쓰러졌다. 1시간 전에."

"기억이 나지 않아요."

"차분히 생각해 봐."

"실험하기 전부터 화장실에 가고 싶었어요. 말하려다 참았는데······. 화장실 쪽을 힐끗 쳐다보았는데 갑자기 뭔가가 '꽝' 하고······."

그때 르생 박사가 급히 달려 들어왔다.

"이것 보세요."

"뭡니까?"

"녹화된 화면입니다. 카이자가 순간 이동을 한 것 같습니다."

카이자는 상체를 일으켰다.

"여기 화면을 보세요."

르생 박사는 화면을 천천히 재생시켰다. 실험을 녹화한 장면이었다. 신체측정장치를 착용한 카이자가 두 팔을 들고 있다가 오른쪽으로 힐끗 쳐다보더니 순간적으로 사라지면서 연결되어 있던 소형 증폭기들과 선들이 떨어지고 2~3m 떨어진 곳에서 카이자가 나타났다.

카이자, 르생 박사, 해밀턴 박사 모두 눈을 의심했다. 놀라운 사실은 발이 바닥과 1m쯤 떠 있었다는 사실이었다. 르생 박사는 화면을 되감았다 돌리기를 몇 번이고 반복했다. 카이자가 물었다.

"할아버지, 어떻게 된 거죠?"

"순간적으로 이동하면서 서 있던 자리가 진공상태가 된 거다."

르생 박사가 설명을 도왔다.

"속도가 빨라서 공기 장벽이 생겨 멈추게 된 것 같아."

"근데 저는 왜 멀쩡하죠?"

며칠 뒤 해밀턴의 개인 실험실 - 두 번째 시도

해밀턴 박사가 소리쳤다.

"카이자, 정신을 집중해. 천천히, 천천히."

카이자는 천장에 머리가 닿을 만큼 높이 떠 있었다. 발은 바닥과 멀어진 지 오래였다.

"이제는 왼쪽으로."

카이자는 왼쪽을 생각했다. 그러자 몸이 천천히 왼쪽으로 이동했다.

"이제는 한 바퀴 돌아봐. 앞으로 회전. 지난번처럼 딴생각해서 천장에 부딪히지 말고."

카이자는 허리를 중심으로 공중에 꼿꼿이 선 자세에서 한 바퀴 돌았다. 그리고 소리쳤다.

"야호! 보셨어요? 우주에서 유영하는 것 같아요."

소리를 지르며 카이자는 위아래로 오락가락 움직였다. 그러다 또 천장 쪽으로 서서히 다가갔다.

"집중해!"

"야! 이거 너무 멋진데요."

카이자는 잠을 이룰 수 없었다. 마치 아버지가 사준 기대 이상의 장난감을 머리 위에 두고 잠 못 이루는 어린아이처럼 설렘에 들떠 있었다. 카이자는 창문을 열었다. 밝은 달빛이 조명을 대신했다. 카이자는 의자에 앉아 낮에 있었던 느낌을 상기했다. 온몸이 사라져 버린 듯한 신비로운 느낌이 손에 잡힐 듯 말 듯 카이자를 맴돌았다.

늦은 시간 해밀턴 박사 저택

르생과 해밀턴 박사가 대화를 주고받고 있었다. 르생 박사는 해밀턴 박사의 의지에 부담을 느꼈다.

"너무 위험합니다. 아직 비행에 대한 이론적 해석이 불충분 합니다."

"선례는 있습니다."

"차동희 말입니까? 그건 추측입니다."

"현 상태로서는 차동희가 보여준 제어 기술은 이렇게밖에 설명이 안 됩니다."

"비행체는 인간이 조종한다 해도 미사일은 설명이 되지 않습니다."

"근거리라면 미사일은 뇌파로 조정할 수 있습니다."

"인간은 그 속도를 감당할 수 없습니다."

"손자의 말을 빌리자면 정신을 집중한 상태에서, 아니 신물질 갑옷을 입었다는 의식만으로 육체가 텅 비어버린 느낌을 받는답니다."

"그것은 어디까지나 느낌일 뿐입니다. 몸이 어디로 사라지지는 않습니다. 몸이 사라진다면 갑옷도 형태를 유지할 수 없습니다."

"육체가 일반적 물리현상에 따른다면 카이자는 첫 번째 비행에서 심하게 다쳤거나 죽었어야 합니다. 신물질 갑옷이 육체와 결합되면서 또 다른 물리현상을 만드는 것이 분명합니다."

"현상만 있을 뿐 이론적 설명이 불충분합니다. 이런 상태에서 공기저항 제거 장치를 부착하는 것은 카이자의 목숨을 건 도박입니다."

"인류를 대신해서 일하는 만큼 우리의 희생이 필요하다면 충분히 감내해야죠."

"그건 해밀턴 박사님의 의견이고 당사자인 카이자도 그렇게 생각하고 동의해 줄까요?"

"르생 박사님께서는 일단 갑옷에 공기저항 제거 장치를 부착하세요. 설득은 제가 하겠습니다."

카이자의 펜싱 연습 체육관

카이자는 상대를 데리고 놀듯 가볍게 점수를 올렸다. 잠깐 만에 카이자의 승리로 시합이 끝나고 카이자는 투구를 벗었다. 체육관 입구에서 해밀턴 박사가 지켜보고 있었다. 카이자는 반갑게 달려갔다.

"대단하구나, 우리 손자!"

"아직 알렉스를 이기려면 멀었어요."

해밀턴 박사와 카이자는 잔디밭을 함께 걸었다.

"카이자, 내가 하는 말을 잘 들어라."

"네."

"너는 하나밖에 없는 내 손주다."

"왜 그러세요? 할아버지께서 심각하신 모습은 처음 보는데요."

"그러냐? 실험 이야기인데. 내일부터 하게 될 실험은 매우 위험할 수도 있다."

"저는 할아버지를 믿어요."

"……."

"지금까지 할아버지보다 훌륭한 사람은 못 봤어요. 앞으로도 그럴 겁니다."

"고맙다."

"속도 문제군요?"

"……."

"걱정하지 마세요. 차동희가 이미 해낸 걸 할아버지께서 못하실 이유는 없죠. 게다가 르생 박사님도 계시고……."

"나와 르생 박사가 할 일은 모두 끝났다. 지금부터 모든 건 너한테 달렸다."

"공기저항 제거 장치를 달았나요?"

"음!"

"그럼 이제 우리도 차동희처럼 할 수 있는 겁니까?"

"유감스럽지만 아직은 확신할 수 없다."

"왜요?"

"속도의 한계를 극복했지만 그 속도를 제어할 수 있는 기술이 아직 없다."

"차동희는 어떻게 했죠?"

"그건 알 수 없다. 우리 생각에는 저 갑옷이 답을 가르쳐 주리라 추측하고 있다."

"……."

"두려우면 하지 않아도 된다."

"걱정 안 해요. 차동희도 해냈는데 우리라고 못할 이유가 없죠."

해밀턴 대저택 북서쪽

르생 박사가 카이자에게 일렀다.

"신체에서 일어나는 느낌이나 반응은 지체 없이 이야기해."

"네."

"송수신기가 있으니 이동 후에는 반드시 연락하고. 위치는 우리가 알려줄 테니 걱정 마!"

"네."

해밀턴 박사가 카이자의 머리를 잡고 당부했다.

"정신을 집중해라."

"네."

해밀턴 박사는 카이자에게 헬멧을 건네주고는 물러났다. 카이자는 헬멧을 썼다. 셋은 말이 없었다. 카이자가 침묵을 깨고 물었다.

"지금 하면 되는 겁니까?"

르생 박사가 대답했다.

"그래, 카이자!"

카이자는 두 눈을 부릅떴다. 순간 해밀턴과 르생 박사는 시선에서 카이자를 놓쳤다. 카이자는 사라졌다.

한 달 후

늦은 밤, 해밀턴과 르생 박사는 갑옷을 보관하고 있는 실험실에 마주 앉아서 은밀한 대화를 나누고 있었다. 르생 박사가 물었다.

"부서진 담은?"

"우선 보수공사를 해 놓았습니다."

"시체는?"

"교통사고로 처리했습니다."

르생 박사는 얼굴이 어두웠다. 해밀턴 박사 역시 마찬가지였다.

"카이자는 아직도 기억하지 못합니까?"

"불행인지 다행인지 아직은……."

"갑옷의 능력이 상상 이상입니다."

"카이자의 통제력이 기대 이하입니다."

"아닙니다. 손주를 그렇게 생각하실 것 없습니다. 차동희의 비행체가 우리와 제어 방식이 다른 것은 명백합니다."

"네. 카이자의 실험으로 보아서 인간이 조정해서는 4시간 이상 통제 상태에서 전쟁을 수행했다는 것은 불가능했겠죠."

"생각을 지속적으로 집중하는 것이 그렇게 간단한 일은 아니죠."

"앞으로 무슨 일이 일어날지 모르니……. 만약 공공장소였다면 어쩔 뻔 했습니까? 생각만 해도 아찔합니다."

"잊어버리십시오."

"일이 이렇게 된 이상 그냥 둘 수는 없습니다. 통제 장치가 필요 합니다."

"통제라니요?"

해밀턴 박사는 서슴지 않고 제안했다.

"신경 제어 칩은 어떻습니까?"

르생 박사는 놀라 반문했다.

"네? 신경 제어 칩 말입니까?"

"그게 가장 확실한 방법입니다."

르생 박사는 말문이 막혀 잠시 동안 대답을 하지 못했다.

"제정신입니까? 위험한 정신병자들에게 그것도 극도로 제한적으로 쓰는 것을 카이자에게 쓰자는 말입니까?"

"그것밖에는 없습니다. 다만 갑옷을 입을 때만 켜야겠죠."

"너무 잔인한 방법입니다. 손자에게 어떻게……."

"비밀로 하면 됩니다. 하고 나서 들키더라도 그때는 어차피 우리 통제 아래 있기 때문에 문제 될 것 없습니다."

"저는 못합니다."

"제가 하죠. 이제 와서 포기할 수는 없습니다."

르생 박사는 해밀턴 박사의 광기 어린 눈을 두려운 마음으로 지켜보았다.

3. SUM vs SUM

　다시 창공. 카이자.

　심장이 터질 것 같았다. 무엇을 위해서 날아가고 있는지 잊어버릴 만
큼 흥분해 있었다. 머릿속에는 단지 도망가야 한다는 생각 하나뿐이
었다. 긴장과 흥분의 극에 달한 카이자는 불현듯 낯익은 장면이 하나
떠올랐다. 어릴 적 친구들과 소풍 갔었던 인근의 숲 속이었다. 주위가
하얗게 변하더니 눈앞에는 어느새 숲이 펼쳐져 있었다. 나무들이 발
아래 펼쳐져 있었고 카이자는 나무 끝이 발에 닿을 만큼 낮게 비행하
고 있었다.

　산등성이를 몇 개 넘어가서야 카이자는 고도를 낮추었다. 나무를
거슬러 내려갔다. 백여 미터에 달하는 커다란 나무들이 하늘을 뒤덮
고 있는 울창한 숲이었다. 햇살 한두 줄기가 나뭇가지 사이를 비집고
내려와 낙엽이 층층이 퇴화된 옥토 위를 비췄다.

덤불로 둘러싸인 곳에 도착한 카이자는 나무 밑둥에 기대어 누웠다. 헬멧을 벗었다. 얼굴은 땀과 피로 범벅이 되어 있었다. 육체도 정신도 극도로 흥분되어 있었지만, 누운 지 얼마 지나지 않아 몸이 무거워지면서 잠이 쏟아졌다. 아무것도 생각하고 싶지 않은 바람대로 그는 잠들어버렸다.

주변의 신고로 경찰들이 실험실에 들이닥쳤다. 눈앞에 펼쳐진 광경은 말 그대로 아수라장이었다. 르생 박사와 의사는 급히 병원으로 옮겨졌다. 의사는 이미 사망 상태였다. 해밀턴 박사는 상처가 난 어깨에 응급조치를 했다. 그리고 현장에서 경찰의 심문을 받았다. 경찰이 현장에 도착한 지 한 시간 만에 정부 요원들이 들이닥쳤다.

부스럭 소리에 카이자는 잠에서 깨어났다. 칠흑같이 캄캄한 어둠이었다. 음산한 새소리 말고는 조용했다. 카이자에게 두려움이 엄습했다. 있는 곳이 어디인지 생소했다. 그러다 자신이 숲 속으로 도망쳤던 기억이 났다. 그제서야 두려움이 걷혔다. 손으로 목 뒤를 만졌다. 피는 이미 멎었지만 몸 여러 곳에 피가 말라 뻣뻣했다. 카이자는 눈을 감았다. 눈을 감았지만 정신은 점점 더 맑아졌다. 몇 시쯤 되었는지 알 수 없었다. 알 필요도 없었다. 그 순간 덤불은 더 없이 포근한 안식처였으며 숲 속은 안락한 집이었다. 그 자리에 그렇게 누워서 잠들 듯 죽어도 좋을 것 같았다.

그러나 그 평화로움은 오래가지 않았다. 군인들이 카이자가 있는 곳으로 접근해 오고 있었다. 카이자는 심상치 않은 느낌에 헬멧을 썼다. 그리고 집중했다. 군인들은 벌써 카이자를 완벽하게 포위한 상태였다. 카이자는 빙그레 웃었다. '어리석은 것들' 카이자는 몸을 일으켰다. 그리고 '휙' 하고 순식간에 하늘로 날아올랐다.

숲 속에서 벗어나 비상하자 하늘에는 보름달이 밝게 빛나고 있었다. 구름 한 점 없이 깨끗한 밤하늘은 한 가지 색이 아니었다. 달 주위는 엷은 푸른빛이었으며 그보다 더 멀리는 파랑, 청록, 보라, 군청, 남색, 감색, 검정…… 그리고 이런 색으로도 표현하지 못할 색과 빛이 하늘을 가득 메우고 있었다. 또 그 아름다운 밤하늘보다 더 아름다운 은하수가 길게 가로누워 있었으며, 헤아릴 수 없이 많은 별들은 보석처럼 반짝거리고 있었다. 발 아래에는 달과 하늘과 별의 빛을 받은 숲이 지평선 끝까지 펼쳐져 있었다. 달빛 아래 숲은 너무도 고요하고 평화로웠다.

그렇게 아름다운 숲 속에 자신을 공격하러 온 군인들이 깔려있다는 생각을 하니 카이자는 화가 치밀었다. 풍경을 감상하는 것도 잠시 멀리서 헬기 두 대가 다가오고 있었다. 소리를 죽여 조심스럽게 다가오던 군인들이 라이트를 비추었다. 카이자는 그제서야 갑옷에 달린 위치 추적 장치를 떠올렸다. 상황으로 미루어 보아 집이든 실험실이든 이제는 돌아갈 곳이 못 됐다.

카이자는 남동쪽으로 날아갔다. 숲 위를 낮게 날며 속도감을 느끼다 한순간 가속했다. 풍경들이 헤아릴 수 없이 빨리 지나갔다. 카이자는 속도를 줄였다. 멀리 산등성이 사이로 아름다운 야경을 뿜내는 도시가 보였다. 카이자는 정신을 집중해서 빌딩과 도로의 간판, 거리와 사람들을 보았다. 연합국 제2 도시였다. 카이자는 순식간에 600km를 날아왔다. 카이자는 천천히 산등성이를 넘었다. 도시의 불빛은 하늘을 훤히 밝히고 있었다.

카이자는 근처 빌딩 옥상 위에 착지했다. 헬멧을 벗었다. 그리고 피박을 풀고 흉개를 분리했다. 겨드랑이 쪽에 위치한 위치 추적 장치를 신경질적으로 떼어냈다. 버튼만 한 위치 추적 장치를 건물 아래로 던졌다. 그리고 헬멧 속에 있던 송수신 장치도 떼어내어 아래로 던졌다. 카이자는 다시 갑옷을 입었다. 그리고 도심 한가운데 있는 빌딩 숲을 향해 날아갔다.

헬멧을 벗었다. 카이자는 빌딩 숲을 이룬 도심의 한 건물 옥상에 앉아 있었다. 자정의 도심은 화려했지만 카이자가 머물고 있는 옥상은 딱딱하고 거친 시멘트 바닥이었다. 카이자는 세계 유일의 신물질 갑옷을 입고 있었지만 허기가 졌으며, 목 뒤의 찢어진 상처로 통증을 느꼈으며, 피와 땀으로 범벅이 된 몸이 근질거렸지만 씻을 수도 없는 처지였다. 카이자는 그런 복장으로는 갈 곳이 없었다.

카이자는 생각했다. 저 아래 세상으로 어떻게 내려갈 것인가? 생각에 생각을 거듭해도 신물질 갑옷을 포기하지 않고서는 세상 사람들과 함께 어울려 살아가는 것은 불가능해 보였다. 그렇다고 해서 순순히 갑옷을 포기할 수도 없었다. 갑옷을 가지고 있는 이상 사람들은 자신을 가만두지 않을 거란 사실을 잘 알고 있었다. 신경 제어 칩을 달고 짐승처럼 사느니 차라리 죽는 것이 낫다는 생각이었다. 생각에 생각이 포개어지다 결론 없이 잠이 들었다.

다음 날 아침

카이자는 깃을 올려 목 뒤의 상처를 가렸다. 훔친 옷은 좀 작았지만 입을 만했다. 이른 아침 도심의 한복판은 번잡했다. 카이자는 시내 중심가의 커다란 빵 가게 앞에서 발걸음을 멈추었다. 유리창을 통해 보이는 먹음직스러운 빵. 카이자는 빵 가게 문을 열었고 안으로 들어섰다. 구수한 빵 냄새에 침이 한가득 고였다. 문 입구에 있던 점원이 반갑게 인사했다. 카이자는 바구니를 들고 자연스럽게 빵을 골랐다.

점원은 자주 문밖 위쪽을 쳐다보았다. 점원은 맞은편 빌딩 위 전광판에 나오는 아침 뉴스를 보고 있었다. 점원은 카이자와 밖을 번갈아 쳐다보았다.

눈치를 챈 카이자는 서둘렀다. 빵과 음료를 챙겨 점원 앞으로 갔다. 눈을 마주치지 않으려 고개를 숙였다. 카이자는 새벽에 헌금함에서 훔친 돈을 꺼내 지불했다. 그리고 점원의 달갑지 않은 눈을 피해 도망치듯 빠져 나왔다. 길거리에 나서자마자 카이자는 빵을 꺼내 한 입 베어

물고 빠른 걸음으로 서둘러 그 자리를 떠났다.

 광고판에는 이미 카이자의 얼굴이 수배 대상으로 공개됐다. 점원은 카이자가 나가자 곧바로 신고했다. 카이자가 두 번째 빵을 집어 들었을 때 초조감이 엄습했다. 빵 맛도 알 수 없었다. 곧바로 그 초조감은 현실로 다가왔다. 얼마 지나지 않아 자신을 미행하는 사람이 나타났다. 카이자는 목적지를 정하고 방향을 바꾸었다. 미행하던 남자 역시 방향을 바꾸어 따라왔다. 카이자는 빠른 걸음으로 걸었다. 의심을 품고 주위를 둘러보니 주변 사람이 모두 자신을 잡으려 잠복하고 있는 사람처럼 보였다.

 카이자는 두려웠다. 이대로 잡히면 모든 것이 끝장이었다. 카이자는 길바닥에 빵과 음료가 든 봉지를 버리고 달리기 시작했다. 뒤를 돌아보니 두 명의 남자가 달려오는 것 같았다. 카이자는 갑옷을 벗어놓은 빌딩 옥상을 향해 뛰었다. 남자 둘은 어김없이 따라왔다. 카이자는 빌딩 뒷문으로 들어가서 비상계단으로 올라갔다. 카이자는 43층 빌딩 옥상까지 오르고 또 올랐다. 뒤에서 쫓아오던 남자는 어느새 다섯 명으로 늘었다. 그들은 소리쳤다. 서라는 소리 같았지만 정확하게 들리지 않았다.

 카이자가 옥상에 도착했을 때는 숨이 턱 밑까지 차 올랐다. 카이자는 옥상 문을 잠그고 갑옷을 넣어둔 상자로 갔다. 옷을 벗는 동안 옥상 문을 두드리는 소리가 들렸다. 카이자는 서둘렀다. 옥상 문밖에서 총소리가 났다. 카이자가 헬멧을 쓰기 전에 옥상 문이 열리고 남자 다섯이 들이닥쳤다. 손에는 모두 총이 들려 있었다. 정부 요원이었다.

 "움직이면 쏜다. 꼼짝 마!"

 카이자는 왼손에 헬멧을 든 채 천천히 손을 들었다. 그리고 한 발 두 발 뒤로 물러났다. 요원들이 다가왔다. 카이자는 빌딩 끝을 향해 뒷걸음질쳤다.

 "멈춰!"

요원의 명령에도 불구하고 카이자는 한두 발 더 뒤로 물러서서 빌딩 끝에 다다랐다. 요원 다섯 모두 카이자의 머리를 겨누고 있었다. 카이자도 요원들도 가빴던 숨이 조금씩 잦아들었다. 그때 카이자는 침을 크게 한 번 꿀꺽 삼키더니 갑자기 뒤로 넘어졌다. 카이자는 빌딩 아래로 몸을 날렸다. 요원들이 놀라 달려왔다. 허겁지겁 빌딩 아래로 목을 내밀어 보았으나 카이자는 사라지고 없었다. 멀리 정찰 헬기 여러 대가 도시 상공을 날아다녔다. 빌딩 옥상을 수색하기 위해서였다. 빌딩 옥상도 카이자의 은신처가 될 수 없었다.

인근 주택가 단층집

머리를 곱게 땋은 어린 소녀는 곰 인형을 들고 부엌으로 향했다. 부엌에서 떨그럭 소리가 들렸다. 아이는 조심스럽게 부엌문 틈새로 안을 들여다 보았다. 누군가 안에서 움직이는 것 같았지만 전체 모습을 볼 수 없었다. 아이는 문을 조금 더 열어 초롱초롱한 눈으로 안을 들여다 보았다. 은빛 갑옷을 입은 사람이 부엌을 뒤지며 이것저것 허겁지겁 먹고 있었다.

그때 어머니가 거실에서 아이 이름을 불렀다. 카이자는 문 쪽을 돌아보았다. 그제서야 이 집의 주인이 들어왔다는 걸 눈치챘다. 그리고 부엌문을 빼꼼이 열고 쳐다보는 어린아이와 눈이 마주쳤다. 카이자는 헬멧을 벗고 있었다. 카이자는 손가락을 입으로 가져가서 소리치지 말라 주의를 시켰다. 아이는 카이자의 손 모양을 따라 하며 소리치지 않았다.

어머니가 아이를 부르는 소리가 더 커졌다. 그 소리는 부엌 쪽으로 다가왔다. 카이자는 부엌 창문을 열었다. 그리고 헬멧을 썼다. 어머니는 아이를 발견했다. 그리고 부엌문을 활짝 열었다. 부엌에는 아무도 없었다. 창문만 활짝 열려 있었다.

카이자는 숨어 다녔다. 무인도나 숲 속에서 잠을 잤으며, 가정집에 숨어들어 먹을 것을 구하거나 쓰레기통을 뒤져서 허기를 채웠다. 숲 속 샘물로 몸을 씻었다. 갑옷은 이동할 때 외에는 착용하지 못했다. 자신이 어디로 가서 무엇을 할지 두려웠기 때문이었다. 카이자의 얼굴이 몰라보게 야위었다. 수염이 덥수룩하게 났지만 면도도 하지 못했다.

그러기를 일주일. 카이자는 산등성에 누워 별을 보았다. 배도 불렀고 갑옷도 따뜻했다. 눈을 찌를 듯 반짝이는 별빛을 보고 있는 것만으로 마음이 평온해졌다. 카이자는 콧노래를 흥얼거리며 별의 풍경에 취해 있었다. 별 몇 개를 연결해서 모양을 그렸다. 삼각형도 만들고 별 모양도 만들었다. 사람 모양도 그리고 꽃 모양도 그렸다. 별자리를 알지 못했지만 상관없었다. 별들은 바라볼수록 커졌다. 너무 커진다 생각이 들었는데 어느새 별은 촉촉히 젖었다. 카이자의 눈에 눈물이 고였다. 정처를 알 수 없는 설움이 카이자의 가슴에 묵직히 얹혔다. 카이자는 결심했다. '세상으로 나가야 한다.'

다음 날 아침 연합국 제2 도시

중앙 광장에 커다랗게 글씨가 새겨져 있었다. '나는 카이자다. 타협을 원한다. 그랜드호텔로 오라.'

그랜드호텔 16층 연회장

연회장은 1,000평이 넘었다. 원형 테이블 수십 개가 하얀 탁자보를 뒤집어쓰고 정렬해 있었다. 테이블마다 음식이 차려져 있었고, 냅킨과 포크, 나이프, 수저가 가지런히 놓여 있었다. 붉은 카펫은 금방 깐 것처럼 깨끗했으며 천장에는 화려한 샹들리에가 밝게 빛나고 커다란 창문들로 햇살이 눈부셨다.

넓은 연회장 한가운데 카이자가 앉아 있었다. 카이자는 헬멧을 벗고 식사를 음미하고 있었다. 연회장에 안에 카이자 말고는 아무도 없었다. 호텔 아래에 진압대가 도착했다. 기다리고 있던 경찰과 경비들은 카이자가 있는 위치를 알려주었다. 연회장에서 카이자에게 쫓겨난 주방장과 직원들은 호텔 로비를 빠져나가고 있었다. 연회장에 초대된 손님들은 호텔 앞에서 되돌아 갔으며, 그렇지 않아도 복잡한 호텔 앞은 경찰차와 진압대 차량으로 발 디딜 틈도 없었다.

경찰들은 인근에 있던 사람들을 대피시켰다. 정부 요원은 교통 통제가 되지 않아 부하들을 호통쳤다. 호텔 앞의 혼란에는 아랑곳하지 않고 진압대는 계단과 엘리베이터를 이용해서 카이자가 있는 16층을 향해 올라갔다.

카이자는 오랜만에 포식을 한 터라 기분이 흡족했다. 정부에서 어떻게 나올 것인지 궁금했지만 초조하지 않았다. 포도주 잔을 빙글빙글 돌리다 입으로 가져갔다. 발걸음 소리가 들렸다. 카이자는 잔을 내려놓고 헬멧을 착용했다.

계단으로 올라온 진압대가 16층에 도착해서 기다리다 엘리베이터로 올라온 진압대와 합류했다. 연회장 주방 뒤쪽과 반대편 비상계단으로도 비슷한 때에 진압대가 도착했다. 서로 긴밀히 통신을 주고받으며 연회장과 연결된 출구를 모두 봉쇄했다.

카이자는 협상을 하러 누가 들어올지 궁금했다. 경찰총장일까, 정부요원일까, 어쩌면 인질범 전문 협상가가 나타날 수도 있겠다 생각했다. 그러나 카이자의 예상은 빗나갔다. 연회장 입구 열려 있는 커다란 문으로 들어온 것은 가스탄이었다. 카이자는 순간 숨을 멈추었다. 갑자기 가스탄 수십 개가 연회장 안으로 쏟아져 들어왔다. 카이자는 화가 났다. '도대체 이건 무슨 짓이야?' 카이자는 자리에서 벌떡 일어섰다. 방독면을 착용한 진압대가 총을 겨누며 연회장 안으로 들어왔다. 카이자는 순간 몸을 옆으로 날렸다. 카이자는 호텔 창문을 깨고 밖으로 나갔다.

카이자는 호텔 16층 밖 공중에 머물렀다. 깨어진 창문으로 연기가 꾸역꾸역 밀려나오고 있었다. 카이자는 아래를 살폈다. 번잡한 호텔 앞에 책임자로 보이는 남자 하나를 발견했다. 카이자는 곧장 그 남자 앞으로 착륙했다. 정부 요원은 갑자기 나타난 카이자에 놀랐다. 카이자는 그의 멱살을 잡았다. 주위에 있던 경찰과 진압대는 카이자를 향해 총구를 겨누었다. 시민들은 비명을 지르며 뒷걸음질쳤지만 카이자에게서 눈을 떼기가 힘들었다.

"왜 나와 대화하려 하지 않지?"

"나…… 나…… 나는 시키는 대로 할 뿐이다."

"누구냐? 지시한 자가?"

"상부의 명령이다." 카이자는 잡은 멱살을 위로 올렸다. 요원의 발끝은 겨우 땅에 닿고 있었다. 바로 옆에 있던 경찰관이 한 팔 간격에서 총구를 카이자에게 겨누고 있었지만 카이자는 개의치 않았다. 경찰이 소리쳤다.

"손을 놓아라! 그렇지 않으면 발포하겠다!"

카이자는 경찰관을 힐끗 보더니 무시하고 요원을 응시했다.

"나를 데려가서 어떻게 하려고. 응? 어떻게 하려고? 기절시켜 데리고 가서 어떻게 하려고? 대답해!"

요원은 숨이 막혀 왔다. 요원은 안주머니에서 총을 꺼내 재빨리 카이자의 이마에 가져갔다. 순간 카이자는 반사적으로 총을 후려쳤다. 그때 한 발의 총소리가 울렸다. 옆에 있던 경찰관이 방아쇠를 당긴 것이었다. 총알은 정확하게 카이자의 관자놀이를 맞추고 튕겨 나갔다. 카이자는 놀라서 요원을 놓고 총알이 날아온 쪽으로 주먹을 날렸다. 모든 일은 순식간에 일어났다. 그러나 결과는 너무 참담했다.

카이자가 정신을 차리고 보았을 때, 카이자의 팔은 경찰관의 머리를 관통해 있었다. 경찰관은 카이자의 팔에 얼굴이 꽂힌 채 사지를 버둥거리고 있었다. 경찰관 뒤 검정색 진압대 차량에는 경찰관의 피로 붉게 물들어 있었다. 요원은 그 자리에서 엎드렸다.

곧이어 포위하고 있던 경찰과 요원, 진압대가 카이자를 향해 일제히 발포했다. 총알이 셀 수 없이 날아와 카이자와 카이자의 주먹에 꽂힌 경찰관을 맞추었다. 카이자를 향해 날아온 총알은 모두 갑옷에 맞고 팅겨 나갔다. 한꺼번에 쏟아진 총알과 화약 연기로 카이자의 모습을 분간하기가 힘들었다.

그런 와중에도 카이자는 꼼짝하지 않았다. 아니 꼼짝할 수 없었다. 카이자는 경찰관의 뚫려버린 얼굴과 낭자한 핏자국을 보고 잃어버렸던 기억 한 토막을 찾아냈다.

육체가 사라져 버린 듯한 느낌. 카이자는 고속 비행을 하고 있었다. 할아버지 집 담장이 다가오는가 싶어 움츠렸지만 어느새 담장을 뚫고 지나가 버렸다. 주위 배경들은 순식간에 지나갔다. 어디를 지나가고 있는지 분간할 수 없을 만큼 빨랐다. 꼿꼿이 선 자세에서 발만 바닥에서 조금 떨어진 높이로 겪어보지 못했던 속도를 체험하고 있었다. 기분은 부풀 대로 부풀어 있었다. 상상조차 하지 못했던 경험이 현실에서 일어나고 있었다.

카이자는 자신이 어디로 가고 있는지 알 수 없었다. 하지만 타인에 의한 끌림은 아니었다. 그러다 땅이 끝나버렸다. 카이자는 해안가 절벽에서 더 날아 바다 위 공중으로 날아가 버렸다. 카이자는 비행을 멈추었다. 잠시 방심하자 몸이 아래로 떨어졌다. 카이자는 놀라 정신을 가다듬었다. 카이자는 하늘로 솟구쳤다.

해안선 절벽이 굽이굽이 눈 아래 펼쳐져 있었다. 그리고 그때 해안선 절벽을 따라 펼쳐진 도로 위 멀리서 붉은 점이 다가오고 있었다. 까마득히 멀리 있었지만 카이자는 그것이 차라는 것도 그 차 안에 누가 타고 있는지도 알았다. 각인된 사진처럼 카이자는 자신도 모르게 인식하고 있었다.

그때 카이자의 눈앞에 하나의 빛이 빠르게 스쳐 지나갔다. 그리고 금속성 소음이 귓가에 울렸다. 카이자는 날렵하게 하나의 빛을 피했다. 카이자는 가슴이 가빠왔다. 하나의 빛은 카이자의 눈앞을 오락가락했다. 카이자는 하나의 빛을 피하려 했으나, 하나의 빛은 끊임없이 카이자 주위를 맴돌았으며 그를 향해왔다. 하나의 빛과 그것을 피하려는 카이자는 한동안 평행선을 그렸다. 그러나 하나의 빛은 점점 더 빨라졌고 예측할 수 없이 움직였다. 그리고 주위를 맴돌던 하나의 빛은 피할 틈 없이 카이자의 미간에 꽂혔다.

카이자는 날았다. 차가 있는 곳으로. 지붕이 없는 붉은 차는 도로 위를 달리고 있었다. 순식간에 차 위로 날아간 카이자. 그러나 카이자는 속도를 줄이지 않았다. 멈추어야 할 것 같았지만 이미 카이자의 두 다리는 차 앞 유리를 뚫고 들어가서 운전하고 있던 남자의 목을 감았다. 그리고 왼 주먹으로 운전자의 얼굴을 내리쳤다. 붉은 피가 튀어 바람에 흩어졌다. 옆에 앉아 있던 여자는 비명을 지르다 실신했다.

카이자는 놀라서 하늘 위로 날아 올랐다. 붉은 차는 방향을 잡지 못하고 이리저리 오락가락하다 도로를 이탈해서 절벽을 박차고 튕겨 나갔다. 차는 비행의 정점에서 긴 포물선을 남기고는 바다로 떨어졌다.

카이자는 그가 누구인지 알고 있었으나 부인하고 싶었다. 그리고 자신의 행동을 믿을 수 없었으며 되돌리고 싶었다. 그러나 이미 때는 늦었다. 운전을 하던 남자는 카이자의 강력한 펜싱 라이벌 알렉스였다. 카이자는 비명을 지르며 정신 없이 하늘을 날아다녔다. 하늘과 땅이 뒤섞이고 바다가 땅을 침범했으며, 지구가 빙글빙글 돌았다. 기억은 거기에서 끝이 났다.

카이자는 이미 죽은 경찰관에게서 팔을 뽑아냈다. 시체는 맥없이 땅바닥에 털썩 떨어졌다. 카이자는 다리에 힘이 풀려 바닥에 무릎을 꿇었다. 총소리가 잦아졌다. 총알이 바닥을 드러냈다. 카이자는 머리가 무거웠다. 자신의 머리에서 떠오른 기억이었지만 자신의 것이 아니라고 부정하고 싶었다. 아니면 다시 기억할 수 없는 상태로 되돌아가길 바랐다. 그러나 지우려 하면 할수록 장면은 점점 더 뚜렷해졌다.

카이자는 왜 할아버지와 르생 박사가 자신에게 신경 제어 칩을 이식하려 했는지 그제서야 알았다. 카이자는 천천히 일어섰다. 총알이 날아왔지만 확연히 수가 줄었다. 카이자는 천천히 주위를 둘러보았다. 경찰과 정부 요원, 진압대가 차량을 엄폐물 삼아 빈 총을 자신에게 겨누고 있었다. 발 아래는 죽은 경찰관 시체가 놓여 있었다. 자신의 왼팔에는 경찰관의 피가 홍건히 묻어 있었으며, 손을 타고 바닥으로 뚝뚝 떨어졌다. 그 앞에는 튕긴 총알을 맞은 요원이 웅크린 채 죽어 있었다. 검은 진압대 차량은 총알 구멍으로 빈틈이 없었다.

카이자는 한숨을 길게 내쉬었다. 카이자는 이렇게 되어버린 상황이 억울했다. 자신이 행한 살인은 모두 우발적인 것이었다. 첫 번째 살인은 기억조차 못했다. 그러나 지금 카이자는 어쩔 수 없이 선택의 기로에 서 있었다. 자신의 죄에 대한 벌을 받을 것인가 아니면 도망칠 것인가의 기로일 수도 있었으며, 실험의 노예가 되느냐, 의지대로 날아다니느냐의 기로일 수도 있었으며, 사느냐 죽느냐의 기로일 수도 있었다. 마침내 카이자는 중대한 결론에 도달했다.

'나는 갑옷을 벗을 수 없다.'

그때 빌딩 사이로 군용 헬기 두 대가 접근했다. 카이자는 동상처럼 우뚝 서 있었지만 아무도 접근하지 못했다. 헬기가 접근해서 카이자의 머리 위를 맴돌며 정적을 깨뜨렸다. 카이자는 헬기를 쳐다보았다.

'그래 어디 한번 해보자. 누가 이기나.'

카이자는 숨을 멈추고 헬기를 향해 도약했다. 헬기를 향해 날았는가 싶었는데 카이자의 눈앞에는 햇빛이 강하게 내리쬐었다. 카이자는 비행을 멈추었다. 헬기를 지나간 것 같은 어렴풋한 기억이 떠올랐다. 카이자는 혹시나 하는 마음에 아래를 내려다보았다. 빌딩들이 콩알만

하게 보였다. 그리고 조그만 폭발음이 들려왔다.

　카이자는 고도를 낮춰 빌딩 사이로 내려왔다. 헬기는 공중 폭발을 일으킨 후에 차량 위를 덮쳤다. 카이자의 동선이 지나간 건물 모서리는 비스듬히 뜯겨져 있었다. 카이자는 아무런 충격도 느끼지 못했다. 그러나 그가 관통한 헬기며 건물은 모두 구멍이 나 버렸다. 카이자는 스스로의 파괴력에 놀랐다.

　그때 뒤에서 섬뜩한 느낌이 전해졌다. 뒤를 돌아보지 않았지만 무엇인지 알 수 있었다. 그러나 피할 겨를은 없었다. 카이자는 허공에 멈춘 채 몸을 웅크렸다. 군용 헬기에서 발사한 미사일이 등에 내리꽂혔다. 빌딩 사이 공중에서 폭발음과 함께 화염이 솟았다. 양쪽 빌딩의 유리창이 산산조각 났다. 자욱한 연기가 걷혔다. 카이자는 공중, 그 자리에 그대로 떠 있었다. 카이자는 뒤를 돌아보았다. 헬기에서 카이자를 확인하고 기관총을 쐈다. 카이자는 기관총을 그대로 맞으며 서 있었다. 총알은 모두 튕겨 나갔다.

　헬기에서 미사일을 발사했다. 미사일이 카이자를 맞추기 전에 카이자는 사라졌다. 미사일은 뒤편 호텔 7층 유리창을 깨고 들어갔다. 미사일은 호텔 내부 벽을 맞추며 폭발했고 7층 창문들은 폭발로 산산조각이 났다. 헬기 조종사는 호텔의 폭발을 제대로 보지 못했다. 헬기 앞에 카이자가 서 있었기 때문이었다.

　카이자는 헬기 앞에 멈춰 서서 팔을 휘둘러 헬기의 날개를 쳤다. 부러진 헬기 날개 파편이 인근 건물로 튕겨 나가 꽂히고 헬기는 충격으로 회전했다. 동체가 빙글 돌며 꼬리 날개가 왼쪽 빌딩을 쳤다. 그리고 땅에 닿기 전에 헬기는 폭발했다. 수차례의 폭음과 불꽃이 일었다. 그 불꽃 위로 카이자는 공중, 그 자리에 우뚝 멈춰서 있었다. 화염의 한가운데 서 있었지만 열기를 느끼지 못했다. 카이자는 헬기 날개와 부딪혔던 오른손을 살폈다. 반짝이며 빛나는 은빛 신물질에는 아무런 흔적도 없었다.

한국 지하 요새

배면수가 다급히 방으로 들어왔다. 동희는 침대에 앉아 있었다. 간밤의 악몽에서 헤어나오지 못했다. 배면수는 숨이 넘어갈 듯 동희를 불렀다.

"동희야! 이리 와 봐! 빨리!"

"무슨 일이죠?"

"빨리 와 보래도!"

동희는 배면수의 손에 이끌려 가이아 앞으로 갔다. 눈을 비비던 동희는 정신이 번쩍 들었다. 화면에는 심하게 파괴된 도심의 모습이 보였다.

"어디입니까? 테러예요?"

"연합국 제2 도시인데 아직 잘 모르겠어. 여기를 봐."

배면수는 다른 화면을 가리켰다.

"천리안이 잡은 화면이야."

원거리 촬영을 하고 있던 천리안은 작은 폭발을 감지한 후 그 지역을 확대해 나갔다. 공중에 떠 있는 인간 형상이 보였다. 미사일이 날아가 맞추었으나 연기가 사라지고 인간 형상은 그 자리에 그대로 있었다.

"저게 뭔지 알겠어?"

"저게 뭐죠?"

"사라져 버렸어."

"사라지다니요?"

"갑자기 없어져 버렸어. 은빛이야."

"신물질?"

함께 지켜보던 승오가 동희에게 물었다.

"신물질로 만든 로봇이 아닐까요?"

동희는 잠시 생각하더니 가이아에게 명령했다.

"가이아! 르생 박사 위치 추적해 봐."

다음 날 연합국 정보부
국장이 물었다.
"카이자의 행방은 아직 못 찾았나?"
"네. 실험실, 집, 학교. 아직 아무 소식이 없습니다."
"국장님! 수상님 연락입니다."

카이자는 자신이 얼마나 멀리 날아왔는지 알 수 없었다. 위도를 따라 날았는지 경도를 따라 날았는지도 몰랐다. 푸른 망망 대해에 섬들이 점점이 흩어져 있었다. 카이자는 남태평양상의 무인도에 착륙했다. 착륙하자마자 그는 곧바로 헬멧을 벗었다. 그리고 해변 모래사장에 털썩 주저앉았다. 자신이 무슨 일을 했는지 여전히 믿기지 않았다. 그 엄청난 힘과 속도가 어떻게 가능했는지 알 수 없었다.

무지는 두려움을 불렀다. 너무 많은 힘을 쏟아내어 곧 죽어버리는 것은 아닌지, 몸에 이상이 생기는 것은 아닌지, 몸에 이상이 생기더라도 더 이상 갈 곳도 없는 처지라는 현실은 두려움을 더욱 증폭시켰다. 카이자는 생각했다. 이 모든 불행은 정부의 잘못이라고, 타협을 무시해 버린 그들을 이제는 적으로 간주하겠다고!

한국 지하 보물 창고
"르생 박사님 종적을 찾을 수 없습니다. 연합국 군 병원 경유……."
"병원에는 왜? 진료 기록!"
"이빨 14개 부러짐."
승오가 동희에게 알렸다.
"동희 형! 이기철 대통령님 연락!"

다음 날 아침 연합국

카이자는 가정집 문을 열었다. 카이자가 들어서자 식사를 하다 말고 나온 집주인은 놀라서 말을 잇지 못했다.

"같이 먹자고!"

카이자는 어색해 하는 식구들과 함께 아침 식사를 했다. 매 끼니마다 카이자는 일반 가정집이든 레스토랑이든 아니면 연회장이나 피로연, 결혼식장, 파티장을 가리지 않고 나타났다. 아무도 그를 막을 수 없었다. 아무도 카이자가 다녀갔다는 신고를 하지 못했다. 식사 한 끼 외에는 별다른 피해를 주지 않아서이기도 했지만 보복이 두려워서였다. 생존에 대한 자신감이 생기자 카이자의 행동은 점점 더 대범해졌다.

한국 지하 보물 창고.

동희가 대통령에게 상황을 알렸다.

"해밀턴 박사는 연합국 정보부에서 보호하고 있어요. 분명 뭔가 있어요."

옆에서 배면수가 덧붙여 설명했다.

"수배자 명단에 특이한 점이 있습니다."

"뭐지?"

"수배자 명단 중에 '카이자' 란 인물이 있는데 해밀턴 박사의 손자입니다. 이번 사건과 연관이 있는 것 같습니다."

이기철 대통령이 동희에게 물었다.

"해밀턴 박사와 연락할 수 있겠어?"

"한번 해 보죠."

연합국

카이자는 사회 질서와 동떨어진 존재였으며, 그를 체포하려는 국가

적 의지에도 불구하고 그는 물리적으로 잡히지 않았다. 뿐만 아니라 카이자는 정부를 공격하기 시작했다. 첫 번째 대상은 연합국 정보부 건물이었다.

카이자는 건물 1층으로 침입하여 부서의 개념도 없이 닥치는 대로 휘젓고 다녔다. 책상을 비롯한 집기며 벽과 기둥도 그의 동선을 안내하거나 바꿀 수 있는 도구가 못 되었다. 카이자는 1층을 돌아다니며 철저하게 사람 위주로 공격했다. 그가 통과하든 스치든 손을 뻗어 구멍을 내던 사람들은 종잇조각처럼 쓰러져갔다. 어떤 사람은 흔적이 묘연하기도 했다. 집기들과 부서진 벽과 기둥이 뒤엉킨 사이로 사람의 혈흔이 없는 곳이 없었다. 그 다음은 2층, 그 다음은 3층, 층층이 올라가며 20층까지 사람의 씨를 말려버렸다. 지하 4층, 지상 20층의 건물은 카이자의 공격으로 쑥대밭이 되었다. 정보부 본부 인원 전체가 한순간에 몰살당했다.

건물은 형체를 그대로 유지하고 있었다. 간혹 사람이 튀어나온 유리창 몇 곳이 깨어져 있었을 뿐이었다. 군인들이 출동했을 때 카이자는 이미 사라지고 없었다. 군인들 입장에서는 카이자와 맞닥뜨리지 않은 것이 오히려 다행이었다.

연합국 제2 도시 정보부 지사
중앙정보부 건물의 피습으로 지사 사무실은 발칵 뒤집혔다. 다음 공격 대상이 자신들일 수도 있다는 추측은 긴장감을 고조시켰다. 건물 전체가 그야말로 북새통이었다.

모두들 바쁜 가운데 한가로운 사람이 있었다. 해밀턴 박사였다. 해밀턴 박사는 보호실에 갇혀 있었다. 보호실의 통신기기는 밖의 어느 것과 다르게 벨 한번 울리지 않았다. 사무실에서는 대피를 해야 할지 말지를 놓고 우왕좌왕하고 있었다. 보호실은 안중에도 없었다. 해밀턴 박사는 문을 열고 머리를 내어 물었다.

"무슨 일입니까?"

인근의 요원이 대답해 주었다.

"당신 손자가 정보부 건물을 초토화시켰습니다. 우리도 곧 대피해야 할지 모릅니다. 위험하니 별다른 지시가 있을 때까지 들어가 계십시오."

"사람도 다쳤나요?"

"다쳤냐고요? 흥! 대학살입니다."

해밀턴은 문을 닫고 털썩 주저앉았다. 일이 자꾸 커져만 가서 괴로웠다. 고장 난 것처럼 보였던 보호실의 통신기기에 벨이 울린 것은 그때였다. 해밀턴 박사는 통화 버튼을 눌렀다.

"박사님, 놀라지 마세요. 저예요. 차동희!"

해밀턴 박사는 깜짝 놀랐다. 차동희가 어떻게 알고 거기까지 연락을 해 왔는지 의아했다.

"정말 차동희가 맞습니까?"

"도대체 어떻게 된 겁니까?"

해밀턴은 한숨부터 내쉬었다. 그리고 어디서부터 어떻게 이야기해야 할지, 무엇을 숨기고 무엇을 말해야 할지 몰랐다.

"방금 전에 정보부 건물을 공격한 게 사람입니까? 로봇입니까?"

"내 손자입니다."

"어떻게 이런 일이 가능하죠?"

해밀턴 박사는 비통한 얼굴로 울먹이기 시작했다.

"박사님, 진정하세요."

"르생 박사와 신물질로 갑옷을 만들었습니다."

"갑옷을요? 어떻게요?"

"그 전에 약속 하나 해 주십시오."

"말씀하세요."

"내 손주 카이자를 잡아주세요. 무슨 짓을 할지 모릅니다. 당신이 아니면 잡을 사람이 없어요. 꼭 생포해 주십시오."

"네, 그렇게 하죠."

"갑옷의 핵심은 접촉입니다."

"접촉!"

"신체와 직접 접촉하면 신물질과 신체가 상호반응을 일으킵니다. 접촉률이 85% 이상이어야 합니다. 자세한 건 내 개인 지하 실험실 컴퓨터 안에 갑옷 설계도가 있지만 이미 군인들이 지키고 있습니다."

"위치가 어디입니까?"

한국 지하 요새

동희는 생각에 잠겼다. 배면수가 믿지 못하겠다는 듯 투덜거렸다.

"그게 사람이라니 말이 돼?"

승오가 뭔가 떠올랐다는 듯 동희에게 물었다.

"신물질 갑옷이라면 형도 있잖아요?"

"그렇지. 하지만 그건 헐렁하지."

그때 동희는 갑자기 얼굴이 굳어졌다. 그리고 중얼거렸다.

"그래! 그거였어."

배면수가 물었다.

"뭐가?"

동희는 혼잣말처럼 중얼거렸다.

"국방연구소를 빠져 나오다 죽지 않은 것이 우연은 아니었어."

"무슨 말이야?"

"선배! 해밀턴 박사 컴퓨터 해킹해 주세요. 그리고 명단을 드릴 테니 사람을 불러 주세요."

"누구?"

"옛 휴머노이드 회원들!"

연합국 해밀턴 박사 개인 실험실

실험실 안은 불이 훤히 밝혀져 있었다. 즐비한 기계들은 모두 정상적으로 가동되고 있었으며, 3차원 스캔 기계 위에는 떡 벌어진 어깨를 한 군인이 나체로 올라서 있었다. 레이저 빛은 연신 그의 몸을 훑어 나갔다. 주위에는 두 명의 고위 관료와 한 명의 장성이 지켜보고 있었다. 스캔 기계를 조작하고 있는 사람은 오른쪽 입술에 꿰맨 자욱이 있었고, 치아는 거의가 인공이었다. 르생 박사였다.

캄캄한 밤, 카이자는 빈집에 도착하자 여자를 내려놓았다. 출렁이는 금발 머리는 어깨 아래로 길게 늘어졌다. 여자는 겁에 질려 그렇지 않아도 왜소한 체격이 더 작고 가냘퍼 보였다. 카이자는 그녀의 상의를 벗겼다. 그녀는 떨고 있을 뿐 대항할 엄두도 내지 못했다. 초겨울로 접어드는 날씨는 쌀쌀했으며 빈집은 불도 들어오지 않았다. 가로등 불빛이 차갑게 창을 통해 방을 밝혀주고 있을 뿐이었다.

카이자는 옷을 찢어 여자의 손을 뒤로 묶었다. 그리고 헬멧을 벗었다. 여자는 무서워 눈을 뜨지도 못했다. 카이자는 갑옷을 벗었다. 그리고 여자에게 다가갔다. 여자는 벽을 등지고 서 있었다. 카이자는 여자의 치마 아래로 손을 넣었다. 카이자의 손은 따뜻했지만 여자는 그 손이 칼끝처럼 차갑고 날카롭게 느껴졌다. 카이자의 일곱 번째 강간이었다.

한국 국방과학연구소

동희의 옛 서클 회원 중 12명이 모였다. 의예, 조소, 기구, 체육, 기계과 출신이 주류를 이루었다. 서로 인사할 틈도 없이 동희는 해밀턴 박사의 컴퓨터에서 빼낸 도면을 보여주었다. 그리고 그들은 동희의 몸에 맞는 새로운 갑옷 설계 요청을 받았다.

연합국 제1 도시

방송을 통제했지만 카이자에 대한 공포는 모든 국민에게 전파되었다. 카이자는 노골적으로 국가에 대한 적개심을 표출했다. 경찰과 군인, 공무원은 고하를 막론하고 카이자가 보았다 하면 시체가 되어버렸다.

한국 지하 보물 창고

모니터로 대통령이 보였다.

"카이자는 아직 별다른 변화가 없나?"

동희가 대답했다.

"우발적인 출현입니다."

"연합국 수상에게 연락을 했는데 도움 요청을 거부했어."

배면수가 물었다.

"아직 덜 급한가 보죠?"

대통령이 일행에게 부탁했다.

"우리가 잡아야 해. 무슨 일이 있어도."

"출몰 패턴을 분석하고 있습니다. 조만간 비행체가 출격할 겁니다."

배면수가 어려운 심경을 토로했다.

"나타나도 빨리 사라지니까 대응할 시간이 없습니다."

대통령은 이미 상황을 알고 있었다.

"연합국 군인들과 전투라도 해야 그나마 공격할 기회가 생길 거야."

4일 후

카이자가 소란스럽게 모습을 드러낸 곳은 연합국 제1 도시 북쪽 식당가였다. 카이자가 들어간 식당에 공교롭게도 경찰이 있었다. 카이자는 문을 들어서자마자 날아가서 경찰 둘의 목을 손날로 잘라 버렸다. 식당 안은 순식간에 아수라장이 되었다. 비명 소리가 들리는가 싶더니 어느새 식당 안에는 카이자만 남았다. 카이자는 돌아다니며 식탁 위의 음식을 손으로 주워 먹었다. 보통 때면 식사가 끝날 때까지 아무도 나타나지 않고 그렇게 사라지는 것이 상례였지만 그날은 좀 달랐다. 인근 시민들이 대피하는 소리로 시끄러운 것은 비슷했는데 근래 잘 나타나지 않던 경찰과 군인들이 몰려들었다.

카이자는 창밖에 몰려드는 경찰 차량을 목격하고 식사를 멈추었다. 헬멧을 썼다. 카이자는 창을 뚫고 나갔다. 그리고 달려오던 첫 번째 경찰차의 한가운데를 지나갔다. 차량은 세로로 반 토막 나더니 폭발하여 좌우로 커다란 불기둥을 남기며 뒹굴었다. 길 좌우에서 군용 트럭 여러 대가 달려오고 있었다. 카이자는 날아가려다 멈추었다. 발 앞으로 떨어지는 무엇인가를 느꼈다. 그리고 반사적으로 그것을 피해 솟구쳐 올랐다. 화학탄이었다. 카이자는 멈춰 주위를 둘러보았다. 구름이 까마득히 발 아래 있었다. 고도 6km 상공. 육안으로 아래를 관찰하기에는 너무 멀었다.

카이자는 신경을 집중했다. 헬기 한 대가 식당가 거리 위를 날고 있었다. 카이자는 눈살을 찌푸리더니 곧장 아래로 내려가 헬기의 몸통을 뚫고 들어가서 땅에 하반신을 박았다가 날아 올라 헬기의 뚫린 구멍을 통과해서 원래 위치로 돌아왔다. 카이자가 두 번 통과했던 헬기는 폭발했다. 트럭은 화학탄이 터진 곳에 도착해서 방독면을 쓴 군인들을 내려 놓았다.

군인들이 개미 떼가 줄지어 나가듯이 거리를 장악해 나갔다. 군인들은 건물 벽에 붙어서 총을 하늘로 겨누며 두리번거렸다. 카이자는 내려가서 오른팔을 뻗어 식당 건물을 한 바퀴 돌았다. 건물을 등에 대고 둘러서 있던 군인들은 대개 허리쯤에서 카이자의 팔에 의해 절단되었다.

카이자는 상공으로 올라갔고 어떤 군인도 카이자의 모습을 보지 못했다. 카이자가 신경을 집중하자 이번에는 멀리서 날아오는 전투기 편대가 눈에 들어왔다. 카이자는 공중에 멈춰 서서 움직이지 않았다. 3대의 전투기가 다가오는가 싶더니 어느새 수백 발의 총알을 뿌리고 지나가 버렸다. 카이자는 기관총을 그대로 맞았다. 물론 피할 수도 있었지만 굳이 피하지 않았다. 카이자는 전투에 자신감이 차 있었다.

비행기 3대는 흩어졌다. 카이자는 맨 왼쪽 전투기를 따라잡았다. 전투기의 속도에 맞추어 날았다. 카이자는 전투기 캐노피 위에 붙었다. 전투기 조종사는 이상한 기분에 하늘을 쳐다보았다. 카이자가 보였다. 놀란 조종사는 기수를 회전시키면서 방향을 틀었다. 그러나 카이자는 떨어지지 않았다. 카이자는 여전히 캐노피를 통해 조종사를 바라보고 있었다. 카이자는 손가락 하나를 전투기에 붙이고 있었다. 그것으로 카이자는 전투기의 움직임을 그대로 따라다녔다. 조종사는 당황했다. 더 이상 할 수 있는 것이 없었다.

카이자는 주먹을 들어 캐노피를 내려치려 했다. 그 순간 조종사는 재빨리 비상 탈출 레버를 잡아 당겼다. 엄청난 압력으로 캐노피가 날아가고 조종석 의자가 하늘로 솟구쳐 올랐다. 카이자는 캐노피에 맞고 튕겨나갔다. 카이자는 뒤로 한 바퀴 돌더니 중심을 잡았다. 주위를 둘러보니 조종사가 땅으로 떨어지고 있었다. 아직 낙하산이 펴지지 않은 상태였다. 카이자는 날아가서 조종사의 낙하산 배낭을 떼어냈다. 조종사는 발버둥쳤지만 카이자를 당해낼 수 없었다. 조종사는 아무런 대책 없이 아래로 멀어져 갔다.

카이자는 어느새 두 번째 전투기의 꼬리날개를 부셨다. 그리고 전투기의 제트 엔진 출구를 잡았다. 조종사는 조정하는 대로 전투기가 움직이지 않는다는 사실을 눈치챘다. 전투기는 비행하고 있는 다른 전투기 쪽으로 날아가고 있었다. 그제서야 조종사는 카이자의 의도를 알았다. 그리고 상대편 조종사에게 피하라고 알렸다. 하지만 전투기는 기체가 지닌 한계속도를 돌파하고 있었다. 그리고 맹렬한 속도로 세 번째 전투기와 충돌했다. 공중에서 전투기끼리 부딪혀 폭발이 일어났다. 카이자는 공중에 우뚝 멈춰 폭발 장면을 지켜보았다.

폭발의 불꽃이 채 사라지기 전에 카이자는 불길한 예감으로 뒤를 돌아보았다. 순간 등 뒤에서 뭔가 번쩍하고 나타나는가 싶더니 카이자의 등을 때렸다. 차동희가 만든 비행체에서 발사된 신물질 미사일이었다. 카이자는 단 한 발로 수 km 튕겨 날아가서 지상의 건물 수 채를 비스듬히 통과하고 땅에 박혀 버렸다. 신물질 갑옷을 입고 처음 느껴보는 고통이었다. 고통은 너무도 생소했고 이성을 마비시킬 만큼 컸다.

한국 지하 보물 창고
배면수가 쾌재를 불렀다.
"명중했어!"

카이자는 땅을 2m쯤 파고 들어가 박혔다. 현기증이 났지만 정신을 잃지는 않았다. 순간 신물질 미사일이 날아오는 것이 느껴졌다. 카이자는 사라졌다. 미사일 두 기는 땅을 뚫고 들어갔다.

한국 지하 보물 창고
"놓쳤어."
배면수의 탄식에 동희가 물었다.
"천리안에 잡히지 않습니까?"
"없어."
"거의 다 잡았는데……."
승오가 걱정스런 눈빛으로 일렀다.
"신물질 미사일이 목표물을 맞히지 못했어요. 처음 있는 일이에요!"

카이자는 무인도에 착지했다. 통증에 두려움이 엄습했다. 총알이나 미사일을 맞거나, 건물을 뚫고 나갈 때도 느낌이 전혀 없었다. 신물질 갑옷을 입고 있는 한 그는 무소불위의 신이었다. 헬멧을 벗으면 자신이 그대로 죽어 버리지나 않을까, 아니면 피범벅이 되어 있지 않을까, 엄청난 고통이 찾아오지 않을까, 질문들이 끝없이 쏟아져 나왔다.

카이자는 조심스럽게 헬멧을 벗었다. 아무 일도 없었다. 맞았을 당시에는 엄청난 고통이 있었지만 시간이 지나자 통증도 사라졌다. 걱정이 사라지자 또 다른 걱정이 떠올랐다. 차동희가 자신을 공격했고 이는 비행체와의 싸움을 의미했다. 신물질에 두 명의 절대자는 있을 수 없었다. 카이자는 한국 정부로 메시지를 보냈다.

연합국 제2 도시 중앙 광장

카이자의 제안대로 동쪽에서는 카이자, 서쪽에서는 비행체가 마주 보고 다가갔다. 백여 미터쯤 다다랐을까, 누가 먼저랄 것도 없이 공중에 멈추었다. 카이자는 인질을 앞세우고 있었다. 비행체를 통해 차동희가 말했다.

"목숨은 보장하겠다. 지금이라도 갑옷을 벗어!"

"말은 고맙지만 누구의 보장 아래 사는 건 싫어."

카이자는 말이 끝나기 무섭게 인질을 관통해서 날아가 비행체의 앞머리를 주먹으로 가격했다. 비행체는 공중으로 튕겨 날아갔다.

동희가 외쳤다.

"공격 개시!"

미사일 두 기가 카이자를 향해 날았다. 카이자는 방향을 바꾸어 가며 도시 위를 날았다. 미사일은 두 기가 함께 카이자를 쫓다가 하나만 쫓고 하나는 반대편에서 접근해서 카이자를 맞추려 했다. 아슬아슬하게 빗나가다가 얼마 지나지 않아 카이자를 한두 번 맞추기 시작했다. 한두 번 맞기 시작하자 더 빈번히 맞았다. 그러다 카이자는 갑자기 사라졌다. 미사일이 추적하지 못해 허공에 떴다. 갑자기 나타난 카이자가 발로 미사일 하나를 걸어찼다. 그리고 다른 미사일의 공격을 받고 사라졌다. 이번에는 카이자가 비행체 옆에 나타나 비행체를 공격했다. 그렇게 카이자는 없어졌다 나타나기를 반복하며 미사일과 비행체를 번갈아 가며 괴롭혔다.

동희가 물었다.
"인지능력보다 빠른 연산 작용인데 게다가 3 대 1의 상황에서 어떻게 전세가 밀리는 거지?"
"그러게 말이야. 반응속도도 인간과 비교할 수 없을 만큼 월등히 빠른데."
배면수는 식은 땀을 흘렸다.
"안 돼. 이러다가는 당하겠어."
동희가 가이아에게 명령했다.
"가이아! 공격 패턴을 분석해. 예측해서 싸우라고……."

비행체는 미사일과 함께 카이자처럼 사라졌다. 카이자가 시내에 나타나자 미사일이 나타나 카이자를 공격했다. 누가 먼저 결정을 내리고 날아가는가의 싸움이었다. 상대를 파괴시킬 의사가 없다면 패할 수도 없는 전투였다. 도망가려고 한다면 당장이라도 도망칠 수 있는 상황이었다. 순식간에 사라져 지구 저편으로 이동한다면 아무도 찾을 수 없었다.
하지만 카이자는 비행체를 파괴시키고자 하는 의지가 강했으며 차동희 역시 카이자를 잡으려는 의지가 강했다. 의지와 의지가 맞닿아 형성된 접점. 그 접점만이 신물질과 신물질의 전투를 가능케 했다. 육안으로 보기 힘든 전투였다. 건물의 파괴 상황을 지켜보며 전투의 속도를 추측할 뿐이었다.
모두의 예상을 깨고 가이아가 조정하는 비행체가 카이자에게 공격

당하는 수가 늘어났다. 시가지는 둘의 전투로 곳곳에서 연기가 피어올랐다. 급기야 신물질 미사일 하나가 강한 충격으로 내부 기기의 오류를 일으켜 떨어졌다. 그리고 남은 비행체와 나머지 신물질 미사일도 그리 오래 버틸 것 같지 않았다.

한국 지하 보물 창고
동희가 다급히 물었다.
"가이아! 왜 자꾸 당하는 거지?"
가이아가 대답했다.
"카이자는 예지 능력을 가지고 있습니다."
"예지 능력?"
"현재로는 그렇게 설명할 수밖에 없습니다."
"그럼 어떻게 해?"
"동선에 제약을 주는 장소로 유도할 겁니다."

비행체는 커다란 굉음을 내며 땅을 뚫고 들어갔다. 카이자도 따라 들어갔다. 지축을 흔드는 두 번의 지진파가 생겼다. 가이아가 택한 곳은 지하철 터널이었다. 카이자가 멀리서 비행체를 노려보고 있었다. 터널의 희미한 불빛 아래 비행체와 카이자가 마주 보고 있었다. 둘 사이의 거리는 한 정거장이 못 됐다.

둘은 동시에 서로를 향해 날았다. 그리고 지하 터널 속에서는 상상할 수 없는 굉음이 터졌다. 터널은 모래성처럼 무너져 내렸으며, 지하에서 시작된 충격파로 지상의 건물 수십 채가 연달아 쓰러졌다. 건물이 무너지거나, 부딪치거나, 떨어져 나갈 때마다 내장이 흘러내리듯 사람들이 쏟아져 나왔다.

진앙지를 중심으로 큰 원안의 도심은 순식간에 생지옥으로 변했다. 폭발은 순간이었으나 지상의 혼란은 긴 꼬리를 남겼다. 곳곳에 화염이 일었으며 분진으로 앞을 분간하기 힘들었다. 대낮이었지만 도시는 자욱한 먼지로 태양을 제대로 볼 수 없었다. 무너진 건물들의 진앙지는 마치 거대한 무덤의 중심처럼 보였다. 파괴와 무수한 살인의 시작점. 거기에서는 어떤 생명도 자랄 수 없는, 아니 자라서는 안 될 것처럼 보였다.

천리안 한 대가 폭발의 중심지로 이동했다. 그리고 위에서 화면을 잡았다. 자욱한 먼지로 희미하게 잡힌 땅. 아무것도 자랄 수 없을 것처럼 보였던 땅에 틈이 벌어지는가 싶더니 손이 튀어나왔다. 땅을 헤집고 올라오는 사람은 카이자였다. 카이자는 심하게 기침을 하며 상반신을 숙였다. 숨을 쉬기가 힘든 듯 보였다.

한국 지하 보물 창고
배면수가 소리쳤다.
"카이자가 살아 있어!"
"형! 비행체는?"
"반응이 없어!"
"뭐야? 비행체가 당한 거야. 가이아, 비행체 위치?"
"지하 54미터입니다. 작동 불능!"

카이자는 몇 걸음 힘겹게 내딛다 돌부리에 걸려 앞으로 쓰러졌다. 그러나 재차 일어나더니 비틀거리며 걸었다. 천리안이 카이자를 따랐다.

한국 지하 보물 창고
"카이자도 정상이 아니야. 지금 공격해야 돼."
배면수가 다급하게 소리쳤다. 동희는 급히 이기철 대통령에게 연락했다.

"연합국에서는 아직도 회신이 없는 겁니까?"

"없어!"

"지금 공격해야 합니다."

"계속 연락을 시도하고 있는데 회신이 없어. 우선 공격형 천리안을 사용해!"

카이자는 걷고 또 걸었지만 자욱한 먼지뿐이었다. 숨을 쉬기도 힘들었지만 정신이 혼미한 상태였다. 생각이 끊겼다 이어졌다 오락가락했다.

천리안이 카이자의 위치를 알렸다. 인근에 배치되었던 공격형 천리안 2기가 접근했다. 천리안에서 소형 미사일 네 기를 발사했다. 미사일은 자욱한 먼지 속으로 사라졌다. 비틀거리던 카이자 주위에 네 발의 미사일이 떨어졌다. 한 발은 너무 정확해서 카이자의 등을 직접 맞추는 듯 보였다. 네 발의 미사일이 한꺼번에 폭발하고 먼지와 화약 연기, 불꽃이 뒤섞여 카이자가 있던 곳은 육안으로 사물을 식별할 수 없는 지경에 이르렀다. 천리안은 급히 레이더를 가동시켜 카이자의 위치를 확인했다. 그러나 폭발 이후 카이자는 천리안의 레이더에 잡히지 않았다. 천리안은 레이더의 영역을 점점 더 확대시키며 카이자를 찾았다.

그때 도심 상공에 있던 다른 천리안이 카이자의 모습을 확인했다. 카이자는 진앙지에서 서쪽으로 수 km 떨어진 빌딩 옥상에 걸터앉아 있었다. 먼지는 바람으로 동쪽으로 길게 번지고 있었다. 카이자는 자신을 찍고 있는 천리안을 응시했다. 카이자는 자리에서 일어섰다. 그리고 갑옷을 툭툭 털더니 그대로 날아 천리안을 공격했다. 한국 지하 보물 창고의 화면에서 카이자가 사라진 것도 그때였다.

4. Suit vs Suit

카이자는 산 정상에 서 있었다. 멀리 산봉우리들이 촘촘히 늘어서 있고 그 옆으로 드넓은 평야와 평야를 가로지르는 푸른 강이 굽이굽이 뻗어 있었다. 그 위로 하늘은 층층이 명도를 높이며 푸른빛으로 물들어 있었다.

카이자는 두 팔을 벌렸다. 푸른 창공과 맑은 공기를 맘껏 음미하려 크게 심호흡을 했다. 카이자는 조금 전까지 벌였던 비행체와의 치열했던 전투는 어느새 까맣게 잊어버렸다. 카이자는 처음으로 느끼는 생소한 기분에 몸을 맡겼다. 어떤 두려움도 없었다. 창창히 펼쳐진 하늘처럼 그 앞에는 이제 어떤 위협이나 장애도 없었다.

그의 몸이 정상에 발을 딛고 있는 것처럼 그의 마음 역시 정상에 서 있었다. 세계 최강 미국을 굴복시킨 비행체. 경외와 공포의 대상이었던 비행체를 매장시켜 버렸다. 그는 자신이 지닌 무한한 속도와 힘을 충분히 느끼고 있었으며, 세상은 그의 능력에 비해 턱없이 나약한 것들의 나열일 뿐이었다.

카이자는 눈을 감았다. 진정한 자유. 자유의 정수가 바로 자신의 현재라는 생각이 들자 그는 자신도 모르게 포효하고 함성을 질렀다.

연합국 제2 도시 새벽

탱크와 포크레인을 앞세우고 중장비들이 무너진 건물 사이로 진입을 시도했다. 연합국은 매장된 비행체를 꺼내려 했다. 포크레인은 흙을 떠서 트럭에 실었다. 주위에는 탱크가 사방으로 깔려 있었다. 중장비들의 커다란 소음은 새벽의 적막을 멀리 쫓아냈다. 하늘에서 이 광경을 지켜보고 있는 것이 둘 있었다. 하나는 천리안이었고 다른 하나는 카이자였다.

곧이어 동시에 수십 대의 포크레인과 굴착기 팔이 굉음을 내며 떨어져 나갔다. 운전수들은 한순간에 포크레인 팔을 잃어 당황했다. 중장비들의 라이트는 팔이 떨어져나가 흉물스러운 서로의 모습을 언뜻언뜻 비추었다.

연합국 수상관저

관저 지붕에는 구멍이 뚫려 있었다. 구멍으로 새벽하늘의 별빛이 보였다. 카이자는 거실 소파에 앉아 있었다. 커다란 창문 앞에는 수상의 아내가 장식장에 깔려 있었다. 거실 바닥에는 장식장 안에 있었음직한 물건들이 나뒹굴고 있었다. 관저 밖에는 시체가 즐비했다. 카이자 앞에는 연합국 수상이 잠옷 바람으로 무릎을 꿇은 채 머리를 바닥에 박고 있었다.

"네가 명령했어?"

"무슨 일?"

"비행체를 꺼내는 일 말이야."

"……."

카이자는 갑자기 짐승처럼 괴성을 지르더니 어느새 장식장을 한 손으로 들고 수상 아내의 머리채를 움켜쥐고 꺼냈다. 수상이 기겁을 하고 두 손으로 빌며 대답했다.

"내가 그랬어. 내가."

"왜? 나를 잡으려고?"

"아니. 오해야."

"거짓말하지 마!"

"정말이야. 그건 정말이야. 정말 그건 아니야. 정말이지 그건……."

수상은 고개를 들고 애끓는 목소리로 대답했다. 카이자는 고함을 질렀다.

"고- 개- 숙- 여-!"

수상은 머리를 바닥에 박았다. 수상의 아내는 이미 실신한 상태였다. 카이자는 수상의 아내를 바닥에 내려놓고 소파로 와서 앉았다.

"그럼 왜?"

"세계의 패권을 되찾기 위해서."

"누구에게서?"

"차동희!"

"차동희?"

카이자는 웃음을 터뜨렸다. 한참을 웃다가 갑자기 웃음을 멈추더니 다그치듯 입을 열었다.

"차동희는 이제 아무것도 아니야. 세계의 패권은 내가 가지고 있어. 너는 나에게 도전하려고 하고 있고. 하지만 알아둬. 누구든 비행체를 꺼내서 다시 수리한다고 해도 나를 이기지는 못해."

"이기지 못하는데 비행체를 무서워하는 이유는 뭐냐?"

"누가? 누가 비행체를 겁낸다고 했어?"

"지금 나를 찾아온 걸 보면……."

"겁나는 것은 없어. 나는 세계 최강이야. 네가 내 힘을 알기나 해? 눈곱만큼이라도 이해해? 응?"

"힘은 네가 최고라는 걸 알고 있어. 그건 누구나 인정해. 하지만 네 머리는 그렇지가 않아서 유감이다."

카이자는 버럭 화를 내었다.

"뭐라고? 이놈이 죽기를 작정했나?"

카이자가 벌떡 일어나 주먹을 머리 위로 올렸다. 수상은 아랑곳하지 않고 말을 이었다.

"최고의 힘을 가졌으면 최고의 혜택을 누려야 하지 않나?"

카이자는 화가 치밀어 올랐다. 내리치려는 순간 수상은 주눅들지 않고 말을 이었다.

"네 생활을 되돌아 봐. 도망 다니고, 불쑥 들어가서 달갑지 않은 대우를 받으면서 끼니를 때우고, 지저분하고 낡은 빈집에서 강간으로 욕정을 풀고, 제대로 씻지도 못하고, 대소변도 원하는 곳에서 하지 못하고, 그것이 최고의 힘을 가진 자의 생활이냐?"

카이자는 손은 분노로 떨렸지만 애써 참았다. 그리고 주먹을 내렸다.

"최고의 힘을 가졌으면서 왜 최고의 대우를 받지 못하고 있어?"

카이자는 포기한 듯 낮은 목소리로 중얼거렸다.

"수상, 너 노망이구나?"

"아니! 내가 미친 게 아니라 네가 미쳤다. 미치지 않고서야 그런 힘을 가지고 어떻게 거지 같은 생활을 하느냐 말이다."

카이자는 피식 웃더니 소파에 앉았다.

"아무도 갑옷의 힘을 몰라. 너도 갑옷의 힘을 모르기 때문에 지껄이는 거야."

"나와 협상을 하는 게 어때?"

"협상?"

"그래, 협상. 너를 궁전에서 살도록 해 주겠다. 매일 진수성찬에 네가 원하는 여자는 누구든 불러 주겠다. 여유롭고 우아하게 문화생활을 즐기도록 약속하지."

"우아하게? 문화생활? 흠! 하하! 이봐, 너는 아직 갑옷의 힘이 어떤 것인지 몰라. 갑옷의 힘은 누구의 보호 아래 놓일 수 있는 성질의 것이 아니야."

"갑옷의 힘이 얼마나 강하든 그것은 사람인 너의 통제에 있지 않나. 너의 생각이 결정하는 거야."

"내 생각대로 움직이는 건 맞지만 생각이란 게 생각대로 되지 않거든."

"너는 스스로를 통제하지 못한다는 말이군."

"누구도 통제하지 못해. 그래서 아주 위험하지."

"당신이 마음만 잡아준다면, 국가를 위해서 일하겠다고 한다면, 연합국은 세계를 호령할 절호의 기회를 잡게 된다."

"나는 협상하지 않는다."

"이 기회를 놓치면 분명 후회할 거다."

"이제는 협박까지 하는군. 정치 하는 놈들은 이래서 구역질 나."

카이자는 못 참겠다는 듯 벌떡 일어서더니 수상의 멱살을 잡고 번쩍 들어 올렸다. 수상의 발은 땅에 닿지 못했다.

"목이 날아가고도 주둥이를 놀리나 보자."

수상은 목이 조여와서 숨을 쉬기가 힘들었다.

"컥- 컥- 하아- 하아- 살려줘. 네가 모르는 비밀이 있어."

한국 지하 보물 창고

"동희야. 갑옷이 완성되었다고 연락이 왔어."

배면수가 일렀다. 동희는 승오에게 갑옷을 가져오라고 부탁했다.

연합국 수상 관저

"죽는 건 겁이 나는 모양이군. 이제는 비밀이 있다고 하네."

수상의 뇌리에는 군인들이 착용할 갑옷이 제작되고 있다는 사실이 스쳐 지나갔다. 그리고 조금만 더 있으면 그들이 카이자를 제압하리라 생각했다. 그러나 지금 자신이 죽어버리면 아무런 의미가 없었다. 그렇다고 살기 위해서 비밀을 털어 놓으면 카이자가 지하 실험실을 가만두지 않을 것이므로 이러지도 저러지도 못했다.

수상은 카이자가 비밀이 무엇이냐고 캐물으면 뭐라고 대답해야 할까 고민했다. 그러나 고민은 기우였다. 애당초 고민할 필요가 없었다. 그것은 수상의 생에 마지막 생각이었다. 카이자는 손으로 수상의 목을 잘라버렸다.

"처음부터 말투가 마음에 안 들었어."

창밖. 어둠 속에서 공격하지 못하고 있던 경호부대와 군인들은 그제서야 발포를 시작했다. 관저 지붕에 구멍이 하나 더 뚫리고 카이자는 사라졌다.

한국 지하 보물 창고

이기철 대통령에게 연락이 왔다.

"아직 반응이 없나?"

동희가 대답했다.

"네. 내부 기기 고장인 것 같습니다."

옆에 있던 배면수가 알렸다.

"연합국에서 조금 전에 비행체를 수거하려는 시도가 있었습니다."

"그래?"

"불행인지 다행인지 카이자가 저지했습니다."

"비행체가 묻혔다는 소식이 전해지면 미국이 기회 삼아 우리를 공격할지 몰라."

동희가 대답했다.

"신물질 원통과 가이아가 있어서 크게 걱정하지 않으셔도 됩니다."

"카이자가 보물 창고를 공격해 온다면?"

동희는 얼굴이 굳었다. 동희는 이기철 대통령에게 물었다.

"연합국과는 여전히 연락이 되지 않습니까?"

그때 가이아를 지켜보고 있던 배면수가 알렸다.

"연합국 수상이 살해당했어요."

그 시각, 밖에서는 헬기 한 대가 지하 보물 창고 격납고로 들어왔다. 헬기에는 승오가 타고 있었다. 승오는 갑옷이 든 상자를 내렸다. 부피는 컸지만 무게는 상자 무게뿐이었다. 승오가 상자를 내려놓자 헬기는 격납고에서 빠져나갔다. 승오는 동희와 배면수를 불렀다.

동희와 배면수, 김승오는 격납고에 모였다. 그들 앞에는 길쭉하게 생긴 상자가 하나 있었다. 동희가 조심스레 상자를 열자 회색빛 신물질로 만들어진 동희의 갑옷이 모습을 드러냈다. 갑옷은 사람 모양으로 조립되어 있었다. 셋 모두 긴장된 눈빛이었다.

"꺼낼까요?"

승오의 질문에 동희는 대답 없이 갑옷을 집어 들었다. 새털처럼 가벼웠다. 동희는 갑옷을 내려놓고 옷을 벗었다. 그리고 발부터 차례로 갑옷을 착용했다. 승오와 배면수가 도와주었다.

동희는 행여 어느 일부분이라도 맞지 않는 곳이나 잘못 만들어진 곳이 있지 않을까 조마조마했다. 셋 모두 갑옷을 체결하는 데 서툴렀다. 팔과 가슴, 어깨까지 입고 나니 조금 어색한 기분이 들었다. 마지막으로 승오는 헬멧을 동희에게 전해주었다. 동희는 앞이 터져 있는 헬멧을 받아 들었다. 헬멧을 쓰려는 순간 가이아가 신호를 보냈다.

"연합국에서 카이자의 행동으로 보이는 연쇄 살인이 일어나고 있습니다."

동희는 황급히 헬멧을 내렸다. 셋 모두 보물 창고로 뛰어갔다.

"연쇄 살인? 몇 명이나?"

배면수의 물음에 가이아가 대답했다.

"수상 살해 이후 연합국 국가 상황실 집계에 따르면 현재 35명입니다."

동희가 답답하다는 듯 물었다.

"무슨 영문이야? 자세히 좀 알아 봐. 왜 누구를 죽인다는 거지?"

"연합국 장관들입니다. 사망자가 계속 늘어나고 있습니다."

화면에 사망자 명단이 나타났다. 연합국 장관과 비서, 보좌관 가족, 차관……. 지켜보고 있는 가운데 숫자는 계속 불어났다. 어이가 없다는 듯 배면수가 중얼거렸다.

"벌써 40명이 넘었어. 몇 명이나 죽이려고 하는 거지?"

사망자 명단은 멈추지 않았다.

"이번엔 국회의원이야. 국가 기능을 마비시키려는 거야."

셋은 말이 없었다. 침묵 속에서 사망자의 숫자가 기하급수적으로 늘어나는 것을 멍청하게 보고 있었다. 화면에는 나타난 사망자 수는 금세 50명이 넘었다. 끝이 보이지 않는 살인. 어색한 침묵을 깬 건 승오였다.

"카이자가 단단히 화난 것 같은데요. 이대로 가다간 아침 해가 뜨기 전에 연합국 지도층은 씨가 말라버리겠어요."

배면수가 대답했다.

"어떻게 해? 손을 쓸 방법이……. 이번에는 군 장성이야. 어! 또다시 장, 차관."

"살인마야!"

승오가 중얼거렸다. 연합국은 지도층에 비상망을 가동시켜 대피 명령을 내렸지만 사망자는 끊이지 않았다. 카이자가 그들을 어떻게 찾아내는지 알 길이 없었다. 상황실로 사망 신고가 끊임없이 접수되었다. 가이아의 중앙 화면에는 사망자 명단이 꼬리를 물며 끊이지 않고 계속 이어졌다. 배면수는 연신 한숨을 내쉬었다.

"100명이 넘었어."

"시간이 얼마나 됐죠?"

"지켜본 지 10분쯤……."

동희는 무기력했다. 몸은 천근만근 무거워져 땅 아래로 쑥 꺼져버릴 듯했다. 동희의 안색을 살핀 승오가 걱정스러운 듯 물었다.

"형, 괜찮아?"

동희는 말없이 고개를 끄덕였다. 세상에서 가장 커다란 근심을 떠안은 사람의 얼굴이었다. 승오는 가만 동희의 손을 잡았다.

"안 되겠어."

동희의 말에 배면수가 물었다.

"무슨 좋은 수라도 있어?"

"제가 갑옷을 테스트해 봐야겠어요."

"그래, 형! 지금은 그 방법밖에 없어."

배면수도 동희의 생각에 동의했다.

"돌아가는 게 가장 빠른 길이야. 갑옷을 알아야 대책을 세울 수 있을 거니까."

"갑옷 안에 있는 장치들 점검해 주세요."

"알았어."

동희는 격납고로 내려갔다.

동희의 질문에 배면수가 점검했다.

"저항 제거 장치!"

"이상 무."

"위치 추적 장치, 통신 장치!"

"이상 무."

"산소 캡슐!"

"이상 무."

"화면 전달!"

"이상 무."

동희는 크게 숨을 몰아 쉬었다. 그리고 약속과 다르게 헬멧을 썼다. 순간 동희는 육체가 모두 사라져 버린 듯했다. 일체의 무감. 육신의 질곡을 벗어 던진 동희는 동희 자신에 대한 존재감이 희석되는 것 같았다. 자신의 육체가 사라진 듯한 느낌은 자신의 정신적 존재감 또한 흐리게 만들었으며, 그럴수록 생각을 또렷하게 하기 위해서 애썼다. 동희는 터벅터벅 걸어서 격납고 출입문을 향했다. 가이아 앞에 있던 배면수가 승오에게 지시했다.

"동희 쟤 뭐 하는 거야? 승오야, 가서 동희 말려."

동희는 격납고 문 옆에 있는 수동 레버를 조작했다. 천천히 격납고 문이 열렸다. 배면수가 스피커로 소리쳤다.

"동희야, 뭐 해! 그만둬!"

헐레벌떡 뛰어온 승오가 동희의 어깨를 잡았다.

"형!"

배면수가 조작하자 격납고 문이 닫혔다. 동희는 가이아에게 명령했다.

"가이아! 격납고 문 열어!"

격납고 문이 다시 열렸다. 찬 공기가 격납고 안으로 밀려 들어왔다. 동희의 눈앞에는 숲과 창공이 펼쳐졌다.

"괜찮아 어차피 한 번은 겪어야 하는 거야."

동희는 승오의 어깨에 놓인 팔을 내렸다.

"실험은 국방과학연구소에서 하기로 했잖아요."

"어차피 처음이 아니야."

그러곤 동희는 승오를 밀치고 몸을 틀어 절벽으로 뛰어내렸다. 동희는 무엇인가에 홀린 듯 이성적 생각보다는 막연한 기대와 믿음에 몸을 맡겼다. 동희는 추락하고 있었지만 자신의 자중을 느끼지 못했다. 자신은 가만히 고정되어 있고 세상이 움직이는 것 같았다.

창공과 지평선이 위로 올라갔다. 젖은 바위 절벽이 나타났다. 동희는 거꾸로 떨어지고 있었다. 동희는 이 다음에 일어날 일을 알고 있었다. 그대로 있다면 폭포수 아래 웅덩이에 빠질 것이 뻔했다. 그러나 이번에는 폭탄이 터졌을 때와는 달랐다. 동희는 의식했다.

'나는 날 수 있다.'

그러자 동희의 추락 속도가 점점 줄어들더니 절벽이 고정되었다. 절벽 틈에 나 있는 이끼들이 보였다. 갑옷이 아니라면 평생 보지 못했을 이끼였다. 동희는 가슴이 뛰었다. 동희는 의식하여 공중에서 몸을 돌려 똑바로 섰다. 그리고 꼿꼿이 선 자세로 물 웅덩이를 지나 숲 위로 천천히 날아갔다. 마치 걷는 듯 느린 속도였다.

승오는 동희의 뒷모습을 바라보고 입을 다물지 못했다. 배면수는 천리안이 전해오는 영상으로 동희의 모습을 보고 있었다.

동희는 숲 위를 천천히 날았다. 발 아래로 나무들이 지나갔다. 얼마 지나지 않아 산이 보였다. 동희는 고도를 높여 계곡을 따라 날았다. 좁은 계곡의 한가운데를 지나가며 아래로는 개울과 옆으로는 손에 잡힐 듯 가까운 나무들을 스쳐 지나갔다. 고도를 높이자 한 폭의 그림 같은 산등성이가 눈앞에 펼쳐졌다. 그리고 어느새 구름이 손에 닿을 듯 가까이 다가왔다. 동희는 자신도 모르게 속도를 줄였다. 승오는 출입문을 닫고 가이아가 있는 보물 창고로 달려갔다.

"면수 형! 어때요?"

"모니터를 봐! 동희가 보고 있는 모습이야."

모니터에는 푸른 하늘과 구름이 보였다. 구름은 탐스러운 포도송이처럼 뭉게뭉게 하늘을 향해 피어올라 있었다. 솜털보다 눈부신 순백의 구름들은 지상에서 상상했던 것보다 더 컸다. 몇몇은 기둥처럼 하늘 위로 불뚝 솟아올라 있었다. 아래서는 볼 수도 없었을 뿐 아니라 짐작조차 하지 못했던 광경이 끝없이 펼쳐져 있었다.

동희는 구름과 구름 사이로 날았다. 어느덧 구름이 잦아지더니 아래는 바다였다. 아래도 위도 모두 푸르렀다. 어디가 하늘인지 어디가 바다인지 분간하기 힘들었다. 동희의 비행에는 목적이 없었다. 언제부터였는지 목은 한껏 뒤로 젖혀져 있었다. 느린 비행은 풍경에 취해 흐느적거리게 만드는 술과 같았다.

배면수와 승오 역시 화면을 통해서 풍경을 즐기고 있었다. 동희는 신체의, 아니 물리적인 무한한 해방감을 느꼈다. 반쯤 감긴 눈을 하고 비행하던 동희는 갑자기 눈을 부릅떴다. 그리고 사라져 버렸다. 가이아의 화면에는 신호가 잡히지 않았다. 배면수와 승오는 당황했다.

승오가 배면수에게 물었다.

"어떻게 된 거죠?"

"모르겠어. 속도가 너무 빨라서 신호가 안 잡혀."

배면수가 애타게 동희를 불렀지만 회신이 없었다.

"동희야! 괜찮니? 내 말 들려? 응? 대답해 봐!"

한국 전 대통령 사택

천둥소리와 함께 집이 흔들렸다. 소리가 너무 커서 모두 귀를 막고 바닥으로 몸을 낮추었다. 집 외벽을 뚫고, 비스듬히 방 안쪽 벽을 뚫고, 거실의 모서리를 뚫고, 어항을 관통해서 곧장 서재 벽을 뚫고 나타난 것은 차동희였다. 동희의 눈에는 비아냥거리던 전 대통령의 얼굴이 지나갔다.

서재에 나타난 동희는 곧장 왼손을 뻗어 의자에 앉아 있던 전 대통령의 멱살을 잡아 일으켰다. 오른쪽 주먹은 이미 머리 위로 올라가 있었다. 동희를 애타게 부르던 배면수와 승오의 눈앞 화면에 전 대통령의 얼굴이 나타난 것도 그때였다. 배면수가 소리쳤다.

"동희야! 뭐 하는 거야?"

동희의 시선은 정확하게 전 대통령의 인중에 쏠려 있었다. 자신을 다그치고 소리쳤던 장면이 머리를 스쳤다. 그리고 주먹이 그 인중을 뚫고 들어가고 피가 분출되는 모습이 떠올랐다.

그때 언제 들어왔는지 경호원이 동희의 오른팔을 잡았다. 동희는 놀라지도 주저하지도 않고 단지 귀찮은 듯 가볍게 팔을 뿌리쳤다. 경호원은 바닥으로 나가 떨어졌다. 동희는 재차 주먹을 들었다.

대통령 인중에 다른 얼굴이 잡힌 것이 그때였다. 동희의 눈앞에 대통령의 일곱 살 손녀의 얼굴이 들어왔다. 손녀가 동희와 대통령 사이로 들어와서 동희를 밀고 있었다. 배면수가 재차 소리쳤다.

"동희야! 정신 차려! 왜 거기 있어?"

승오도 목청껏 동희를 불렀다.

"형!"

동희는 그제서야 정신이 들었다. 손녀는 눈을 질끈 감은 채로 동희의 가슴을 밀고 있었다.

"우리 할아버지야. 우리 할아버지."

동희는 자신의 오른 주먹이 귀 옆에 있는 것을 알았다. 가격할 태세였다. 겁에 질린 손녀의 얼굴은 본 동희는 자신의 행동에 놀라서 얼어붙은 듯 꼼짝하지 못했다. 동희는 숨을 내쉬었다. 애타게 부르는 배면수와 승오 목소리가 들렸다.

동희는 대통령을 내려 놓았다. 동희는 엉거주춤 뒤를 돌아보았다. 자신이 뚫어 놓은 벽들이 보였다. 어항이 깨지면서 튀어나온 물고기들은 바닥에서 퍼덕거리고 있었다. 믿기지 않는 광경이었다.

손녀는 놀라서 흰 치마와 바닥에 오줌을 흥건히 쌌다. 대통령과 경호원은 이미 실신해 있었다. 손녀는 울음을 터뜨렸다. 서재는 엉망이었다. 구멍이 난 벽으로 겨울바람이 세차게 몰아쳤다. 동희는 한 발 두

발 뒷걸음질쳤다. 자신이 한 짓이 도무지 믿기지 않았다. 동희는 주방을 나가 문을 열고 밖으로 뛰쳐나왔다.

　동희는 마당에 무릎을 꿇고 두 손으로 헬멧을 벗었다. 얼굴에 찬바람이 닿았다. 동희는 동공이 풀려 있었다. 자신이 저지르려 했던 행동을 도무지 이해할 수 없었다. 손녀가 없었더라면, 배면수와 승오가 없었더라면, 동희는 전 대통령으로 죽이고도 남았을 것이었다. 헬멧에서 배면수의 말소리가 들렸다.

　"동희야! 대답해, 제발!"

　그제서야 동희는 힘없이 응답했다.

　"들려요."

　"어떻게 된 거야? 위치가 전 대통령 집이야."

　"어떻게 된 거죠?"

　"너 지금 정상이 아니야. 빨리 기지로 돌아와."

　한국 지하보물 창고

　"이제 알 것 같아요. 카이자가 저렇게 날뛰는 이유를."

　헬멧을 벗은 동희는 고백하듯 이야기했다. 배면수가 물었다.

　"도대체 왜 그런 거야?"

　"이걸 입으니까 생각대로 움직여요."

　승오가 물었다.

　"사람은 누구나 생각대로 움직이잖아요."

　"아니, 그렇지 않아. 생각만 하고 행동으로 옮기지 못하는 일이 더 많아. 행동으로 옮겨서는 안 되는 생각도 많고……."

　배면수가 혹시나 하는 표정으로 물었다.

　"그럼 전 대통령에게 갔던 것도……."

　동희는 마치 간증하듯 떨리는 목소리로 대답했다.

　"잠재의식 속에 내가 죽이려 했던 것 같아요."

배면수는 믿지 못하겠다는 듯 말했다.

"생각이란 게…… 산 날씨처럼 오락가락하는데 그것을 모두 현실화시킨단 말이야? 순간적으로 화가 나서 때리고 싶거나, 해를 입히고 싶거나, 또 죽이고 싶을 때……."

동희는 고개를 끄덕였다. 배면수는 안색이 굳어졌다.

"게다가 갑옷은 생각의 제약 자체를 없애는 것 같아요."

"무슨 말이죠?"

승오가 물었다.

"사회성을 위해서 억누른 본능까지 드러나."

동희의 대답에 배면수가 물었다.

"그런 행동의 제약이 모두 풀릴 수도 있다는 말이야?"

"그러면 안 된다는 생각조차 없어져요."

가이아가 신호를 보냈다.

"사망자 500명 돌파."

셋 모두 화면으로 시선을 돌렸다. 숫자는 멈춤이 없었다. 숫자가 하나씩 올라갈 때마다 동희의 가슴에는 검고, 딱딱하고, 무거운 벽돌이 한 장씩 얹혀지는 것 같았다. 동희가 중얼거렸다.

"카이자를 막아야 해요."

"방법이 없어."

배면수가 난감하다는 듯 대답하자 불길한 적막이 감돌았다. 동희가 나섰다.

"제가 가야겠어요."

배면수가 당황하며 물었다.

"가서 뭘 어떻게 하자는 거야? 저놈하고 싸우기라도 한단 말이야?"

"네."

배면수는 쓴웃음을 지었다. 승오가 말렸다.

"싸움은 경험이 중요해요. 지금은 무리예요. 상대는 펜싱 국가 대표 상비군입니다."

"이대로 있다간 연합국이 무정부 상태가 될 거야."

동희가 헬멧을 쓰려고 했으나 승오가 헬멧을 붙잡고 있었다.

"놔."

"어쩌려고요."

배면수가 오랜만에 형처럼 진지하게 무게를 잡았다.

"동희야, 괜한 생각하지 마."

"카이자는 살인마귀가 됩니다. 이대로 두면!"

"어쩔 수 없어. 대통령님도 알고 계시니까 곧 연락이 올 거야."

동희는 얼굴이 붉어졌다. 그리고 체념하듯 고개를 떨구고는 팔에 힘을 뺐다. 승오가 위로했다.

"그래, 형! 잘 생각했어."

가이아가 이기철 대통령에게 연락이 왔다는 신호를 보냈다.

"동희가 전 대통령 집에 침입했다면서? 도대체 어떻게 된 거야?"

화면에 나타난 대통령은 잠시 전에 있었던 일에 흥분해 있었다.

"동희가 갑옷을 입었는데 그렇게 되었습니다."

"갑옷을 입어 봤다는 말이야."

"네."

"그렇게 되었다는 말은 뭔가?"

"신물질 갑옷은 생각보다 위험합니다. 제어가 쉽지 않을 것 같습니다."

"갑옷을 여러 벌 만들 계획인데, 대상을 누구로 선발하는 게 좋은지 알아야 돼. 그쪽에서 시험해 보고 자료를 줘야 돼."

"네."

"시간이 없어. 카이자가 언제 공격해 올지 몰라."

"네, 서두르죠."

"그런데 동희는 어디 갔나?"

배면수와 승오는 황급히 뒤를 돌아봤다. 승오가 격납고 화면을 보았다. 문이 열리고 있었다. 그 앞에는 동희가 갑옷을 입고 서 있었다. 승오가 뛰었다. 배면수가 통신 장치를 연결했다.

"동희야, 뭐 해?"

승오가 급하게 뛰어갔으나 동희는 이미 없었다.

동희는 두 눈을 의도적으로 크게 떴다. 주위가 너무 빠르게 지나간다고 생각하자 속도가 줄어들었다. 느리다고 생각하자 속도가 빨라졌다. 동희는 한번도 연합국에 가본 적이 없었다. 어느 방향으로 얼마나 나아가야 하는지 전혀 알 수 없었다. 그러나 그는 이미 날고 있었다. 그것도 엄청난 속도로.

동희는 연합국 제2 도시를 떠올리고 있을 뿐이었다. 그리고 몸이 그곳으로 맹렬히 날고 있다는 확신을 가지고 있었다. 동희는 더욱 장면에 집중했다. 그러자 이번에는 그곳의 모습이 깜빡깜빡 나타났다 사라졌다. 동희는 놀라서 팔과 다리를 휘저으며 공중에 멈추었다. 동희는 사방을 둘러보았다. 바다 위였다. 배면수가 물었다.

"어디로 가는 거야? 돌아와! 빨리!"

"그곳이 보였어요."

"그곳이라니?"

"연합국 제2 도시!"

"아직 반도 못 갔어. 돌아와!"

동희는 정신을 집중했다. 이른 새벽녘의 연합국 제2 도시. 상공에서 내려다보는 풍경이 눈앞에 나타났다. 동희는 뛰는 가슴을 가다듬고 날았다. 속도가 더 빨라졌다. 구름들이 순식간에 동희를 지나쳤다. 동희는 가속을 하든 감속을 하든 몸의 자중을 전혀 느끼지 못했다.

10여 초가 지났을까, 육지가 눈에 들어왔다. 그리고 좀 전에 보았던 연합국 제2 도시의 풍경이 눈에 들어왔다. 수천 km 밖에서 보았던 것과 똑같은 장면이었다. 동희는 그 자리에 멈췄다. 동희는 놀랐다.

'원거리에 있는 것을 보았어. 보고 싶다는 생각만으로.'

동희는 빌딩 숲 사이로 천천히 날아 비행체가 묻혀 있는 장소로 접근했다. 전투로 도로는 끊겼고, 완전히 쓰러진 빌딩부터 쓰러지다 옆 빌딩에 기대어 있는 빌딩, 기울어진 빌딩. 도로와 건물에는 부서진 광고판이 어지럽게 널려 있었고, 현장 근처에는 팔이 부러진 중장비들이 흩어져 있었다. 탱크와 군인들도 철수해서 인적을 찾아볼 수가 없었다. 그곳은 완전한 폐허였다. 어스름한 새벽의 끝자락이 자취를 감추고 한기를 품은 푸른 빛이 도시를 가득 채우고 있었다.

연합국 해군 총사령관 공관

사령관은 비상 연락을 받고 대피하기 위해서 옷을 입고 있었다. 밖에는 참모진과 비서들이 기다리고 있었다. 무장 군인들이 공관을 수겹으로 둘러싸고 있었다. 공관 앞 높은 곳에 물탱크가 있었다. 소방용수를 담는 곳이었다.

카이자는 물탱크 위에 앉아서 창을 통해 분주히 옷을 입고 있는 사령관을 물끄러미 쳐다보고 있었다. 짤막한 키에 반쯤 벗겨진 머리, 툭 튀어 나온 배, 무뚝뚝한 얼굴, 심술 맞은 입술. 카이자는 자신도 모르게 피식 웃었다.

사령관이 복장을 정제하고 참모진과 비서에 둘러싸여 현관문을 나섰다. 마당에는 푸른 잔디가 싱싱하게 자라 있었고, 입구까지 평석이 깔려 있었다. 사령관이 현관문을 나서자마자 10여 명의 경호원이 사령관 일행 주위를 에워쌌다.

카이자는 자리에서 천천히 일어섰다. 아무도 카이자를 보지 못했다. 누구도 하늘을 향해 시선을 옮길 만큼 여유롭지 못했다. 카이자는 물탱크 위에서 곧장 사령관 앞으로 날아갔다. 카이자는 왼손으로 손날을 만들어 발이 땅에 닿기 전에 사령관의 심장을 찔렀다. 카이자의 손날은 사령관의 갈비뼈를 뚫고 들어갔다. 손끝은 정확히 사령관의 심장을 관통했다. 사령관은 물론 주위의 참모진과 비서, 경호원 모두 꼼짝하지 못했다. 반사 행동을 보여줄 시간조차 허락되지 않았다.

카이자는 발을 땅에 내려놓은 후 찔렀던 손을 빼냈다. 그제서야 사령관의 가슴에서는 피가 용솟음치기 시작했다. 참모진과 비서와 경호원들은 제각각 허리에서 또는 겉옷 속 겨드랑이에서 총을 빼내려 했다. 카이자는 사령관을 중심으로 몸을 회전시키며 주위를 돌았다. 양 손날을 휘두르며. 손날은 정확하게 20여 명의 참모진과 비서, 경호원들의 목을 지나갔다. 목이 달아난 줄도 모르고 계속 총을 뽑으려 바지춤을 더듬는 손이 있는가 하면, 몇몇은 고목이 쓰러지듯 넘어졌다. 누구도 방아쇠를 당기지 못했다.

사방으로 20여 개의 머리가 떨어져 돌처럼 굴러 다녔다. 일대 푸른 잔디는 한순간에 붉은 피로 물들었다. 마치 붉은 피 비가 내리는 듯했다. 사령관은 가슴을 움켜쥔 채 뒤로 쓰러졌다. 피는 움켜쥔 손가락 틈으로 여전히 뿜어져 나오고 있었다. 사령관의 몸은 펄떡거렸다. 의식이 있는지 없는지 알 수 없었다. 그때까지 의식이 남아 있다면 엄청난 고통을 겪으리라 짐작할 뿐이었다. 카이자는 손을 보았다. 핏자국 사이로 보이는 신물질의 투박한 은빛은 언제 보아도 매력적인 빛깔이었다. 카이자는 하늘로 솟구쳤다.

담을 세 겹으로 둘러싼 무장 군인들은 담 안에서 무슨 일이 일어났는지 알지 못했다. 그들이 지키려는 사령관이 이미 숨을 거두었다는 사실도, 참모진과 비서들이 모두 목이 잘려 죽었다는 사실도 알지 못한 채 경계에 열중하고 있었다. 사령관을 기다리던 차량 운전병은 사령관과 일행이 곧 나올 것처럼 차 앞에서 부동자세로 서 있었다. 카이자는 공군 사령관 처소를 향해 날아가려다 불길한 느낌에 이동을 멈췄다.

연합국 제2 도시 진압지

"거기야, 동희야."

"알고 있어요. 느낌이 와요."

동희는 비행체와 미사일의 위치를 찾아내고 싶다는 의지만으로 비행체와 미사일이 어디쯤에 있는지 짐작할 수 있었다. 그것은 영상도, 소리도, 냄새도 아니었다. 단지 느낌이었다. 그러나 막연하지 않았다. 동희는 심호흡을 했다. 그리고 10여 미터쯤 날아 올랐다. 그대로 땅을 파고 들어가려던 참이었다. 그때 천리안으로 지켜보던 승오 목소리가 들렸다.

"형, 조심해!"

동희는 뒤를 돌아보았다. 먼발치에서 카이자가 동희를 쳐다보고 있었다. 배면수와 승오가 천리안으로 둘의 모습을 지켜봤다. 황폐화된 도시 기울어진 빌딩 틈 사이에 두 사람이 공중에 그림처럼 꼼짝없이 마주 보고 있었다. 배면수와 승오는 숨을 죽였다. 동희는 카이자가 어떻게 나올까 궁금했다.

'무슨 말을 어떻게 시작해야 하나? (너는 누구냐?) 이대로 있어야 하나.'

동희는 생각의 중간에 자신의 생각이 아닌 다른 생각이 끼었음을 알아차렸다. 의도하지 않은 다른 생각은 자신과 목소리가 달랐다. 아니 구체적인 소리가 아니었다.

'이건 무슨 일이지? (네가 차동희냐?) 이건 어디에서 나는 소리야? 도대체 왜 이런 소리가 들리지? 아니, 왜 이런 생각이 나지?'

그때 카이자가 입을 열었다.

"네가 차동희냐?"

카이자의 목소리는 매우 작아서 그 거리에서 소리를 분간하기가 힘들었음에도 동희는 가까이서 말하는 것처럼 생생하게 들렸다. 그리고 그 목소리는 생각의 중간에 끼어든 낯선 그것과 비슷한 느낌이었다.

동희는 속으로 대답했다.

'그래, 내가 차동희다.'

잠시 후 동희의 머리에는 카이자의 생각이 들어왔다.

(이건 뭐야. 너도 듣고 있는 거야? 어찌 된 일이지?)

동희는 카이자를 떠올리며 생각했다.

'너도 내 생각이 들리는 거군.'

그러자 다시 카이자의 생각이 전해졌다.

(신기하군.)

동희는 생소한 현상에 걱정이 앞섰다. 모든 생각들이 상호 교류되는 것은 아닐까? 혹 그렇다면 감출 수 있는 것이 아무것도 없었다. 카이자의 생각이 동희에게 전달되었다.

(네가 입고 있는 갑옷도 신물질로 만든 거지?)

동희 역시 생각으로 대답했다.

'그렇다.'

동희는 모든 생각이 전달된다는 생각이 기우였음을 알았다. 그것의 정체는 텔레파시(정신감응: 언어, 소리, 영상, 느낌 등의 이미지를 전달하는 능력)였다. 왜, 어떻게, 이런 현상이 일어나는지 또 가능한지는 알 수 없었다. 하지만 몇 번의 텔레파시를 주고 받는 동안 동희는 의사를 전달할 때의 느낌과 그냥 생각하는 느낌 간의 차이를 구분했다. 입을 열어 소리를 내지 않을 뿐 확실히 자신의 생각을 전달하고자 하는 의지가 실렸을 때만 전해졌다. 텔레파시는 목소리를 통해 나오는 말소리가 지닌 감정의 표현이 그대로 살아 있었다. 그것은 내 머릿속에서 내 생각 이외에 들리는 타인의 생각이었다. 마치 자기 목소리만 들을 수 있는 귀를 가진 사람이 다른 사람의 목소리를 처음 듣는 것 같은 생소함이었다.

카이자의 텔레파시가 왔다.

(역시 차동희군. 벌써 갑옷까지 만들었다니 말이야. 그런데 이런 누

추한 곳까지 어쩐 일이신가?)

동희는 대답하지 않았다.

다시 카이자의 텔레파시가 왔다.

(혹시 비행체를 가지러 오신 건가?)

느낌이 비꼬는 듯했다. 차동희가 텔레파시를 통해 느낀 카이자의 생각은 단호하고 거칠 것이 없으며, 간결했다.

카이자가 텔레파시를 보냈다.

(비행체가 있으면 나를 이길 수 있다고 생각하나?)

동희는 대답이 없었다.

(너는 머리가 복잡한 놈이군. 그렇게 느껴져.)

동희가 카이자의 생각을 느끼듯 카이자 역시 동희의 생각을 느끼는 듯 했다.

동희는 텔레파시를 보냈다.

(왜 사람들을 죽이지?)

(꼴 보기 싫어서.)

(왜 꼴 보기가 싫어?)

(나를 인정하지 않았어.)

(사람을 죽이는 건 옳지 않아.)

(시끄러운 놈이군. 그렇지 않아도 이쪽 일이 정리되면 너를 찾아가려 했는데 네 발로 찾아왔구나.)

(왜 나를 찾으려 했지?)

(죽이려고.)

(왜?)

(같은 하늘 아래 절대자가 둘일 수는 없잖아.)

동희는 긴장했다. 카이자가 언제 공격을 시작할지 모르는 긴박한 상황임을 직감했다. 동희와 달리 카이자는 느긋했다. 카이자는 동희와 싸워보지 않았지만 왠지 모를 자신감에 충만해 있었다.

(갑옷을 평화적으로 쓸 의향은 없나?)

(평화적? 웃기는군. 그 따위 철없는 소리를 하다니!)

마지막 텔레파시와 동시에 카이자는 사라졌다. 카이자는 곧장 동희를 향해 날아와서 발로 동희의 가슴을 찼다. 연합국 제2 도시의 아침을 깨우는 굉음이 울렸다. 동희는 카이자가 날아온다고 인지했지만 그때는 이미 공격을 당한 후였다. 동희는 튕겨나가 먼지를 자욱이 일으키며 그대로 땅에 박혔다.

'이 고통은 뭐지?'

카이자는 날아와서 땅속에 1m쯤 박혀 있는 동희를 덮쳤다.

(어때. 고통이 느껴지나?)

카이자는 주먹으로 동희의 얼굴을 가격했다. 신물질과 신물질이 부딪히는 날카로운 굉음이 울렸다. 왼 주먹, 오른 주먹 번갈아 가며 휘둘렀다. 주먹으로 내리치는 속도는 인간의 한계와는 무관한 것이었다. 동희는 정신이 없었다. 머릿속에서 한꺼번에 많은 질문들이 쏟아졌다.

'이 고통은 뭐지?'

카이자가 휘두르는 주먹의 속도는 인간이 할 수 있는 일이 아니다. 저 속도면 근육이 파열되어야 하는데……. 불가능한 일이 벌어지고 있다.

'이렇게 맞고 있다가 죽는 것은 아닌가? 몸에 이상이 생기지는 않을까? 나는 어떻게 해야 하는가? 어떻게 싸우는 거지?'

많은 질문들이 떠올랐지만 어느 하나에도 대답할 수 없었다. 수차례 가격하던 카이자는 공격을 멈추고 두 손으로 동희의 목을 잡고는 얼굴을 들이밀었다. 동희와 카이자는 처음으로 눈을 마주쳤다. 동희의 눈은 공포와 고통으로 동공이 반쯤 풀려 있는 반면 카이자의 눈은 살아서 꿈틀거렸으며 잡아먹을 듯이 동희의 눈을 노려보았다. 카이자는 정신을 차리지 못하고 있는 동희에게 뜻하지 않는 질문을 던졌다.

(너는 첫 비행에서 누구를 죽였지?)

동희는 카이자의 텔레파시를 받고 깜짝 놀랐다. 앞서 머릿속에서 생겨났던 복잡한 생각들이 한꺼번에 싹 날아가 버렸다.

(누구를 죽였냐고?)

동희는 텔레파시를 보냈다.

(아무도 죽이지 않았다.)

(거짓말.)

카이자는 다시 동희의 얼굴을 가격했다. 망치질 소리가 귓가에 어른거렸다. 또다시 고통이 질문과 함께 밀려왔다.

'첫 비행에 뭔가가 숨어 있나?'

동희는 괴로웠다. 고통도 고통이었지만 도무지 확신이란 없었다. 질문들은 안팎에서 쏟아졌지만 어느 하나 대답을 찾을 수 없는 것들뿐이었다. 그러나 카이자는 명확하고 단호했다. 주먹질을 하던 카이자는 성이 차지 않는지 동희의 머리를 잡고 땅 위로 올라왔다. 한 손으로 동희의 목을 잡고 하늘로 쳐들었다. 동희는 인형처럼 축 늘어져 있었다. 카이자가 다그쳐 물었다. 이번에는 육성이었다.

"너는 누구를 죽였어?"

동희는 힘들게 고개를 들었다. 그리고 들릴 듯 말 듯 약한 목소리로 대답했다.

"아무도 죽이지 않았어."

카이자는 못 믿겠다는 듯 고개를 좌우로 두어 번 가로젓더니 말을 이었다.

"어떻게 그럴 수 있지?"

"난 친구들이 있어."

카이자는 고함을 지르며 주먹으로 동희의 가슴을 후려쳤다.

"죽어! 다 죽여 주겠어."

동희는 가슴을 맞고 대각선으로 곧장 날아가 쓰러진 빌딩에 박혀 들어갔다. 맞을 때마다 심한 고통이 전해졌다. 동희를 괴롭히는 많은 질문과 생각들 속에 한 가지 변하지 않는 의지가 있었다. 그것은 살아야 한다는 생존 의지였다. 동희는 엄청난 고통 속에서도 정신을 놓지 않았다. 다급한 배면수 목소리 들렸다. 언제부터 소리치고 있었는지 알 수 없었다.

"도망쳐! 동희야! 내 말 들려? 도망쳐! 도망쳐……."

동희는 빌딩 속 벽에 엉덩이와 허리가 박혀 있었다. 몸을 빼내려 팔로 벽을 밀려고 했지만 힘이 없었다. 동희는 의아했다. 카이자의 가격을 당할 때 느낀 고통이야 그렇다손 치더라도 전 대통령의 집을 뚫고 들어갈 때는 아무런 고통을 느끼지 못했는데 카이자에게 맞고 튕겨서 땅과 부딪히거나 건물 벽을 뚫을 때는 고통이 뒤따랐다. 왜 그럴까? 동희는 뭐가 뭔지, 어떻게 돌아가고 있는지, 갑옷 속에 자신의 육신이 어떻게 되었는지 혼란스러울 뿐이었다.

빌딩 벽이 뚫리는 소리가 들리더니 눈앞에 카이자가 나타났다. 자욱한 먼지로 형상만 어렴풋이 보였다. 동희는 피하기는커녕 숨을 쉬기조차 힘들었다. 카이자는 날아서 두발로 동희를 찼다. 그 속도와 파괴력은 항상 동희의 상상을 저만큼 뛰어넘었다. 동희는 카이자의 발차기에 뒤로 튕겨 남아 있던 벽 몇 개를 연속해서 뚫고 빌딩 밖으로 나가 옆 빌딩의 외벽에 부딪친 후 곧장 아래로 낙하해서 도로 위로 떨어졌다.

카이자는 동희가 뚫고 지나간 구멍들을 차례로 통과해서 빌딩 밖으로 나왔다. 그리고 도로에 쓰러져 있는 동희를 보았다. 카이자는 공중에서 동희를 살폈다. 동희는 움직임이 없었다.

(죽은 거냐?)

동희는 대답하지 못했다. 고통으로 텔레파시를 보낼 정신적 여유도 없었으며, 육성으로 말할 기운도 없었다. 카이자는 쓴 웃음을 지었다. 그리고 결심했다.

(차동희. 신물질 창조자. 너도 여기까지야. 최후의 승자는 나다. 카이자.)

그리고 무릎을 접어 두 무릎이 동희의 가슴을 향한 채로 빛처럼 빠르게 날아갔다. 동희는 무의식적으로 몸을 돌리려 했다. 그러나 카이자의 공격을 피하지 못했다. 카이자의 무릎이 동희의 가슴을 치고 들어왔다. 지축이 뒤흔들리는 충격과 굉음. 동희와 카이자는 땅속으로 파고 들어갔다. 동희는 자신의 몸이 땅을 파고 들어가면서 시멘트와 흙, 모래, 자갈이 자신의 등과 마찰을 일으키며 빚어내는 요란한 소리들을 들었다.

카이자는 가격 후 곧바로 하늘로 솟아올랐다. 공중에 멈춰서 자욱한 먼지가 스멀스멀 올라오는 구멍을 보았다. 사람을 죽이고 나서 느끼는 짧은 순간의 쾌감이 찾아왔다.

동희는 암흑 속에 있었다. 눈을 뜨고 있는지, 감고 있는지, 살아있는지, 죽었는지도 알 수 없었다. 일순간 정적이 흘렀다. 아무런 소리도 들리지 않았다. 암흑과 정적은 고요하고 평온했다. 언제까지나 그 속에서 머물고 싶은 안락함이 느껴졌다. 아무것도 하고 싶지가 않았다. 아무것도 하지 않아도 아무렇지도 않을 거란 생각이 들었다.

그러기를 얼마였을까. 암흑 저 아래에서 작고 하얀 구멍이 생겨나더니 쉬- 소리를 내며 연기가 피어 올랐다. 부정하고 싶었지만 소리는 점점 더 또렷해졌다. 그리고 멀리서 누군가 자신을 애타게 부르는 소리가 들렸다. 말소리는 점점 더 가까이 다가왔다.

"…… 동희야! 동희야! 들려? 대답해, 동희야! 정신 차려!"

"형! 대답해요, 형!"

그제서야 동희는 정신이 들었다. 배면수와 승오였다.

"동희야, 들려? 맥박이 불규칙해."

"형! 맥박이 살아나고 있어요."

"산소 캡슐이 작동하고 있으니까 호흡을 크게 해."

동희는 숨을 크게 들이쉬었다. 그제서야 가슴을 중심으로 전신에 감당 못할 고통이 밀려왔다. 동희는 단발의 신음 소리를 내뱉었다. 눈을 떴지만 흙더미에 깔려 여전히 암흑이었다. 온몸을 휘감는 고통은 동희의 의지를 시험하고 있었다. 동희는 정신이 돌아온 사실이 원망스러웠다. 동희는 다시 일어날 수 있다 하더라도 그러고 싶지 않았다. 그냥 그렇게 무덤 속에 누워 있는 것처럼 아무것도 하고 싶지 않았다. 고통의 크기는 대부분의 결정을 손쉽게 해주었다. 카이자가 다시 공격해 온다면 이제는 정말 죽을 것 같다는 생각이 들었다. 카이자가 자신이 죽은 줄 착각하고 사라지기만 바랐다.

동희가 뚫고 들어갔던 구멍의 흙먼지가 서서히 걷혔다. 카이자는 여전히 10여 미터 상공에서 구멍을 노려보고 있었다. 동희는 먼지가 걷히지 않기를 바랐다. 그러나 카이자는 직접 확인하러 내려왔다.

카이자는 동희의 발목을 잡고 구멍에서 빼어냈다. 동희는 몸이 거꾸로 뒤집힌 채 공중으로 올라갔다. 구멍을 빠져나가자 태양에 눈이 부셨다. 갑옷에서 흙먼지가 날렸다. 카이자는 10여 미터쯤 올라가서 쓰레기 버리듯 동희를 바닥으로 내팽개쳤다.

동희는 물건처럼 바닥에 떨어졌다. 여전히 고통은 가시지 않았다. 동희는 누운 채로 카이자를 바라보았다. 기진맥진한 상태라 사지에 힘을 줄 수 있는 곳은 없어 보였다. 카이자는 태양을 등지고 공중에 서 있어서 검게 보였다. 동희는 카이자가 더없이 크게 보였다. 자신을 데려가기 위해 찾아온 저승사자처럼. 동희는 카이자가 두려웠다. 어떻게 해도 그를 이길 수 없을 것이란 생각이 들었으며, 어떻게 해도 카이자가 자신을 죽이리란 결심을 돌리지 못할 것 같았다.

커 보이는 카이자의 윤곽이 갑자기 흐려지더니 서서히 또렷해졌다. 동희의 눈에 눈물이 맺혔다. 그것은 임종을 앞두고 세상과 마지막 인사를 고하는 표시 같은 것이었다. 동희는 사 교수와 함께 보냈던 밤이 떠올랐다. 그리고 다음 날 아침 사 교수의 임종과 함께 바라보았던 하얀 눈꽃 세상이 다가왔다. 그때 동희의 귀에 배면수 목소리 들렸다.

"동희야. 연합국과 연락이 됐어. 미사일 접근 중이야. 틈을 타서 도망쳐."

　인근 해안가에 있던 연합국 소속 항공모함에서 천리안이 지시하는 목표 지점으로 미사일 두 기가 맹렬이 날아오고 있었다. 카이자가 동희에게 내려오려는 순간, 카이자는 등 뒤에서 접근하는 물체를 감지했다. 카이자는 몸을 돌려 양팔을 벌렸다. 미사일은 카이자에게 맞지도 않았는데 미리 폭발했다. 위치를 감지하여 스스로 폭발한 미사일은 거대한 화염 폭풍으로 변했다. 화염이 카이자가 떠 있는 공중 좌우로 기울어진 빌딩 숲이 인도하는 길을 가득 메우며 몰아쳤다.

　카이자는 눈을 감았다. 폭발의 압력은 남아있던 빌딩 유리창을 모두 날려버렸다. 불 붙을 것 없을 듯 보였던 폐허의 거리는 순식간에 불바다로 바뀌었다. 카이자는 그 불길 한가운데 우뚝 멈춰서 있었다.

　카이자는 연합국 정부와 차동희 친구들이 미사일을 쏘았다는 사실을 알아챘다. 카이자는 두 팔을 벌리고 자신에게 샘솟고 있는 분노의 감정을 독려하고 있었다. 도로와 건물에 일고 있는 불길처럼 분노의 불길이 활활 타오르기를 빌었다. 그래서 동희에게 오기 전까지 행하였던 무수한 살인에 강한 긍정을 하고, 아울러 앞으로 일어날 살인은 더욱 단호하고 참혹하며, 대상의 폭을 넓히리라 다짐했다.

　그러다 카이자는 불현듯 불길한 예감이 들었다. 카이자는 뒤를 돌아 아래를 내려다보았다. 동희가 감쪽같이 사라졌다. 카이자는 당황했다. 죽은 줄 알았던, 아니 적어도 기절한 줄 알았던 동희가 폭발을 틈타 도망친 것이었다. 카이자는 부랴부랴 사방을 둘러보았다. 그리고 순간적으로 위치를 옮기면서 인근 건물을 뒤졌다. 동희는 어디에도 없었다. 카이자는 이리저리 골목을 기웃거리며 고도를 높여갔다. 연합국 제2 도시 전체를 볼 수 있는 높이까지 올라왔지만 끝내 동희의 모습을 찾을 수 없었다.

　카이자는 화가 치밀었다. 미사일을 발사한 연합국 정부에도 화가 났지만 동희에게도 화가 났다. 카이자는 먼저 동희를 잡기로 결정했다.

카이자는 동희의 위치를 파악하기 위해서 정신을 집중했다. 카이자의 머릿속에는 어둡고 좁은 구멍이 보였다. 카이자는 미소를 지으며 하강했다. 카이자는 공중을 빙글빙글 돌며 내려와 무릎으로 동희를 가격할 때 생긴 구멍으로 다가갔다. 카이자는 땅에 발을 내리고 구멍 속을 살폈다. 구멍에는 아무것도 없었다. 그러나 카이자는 자리를 뜨지 않고 그 자리에 서 있었다. 카이자는 텔레파시를 보냈다.

(이제 그만 나오지.)

동희는 대답이 없었다. 카이자는 구멍 속으로 내려갔다. 그리고 흙을 파헤쳤다. 그러자 동희가 웅크린 채 숨어 있었다. 카이자는 동희를 안고 구멍 밖으로 나와서 땅에 던졌다. 동희는 여전히 고통에 신음하고 있었다. 싸울 엄두가 나지 않았다.

(그렇게 비참하게 목숨을 구하고 싶으냐?)

동희는 대답이 없었다. 미사일 두 기가 다시 연합국 제2 도시 카이자와 동희가 있는 곳으로 날아왔다. 카이자도 동희도 알고 있었지만 꼼짝하지 않았다. 미사일은 맹렬이 날아와서 카이자의 등 뒤에서 폭발했다. 또다시 화염 폭풍이 도로를 가득 메웠다. 그러나 카이자는 여전히 동희만 주시한 채 미동도 없었다.

화염은 동희에게도 덮쳤다. 그러나 동희는 화염을 이용해서 도망치지 못했다. 카이자가 지켜보고 있어서 도망칠 수 없었다. 동희는 무기력했다. 카이자가 자신에게 어떻게 하더라도 이제는 무방비 상태로 당할 수밖에 없을 것 같았다. 동희의 생각대로 카이자는 2~3m 공중으로 날아오르더니 땅으로 내려오면서 무릎으로 동희의 머리를 정확하게 가격했다. 꽝음과 함께 동희의 머리는 땅속에 박혔다. 고통과 함께 암흑이 찾아왔다. 고통은 언제나 생소했다.

또다시 미사일이 폭발하며 화염 폭풍이 둘을 지나갔다. 동희는 고통에 꼼짝할 수 없었다. 카이자가 다가왔다. 그리고 고개를 숙이더니 왼손을 동희의 얼굴로 가져가 더듬기 시작했다. 신물질과 신물질이 가볍게 접촉하며 금속성 소리를 냈다. 동희의 귀에 마찰음이 크게 들렸다.

순간 동희는 정신이 번쩍 들었다. 카이자가 자신의 헬멧을 벗기려고 하는 것을 눈치챘다. 카이자는 동희의 갑옷을 벗기려 했다. 갑옷이 벗겨지면 모든 것은 끝장이었다. 동희는 마지막 남은 힘을 다해서 카이자의 손을 잡았다. 카이자는 질긴 동희의 목숨에 짜증이 났다. 카이자는 두 주먹으로 동희의 얼굴을 사정없이 가격했다. 몇 번을 맞았는지 셀 수 없을 때쯤 동희를 기다리고 있는 것은 주체할 수 없는 고통이었다. 고통의 정점에서 동희는 울음을 터뜨렸다. 그 울음은 어떤 정서적 가감 없이 오로지 고통에 기인한 울음이었다. 카이자는 동희를 가격하며 일어나는 파열음 사이로 동희의 울음소리를 듣고는 주먹을 멈추었다.

동희의 울음소리는 신음 소리와 섞여서 처량하고 구슬프게 들렸다. 동희는 자신의 울음소리가 이질적으로 들렸다. 자신이 아닌 다른 사람의 울음소리를 듣고 있는 것 같았다. 두려움과 고통의 극에서 분출된 울음. 동희는 애써 자제하지 않았다. 자제하려 해도 자제할 수 있는 성질의 것이 못되었다. 카이자가 텔레파시를 보내왔다.

(지저분한 놈.)

마치 위로하는 듯한 뉘앙스였다. 동희는 자신을 억누르고 있던 두려움을 비로소 외부로 표출하고 있었다. 다 큰 성인이 육체적 고통과 정신적 두려움에서 쏟아내 버린 울음소리는 주위를 숙연하게 만들었다. 배면수도 승오도 말을 잃었다. 이제 어떤 말도 동희에게 해 줄 수 없었다. 한 인간이 보여줄 수 있는 나약함 마지막 바닥을 보는 것 같았다.

울고 있는 사람은 동희였지만 듣고 있던 카이자나 배면수, 승오의 마음이 더 부끄러워지는 듯했다. 동희의 울음소리. 거기에는 신물질의 미래나 세계 패권의 재편 문제 따위는 무의미해 보였다.

카이자는 지겨운 듯 양손으로 동희의 헬멧을 더듬었다. 동희는 카이자의 손이 자신의 헬멧을 더듬는 것을 알면서도 울음을 멈추지 못했다. 울음은 동희의 가슴속 멍울을 풀어주고 있었다. 이제는 더 떨어질 나락이 없었다.

자신의 바닥을 확인한 동희는 자신도 모르게 두 손으로 더듬고 있던 카이자의 두 손을 덥석 잡았다. 카이자는 무덤덤한 반응이었다. 울음은 이미 졌다는 것을 인정하는 것 이상의 증거였다. 카이자는 그런 동희가 자신의 손을 저지하는 것을 이해할 수 없었다.

동희의 행동을 이해할 수 없는 것은 동희 역시 마찬가지였다. 동희는 두려움을 완전히 떨쳐낸 것도 아니었으며, 카이자와 싸워서 이길 수 있다는 확신이나 자신감이 생긴 것도 아니었다. 왜 그런 행동을 했는지 스스로도 정확히 알기 힘들었다. 그러나 이미 동희는 카이자의 손을 잡고 있었다. 카이자가 손을 빼내려 하자 동희는 힘을 더 주어 카이자는 손을 빼지 못했다. 카이자가 손에 힘을 더 주면 줄수록 동희도 손에 힘을 주어 손을 놓치지 않았다. 더구나 팔을 뻗어 카이자의 손을 자신의 얼굴에서 떼어냈다. 카이자는 화가 치밀었다. 동희는 울음을 멈추었다. 카이자가 동희에게 말했다.

"더 맞아야겠구나."

"X발. 더 때려봐. 더 때려. 더. 더 때려 봐!"

카이자는 피식 웃었다.

"맛이 갔네."

카이자는 손이 잡힌 채 팔꿈치로 동희의 가슴을 가격했다. 순간 동희는 고통으로 잠시 숨이 멎었다. 동희는 카이자의 손을 머리 위로 올렸다. 카이자는 동희 위에 엎드린 꼴이 되었다. 동희는 카이자의 손을 놓고 재빨리 카이자의 가슴을 양팔로 안았다. 그리고 의미를 알 수 없는 괴성을 지르며 카이자와 뒹굴기 시작했다. 동희는 더 이상 추락할 바닥이 없었으며 더 이상 잃을 것이 없었다.

카이자는 자신의 의지와 상관없이 아스팔트 위를 뒹굴었다. 카이자는 동희를 떼어내려 했지만 동희는 막무가내였다. 카이자는 일어서려다 실패하고 뒹굴기를 멈추려다 실패했다. 둘은 한 몸이 되어 벽이나 가로등에 부딪쳤다. 카이자는 동희를 떼내고 싶었지만 동희는 맞잡은 양손을 놓아주지 않았다. 그리곤 살기 가득한 목소리로 카이자에게 소리쳤다.

"죽여! 죽여! 죽여보라고! 죽여! 죽여봐!"

동희의 목소리는 마치 마귀의 저주처럼 음흉하고 앙칼졌다. 카이자는 몸을 가눌 수 없었다. 동희는 카이자를 안고 빌딩 벽을 향해 날았다. 둘은 벽을 뚫고 바닥을 뚫고 천장을 뚫었다. 카이자가 날아가려는 방향과 동희가 날아가려는 방향은 달랐다. 그리고 둘이 움직이는 최종 방향은 어느 한쪽이 의지하는 곳이 아니었다. 그래서 둘 모두 중심을 잡지 못하고 이리저리 뒹굴거나 혹은 갑자기 날아가서 부딪히거나 거꾸로 바닥에 박혔다.

"형! 힘내!"

동희는 그제서야 자신에게 생겨난 새로운 변화를 깨달았다. 그것은 카이자와의 힘 대결에서 주도권을 빼앗기지 않는다는 사실이었다. 순간 동희는 싸우려는 의지가 그것을 가능하게 했다는 확신이 들었다. 시작은 충동적이었지만 동희는 자신에게 충만해 있는 전투 의지를 자각했다. 그토록 무기력했던 자신이 이렇게 힘을 내고 있는 사실이 놀라웠다.

동희는 카이자의 힘을 느끼듯이 자신의 힘도 느꼈다. 힘과 힘의 방향. 힘과 힘의 크기. 그리고 움직임. 동희는 그것을 주의 깊게 관찰했다. 그리고 아무런 근거도 없는 막연한 생각이 떠올랐다. 그 생각은 점점 굳어져갔다. 또한 생각이 또렷해질수록 동희가 원하는 방향으로 움직임을 이끌어갔다.

'이것은 물리적 육체의 싸움이 아니라 정신적 생각의 싸움이다.'

5. 승패의 열쇠

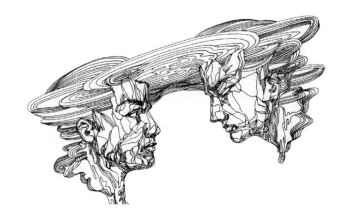

　동희가 자신의 의지에 가깝게 동선을 이끌어간다는 확신이 들 때쯤 느닷없이 어깨에 강한 공격이 가해졌다. 그 공격은 너무 강력한 것이라 죽기 살기로 붙잡고 있던 동희의 팔을 풀어버렸다. 카이자가 정신을 집중해서 내려친 팔꿈치 단 한 방으로 동희는 카이자와 떨어져 바닥으로 튕겨나갔다. 카이자는 가쁜 숨을 몰아 쉬었다. 그리고 허전한 느낌에 황급히 주위를 둘러보았다. 동희가 사라지고 없었다.

　동희는 날고 있었다. 여태 그렇게 빠르게 날아본 적이 없었다. 주위가 하얗게 변했다. 겁에 질려 속도를 줄였다. 멈춘 허공. 발 아래에는 연두색 벌판이었다. 맞은편에는 산봉우리 두 개가 나란히 서 있었다. 동희는 그곳이 어디인지 알지 못했다. 동희는 땅 위로 내려갔다. 그리고 무릎을 꿇고 헬멧을 벗었다. 얼굴은 땀으로 흥건했다. 벌판을 가로지르는 바람이 목덜미를 훑었다. 동희는 숨을 골랐다. 짧은 시간에 너무 많은 일들이 일어났다. 생각을 정리하기도 전에 생존의 위협을 받은 것이 수차례였다. 곧 죽을 것 같던 고통은 감쪽같이 사라지고 없었다. 마치 간밤에 꾸었던 악몽에서나 있었던 일 같았다. 헬멧에서 배면수 목소리가 들렸다.

"동희야. 무사하니?"

"네. 형."

승오가 물었다.

"다친 데는 없어요?"

"아직은 잘 모르겠어."

"카이자도 사라졌어요. 형 찾으러 간 것 같아요. 혹시 모르니까 헬멧을 쓰고 있는 게 좋겠어요."

동희는 팔뚝으로 얼굴 훔치고는 헬멧을 썼다. 헬멧을 쓰자 카이자의 텔레파시가 들렸다.

(차동희! 어디 있어?)

카이자는 약이 잔뜩 올라 감정이 격앙되어 있었다. 동희는 카이자가 근처에 있음을 느꼈다. 움직임이 불규칙적인 것으로 미루어 자신을 찾으려 이리저리 뒤지고 있는 것 같았다. 동희는 자리에서 일어섰다. 배면수가 동희에게 명령조로 말했다.

"동희야. 기지로 돌아와."

"위험해요. 카이자가 기지를 발견하면 모두 끝입니다."

"네가 잘못되면 기지도 소용없어."

"제가 잘못되면 형과 승오가 기지를 맡아 줘요."

"그 무슨 말 같지 않은 소리야. 어서 기지로 돌아와."

승오가 독촉했다.

"형, 그렇게 해요. 미국도 찾지 못했어요. 카이자도 찾지 못할 거예요."

"아니 찾을 거야. 벌써 근처에 있어. 느껴져. 내가 느끼듯 그도 느끼고 있는 거야."

"돌아와!"

"이미 피하기 힘들게 됐어요."

"자살 행위야! 그렇게 맞고도 모르겠어요? 형, 아직은 상대가 안 돼요."

카이자의 텔레파시가 전해졌다.

(쥐새끼 같은 놈! 어디 숨어 있어? 빨리 나와!)

카이자는 동희와 푸른 초원의 모습을 보았다. 그리고 느낌이 이끄는 곳으로 움직였다.

동희는 날아 올라 위치를 이동했다. 주위가 하얗게 변했다가 멈춰선 곳은 열대 밀림 지역이었다. 동희는 끝없이 펼쳐진 밀림 숲 위에 떠 있었다. 그리고 천천히 고도를 낮추어 밀림 속으로 사라졌다. 밀림 속 땅은 물기가 흥건한 진흙이었다. 거대한 나무들처럼 땅 위에도 커다란 나무 뿌리들이 솟아올라 있었다. 어떤 뿌리들은 사람의 키보다 높이 드러나 있었다. 마치 뱀들이 얽혀 있는 것처럼 땅 위로 뿌리들이 얼기설기 엉켜있었다. 야생의 한가운데였지만 동희는 두렵지 않았다. 뱀, 전갈, 맹수……. 신물질 갑옷을 입고 있는 이상 그런 것들은 위협이 되지 못했다.

카이자는 정신을 집중했다. 카이자는 동희가 위치를 옮겼다는 사실을 알았다. 동희에게 텔레파시가 전해졌다.

(언제까지 도망 다닐 수 있을 것 같나?)

동희는 나무뿌리에 기대어 앉아 카이자와의 전투를 복기했다. 그리고 일방적인 열세의 원인은 전투 의지가 없었기 때문이라 결론을 내렸다. 마지막 저항의 느낌. 그 느낌과 생각, 의지를 상기했다.

복기에 정신이 팔려 있던 동희를 환기시킨 건 인근의 새들이 '푸드득' 하고 날아가는 소리였다. 동희는 주위를 살폈다. 발아래 나무뿌리 사이로 뱀 한 마리가 지나가고 있었다. 동희는 인기척에 뒤를 돌아 보았다. 무성한 나무들 말고는 아무것도 없었다. 동희는 찬찬히 주위를 살폈다. 끝없이 펼쳐진 나무와 시리도록 푸른 나뭇잎. 동희의 눈에 잠깐 잠깐씩 카이자의 모습이 비쳤다. 카이자의 모습 뒤로 푸른 열대림이 보였다. 동희는 카이자가 근처에 왔다는 것을 느꼈다. 동희는 도망가지 않았다. 동희는 텔레파시를 보냈다.

(여기다, 카이자!)

(어디야? 거기 숨어 있었군!)

동희 앞 약 20여 미터. 숲을 가르며 하늘에서 카이자가 내려왔다. 동희는 일어서서 카이자를 맞았다.

(울보, 여기서 뭐하나?)

(잠시 생각을 했다.)

(생각? 그건 생각이라고 하지 않고 걱정이라고 하는 거다. 죽을 각오는 되어 있나?)

(나는 죽지 않는다.)

(그래? 네가 죽고 사는 건 네 의지와는 상관없어. 너의 생사는 오직 내 의지에 달려있거든.)

(천만에. 아까와는 달라.)

(아까와는 뭐가 다른데?)

(이제는 싸울 거다.)

(싸워? 싸움이란 건 대등한 둘 사이에서 일어나는 거지. 이런 경우는 일방적 폭행이라고 하지.)

카이자는 여러 개의 나무뿌리를 끊어버리며 곧장 동희를 향해 날아왔다. 순간 동희는 사라졌다. 카이자는 멈추었다. 동희는 카이자 뒤로 날아와 어깨로 카이자를 들이받았다. 카이자는 튕겨 커다란 나무에 박혔다. 동희는 꽉 쥔 두 주먹을 부들부들 떨고 있었다. 카이자는 나무에서 빠져 나왔다. 그리고 호탕하게 웃었다.

"하! 하! 하! 우 - 하 - 하 - 우 - 하 - 하 - 네가 나를 쳤어. 음-. 오호, 이거 재미있는데."

동희는 다시 날아 어깨로 카이자의 가슴을 들이받았다. 카이자는 피하지 않았다. 카이자는 튕겨 방금 빠져 나온 나무를 통과해서 맞은편 낮은 나무뿌리에 발이 걸리더니 한두 바퀴 돌아서 진흙 바닥에 나뒹굴었다. 동희는 카이자가 있던 자리에 멈춰서 있었다. 카이자가 놀라서 벌떡 일어났다. 카이자가 통과했던 아름드리 나무는 그제서야 쓰러지기 시작했다. 나무는 쓰러지면서 밀림을 찢을듯한 소리를 냈다. 동희와 카이자는 서로의 눈을 바라볼 뿐 쓰러지는 나무에는 아랑곳하지 않았다.

(제법인걸.)

(자만하고 있군.)

(자만할 만하거든.)

카이자는 사라졌다. 번개처럼 동희를 향해 날았으나 동희는 피했다. 동희는 하늘로 사뿐히 날아 카이자가 있던 곳으로 이동했다. 둘의 위치가 바뀌었다. 카이자는 뒤돌아 동희를 확인했다. 동희도 뒤돌아 카이자를 보았다. 동희는 카이자의 공격을 피한 것이 반사 신경에 의존해서 일어난 일이 아님을 알았다. 반사 신경은 초속 수천 km의 속도로 다가오는 카이자의 공격을 피할 만큼 빠르지 못했다.

동희는 카이자의 공격을 피할 수 있었던 것은 순간적인 예지력 때문이라는 사실을 알았다. 다른 생각을 하지 않고 전투에 집중하자 카이자가 공격하는 순간이 예측되고 예측한 대로 움직였다. 엄밀히 따지자면 카이자가 공격하기로 마음먹은 시간부터 행동으로 옮기는 그 0.3~0.4초 사이에 미리 피해 있는 것이었다. 예지력의 유효 시간도 딱 그만큼 뿐이었다. 동희가 피해 있으면 카이자가 그제서야 지나가는 것이었다. 동희는 중얼거렸다.

(예지력. 선행.)

동희는 그러한 능력들이 자연스럽게 자신의 몸에 배어있다는 사실을 깨달았다. 그때 카이자가 텔레파시를 보냈다.

(예지력? 그건 본능이야. 뭐래도 좋아. 이제야 그걸 익히다니 둔한 놈.)

동희는 화들짝 놀랐다. 동희가 자신도 모르게 중얼거리는 소리를 카이자가 눈치챘다. 카이자는 동희를 노려보았다. 카이자의 눈빛은 좀 전과 달리 진지했다. 동희는 카이자의 태도 변화에 긴장의 끈을 조였다.

연합국 해밀턴 박사 개인 실험실

군복 어깨에 별 세 개가 반짝거렸다. 대장은 연신 벽시계를 쳐다보며 조급한 마음을 감추지 못했다. 비서가 다가왔다.

"도착했습니다."

"그래?"

잠시 후 지하실 문이 열렸다. 해밀턴 박사가 정보원의 안내를 받으며 지하실로 내려왔다. 해밀턴 박사는 자신의 실험실이 무척이나 생소하게 느껴졌다. 실험실 안에 낯선 사람들이 여러 명 있었다. 대장이 일어서며 그를 반겼다.

"반갑소, 해밀턴 박사. 나는 군 무장체계전략소 소장입니다."

"네. 그런데 여기서 뭘 하시는 겁니까?"

"아직 못 들으셨나 보군. 박사 도움이 필요합니다. 이리로 오시오."

대장은 해밀턴 박사의 실험실을 마치 자기 것처럼 안내했다. 대장은 해밀턴 박사를 데리고 지하 2층으로 내려갔다. 수행 비서와 군인 둘이 따라왔다.

해밀턴 박사는 지하 2층 문을 열고 들어서는 순간 기계 소리에 깜짝 놀랐다. 멈춰 있어야 할 기계들이 모두 가동되고 있었다. 그리고 기계 앞에 붙어있는 사람을 보았다. 엉거주춤한 자세와 넉넉한 풍채, 느릿느릿한 움직임. 르생 박사였다. 얼굴에는 검은색 마스크를 착용하고 있었다. 해밀턴 박사는 난간을 뛰어 내려가 르생 박사를 덥석 안았다. 르생 박사는 해밀턴 박사를 보자 흠칫 놀랐다. 둘은 깊은 포옹을 나누었다. 두 늙은이는 눈물이 글썽거렸다.

밀림

카이자가 날았다. 동희도 날아올랐다. 반경 10미터 안에서 물고 물리듯 둘은 복잡한 동선을 그리며 움직였다. 수 초 동안 수없이 서로를 공격하고 피했지만 부딪치지 않았다. 예지력과 예지력, 판단력과 판단력, 집중력과 집중력의 팽팽한 싸움이었다. 만약 사람이 육안으로 이 장면을 지켜 보았다면 간혹 잘려나가는 나무뿌리와 가지들 외에는 어떤 형체도 보지 못했을 것이다. 그러나 이번에도 어김없이 카이자의 가격으로 둘은 모습을 드러냈다. 둘 사이에는 명백한 차이점이 하나 있었다.

동희는 아픈 가슴을 손으로 가린 채 일어나서 카이자를 향해 돌진했다. 그리고 오른쪽 주먹을 뻗었다. 그러나 카이자의 왼쪽 손이 동희의 오른팔을 쳐버렸다. 동희는 팔을 맞고 날아갔다. 카이자가 휘두른 왼손의 속도는 동희의 상상을 뛰어 넘었다. 맞은 곳에 심한 통증이 전해졌다. 짧은 순간 숨이 멎는 듯했다. 동희는 믿을 수가 없었다. 몸 전체의 이동은 그렇다손 치더라도 카이자는 몸을 고정시킨 채 신체의 일부만을 엄청난 속도로 움직일 수 있다는 사실이 도통 믿기지 않았다.

동희가 그런 생각을 하는 동안 카이자는 날아올라 어느새 한 팔로 동희의 목을 잡고 있었다. 그리고 주먹을 휘둘러 동희의 얼굴을 가격했다. 동희는 허공을 한참이나 날아서 풀숲으로 떨어졌다.

카이자가 다가왔다. 동희는 진흙탕에 쓰러져 일어나지 못했다. 동희를 일으킨 건 카이자였다. 카이자는 이번엔 오른발로 동희의 가슴을 찼다. 동희는 튕겨나가 커다란 나무 둥치에 박혔다. 동희는 고통으로 숨을 몰아 쉬며 나무를 박차고 나와 카이자에게 날아갔다. 카이자는 살짝 피했다. 동희도 멈추었다. 동희는 오른쪽에 있는 카이자를 의식했다. 그리고 카이자가 그랬던 것처럼 오른 주먹을 뻗어 카이자의 머리를 후려치려 했다. 시작은 분명 동희가 빨랐다. 그러나 카이자의 주먹이 먼저 동희의 안면을 가격했다.

동희는 카이자의 주먹이 너무 빨라서 보지 못했다. 카이자는 자신의 몸 전체 이동뿐만 아니라 신체 각 부분들까지 속도의 한계를 넘어서 있었다. 동희는 자신의 팔다리의 움직임은 여전히 근육의 수축과 이완에 의존하고 있어서 보통 사람의 속도와 다르지 않았다. 근접 전에서 카이자를 당해낼 수 없었다. 동희는 카이자가 어떻게 신체 각 부분까지 개별적으로 속도의 한계를 극복할 수 있는지 방법을 알지 못했다. 그리고 그 차이는 근접 전투에서 하늘과 땅 차이였다.

동희는 연속해서 몇 번의 공격을 받은 후 다시 극한의 고통에 휩싸였다. 진흙탕에 쓰러진 채 손가락 하나 까딱하기가 힘들었다. 카이자가 천천히 다가왔다.

(일어나, 아직 멀었어. 완전히 죽여주지.)

동희는 응답이 없었다. 카이자는 공중으로 솟아올랐다가 그대로 동희의 배를 밟았다. 동희는 땅속으로 쑥 꺼져버렸다. 산소발생장치가 가동되었다. 동희는 밟혔던 배를 움켜 쥐었다.

한국 지하 보물 창고

승오의 눈은 충혈되어 있었다. 배면수가 소리쳤다.

"동희야, 내 말 들려?"

동희는 응답이 없었다.

"일어나, 동희야! 정신 차려. 천리안이 곧 도착해."

밀림

카이자는 진흙 바닥에 무릎을 꿇었다. 그리고 팔을 땅속으로 집어넣어 동희의 발목을 잡고는 쭉 뽑아냈다. 카이자는 동희의 두 발목을 잡더니 자신을 축으로 동희를 돌리기 시작했다. 동희의 머리가 나무뿌리에 맞아 튀더니 속도가 빨라지면서 회전 반경 안에 있던 나무뿌리들을 모조리 잘랐다. 보이지 않을 만큼 빠르게 회전시킨 카이자는 동희를 날려버렸다.

동희는 나무 사이로 날아갔다. 빽빽이 들어찬 나무에 금방이라도 부딪칠 것 같던 동희는 나무 틈 사이로 날아가서 카이자의 시야에서 사라져 버렸다. 멀리서 '쿵' 하고 부딪치는 소리가 들렸다. 카이자는 동희가 사라진 쪽으로 날아갔다. 근처 어디쯤이라 생각되는 곳에 섰다. 동희는 없었다.

그때 진흙으로 위장한 채 누워 있던 동희가 벌떡 일어서서 카이자를 뒤에서 덮쳤다. 카이자는 왼쪽 팔꿈치를 뒤로 휘둘러 동희의 정수리를 가격했다. 가격은 정확했으며 동희는 날아가서 땅에 처박혔다. 동희는 땅 위로 나가지 않았다. 동희는 생각했다.

'카이자는 어떻게 신체 일부도 속도의 한계를 뛰어넘는 움직임이 가능하지? 이 문제를 해결하지 않으면 승산이 없다.'

카이자는 텔레파시를 보냈다.

(이제 그만 나오시지. 쥐새끼 같은 놈.)

동희는 신체 일부를 움직일 수 있는 방법을 알 수가 없었다.

(어떻게 신체 일부를 빠르게 움직일 수 있지?)

카이자는 기가 막혔다.

(미친놈 아니야? 지금 누구한테 묻는 거야?)

(가르쳐 줘!)

(정말 웃기는 놈이군.)

카이자는 사라졌다.

(정신 차려, 인마.)

동희는 뭔가 결심한 듯 땅 위로 솟아 올랐다. 그러나 그를 기다리고 있는 것은 카이자의 공격이었다. 동희가 땅에서 솟아오르기가 무섭게 카이자의 공격이 가해졌다. 동희는 튕겨서 나뭇가지에 이리저리 부딪치더니 땅으로 떨어졌다. 가슴에서부터 통증이 전신으로 퍼졌다. 카이자가 나무 사이로 천천히 날아왔다.

(갑옷을 입고 있는 한 불가능은 없다. 신물질을 만든 놈이 그것도 모르고 있어?)

동희는 푸른 숲을 헤집으며 날아오는 카이자가 무심코 전한 이 한 마디에 간과하고 있었던 사실 하나가 불현듯 떠올랐다. 동희는 은연중에 신체 일부를 그렇게 빨리 움직이면 관절, 뼈, 근육이 버티지 못한다 생각했다. 그러나 기존 물리학으로는 신체 전체를 빠른 속도로 움직이는 것도 불가능한 일이었다. 이 싸움이 정신적 싸움이라면 불가능하다고 생각하거나 단정짓는 이상 그것이 실현될 리 만무했다. 동희는 마음 속으로 자기 암시를 했다.

'할 수 있다. 할 수 있다. 할 수 있다.'

(신물질은 뭐든지 할 수 있다.)

동희는 고통을 견디며 날았다. 카이자는 동희를 피했다. 동희는 멈춰서 카이자의 얼굴을 향해 오른 주먹을 뻗었다.

(할 수 있다!)

그러나 속도는 변함이 없었다. 카이자는 왼손으로 동희의 오른팔을 쳤다. 동희는 그 자리에서 몇 바퀴 돌았다. 카이자는 연이어 오른발로 동희의 허리를 찼다. 연속된 두 번의 굉음과 함께 동희는 핑 하고 날아갔다. 나뭇잎이 우수수 떨어졌다. 떨어지는 나뭇잎 사이로 카이자가 날아와서 동희 앞에 섰다. 동희는 바닥에 엎드린 채 꼼짝하지 못했다.

(세상일이 맘 먹은 대로, 의지대로만 된다면 얼마나 좋겠어. 근데 현실은 그렇지 않지?)

그제서야 동희의 입에서 신음 소리가 새어 나왔다. 카이자는 비아냥거렸다.

"고통스럽나?"

동희는 대답이 없었다.

"너는 나를 이길 수 없어. 변태 X끼. 고통을 즐기는 거야, 아니면 생존본능이야? 그것도 아니면 신물질에 대한 책임감이야? 네가 갑옷의 주인이 되는 것과 내가 주인이 되는 것이 무슨 차이가 있지?"

동희는 기어들어가는 목소리로 대답했다.

"적어도…… 나는…… 살인은 하지 않아."

"그게 어때서?"

"너를 놓아두면 너는 결국 살인마가 되는 거야."

동희는 팔을 짚고 상체를 일으켰다. 카이자가 오른발로 동희의 머리를 밟았다. 동희는 손으로 카이자의 발을 잡았다.

"왜? 꺼안으려고? 그렇게는 안 돼지. 너는 나보다 더 많은 사람을 죽였어."

카이자는 발로 동희의 어깨를 가격했다. 동희는 진흙에 굵은 선을 남기며 밀려가 나무 밑동에 부딪쳤다. 카이자가 다가왔다. 분명 카이자가 다시 공격할 차례였지만 동희가 먼저 카이자에게 달려들었다. 카이자는 오른 다리를 쭉 뻗어 다가오는 동희를 찼다. 동희는 튕겨 이번에는 나뭇가지에 걸렸다. 정신을 잃은 듯 멈췄던 동희는 거친 기침을 토해내더니 또 움직였다. 동희는 카이자를 향해서 날았다. 카이자는 오른쪽 팔을 휘둘러 동희를 내려쳤다. 동희는 또 튕겨 날아갔다. 진흙탕 바닥을 구르다 멈춘 동희는 벌떡 일어섰다. 그러나 이내 풀썩 쓰러졌다.

"이제 막다른 곳에 왔나 보군. 고통으로 일어날 힘도 없지?"

극심한 고통은 정신을 둔화시켰다. 동희는 생각으로 몸을 일으켰다. 그리고 또 카이자에게 돌진했다. 빠른 속도도 아니었다. 카이자는 성가시다는 듯 팔을 휘둘러 동희를 후려쳤다. 동희는 튕겨서 땅바닥에 나뒹굴었다. 배면수가 간절히 외쳤다.

"동희야! 숨 쉬어! 동희야! 조금만 더 견뎌."

(갑옷의 마지막은 이런 모습인가 보지? 고통으로 정상적인 사고를 할 수 없겠지. 죽으려고 무모하게 덤벼드는 게 꼭 나방이 불을 향해 달려드는 것 같군. 하기야 고통은 생각을 단순하게 만들지.)

동희는 손발을 쓰지 않고 유령처럼 벌떡 일어났다.

"동희야, 도망가. 더 맞으면 위험해. 호흡이 불규칙해."

카이자의 눈은 가늘어졌다. 동희가 텔레파시를 보냈다.

(고통은 생각을…… 풍성하게 만들지.)

(오호, 그랬던가?)

동희는 또 유령처럼 카이자에게 날아갔다. 그리고 카이자의 몸에 붙었다. 카이자는 동희에게 어떤 위협도 느끼지 못했다. 카이자는 귀찮은 듯 두 팔로 동희의 어깨를 잡고 자신의 몸에서 떨어뜨렸다. 동희의 눈은 이미 풀려 있었다.

(한 대만 더 쳐 줘.)

(정말 맛이 갔군. 원한다면.)

카이자는 왼쪽 주먹으로 동희의 얼굴을 정확하게 가격했다. 카이자의 주먹은 속도의 한계를 넘어섰으며, 동희는 굉음과 함께 수십 미터를 날아가 나무에 부딪친 후 땅으로 떨어졌다. 산소 발생 장치가 가동되었다. 카이자는 정신을 집중해서 동희의 상태를 살폈다. 이번만큼은 느낌이 달랐다. 아니나 다를까, 동희는 미동이 없었을 뿐 아니라 텔레파시가 잡히지 않았다. 동희는 완전히 정신을 잃었다.

연합국 해밀턴 박사 개인 실험실

해밀턴 박사는 르생 박사의 얼굴을 손으로 쓰다듬었다.

"무사하셨군요."

르생 박사는 말없이 고개를 끄덕였다. 해밀턴 박사가 물었다.

"몸도 성치 않으신데 여기서 뭘 하고 계십니까?"

그때 뒤에서 지켜보고 있던 대장이 대신 대답했다.

"신물질 갑옷을 만들고 있습니다."

해밀턴 박사는 놀라서 반문했다.

"갑옷이라니요?"

"뭘 그리 놀라십니까? 신물질 갑옷을 만들고 있습니다."

"르생 박사님! 그게 사실입니까?"

르생 박사는 고개를 끄덕였다.

"잠시 후면 갑옷이 완성될 겁니다. 그렇죠 르생 박사님?"

"네……"

르생 박사는 치아가 없어서 새어 나오는 소리로 겨우 대답했다.

해밀턴 박사는 어이가 없어서 물었다.

"누가 입을 겁니까?"

"제 부하들이 입을 겁니다. 해밀턴 박사님 손주도 곧 품으로 고이 데려다 드리죠."

"이게 얼마나 위험한 짓인지 알고 계십니까?"

"통제 말입니까? 그 부분은 르생 박사님께 충분히 들었습니다. 하지만 너무 걱정하지 않으셔도 됩니다. 최우수 군인으로 선정했습니다. 정신 무장이 아주 잘된 친구들이죠."

"하! 정신 무장! 그런 걸로는 안 됩니다."

"군인 정신을 모르시는군요."

"그런걸 믿고 갑옷을 내줄 수는 없어요. 르생 박사님!"

르생 박사는 대답 없이 바닥을 내려다보고 있었다. 해밀턴 박사는 심상치 않은 분위기를 간파했다. 해밀턴 박사는 르생 박사의 두 팔을 잡고 물었다.

"어떻게 된 겁니까? 르생 박사님. 왜 이런 무모한 짓을 하시는 겁니까?"

르생 박사는 대답을 못하고 눈물만 글썽거렸다. 해밀턴 박사는 뒤돌아 서서 대장을 쳐다보았다.

"르생 박사에게 무슨 짓을 한 거요?"

"나는 아무것도 하지 않았소. 그렇지 않소, 르생 박사?"

해밀턴 박사는 르생 박사를 향해 물었다.

"박사님! 무슨 일입니까?"

그때 뒤에서 대장의 목소리가 들렸다.

"르생 박사님은 국가의 대업을 진행하고 있습니다. 그래서 우리가 가족을 보호하고 있습니다."

르생 박사의 눈에서 눈물이 흘러내려 검은 마스크 속으로 사라졌다. 해밀턴 박사는 분노를 억누르지 못했다.

"그래, 그랬겠지. 당장 중지하시오!"

"그렇게는 안 되겠습니다. 잠시 후면 잘못 만들어진 부품 두 개가 완성되고 갑옷을 착용할 내 부하들이 올 겁니다. 이제 와서 중지할 수는 없죠. 해밀턴 박사님께 갑옷 운영에 대한 조언을 구하려고 모시고 왔으니 긍정적으로 보시고 우리에게 협조해 주십시오."

"당장 그만두시오. 그게 모두가 사는 길입니다."

"손자가 천방지축으로 돌아다녀서 그러나 본데 박사님 손자와 제 부하는 근본부터 다릅니다. 최고의 군인이죠."

"최고의 군인 할아버지가 와도 안 됩니다."

대장은 군인의 자부심을 건드리는 해밀턴 박사의 태도에 흥분했다.

"그만하시오. 말씀이 지나치시군요."

"그만두지 않으면 내가 직접 하지."

해밀턴 박사는 제어장치로 다가갔다. 군인들이 해밀턴 박사를 붙잡았다.

"이거 놔! 이거 놓으라고!"

"해밀턴 박사님, 이러시면 아내와 두 아들, 다른 손주들 모두 위험할 수가 있습니다."

"다 죽여! 모두 다 죽이라고. 나도 죽이고. 다 죽이라고. 그래도 나는 막아야겠어."

"진심이오?"

르생 박사가 달려가 해밀턴 박사를 붙잡았다. 르생 박사는 해밀턴 박사의 눈을 응시했다. 르생 박사는 뭔가를 말하고 있었다. 모든 것을 체념한 듯 더 할 수 없이 슬프고도 진지한 눈빛. 해밀턴 박사는 르생 박사가 무엇을 말하는지 알 수 없었지만 더 이상 말을 할 수 없었다. 르생 박사의 눈빛에 압도당했다. 대장이 명령했다.

"포박하고 재갈을 물려. 도움이 될까 싶어 데리고 왔더니 방해만 되는군. 르생 박사 계속하시오."

밀림

카이자는 한숨을 내쉬었다. 긴 여정의 마침표를 찍는 것 같았다. 카이자는 동희의 갑옷을 벗기기 위해서 동희를 향해 터벅터벅 걸었다. 동희가 금방 의식을 되찾기는 힘들어 보였다. 카이자는 동희가 어쩌면 저렇게 영원히 일어나지 못할 수도 있다고 생각했다. 모든 상황은 그렇게 끝나는 듯 여겨졌다.

그때 갑자기 하늘에서 수십 발의 폭발 소리가 요란하게 터졌다. 카이자는 놀라서 하늘을 쳐다보았다. 연기도 불꽃도 없었다. 순간 카이자는 화학 폭탄임을 눈치챘다. 카이자는 숨을 멈추었다. 그리고 연합국이나 한국에서 동희를 돕기 위해서 한 짓이라 여겼다. 카이자는 이번만큼은 끝장을 내겠다 생각했다. 카이자는 숨을 멈춘 채 서둘러 동희에게 다가갔다.

그때 나무 사이로 천리안 백여 대가 카이자를 포위하며 내려왔다. '이건 또 뭐야?' 천리안이 가이아의 명령에 따라 카이자를 공격했다. 공격 목적은 카이자와 동희를 떼어놓는 것이었다. 가이아의 의도대로 천리안이 공격하자 당황한 카이자는 동희와 떨어졌다. 그 틈을 타서 네기의 천리안이 몸체에서 작은 로봇 팔을 내더니 동희의 팔과 다리를 잡고 이동을 시작했다. 천리안은 카이자를 중심으로 커다란 구 형태를 만들어 춤추듯 주위를 맴돌았다.

카이자는 숨을 쉴 수 없는 상태였다. 카이자는 공으로 이루어진 커다란 공 속에 갇힌 꼴이 되었다. 그리고 천리안 한 기가 카이자에게 날아갔다. 카이자는 몸을 피했다. 뒤에서 다른 천리안이 날아왔다. 천리 안의 속도도 빨랐지만 카이자의 움직임을 따라가기는 힘들었다.

카이자는 몸을 피하고 회전하며 천리안을 공격했다. 맞은 천리안들 은 튕겨 나무에 부딪거나 허공으로 떴다가 다시 위치를 잡았다. 천리 안은 이곳저곳에서 불규칙하게 카이자를 공격했으나 카이자는 단 한 번도 맞지 않았다. 오히려 주먹과 발로 정확하게 천리안을 가격했다. 두세 번 가격 당한 천리안은 내부 기기 고장으로 땅에 떨어졌다. 잠깐 의 전투로 천리안 수 기가 바닥으로 떨어졌다. 그러나 천리안은 숫자 가 점점 불어났다.

카이자는 숨이 찼다. 카이자는 머리 위에 있던 천리안을 공격하며 하늘로 솟아올랐다. 고도를 높여 호흡을 터뜨렸다. 천리안 무리가 고 도를 높여 카이자를 에워쌌다. 카이자는 천리안 무리에 크게 위협을 느끼지 못했다. 실제 결과도 그러했다. 카이자는 몸을 날려 천리안 몇 기를 연속적으로 공격했다. 그러다 문득 동희가 사라졌다는 사실을 깨달았다. 카이자는 동희의 위치를 파악하려 했으나 천리안의 방해로 집중이 되지 않았다. 그 시간 동안 천리안 네 기는 차동희를 들고 나 무 사이를 비집으며 수 킬로를 이동했다.

카이자는 천리안과 전투를 치르면서 동희의 위치를 파악하는 데 주 력했다. 카이자의 적극적인 공격에도 불구하고 천리안의 숫자는 줄어 들지 않았다. 카이자는 갑자기 사라졌다. 순식간에 수천 km 떨어진 곳으로 이동했다. 캄캄한 밤하늘을 수놓은 별빛들을 등지고 카이자는 정신을 집중했다. 동희의 위치를 파악하려 했으나 앞서와는 달리 동희 가 어디 있는지 도무지 알 수 없었다. 카이자는 조급해졌다.

동희는 구름을 타고 날아다니는 것 같았다. 자신이 움직이고 있었으 나 어떻게, 어디로, 왜 움직이는지 알 수 없었다. 동희는 의식을 되찾았 다. 그 순간 카이자는 동희의 모습이 떠올랐다. 위치도 느껴졌다. 동희는 눈을 떴다. 나뭇가지와 잎 사이로 햇살이 실오라기처럼 풀려 있었다. 동희는 주위를 살폈다. 자신을 잡고 있는 천리안이 보였다. 카이자는 동희를 감지했다. 동희는 몸의 존재가 느껴지지 않았으며, 그의 정신을 앗아갔던 고통도 모두 사라지고 없었다. 동희는 뜻 모를 미소를 머금었다.

"가이아! 이제 됐어!"

천리안이 제자리에 멈추었다. 동희는 땅 위에 발을 내렸다. 승오 목소리 들렸다.

"형! 괜찮아?"

"음."

배면수가 나무랐다.

"왜 그렇게 무모하게 굴었어?"

가이아가 보고했다.

"카이자가 근처에 왔습니다."

"도망쳐! 어서!"

동희는 꼼짝 않고 그 자리에 서 있었다.

"형, 뭐 해요?"

"소용없는 짓이야. 소통을 한 이상 도망은 불가능해. 어디를 가든……."

배면수는 다급한 목소리로 말했다.

"더 이상 도와줄 카드도 없어. 산소 호흡기도 다 됐어."

"이게 제 운명이라면……."

그때 카이자가 숲을 헤치고 동희 앞으로 내려왔다.

"운명! 멋진 말이군."

동희는 카이자를 뚫어지게 노려보았다.

(갑자기 눈을 부릅뜨고 X랄이야. 한주먹감도 안 되는 게.)

카이자는 비꼬는 듯 씨익 웃었다. 동희는 꼼짝하지 않고 카이자를 주시했다. 순간 카이자는 번개처럼 동희에게 날아갔다. 그러나 동희는 키만큼 날아서 피했다. 카이자는 멈추더니 뒤돌아 동희 등 뒤를 향해 날아갔다. 그리고 주먹을 휘둘렀다. 하지만 주먹은 동희를 맞추지 못하고 허공을 갈랐다.

동희는 몸을 회전시키며 물러서서 카이자의 주먹을 피한 후 전진했다. 그리고 카이자의 가슴 한가운데에 집중했다. 동희가 생각해왔던 자신의 몸은 갑옷 속에서는 그 개념을 달리했다. 자신의 몸은 이미 물질의 성질로만 움직이는 것이 아니었으며, 생각과 의지가 조종하는 도구도 아니었다. 갑옷 안에서 몸은 생각과 의지 그 자체였으며, 생각과 의지 또한 몸 그 자체였다.

동희는 의지의 끝을 구상해 내었다. 의지의 끝. 사고의 끝은 카이자의 가슴 한가운데로 옮겨져 있었다. 그리고 움직이는 것은 자신의 주먹이 아니라 마음이었다. 마음의 끝이 카이자의 가슴 한가운데로 흘러갔다. 순간 동희의 주먹은 속도의 한계를 뛰어 넘어 번개처럼 뻗어나가서 카이자의 가슴 한가운데에 꽂혔다. 굉음과 함께 카이자는 튕겨나가 버렸다. 카이자는 일직선으로 수십 미터를 날아 나무에 충돌한 후 땅으로 떨어졌다.

동희는 공중에서 주먹을 뻗은 그대로 멈춰서 있었다. 주먹에는 아무런 느낌도 없었다. 일체 무감. 카이자는 놀라 벌떡 일어났지만 곧 무릎이 꺾여 바닥에 털썩 주저앉았다. 카이자는 숨을 몰아쉬었다.

(고통스러운가?)

(어떻게 알아냈지?)

(네가 하는데 나라고 못할 것도 없지.)

(너도 살인을 했구나?)

(살인을 하면 쉽게 터득할 수 있나 보군.)

(살인을 하지 않고 배웠다는 거냐?)

(살기가 이끌어 쉽게 배운 모양이지?)

(어떻게 알아냈지?)

(네가 가르쳐 줬어.)

(내가?)

(네가 공격할 때마다 피할 생각만 했지. 그러다 생각을 바꿔서 너의 공격에 정신을 집중했어. 공격할 때 너의 생각과 느낌에 말이야.)

(죽으려고 작정하고 덤벼들었던 이유가 그거였나?)

(어차피 이걸 터득하지 못하면 죽기는 마찬가지거든.)

(배팅이 성공했군. 하지만 아직 끝나지 않았어.)

(이제 시작이지.)

(그래, 이제 시작이지.)

카이자는 한숨을 돌린 후 자리에서 일어섰다.

(후후, 얼마나 잘 배웠는지 볼까?)

(얼마든지.)

카이자와 동희는 마주 보고 서 있었다. 밀림 속에는 적막이 감돌았다. 카이자도 동희도 그 어느 때보다 진지했다. 동상처럼 굳어있던 둘은 누가 먼저랄 것도 없이 날아올랐다. 그리고 공중에서 카이자가 왼주먹을 뻗었다. 동희는 오른팔로 카이자의 주먹을 막아냈다. 공격과 수비 형태였지만 동시에 일어난 일이었다. 굉음이 퍼지면서 충격파로 주위 나뭇잎들이 일순간 하늘로 퍼졌다.

이번에는 동희가 왼쪽 발을 뻗었다. 카이자는 오른쪽 발로 동희의 발등을 막았다. 마찬가지로 굉음과 함께 충격파가 사방으로 물결처럼 퍼졌다. 둘은 한 번씩 공격을 주고받고는 떨어졌다. 그제서야 하늘로 퍼졌던 나뭇잎들이 우수수 떨어지기 시작했다.

"제법인데, 차동희."

"예전하고는 달라."

둘은 사라졌다. 울창한 밀림 숲 속에서 둘은 위치 이동과 근접 격투를 병행했다. 천리안이 근처에서 둘의 모습을 촬영했지만 가이아의 중

앙 화면에서 육안으로 둘의 모습을 보는 것은 불가능했다. 다만 나뭇
잎의 흔들림, 나무 기둥과 나뭇가지의 파손과 관통, 땅 위로 솟아난 뿌
리의 절단, 진흙탕 위로 생기는 흔적, 굉음 소리 등으로 전투의 윤곽을
짐작할 뿐이었다.

얼마 후 인근에서 발걸음 소리 들렸다. 카이자가 뒷걸음질치는 소리
였다. 동희는 숨을 고르며 카이자 앞에 모습을 드러냈다. 전투는 백중
세였다.

(많이 컸군.)

(동생한테 그런 소리를 들으니 어색한데?)

수 초 동안의 치열한 전투는 카이자가 동희의 발차기에 스쳐 튕겨
나가면서 끝났다. 카이자는 억울하다는 듯 다시 덤벼들었다. 이번에는
수 초 동안의 전투 끝에 동희가 카이자의 왼 주먹에 맞고 튕겨 나가면
서 끝이 났다. 동희도 다시 벌떡 일어섰다. 누가 더 깊고 오래 집중할
수 있느냐의 싸움이었다. 누구고 상대를 일방적으로 가격하지 못했다.
둘은 마주 보고 서 있었다. 둘 모두 숨이 차지도 않았으며, 땀을 흘리
지도, 지쳐 보이지도 않았다.

연합국 해밀턴 박사 개인 실험실

비서가 대장에게 보고했다.

"앤키 중위와 라돌프 중위가 도착했습니다."

"그래?"

실험실 지하 1층은 분주해졌다. 실험실 양쪽에는 테이블 두 개가 놓
였다. 테이블 뒤에는 검은 상자가 있었으며, 테이블 앞에는 의자와 소
파가 늘어서 있었고, 대장과 비서를 비롯한 정보원 몇 명이 앉아 있었
다. 입구에는 군인들이 지키고 해밀턴 박사는 지하 2층 난간 구석에
묶여 있었다.

문이 열리고 제복을 입은 군인 둘이 들어왔다. 앤키와 라돌프 중위

였다. 대장은 일어서서 그들을 맞이했다. 둘은 칼날처럼 경례했다. 잠시 후 두 명은 각자 테이블 위에 나체로 올라섰다. 르생 박사는 검은 상자를 열어 라돌프 중위에게 갑옷을 하나씩 내어 주었다.

라돌프는 발부터 갑옷을 하나씩 착용했다. 라돌프 중위가 갑옷을 흉박까지 착용했을 때 르생 박사는 건너편 테이블로 가서 검은 상자를 열고는 앤키 중위의 갑옷을 꺼냈다. 르생 박사는 갑옷을 꺼내 입히면서 땀을 뻘뻘 흘렸다. 대장은 소파에 앉아 흐뭇한 표정으로 광경을 지켜보고 있었다. 르생 박사는 앤키 중위의 갑옷을 입힌 후 헬멧을 건네주었다. 그리고 라돌프 중위에게 갔다. 라돌프 중위의 어깨 갑옷을 입히고 마지막으로 헬멧을 넘겨주었다. 대장은 거만하게 물었다.

"라돌프 중위! 상태는 어떤가?"

"이상 없습니다."

"그래, 헬멧을 써보게나."

라돌프는 조심스레 헬멧을 썼다. 르생 박사는 헬멧을 장착해 주었다.

"숨 쉬어 보세요."

라돌프는 밖에서도 들릴 만큼 크게 숨을 내쉬었다. 대장이 자리에서 일어났다. 비서를 비롯한 다른 사람들도 따라서 자리에서 일어났다. 기대감에 숨소리조차 잦아들었다.

"라돌프 중위! 어떤가?"

"이상 없습니다."

"이상 없는 게 문제가 아니라 힘이 솟는 것 같은가 말이야." 라돌프는 숨을 더욱 거칠게 내쉬었다.

"후- 하- 후- 하- 저- 저- 그게, 그게……."

앤키 중위를 비롯한 모두 라돌프를 주시하고 있었다. 르생 박사가 걱정에 타일렀다.

"진정하게. 몸이 가벼워질 거야."

"이럴 수가! 내 몸이 없어지는 것 같아요."

라돌프는 털썩 주저앉았다. 테이블에 '꽝' 하고 부딪치는 소리가 실험실에 쩌렁쩌렁 울렸다.

"라돌프 중위, 정신 차려!"

라돌프 중위는 숨소리가 더 거칠어졌다. 앤키 중위는 걱정스러운 눈으로 쳐다보았다. 르생 박사는 안 되겠다 싶어 헬멧을 벗기려 했다. 그러나 헬멧에 손을 가져가는 순간 라돌프 중위가 르생 박사의 손을 잡았다. 라돌프 중위의 거칠던 숨소리는 어느새 조용해졌다. 라돌프는 르생 박사의 손을 떼고는 천천히 일어섰다. 대장은 그제서야 안심한 듯 중위를 타일렀다.

"그래! 그래야지, 중위."

라돌프 중위는 옆 테이블에 서 있는 앤키 중위를 쳐다보았다. 라돌프의 눈빛은 맹수처럼 이글이글 타오르고 있었다. 앤키 중위는 라돌프의 눈에 겁을 먹었다. 앤키 중위는 다급한 목소리로 박사에게 요청했다.

"박사님 저도 헬멧을 장착해 주십시오."

그리고 르생 박사가 오기도 전에 혼자서 허겁지겁 머리에 헬멧을 쓰려 했다. 앤키 중위는 손을 떨고 있었다. 르생 박사는 라돌프의 눈을 보았다.

불길한 예감은 맞아 떨어졌다. 라돌프는 휙 날아서 맞은편 테이블로 가더니 앤키 중위 앞에 섰다. 라돌프는 왼손으로 앤키의 어깨를 잡고 오른 주먹을 뻗었다. 번개처럼 내뻗는 주먹에 채워지지 않은 앤키 중위의 헬멧은 굉음 소리와 함께 날아가 버렸다. 헬멧 안에는 앤키 중위의 머리도 들어 있었다.

앤키 중위의 머리는 벽에 부딪친 후 땅으로 떨어져 나뒹굴었다. 사람들은 굉음 소리에 순간적으로 상체를 숙이고 두 손으로 머리를 감싸 쥐었다. 앤키의 목에서 붉은 피가 분수처럼 솟았다. 피는 라돌프와 테이블을 적시는 것은 물론이고 사방으로 튀어 실험실을 순식간에 피바다로 만들었다. 튕겨 나간 머리에서도 피가 솟았다. 머리가 잘려나간 앤키의 몸이 퍼덕거렸다. 라돌프는 앤키의 몸을 테이블 아래로 집어 던졌다. 그리고 피에 젖은 자신의 두 손을 보았다. 대장이 소리쳤다.

"라돌프 중위! 자네 대체 뭐 하는 건가?"

라돌프는 대장을 쳐다보았다. 비서, 군인들, 정보원들이 겁에 질려 몸을 웅크리고 있었지만 대장은 일어서서 라돌프에게 호통을 쳤다.

"제가 뭘 한 거죠?"

"빌어먹을. 정신 차려! 라돌프 중위. 앤키 중위는 왜 죽이나? 너희들은 뭐 해. 일어서. 겁쟁이 같으니라고. 라돌프, 헬멧 벗어!"

그때 라돌프는 갑자기 사라졌다. 지하 2층으로 통하는 문에 구멍이 뚫렸다. 그리고 2층 지하에서 요란한 폭발 소리가 연속해서 들렸다. 소리가 터질 때마다 사람들은 몸을 더욱 웅크렸다. 대장은 고래고래 고함을 질렀다.

"라돌프가 나타나면 발포해."

말이 끝나기가 무섭게 라돌프가 유령처럼 나타났다. 르생 박사 앞이었다. 하지만 아무도 발포하지 못했다. 보다 못한 대장이 권총을 꺼내어 라돌프의 눈을 향해 방아쇠를 당겼다. 총알은 허공을 날아 맞은편 벽을 맞고 튕겼다. 총알이 벽에 맞기 전에 라돌프의 주먹은 대장의 머리를 관통했다. 대장이 앉아 있던 소파에 피가 뚝뚝 떨어졌다. 라돌프가 팔을 뽑자 대장은 총을 쏜 자세 그대로 쓰러졌다. 라돌프는 르생 박사를 쳐다보았다. 르생 박사는 침착하게 라돌프를 응시했다.

"나를 죽이려고? 그건 안 되지."

르생 박사는 바지 주머니에 손을 넣었다. 순간 라돌프의 손날이 르생 박사의 목을 지나갔다. 르생 박사의 머리는 테이블 위에 떨어지더니 데굴데굴 굴러서 바닥으로 떨어졌다. 육중한 몸은 테이블 위로 쓰러졌다. 군인 하나가 두려움에 자신도 모르게 소리를 질렀다. 라돌프는 비명 소리가 나는 곳으로 고개를 돌리더니 사라졌다. 그리고 순식간에 비서와 정보원들, 군인들을 잔인하게 도륙했다. 지하 1층에는 라돌프의 숨소리 말고는 핏방울 떨어지는 소리밖에는 들리지 않았다. 라돌프는 문을 열고 밖으로 나갔다.

밀림

세 시간이 넘게 흘렀다. 둘의 전투 장소였던 밀림은 허허벌판이 되었다. 둘은 서로의 전투 패턴에 익숙해졌다. 예측을 뛰어 넘는 공격은 없었다. 카이자도 동희도 상대가 위협적으로 느껴지지 않았다. 집중력이 흐트러지거나 새로운 공격이 있을 때면 가격이 이루어지기도 했지만 정타를 맞는 일은 드물었으며, 연타는 아예 없어졌다.

카이자의 눈빛과 표정은 처음과 변함이 없었다. 오직 하나 동희를 쓰러뜨리고 갑옷을 벗기겠다는 생각에만 정신이 팔려 있었다. 수없이 행했던 공격을 마치 처음 하는 사람처럼 열심히 반복했다. 동희는 전투의 패턴이 이미 어느 누구의 일방적 승리로 끝날 수 없게 되어 버렸다고 생각했다. 카이자가 변함 없이 공격하고 있지만 동희는 이미 본인이 지려고 작정하지 않는 이상 패하는 것은 힘든 상태가 되었음을 알았다. 마찬가지로 자신도 카이자를 이기려 해도 그렇게 하지 못할 상태였다.

'이 싸움은 언제까지 계속 될 것인가?'

동희는 의문이 생겼다. 이른 새벽 연합국에서 시작된 전투는 이미 정오를 훌쩍 넘어 밀림에서 그 끝을 가늠할 수 없는 전투로 이어지고 있었다. 동희는 이런 의문으로 인해 집중력이 떨어졌음에도 불구하고 카이자에게 가격 당하지 않았다. 그만큼 둘은 서로의 전투 패턴에 익숙해졌다.

(나는 지금 무엇을 하고 있는 거지?)

(너 정말 웃긴 놈이군! 나한테 맞아서 몇 번이나 죽을 뻔하다가 어깨

너머로 배운 걸 가지고 이제 좀 버틴다고 큰소리 치는군.)

(펜싱 선수는 모두 너처럼 미련하니? 너는 이제 나를 이길 수 없어. 아직 모르겠어? 이렇게 싸워서는 끝나지 않아.)

(천만에. 넌 아직 멀었어. 최후의 승자는 내가 될 거야. 두고 봐. 널 죽이고 무한한 자유를 누릴 테다. 지구를 놀이터 삼아서 말이야.)

카이자는 쉬지 않고 공격했다. 동희는 공격보다 수비에 치중했다. 예지력과 공격 형태의 반복으로 수비하는 쪽의 동선이 공격에 비해 훨씬 짧았다.

(너는 정말 미친놈 같아. 어떻게 이렇게까지 미련하게 공격을 할 수가 있지?)

(널 죽여버리겠어.)

(널 그냥 두면 너는 분명 살인마가 될 거야.)

(왜, 이제 지쳐가니까 슬슬 수작을 부리는 거야?)

동희는 화가 났다. 동희는 갑자기 공격적인 태도로 바뀌었다. 팔과 다리로 번갈아 가며 연속 공격을 퍼부었다. 숨돌릴 틈도 없이 수십 차례의 연속 공격이 이어졌다. 카이자가 놀라 위치 이동을 했지만 끈질기게 따라왔다. 수십 초 동안의 연속 공격으로 마침내 동희의 주먹이 간신히 카이자의 허벅지를 스쳤다. 카이자는 공중에서 서너 바퀴 돌며 튕겨나가다 멈췄다. 동희는 따라가지 않았다.

(오호! 웬일이야?)

(아직 모르겠어? 너도 나도 이제 이길 수 없어.)

(아니! 내가 이길 거야. 널 죽일 거라고.)

카이자가 공격을 시작했다. 동희는 방어했다.

(이건 정신력의 싸움이야. 앞으로 몇 시간을 더 싸워야 할지, 며칠을 더 싸워야 할지, 아니면 몇 달을 더 싸워야 할지는 모르지만 전투는 반드시 끝나게 되어 있고 승패도 반드시 갈리게 되어 있어. 결국 승패의 열쇠는 인내와 정신력의 싸움인 거야. 누가 끝까지 버티느냐의 싸

움이라고. 어때 나보다 더 오래 버틸 자신이 있나?)

카이자는 의기양양했다. 동희는 카이자의 눈빛을 보았다. 카이자의 눈빛은 한결같았다. 그는 눈빛만으로 충만한 자신감과 아직도 차고 넘치는 전의를 웅변하고 있었다. 그의 머릿속에는 오로지 동희의 갑옷을 벗겨버리겠다는 생각 하나뿐이었다. 카이자는 스스로 단정한 '무한한 자유' 그 열매를 맛본 적이 있었으며, 그것을 끝내 자기 것으로 만들어 버리겠다는 의욕으로 가득 차 있었다.

동희는 카이자의 눈빛에 질려 버렸다. 카이자의 외골수적인 태도에 질식할 것 같았다. 동희는 본능적으로 카이자의 공격을 막으면서 그를 응시했다. 그제서야 동희는 카이자가 입고 있는 갑옷이 아니라 카이자가 보이기 시작했다. 동희는 갑옷의 위험성을 잘 알고 있었다.

좋은 일이든 나쁜 일이든 갑옷은 인간의 두뇌에서 떠오르는 생각을 현실에서 실현시켜 주는 힘이 있었다. 인간에게 일어나는 생각은 아쉽게도 떠오르는 생각마다 모두 사회성을 갖추지도 않았으며, 자신이 바람직하다 여기는 것에조차 반하는 것들도 생기기 마련이었다. 가령 친한 친구라 하더라도 어느 경우에는 따귀를 때려주고 싶다거나 감정이 격해질 때는 순간적으로나마 살의를 가지기도 한다.

그러나 현실에서는 그것은 단지 생각일 뿐이며 기껏 해봐야 욕 한마디나, 심하면 주먹 한 방이 고작이다. 그리고 예전처럼 관계가 호전되고 자신의 태도를 후회하며 반성할 수 있지만 갑옷을 입고 있으면 감정이 격한 그 상황에서 분노는 곧 살인을 의미하며, 되돌릴 수 없는 것이 되고 만다. 또 갑옷의 힘을 알고 나면 도덕적 무장마저 사라지게 된다. 카이자를 이대로 두면 점점 더 통제력을 잃게 되어 살인 역시 기하급수적으로 늘어날 것임이 분명했다.

동희가 카이자와 싸우는 이유는 이런 것들을 막기 위해서였다. 그래서 동희는 카이자를 보지 못하고 오로지 카이자가 입고 있는 갑옷만 보아 왔다. '저것을 어떻게 벗길까'에만 집중했었다. 그러다 전투의 시간이 길어지고 반복되면서 자신이 무엇을 위해 싸우고 있는지 희미해져 갔다.

연합국 해밀턴 박사 개인 실험실

라돌프가 사라진 지하 1층에는 사람의 살점과 피로 흥건했다. 그때 지하 2층에서 1층으로 통하는 문에는 라돌프가 뚫은 구멍이 있었는데, 그 구멍으로 해밀턴 박사가 기어 나왔다.

해밀턴 박사는 손이 뒤로 묶여 있었고 입에는 재갈이 물려있었다. 한쪽 발은 무릎 아래가 잘려나가서 뼈가 드러나 있고, 피가 쉼 없이 흘러내렸으며, 옷과 머리카락은 검게 타 있었다. 살아 있는 것이 믿기지 않는 몰골이었다. 해밀턴 박사는 피로 점령당한 바닥을 벌레처럼 온몸을 부대끼며 기어갔다. 검은 상자에 이르러 겨우 상체를 일으켰다.

라돌프가 건물 밖으로 나가자 길거리를 지나던 사람들은 피범벅이 되어있는 라돌프를 보고 비명을 지르며 도망갔다. 라돌프는 상가 유리를 통해 자신의 모습을 보았다. 갑옷에는 온통 피였다. 마치 자신의 몸에 상처가 생겨서 나온 피처럼 흘러내렸다.

라돌프는 그제서야 자신이 많은 사람들을 죽였다는 사실을 인식했다. 라돌프는 갑옷을 착용한 그 순간부터 두려움에 사로잡혔다. 앤키가 자신을 죽일 수 있다는 두려움. 대장이 자신을 죽일 수 있다는 두려움. 르생 박사가 또 다른 갑옷을 만들어 자신을 죽일 무리들을 만들 수 있다는 두려움. 지하 2층의 신물질 제작 기계가 갑옷을 대량으로 만들 수 있다는 두려움. 모조리 두려움투성이였다.

두려움은 파괴와 살인으로 이어졌다. 눈에 보이는 두려움은 모두 제거했다. 그러나 모든 두려움의 대상을 제거하고 난 현재. 라돌프는 그런 행동을 서슴지 않고 저지른 자신이 두려웠다. 자신이 두려워했던 카이자란 존재가 지금은 바로 자기 자신이었다.

해밀턴 박사는 몇 번의 시도 끝에 테이블 위로 겨우 올라섰다.

라돌프는 유리를 통해 반사된 자신의 얼굴을 뚫어지게 쳐다보았다. 자신의 눈 속에서 앤키의 목이 잘려 나가는 모습, 기계들이 파괴되는 모습, 대장을 죽이는 모습, 르생 박사를 죽이는 모습, 군인들과 수행 비서 그리고 정보원들을 죽이는 모습이 스쳐갔다.

밀림

동희는 카이자의 맹목적이고 지칠 줄 모르는 의지가 어디에서 나오는 것인지 헤아릴 여력이 없었다. 동희는 카이자가 스물두 살 된 한참 동생뻘이란 사실을 상기했다. 동희는 그 나이에 사 교수를 만났었다. 동희는 카이자가 나이에 비해 너무 큰 화두를 떠안고 있다고 생각했다. 그리고 질문했다.

'무엇이 카이자를 이토록 지칠 줄 모르게 만들까?'

그제서야 동희는 카이자가 했던 말이 생각났다. 순간 카이자의 주먹이 동희의 가슴을 가격했다. 동희는 굉음과 함께 튕겨 나가 바닥에 박혔다. 동희는 벌떡 일어나 자리를 피했다. 카이자는 동희가 떠난 자리에 날아와 주먹을 뻗었지만 맨땅을 쳤다. 동희는 어느새 카이자 등 뒤에 거리를 두고 서 있었다. 카이자가 몸을 일으키며 천천히 돌아섰다. 동희는 맞은 가슴을 쓸어 내렸다.

(벌써 한계를 보이는 거야? 이거 너무 싱겁잖아.)

동희는 호흡을 조절했다. 통증은 견딜만했다.

(카이자! 너를 돌아 봐. 어쩌다 갑옷을 입게 되었는지. 어쩌다 사람을 죽이기 시작했는지 말이야.)

(집어치워. 지치니까 또 말을 거는군. 싸우는 게 겁나면 항복해.)

(그게 아니야. 네가 말하는 자유 말이야. 무한한 자유. 네가 처음부터 누구를 죽이려고 작정하지는 않았지만 지금은 너의 의지와는 상관없이 여기까지 와 버렸어. 마찬가지로 네가 나를 이기고 갑옷을 입은 유일한 사람이 된다면 너는 네 속에 잠재한 악마성에 빠져들게 돼.)

(악마성? 하- 하- 하- 하- 그게 뭔데? 사람 몇 명 죽이는 것? X신 같은 놈. 사람 몇 명 죽는 게 그렇게도 겁나냐? 가만히 두면 어차피 모두 죽을 것들이야.)

(결국은 통제력을 잃고 스스로를 괴물로 만들 거야.)

(악마? 괴물? 사람을 죽이면 악이고, 많이 죽이면 괴물이란 말은 갑옷이 있기 전의 이야기지. 이미 유효기간이 지나간 고리타분한 말이야.)

(모르겠어? 갑옷이 감정들을 통제하는 힘을 약화시키고 있는 것을 말이야. 너는 처음에 경찰을 우연히 죽였지만 그 다음부터는 규모가 커지고 죄책감도 없어져 버렸어.)

(모두 살아남기 위한 일들이야. 생존. 감정을 통제하는 힘이 약해진다고? 너는 이성에 치중해서 합리적이고 주도 면밀하게 대량 학살을 한 거냐? 너는 아직 내가 무슨 말을 하는지 몰라. 무한한 자유를 몰라.)

(네가 느낀 무한한 자유라는 것이 결국은 너를 짐승 수준으로 만들어 놓을 거야.)

(풋- 하- 하- 하- 이봐! 형씨. 사람 좀 웃기지 말게. 갑옷 입은 지 얼마나 되었다고 나를 가르치려 드시나. 결국은 이해 못할 거야. 너에게는 아직도 감정이니 이성이니, 선이니 악이니 이런 말들이 유효한 수준이니까. 그래, 오히려 내가 말하는 무한한 자유를 네가 모르는 편이 낫지. 알면 악착같이 이기려 들 테니까 말이야.)

(나도 처음 갑옷을 입고 사람을 죽일 뻔했어.)

카이자는 흠칫 놀랐다.

(이제 실토를 하시는군. 죽였겠지. 그렇지?)

(아니, 죽이진 않았어. 하지만 운이 좋았던 거야. 친구들과 용감한 소녀 덕분이었어. 네가 무한한 자유를 느꼈다면 나는 그 무한한 자유를 갖기에는 나 자신이 얼마나 모자란 존재인가를 깨달았어. 갑옷은 인간의 의식을 현실에 그대로 반영하지. 억눌렀던 생각들까지 말이야. 사람들 중에 미워하는 감정이 한 번도 생기지 않는 사람이 어디 있겠어.)

(그래, 그랬던 거야.)

(뭐가?)

(이것은 지금까지 인간이 지닐 수 있었던 힘이 아니야. 약해빠진 인간이 언제 어디에서 이런 무한한 무엇을 가진 적이 있었냐고.)

카이자는 맹렬히 공격했다.

(정말 못 말릴 놈이군.)

(이건 내가 무조건 이겨.)

동희는 카이자의 공격을 막아냈다. 어떤 말로도 그를 설득할 수가 없었다. 몸이 체득한 경험을 말로 설득해서 돌려놓기란 쉽지 않은 일이었다. 동희는 막막했다. 한숨이 절로 나왔다. 그렇다고 포기할 수도 물러설 수도 없는 입장이었다. 싸움을 하면서 동희는 그를 제압하려고 시도해 보기도 했었다. 좀 더 노력하면 이길 수도 있지 않을까, 기대도 해보았지만 헛수고였다. 둘의 속도가 어쩌면 이렇게 똑같을까, 감탄이 나올 정도였다.

그런 상황은 또다시 한 시간 넘게 재현 되었다. 시시포스의 돌처럼 싸움은 끝없이 펼쳐진 고역으로만 여겨졌다. 그리고 그때 동희는 카이자의 변함없는 눈빛을 보았다. 그리고 카이자의 말이 생각났다.

'이것은 지금까지 인간이 지닐 수 있었던 힘이 아니야. 인간이 언제 어디에서 이런 무한한 무엇을 가진 적이 있었냐고.'

동희는 카이자의 눈빛에서 그 말을 읽을 수 있었다. 그리고 두 단어가 뇌리에 박혔다.

'인간' '무한'

동희는 순간 카이자의 감정에 이입되었다. 그리고 깨달았다. 무한성에 대한 추구는 카이자 개인의 욕심이 아니라 인간이 지닌 공통된 욕구였다. 인간의 모든 고통과 번뇌는 바로 모든 분야에 걸친(수명의 유한성, 물리적 힘의 유한성, 지혜와 지식의 유한성 등) 인간의 유한성에 기인하는 것이었다. 지금껏 인류사에 그 어느 누구도 유한성을 초월한 인간은 없었다. 갑옷은 적어도 자유에 관한 한 무한성을 추구해 볼 만큼 절대적 힘을 줄 수 있어 보였다. 카이자는 인간이 그토록 가지고 싶었던 무한한 무엇을 갑옷을 통해서 얻으려는 것이었다.

동희는 카이자의 눈에서 그것을 읽어냈다. 그리고 생각이 여기에까지 미치자 동희는 이해할 수 없었던 카이자의 마음을 깊이 공감하였으며 나아가 포용하기에 이르렀다. 너무도 간절한 그의 마음은 온 인간이 지니고 왔던, 아니 모든 생명체가 꿈꾸어왔던 갈망을 상징하는 듯했다. 동희는 카이자의 맹목적인 눈빛이 인간의 나약함을 증거하는 것 같아서 오히려 측은해 보였으며, 한편으로는 한없이 슬퍼 보였다. 그리고 이런 생각들은 뜻하지 않게 동희에게 각성을 불러 일으켰다. 각성이 일어날 때면 늘 그렇듯 머리에서부터 척추까지 전기에 감전된 듯 전율이 느껴졌으며, 새로운 정신의 지평이 광활하게 펼쳐지는 것 같았다.

그리고 그와 동시에 동희에게 새로운 변화가 나타나기 시작했다. 각성의 전율이 기혈을 열었는지, 아니면 두뇌의 신호 변화로 몸에 흐르는 미세 전류의 방향과 크기를 변화시켰는지 모를 일이었지만, 몸이 없어진 듯한 일체무감의 느낌에서 더 나아가 몸은 허공보다 더 가벼운 미지의 공간 또는 새로운 존재가 된 것 같았다. 자신의 몸은, 아니 그 공간은, 아니 그 존재는, 나의 것이라는 느낌도 그렇다고 남의 것이라는 느낌도 들지 않았다. 모든 것은 찰나에 일어났다.

바로 그때 줄곧 방어만 하던 동희는 카이자의 공격이 갑자기 느리게 느껴졌다. 각성에 이르기까지 많은 생각들이 스쳐 갔지만 카이자의 공격을 여유롭게 막아냈으며, 카이자의 공격 속도가 현저히 느리게 보였다. 동희는 착각인지 실제로 느린 것인지 헷갈렸다. 그래서 여유롭게 방어하고 생기는 틈을 이용해서 카이자의 가슴을 향해 주먹을 슬쩍 뻗었다.

순간 지금까지 들을 수 없었던 귀를 찢는 굉음과 함께 카이자는 대각선으로 하늘 높이 날아가 버렸다. 카이자는 얼마나 멀리 팅겨 나갔는지 아예 시야에서 사라져 버렸다. 동희는 주먹을 쳐다보았다. 주먹에는 아무런 느낌도 없었다.

곧이어 카이자가 날아와 주먹을 날렸다. 동희는 가볍게 막아냈다. 카이자의 얼굴은 고통으로 일그러져 있었다. 그리고 카이자는 중심을 잃고 털썩 무릎을 꿇었다. 두 손으로 가슴을 부둥켜 쥐고 숨을 몰아쉬었다. 카이자는 충격이 너무 커서 반사적으로 공격했지만 통증을 숨길 수 없었다.

"아- 아- 하아- 아- 하아- 방어만, 하아- 하더니, 하아- 힘을 비축해 둔 건가?"

카이자는 통증이 가시지 않았지만 당황하여 금세 일어섰다. 동희에게 연속 공격을 받을까 두려웠다. '최선의 방어는 공격이다.' 카이자는 먼저 공격했다. 동희는 카이자의 공격이 확연히 느리게 보였다. 그것은 착각이 아니었다. 카이자는 정말 열심이었지만 동희는 여유가 넘쳤다. 그리고 동희는 비로소 알았다. 카이자가 느려진 것이 아니라 자신이 빨라졌다는 것을. 몸 전체의 이동속도, 신체 각 부분의 속도는 물론 예지력도 향상되었다.

또 한 번의 가격. 카이자는 땅으로 박혀버렸다. 동희는 자신이 갑자기 빨라지고 정확해진 이유를 알지 못했다. 하지만 빨라진 자신이 어색하지 않았다. 마치 처음부터 그런 속도를 지니고 있었던 것 같았다.

자신은 변한 것이 없는데 카이자를 비롯한 세상이 느려진 것처럼 느껴졌다. 카이자가 솟구쳐 올라 땅 위에 발을 내렸다. 그러나 서 있는 것이 이상할 정도로 심하게 비틀거렸다. 다섯 시간 만에 나온 연타였다.

(두 번 쳤다고 다 이긴 듯 여유를 부리는군. 이젠 내가 칠 차례야.)

카이자는 동희를 향해 날아왔다. 동희는 가볍게 피했다. 그리고 어느새 카이자 등 뒤로 갔다.

(난 너보다 더 미래를 보고 있어.)

카이자는 번개처럼 뒤로 돌며 주먹을 날렸다. 적막함. 아무것도 없었다. 동희는 예지력으로 벌써 카이자의 등 뒤로 이동한 상태였다. 카이자는 여전히 등 뒤에 동희가 느껴졌다. 다시 번개처럼 회전했으나 역시 아무것도 없었다.

카이자는 해를 등지고 있어서 동희의 그림자를 확인했다. 동희 그림자는 곧 두려움으로 밀려왔다. 아무리 움직여도 등 뒤에 붙어있는 적. 언제 가격 당할지 모른다는 공포감. 카이자는 고개를 홱 돌렸다. 동희가 보이지 않았다. 그제서야 앞에서 동희가 그를 불렀다. 동희는 공중에 서 있었다. 카이자는 재빨리 전투 자세를 취했다. 동희는 뒷짐을 지고 있었다.

(무슨 속임수를 쓴 거야? 또 그 변수인가 면수인가 하는 놈이 호작질을 했나?)

동희는 아무 대답 없이 고개를 좌우로 흔들었다. 카이자는 공격했다. 카이자의 공격은 허공을 갈랐다.

(소용없어. 그만해!)

카이자는 들은 체도 하지 않았다. 동희는 또다시 시야에서 사라졌다. 카이자는 당황했다.

(너는 이제 내 상대가 되지 않아. 내가 마음만 먹으면 너를 공격해서 갑옷을 벗길 수 있어. 너도 이미 눈치챘겠지? 포기해. 포기하고 네가 스스로 갑옷을 벗어줘. 그게 너의 고통을 줄이는 길이야.)

(웃기지 마. 나도 따라 할 수 있어. 네가 배웠던 것처럼 말이야.)

(그래? 그럴까? 따라 해 봐. 이건 어때?)

카이자는 갑자기 눈을 심하게 깜박거렸다. 믿을 수 없는 광경이 눈앞에서 펼쳐지고 있었다. 두 명의 동희가 나타났다.

(자, 어느 쪽하고 싸울 테냐.)

카이자는 당황했다.

(이건 속임수야.)

카이자는 왼쪽에 있는 동희에게 달려갔다. 카이자는 동희의 주먹을 맞고 튕겨 나갔다. 벌떡 일어선 카이자.

(그럼 오른쪽은 가짜지. 홀로그램인가?)

카이자는 오른쪽 동희를 가짜인 양 지나가려 접근했다. 하지만 가차 없이 동희의 주먹이 뻗어 나왔다. 카이자는 튕겨 나갔다. 두 명의 차동희는 독립적으로 행동했다. 벌떡 일어선 카이자는 도무지 믿을 수 없다는 표정이었다.

(이건 어때?)

두 명의 차동희는 넷이 되었다. 카이자는 머리를 흔들었다.

(아니야. 이건 아니야. 내가 꿈을 꾸고 있는 거야.)

(그럼 이건 어때?)

넷의 차동희는 어느덧 여덟으로 늘어났다. 여덟 모두 제각기 움직였다. 차동희들은 카이자를 에워쌌다. 카이자는 놀란 마음을 추슬렀다.

(가짜들! 덤벼 봐!)

카이자는 눈을 감았다. 그리고 정신을 집중했다. 차동희를 떠올렸다. 그제서야 카이자는 자신 앞에서 벌어지는 기이한 광경을 이해할 수 있었다. 그리고 이해는 그를 감탄과 절망으로 몰아넣었다.

동희의 모습이 여러 개로 보이는 것은 착시현상이었다. 동희는 여덟 곳의 위치를 선정하고 그 여덟 곳을 빠르게 옮겨 다녔다. 여덟 곳으로 움직이는 동선은 여러 갈래이고 상상 못할 속도로 빠르게 움직였으며,

여덟 곳에서는 아주 짧았지만 멈추는 시간이 있었다. 그렇게 동선과 시간 안배로 동희는 여덟 곳에서 그의 잔상을 만들어냈다. 초당 수십 장의 정지 화상을 빠르게 보여줌으로 인해서 동영상을 만드는 것처럼 동희는 엄청난 속도와 시간 배분으로 인간의 눈을 속이는 것이었다. 상상을 초월하는 속도와 가속도, 정확도가 아니면 불가능했다.

여덟 명의 차동희는 모두 착시현상으로 보이는 차동희인 동시에 또 진짜 차동희이기도 했다. 여덟 명의 동희 중 누구라도 먼저 공격할 수 있었으며, 여덟 명의 동희 모두가 공격을 받아낼 수 있었다. 카이자는 눈을 떴다. 눈앞에 있지만 믿을 수 없는 광경. 각각의 동희는 윤곽선이 너무나 뚜렷했다.

(끝났어. 포기해, 카이자.)

비교가 되지 않는 속도와 정확성. 카이자는 승산이 없다는 사실에 곧 울음을 터뜨릴 것 같았다. 카이자는 저절로 무릎이 꺾였다. 맹렬히 불탔던 승부욕은 자취를 감춰 버렸다. 거대한 슬픔의 파도가 그를 덮쳤다.

'어째서, 왜, 동희는 갑자기 저런 것들이 가능해졌지?'

순간 카이자는 체념으로 감았던 눈을 부릅떴다. 그리고 일어서서 갑자기 하늘로 솟구쳤다. 동희는 곧바로 카이자를 따라갔다.

연합국 해밀턴 박사 개인 실험실

해밀턴 박사는 손이 묶인 채로 기어서 르생 박사의 시체 곁으로 갔다. 르생 박사의 손은 둘 다 바지 주머니 속에 있었다. 해밀턴 박사는 르생 박사의 오른손을 주머니에서 꺼냈다. 르생 박사의 손에는 원형으로 생긴 작은 리모컨이 쥐어져 있었다.

해밀턴 박사는 리모컨을 빼내서 안전장치를 풀고 버튼을 눌렀다. 순간 앤키의 갑옷 속에서 꽝 하고 폭발이 일어나더니 뚫려 있던 목 부분의 좁은 구멍으로 내장을 비롯한 신체 전부가 폭발하여 대포처럼 분출했다. 시체는 폭발의 반동으로 테이블을 떠나 맞은편 벽에 부딪치고 목 부분의 구멍으로 튀어나온 앤키의 신체 잔해는 20여 미터나 뻗어나가 반대편 벽을 때리고 일부는 해밀턴과 르생 박사 위로 떨어졌다. 으깨어진 신체는 어떤 부위인지 구분할 수 없었다.

해밀턴 박사는 흐느꼈다. 늙은 노인의 처량한 울음소리는 천장이며, 벽에서 떨어지는 핏방울 소리와 섞여 구슬프기 이루 말할 수 없었다. 해밀턴 박사는 르생 박사의 다른 쪽 주머니를 뒤졌다.

밀림

카이자는 엄청난 속도로 날고 있었다. 주변은 온통 새하얗게 변했다. 그러나 어느새 카이자 등 뒤에는 동희가 함께 날고 있었다.

(도망쳐도 소용없어, 카이자.)

동희는 카이자를 어린애 다루듯 했다.

연합국 해밀턴 박사 개인 실험실

라돌프는 자신의 눈을 통해 두려움을 보았다. 라돌프는 갑옷을 입으면 앤키와 함께 카이자를 붙잡아 연합국에 평화를 되찾겠다 다짐했었다. 그러나 지금 라돌프는 돌이킬 수 없는 살인을 저질렀다. 라돌프는 이제 군인으로서의 삶뿐 아니라 생애 전체가 이것으로 끝났다 여겼다. 후회와 설움, 분노가 순서 없이 라돌프를 괴롭혔다. 라돌프의 눈에 눈물이 맺혔다.

라돌프는 자신이 사랑하는 가족의 얼굴을 떠올렸다. 자신의 죄를 연장시키지 않고 거기서 멈추게 한 것은 가족에 대한 배려였다. 사랑하는 가족을 위한 의무감이었다. 자신은 어떻게 될지 모르지만 남은 가족들을 위해서 더 이상의 죄를 짓지 않아야겠다고 생각했다. 라돌프는 천천히 손을 헬멧으로 가져갔다. 안전장치를 누르고 버튼을 눌러 헬멧을 돌렸다.

'모든 것은 여기에서 끝나야 한다.'
라돌프는 헬멧을 벗었다.

해밀턴은 겨우 르생 박사의 다른 손에서 리모컨을 빼냈다. 안전장치
는 이미 풀려 있었다. 피를 많이 흘려서 정신이 혼미했다. 해밀턴 박사
는 자신이 인류를 위해서 할 수 있는 마지막 일은 이것이라 의심치 않
았다. 그리고 자신에게 남아 있는 모든 힘을 엄지 손가락으로 보냈다.

라돌프의 갑옷 안에서 폭발이 일어났다. 신체가 산산조각 나서 '펑'
하고 하늘로 분출되었다. 거리에는 아무도 없었다. 상점 유리만이 라
돌프의 마지막 모습을 묵묵히 비쳐주고 있었다.

 바다 위
카이자는 도망쳤다.
(어디로 가야 하지? 어디로 가야 하는 거야? 어디로.)
(숨을 곳은 없어.)
카이자는 등 뒤를 돌아 보았다. 동희가 카이자의 등 뒤에 붙어 함께
날고 있었다.
(저리 가! 저리!)
카이자가 공격했지만 동희는 가볍게 피한 뒤 주먹으로 카이자의 어
깨를 내리쳤다. 카이자는 동희의 주먹을 맞고 수직으로 떨어져 땅에
몇 번 튕기더니 쓰러졌다. 동희는 뒤따라 와서 카이자가 일어서자마자
주먹으로 공격했다. 카이자는 날아가 바위 절벽에 박혔다.
(아! 그만! 그만!)
연속 공격은 카이자를 극한 고통 속으로 내몰았다. 동희는 아랑곳
하지 않고 번개처럼 날아와 바위에 박힌 카이자를 공격했다. 카이자는
절벽 깊숙이 뚫고 들어갔다.

(제발!)

동희는 카이자를 끌어냈다. 그리고 카이자의 배를 가격했다. 귀청이 터질 듯 굉음과 함께 카이자의 목은 힘없이 꺾여 있었다. 동희는 땅으로 카이자를 고이 눕혔다. 허탈한 마음에 맥이 풀렸다. 긴 한숨을 내어놓았다. 배면수 목소리가 들렸다.

"헬멧을 벗겨. 왼쪽 목 아래를 밀면 레버가 나와. 그 레버를……."

동희가 신경질적으로 말을 끊었다.

"알고 있어요."

동희는 마치 화가 난 것 같았다.

"어! 그래."

배면수는 마음이 급했지만 한발 물러섰다. 동희는 천천히 카이자의 어깨로 손을 가져갔다. 어깨 부위를 누르자 원형 레버가 올라왔다. 원형 레버를 돌린 후 헬멧 아래 손가락 마디 크기의 높이로 둘러싼 링을 돌렸다. 반 바퀴쯤 돌리자 헬멧이 몸체와 떨어졌다. 동희는 카이자의 헬멧을 벗겼다.

동희 주위로 천리안이 하나 둘 모여들었다. 카이자의 희고 앳된 얼굴이 모습을 드러냈다. 천리안 한 기가 헬멧을 받았다. 동희는 카이자의 얼굴이 낯설지 않았다. 카이자는 눈을 감고 있었다. 긴 속눈썹과 미소를 머금은 듯한 입 모양은 마치 좋은 꿈을 꾸고 있는 것처럼 보였다. 동희는 갑옷을 벗겼다. 마지막까지. 남김없이. 동희 주위로 모인 천리안들은 카이자의 갑옷 조각들을 받아 들었다. 동희가 일어서서 손짓을 하자 천리안은 일제히 기지를 향해 출발했다.

멀리 지평선 너머로 사라질 때까지 지켜보던 동희는 그제서야 그곳이 사막 한가운데 고원지대라는 사실을 알았다. 주위에는 메마른 땅과 모래, 거친 바위산과 바위 절벽뿐이었다.

발아래 쓰러져 있는 나체는 눈이 부실 만큼 창백했다. 약한 호흡만이 아직 살아있음을 짐작하게 했다. 얼마나 지났을까? 나체가 꼼지락거렸다. 카이자는 의식을 차렸다. 카이자는 자신의 무거운 육체가 느껴졌다. 그리고 전신을 휘감는 허전함에 쉽게 눈을 뜰 수 없었다. 눈을 계속 감고 있으면, 언제까지나 눈을 감고만 있으면 자신의 우려가 현실이 되지 않을 거라 믿고 싶었다.

"일어나!"

동희의 말에 카이자는 눈을 가늘게 떴다. 머리 위에는 갑옷을 입은 동희가 해를 가린 채 서 있었다.

"끝난 건가?"

동희는 대답 없이 고개를 끄덕였다. 카이자의 눈에서 눈물이 맺히더니 속절없이 주르르 흘러내렸다.

"다 끝났어. 일어나!"

"날 죽일 건가?"

"그럴 필요가 없어졌어. 집으로 데려다 줄게."

"세상으로 나가면 사람들이 나를 가만두지 않을 거야. 쉽게 죽도록 내버려 주지도 않을 거고."

"……."

"부탁이야. 나를 이곳에 그냥 버려 줘."

"여긴 사막이야. 살 수 없어."

"그렇게 해 줘. 제발."

카이자의 눈빛은 다하지 못한 많은 말들을 내포하고 있었다. 갑옷을 입고 저지른 잔악한 행위나 하늘을 찌를 듯한 교만은 어디에서도 찾아 볼 수가 없었다. 갑옷을 벗은 카이자는 그저 평범한 청년의 모습이었다. 동희는 떠나기 위해서 카이자로부터 한 발 물러섰다.

"마지막으로 하나만 물어봐도 돼?"

"음!"

"왜 갑자기 속도가 빨라졌지?"

"글쎄 정확한 건 모르겠지만 정신적인 성찰과 연관이 있는 것 같아."

"정신적인 성찰? 허- 허허- 허. 그게 뭐야?"

카이자는 동희의 말에 어이없다는 듯 웃어버렸다. 동희는 그 말과 함께 사라졌다.

카이자는 누워서 멍하니 하늘을 바라보았다. 외적으로는 세상을 다 가졌고 내적으로는 절대적인 힘으로 무한한 자유를 누렸지만 지금의 자신은 황량한 사막 한가운데에서 실오라기 하나 걸치지 않은 맨몸 뚱이뿐이었다. 카이자는 생에 대한 미련이나 애착이 없었다. 카이자는 가만 눈을 감았다. 울음처럼 붉디붉은 노을이 불타고 있었다.

동희는 연합국 제2 도시 진앙지로 갔다. 그리고 단숨에 땅속을 파고 들어가 비행체를 지상으로 뽑아냈다. 미사일 두 기도 회수했다. 천리안이 다가왔다. 비행체 캐노피를 열고 천리안이 안으로 들어갔다. 제어 계통을 통제한 천리안은 미사일을 비행체에 싣고서 보물 창고로 향했다.

"면수 선배, 밀림에 떨어진 천리안도 모두 회수해 주세요."

"알았어. 잠깐, 동희야. 연합국 해밀턴 박사 실험실에서 무슨 일이 일어난 것 같아."

승오가 말렸다.

"형, 형은 지금 지쳤어요. 물 한 모금 마시지 않고 열두 시간 이상을 싸웠어요. 우선은 기지로 돌아오세요."

"무슨 일이죠?"

"군인들이 포위하고 있어. 천리안을 접근시켜 볼게."

"제가 가 보죠."

동희는 속도를 줄였다. 주택가 실험실을 중심으로 군인들이 길을 통제했다. 군인들 앞에서 오열하는 사람들이 보였다. 길가에는 핏자국이 있었으며 실험실 입구에서 병사 한 명이 들것에 실려 나왔다. 의무병은 병사에게 산소마스크를 씌웠다. 실험실 입구에는 장갑차와 군용차량, 구급차 여러 대가 있었다. 동희는 군인들의 대화에 정신을 집중했다.

(어떻게 된 거야?)

(들어가다 실험실 안을 보고 기절했습니다.)

(아니, 왜?)

(생지옥이랍니다. 피 냄새 때문에 방독면을 착용해야 한답니다.)

동희는 현장으로 천천히 내려갔다. 모여 있던 군인들은 차동희를 카이자로 오해하고 비명을 지르며 도망쳤다. 배면수가 천리안을 지하로 투입시켰다. 붉은 색안경을 쓴 것처럼 지하는 온통 피바다였다. 지하 2층에서 연기가 조금씩 새어 나오고 있었다. 배면수와 승오는 화면을 보고 기겁했다.

"윽!"

천리안이 지하 1층을 탐색해 나갔다.

"동희야! 르생 박사와 해밀턴 박사 시체가 확인됐어."

"정말입니까?"

"신물질 갑옷이 한 벌 있어."

"시스템 자료에 접속해 보세요."

"알았어."

천리안이 시스템에 접속했다. 동희가 가이아에게 명령했다.

"가이아. 자료 분석 부탁해. 갑옷에 관련된 걸로."

"카이자 갑옷 설계, 앤키 갑옷 설계, 라돌프 갑옷 설계, 모두 세 벌의 갑옷 설계 및 제작 이력이 발견되었습니다."

"뭐야. 카이자 것 말고 두 벌이 더 만들어졌단 말이야?"

배면수는 자료를 확인했다. 동희가 물었다.

"지하에 더 없나요?"

"없어. 지하 2층을 찾고 있어. 적외선 전환. 천리안 추가 투입."

"저도 들어가 볼까요?"

"아니 연기가 자욱해. 산소 발생 장치도 다 되었잖아."

천리안 다섯 기가 더 지하로 들어갔다.

"어! 가이아, 저기 해밀턴 박사 손에 쥐어 있는 것 확인해 봐."

화면에 해밀턴 박사의 손이 확대되었다.

"리모컨입니다."

천리안이 헬멧에서 앤키 중위의 머리를 꺼냈다.

"가이아, 신원 조회."

"연합국 소속 앤키 중위입니다."

천리안 두 기가 갑옷과 헬멧을 가지고 밖으로 나왔다. 나머지 천리안은 지하에서 시체의 얼굴과 지문을 확인했다.

"동희야, 라돌프 중위가 없어."

동희는 길 맞은편 상점에 있는 핏자국을 보았다. 동희는 건물 벽에 나 있는 핏자국을 따라 위로 올라갔다. 그리고 맞은편 3층 옥상 위에서 사람의 머리를 발견했다. 동희는 다가가서 머리를 집어 들었다. 척추 일부가 붙어 있었다.

"이건 누구지, 가이아?"

"라돌프 중위입니다."

동희는 고이 머리를 내려놓았다.

"라돌프 중위가 죽었는데 라돌프 중위의 갑옷이 없어. 연합국에서 회수한 게 아닐까?"

"앤키 중위 갑옷은 기지로 옮겨 주세요. 그리고 나머지 천리안도 철수시키구요."

"알았어."

"가이아, 통신 내용 조사해 봐."

"네."

15분 전, 이스마엘 병장

이스마엘 병장은 사고 지점 근처에서 연락을 받고 가장 먼저 도착했다. 커브를 돌자 갑자기 나타난 핏자국에 놀라서 운전대를 급하게 돌리는 바람에 반대편 벽에 부딪칠 뻔했다. 함께 탔던 상사와 이스마엘은 내리자마자 피 묻은 갑옷과 헬멧을 닦지도 않고 급하게 차에 실었다. 상사는 바로 기지로 돌아가라 명령했다. 그리고 기지로 급히 연락했다.

이스마엘 병장이 사고 지점에서 빠져나올 때 다른 군용차량들은 줄지어 사고 지점으로 들어가고 있었다. 이스마엘은 머리가 복잡했다. 차 뒤에 실은 것이 정말 카이자가 입고 있는 것과 같은 신물질 갑옷인지 반신반의했다. 정말 신물질 갑옷이라면, 그렇게 중요한 것이라면, 왜 혼자 기지로 가져가라고 시켰는지 상사의 명령을 이해할 수 없었다. 이스마엘은 속도를 줄였다. 그리고 유리창을 통해서 짐칸을 보았다.

이스마엘은 후면등으로 언뜻 피 묻은 갑옷을 본 순간부터 흥분한 마음을 좀처럼 진정시킬 수가 없었다. 기지까지 길어야 10분이었다. 이스마엘은 자기가 무슨 생각을 하고 있는지도 몰랐다. 순간 신호를 보지 못하고 횡단 보도에 있는 사람을 칠 뻔했다. 급정거로 몸이 쏠린 이스마엘은 그제서야 안전띠도 매지 않은 것을 알았다. 놀란 사람들이 일제히 이스마엘을 쳐다보며 고함을 질렀다. '젠장, 이게 뭐야.'

이마와 등에서 식은땀이 흘렀다. 길게 한숨을 내쉬었지만 가쁜 숨은 좀처럼 수그러들지 않았다. 심장은 여전히 요동치고 있었으며 관자놀이를 지나가는 핏줄은 심장 박동에 맞추어 펄떡펄떡 뛰고 있었다. 열기가 머리 끝까지 치밀었다. 신호가 바뀌자 이스마엘은 다시 달렸다. 이스마엘의 머리에는 온통 짐칸 생각뿐이었으며 자신이 짐칸을 궁금해 하고 있다는 사실을 인정해야 했다.

'제기랄! 미친 상사.'

이스마엘은 자신이 쓸데없는 신경을 쓰게 된 이유는 순전히 상사의 판단 착오 때문이라고 생각했다. 이스마엘은 궁금해서 미칠 것 같았다. 기지까지는 이제 채 5분 거리였다. 남아 있는 거리가 줄어드는 만큼 궁금증은 점점 더 커져갔다. 그러다 자신도 모르게 운전대를 돌렸다. 골목으로 들어선 후 이스마엘은 바로 차를 세웠다.

'기지로 가면 영원히 볼 수 없을 거야. 빨리 한번 보고 가자. 보는 건데 뭐 어때.'

이스마엘은 주위를 살폈다. 아무도 차량을 눈여겨보지 않았다. 이스마엘은 시동을 끄고 운전석에서 내려 차 뒤로 갔다. 뒷문을 열고 짐칸에 올라서서 문을 닫았다. 짐칸은 어두웠다. 이스마엘은 불을 켰다. 입김이 서렸다. 발 아래에는 군용 천막이 말려 있었다. 이스마엘은 조심스럽게 천막을 걷어냈다. 피 묻은 갑옷과 헬멧이 모습을 드러냈다. 은빛 신물질 앞에서 이스마엘은 말을 잃었다. 갑옷과 헬멧의 정교함. 처음 보는 빛깔.

'그래, 이것이었어.'

특종이라며 보여주던 화면에서의 갑옷은 흐릿하고 형체도 불분명했으며 순식간에 사라졌지만 발 아래 있는 갑옷은 제 모습을 고스란히 드러내고 있었다. 이스마엘은 천천히 손을 뻗어 헬멧을 만졌다. 손에 느껴지는 싸늘한 감촉. 이스마엘은 용기를 내어 헬멧을 집어 들었다.

이스마엘은 깜짝 놀랐다. 헬멧의 무게는 이스마엘의 예상은 물론이고 상식에서조차 저만치 떨어져 있었다. 이스마엘은 그 무게감을 즐기듯 위아래로 천천히 흔들어 보았다. 형체는 있었지만 빈 손을 움직이는 듯했다. 그리고 이스마엘은 조심스럽게 헬멧 속을 들여다 보았다. 아무런 장치도 없었으며 사람의 머리 모양대로 굴곡이 져 있었다. 헬멧 속에는 핏자국도 없었다.

이스마엘은 헬멧의 모양에 심취했다. 마치 훌륭한 미술품을 감상하듯 세세한 부분까지 주의 깊게 관찰했다. 헬멧이 눈에 익자 이스마엘은 그것을 조심스럽게 내려놓았다. 그리고 갑옷을 들었다. 갑옷은 더욱 정교했다. 부품이 이어지는 연결의 구조도 놀라웠지만 사람의 몸을 그대로 따라 만든 외형이 그렇게 아름답게 보일 수가 없었다. 자신도 모르게 이스마엘은 갑옷을 가슴으로 가져갔다.

'이것을 입으면 카이자처럼 된단 말인가?'

이스마엘은 갑옷을 바닥에 내렸다. 헬멧도 가져와서 갑옷의 목이 닿는 지점에 붙였다. 그리고 옆으로 가서 누웠다. 발바닥을 일치시키자 헬멧의 눈 부분이 자신의 눈 위치와 비슷했다.

'키가 비슷하네.'

그러다 이스마엘은 손목에서 울리는 신호음에 깜짝 놀랐다. 상사였다.

"도착했나?"

"네. 다 왔습니다."

"도착하면 바로 2초소로 가면 돼. 알았지."

"네."

이스마엘은 얼른 일어나서 허겁지겁 천막으로 갑옷을 감고서 짐칸에서 나왔다. 신물질을 구경하는 데 10초도 걸리지 않을 거라 예상했지만 시계를 보니 5분 이상 지체되었다. 차를 세우지 않았으면 벌써 도착했을 시간이었다.

사방은 벌써 어둑어둑했다. 이스마엘은 운전석에 올랐다. 그리고 심하게 고개를 좌우로 흔들었다. 이스마엘은 마치 큰 죄를 지은 것 같았다. 이스마엘은 시동을 켰다.

'기지로 가자.'

이스마엘은 차를 돌려 골목을 빠져 나오기 위해서 운전대를 급하게 돌렸다. 그러다가 손이 미끄러져 오른쪽 엄지손가락을 접질렀다. 이스마엘은 외마디 비명을 지르며 왼손으로 오른손 엄지손가락을 감싸 쥐었다. 이스마엘은 그제서야 자신의 손과 핸들에 피가 묻어있는 것을 보았다. 갑옷을 만지다 묻은 피였다.

'젠장 뭐라고 하지?'

이스마엘은 마음이 급했다. 바지에 대충 손을 닦았다. 그리고 차를 돌려 골목길을 빠져 나와 4번 대로로 진입했다. 한가했던 도로는 퇴근 시간과 차량 통제가 맞물려 북새통을 이루고 있었다. 골목에 차를 세우지만 않았어도 벌써 4번 도로를 벗어나 기지로 들어가는 진입로에 도착했을 터였다.

이스마엘의 다급한 마음과는 아랑곳없이 꽉 막힌 도로. 차는 거의 서다시피 했다. 이스마엘은 조급증이 났다. 줄지어 늘어선 차, 경적 소리, 자동차 시동 소리, 고함 소리, 횡단보도 신호를 받고 지나가는 사람들 수다 소리. 이스마엘은 가슴이 답답했다. 그리고 이내 가슴이 조여오고 숨이 가빠졌다. 숨을 가쁘게 헐떡이던 이스마엘은 급히 차량 서랍에서 종이봉투를 꺼내 입에 갖다 대고는 크게 호흡을 했다. 숨소리와 함께 몸이 점점 나른해지더니 가슴이 풀렸다. 앞 차와 간격이 벌어지고 뒤에서는 경적 소리가 울렸지만 아랑곳하지 않았다. 이스마엘은 생각했다.

'이미 늦었다.'

이스마엘은 봉투를 옆자리에 던지고 창을 열었다. 차가운 기운이 엄습했다. 이스마엘은 전조등을 켜고 조금씩 앞으로 갔다. 4번 도로의 끝은 한참이나 남았다. 과호흡의 한고비를 넘긴 이스마엘은 애써 느긋하게 생각하기로 했다. 의도적인 여유로움은 두 명의 이스마엘을 불러냈다. 이스마엘은 혼자서 대화했다. 누가 자신인지 알 수 없었다.

'갑옷을 입으면 어떻게 될까?'

'내가 지금 무슨 생각을 하는 거야?'

'어떻게 날아다닐 수 있을까?'

'이제 길어야 20~30분이면 내가 할 일은 끝이야.'

'만약 갑옷이 내게 맞는다면 나는 카이자처럼 천하무적이 될 텐데.'

'맞을 리가 없어.'

'아까 누워보니까 비슷하던데.'

'그냥 가.'

'왜 한번 입어보지.'

'안 그래도 늦었어.'

'이왕 늦었어. 한번 입어보는 거야.'

'안 돼.'

'왜 안 돼? 지금이 아니면 영원히 기회가 없어.'

'안 된다니까.'

'된다니까.'

'안 돼.'

'돼.'

'안 돼.'

'돼.'

"미치겠네!"

'만약 갑옷이 맞는다면 너는 절대자가 되는 거야. 이런 기회가 또 올 줄 알아?'

이스마엘은 둘 중에 누가 자신이었는지 결론을 내렸다. 차량은 4번 도로 끝까지 가지 않고 옆길로 빠졌다.

'그래 확인만 해 보고 가는 거야. 안 맞으면 기지로 가면 돼. 야단 좀 맞으면 되지 뭐. 만약에 맞는다면……'

그때 신호음이 울렸다. 상사였다.

"야, 인마, 어디야? 왜 아직 도착 안 했어?"

"차가 막힙니다."

"지금 어디야?"

"4번 도로입니다."

"빨리 가! 이 X끼야."

"예!"

통화가 끝나자 이스마엘은 통신장치 전원을 꺼버렸다.

인근 폐병원

이스마엘은 후문으로 들어가서 응급실 입구에 차를 세웠다. 곧 철거할 건물은 방치된 지 채 한 달도 되지 않았지만 얼마 전까지 사람들이 사용했다고 믿어지지 않을 만큼 을씨년스러웠다.

이스마엘은 천막 뭉치와 랜턴을 어깨에 매고 건물 안으로 들어갔다. 복도는 캄캄했다. 맞은편 문이 아니면 방향감각을 잃을 정도였다. 이스마엘은 가까운 방으로 들어갔다. 텅 빈 방을 열고 들어가자 문소리와 발소리가 방 안에 울렸다. 맞은편 벽에는 넓은 창이 나 있었는데 멀리 건물 불빛이 보였다. 해는 졌지만 미명으로 방 안의 윤곽은 식별이 가능했다. 응급실로 쓰였던 방이라 꽤 넓었다.

이스마엘은 천막 뭉치를 내려놓고 랜턴을 커서 벽에 걸었다. 작은 소리에도 방 안이 쩌렁쩌렁 울렸다. 이스마엘은 빠른 손놀림으로 천막을 풀었다. 헬멧과 갑옷이 다시 모습을 드러냈다.

이스마엘은 갑옷의 목 부분부터 부품을 해체해 나가기 시작했다. 해체는 의외로 빠르게 진전되었다. 움직이거나 조작할 수 있는 것을 이리저리 만지는 것으로 큰 어려움 없이 해체되었다. 이스마엘은 손가락과 발끝 부분에 채 빠지지 않은 피와 신체 잔해를 털어냈다. 해체가 완료되자 천막 위에는 수십 개의 부품이 순서대로 나열되어 있었다.

이스마엘은 오른쪽 발 부분을 바닥에 놓았다. 발바닥은 세 부분으로 나누어져 있었고 발등을 감싸는 부분은 여러 조각으로 발바닥 옆에서부터 붙어서 올라가도록 만들어져 있었다. 이스마엘은 군화와 양말을 벗고 발바닥을 대었다. 엄지발톱 끝은 맞춘 듯 발바닥 끝부분에 닿았다. 이스마엘은 뭐라 표현할 수 없이 기뻤다. 표정은 어린아이처럼 환해졌다. 발등을 감싸는 부분을 발바닥 옆에 붙여나갔다. 안쪽, 뒤쪽, 오른쪽. 이스마엘은 자신의 발과 갑옷의 발에 차이가 있다는 것을 눈치챘다. 이스마엘의 발은 갑옷의 발보다 볼이 더 넓었다. 그래서 안쪽을 결합한 후에 바깥쪽이 결합되지 않았다.

'이런 제길! 시작부터.'

이스마엘은 난감했다. 다른 신발처럼 신축성이 있는 것도 아니어서 '우겨 넣으면……'이라는 조그만 희망조차 전무했다. 발바닥을 오목하게 굽혀 체결하려 했지만 그렇게 되면 발등이 높아져서 맞지 않았다.

'볼이 틀리다니. 뭐 이렇게 볼 좁은 놈이 있어? 이건 완전 기형 아니야?'

이스마엘은 투덜거렸다. 발이 조립되지 않으면 발목, 종아리, 무릎으로 올라가는 조립 과정 전체가 무의미했다. 이스마엘은 우겨 넣으려 힘을 쓰다 털썩 주저앉았다. 어느새 랜턴이 없으면 아무것도 볼 수 없을 만큼 어두워졌다. 이스마엘은 무릎을 세우고 앉아 고개를 가슴에 묻었다. 철저한 절망감을 맛본 게 언제였는지 기억이 없었다. 두서 없던 생각들은 차츰 한곳으로 모아졌다. '큰일났다.'

이스마엘은 기지나 상사가 몇 번이나 통화를 시도했을까 궁금했다. 시간이 너무 늦어버렸다. 가볍게 넘어 가기에는 자신이 훔친 갑옷의 존재가 너무 커 보였다. 이제는 야단 맞고 끝날 일이 아니었다.

이스마엘은 걱정에 걱정이 더해졌다. 감정 섞인 구타나 1주일짜리 정신 교육 정도는 견딜 수 있을 것 같았다. 그러나 감옥에 가게 된다면 전과자로 평생 살아가야 할지도 모를 일이었다.

이스마엘은 제대가 얼마 남지 않았으며 평생 군에서 살 생각은 추호도 없었다. 그렇다고 해서 제대 후에 딱히 무엇을 하겠다고 마음먹고 있는 것도 없었으며 특히 잘할 줄 아는 것도 없었다. 이스마엘은 제대 후에 무엇이든 하게 되겠지만 그 '무엇이든'을 하기까지 과정이 그리 호락호락하지 않을 거란 막연한 두려움을 갖고 있었다. 그리고 전과자라는 경력은 막연한 두려움을 절망으로 내몰 것이 틀림없을 거라 생각했다.

하지만 이러한 처벌은 이스마엘의 희망 섞인 예측인지도 몰랐다. 비밀 유지를 위해서 이스마엘을 쥐도 새도 모르게 죽여서 야산에 묻거나 태워서 강에 뿌리거나 아니면 자살로 위장해서 고향으로 시신이 보내질지도 모를 일이었다.

생각이 여기까지 이르자 공포의 전율이 불처럼 일어났다. 이스마엘은 가슴이 뜨거워졌다. 뜨거움은 눈가에도 번졌다. 눈물이 고였다. 이스마엘은 후회했다. '시간을 되돌릴 수만 있다면. 30분 전으로, 아니 단 10분 전으로만.' 눈물이 볼을 타고 흘러 내렸다. '이게 다 그 X끼 때문이야. X나게 개념 없는 X끼.' 이스마엘은 소리쳤다.

"X발!"

그리고 갑자기 벌떡 일어서서 두 주먹을 불끈 쥐었다. 이스마엘은 한순간 세상 모든 근심, 걱정, 두려움이 우습게 보였다. 온몸에서 거부할 수 없는 원초적 생명력이 치밀어 올랐다. 그런 감정은 태어나서 처음 느끼는 것이었다. 이스마엘은 자신이 살아있음을 느꼈다. 이스마엘은 벽에 걸린 랜턴을 들고 밖으로 뛰어 나갔다.

잠시 후 그 방으로 돌아온 이스마엘의 손에는 랜턴 말고 다른 물건이 있었다. 비상용 손도끼였다. 이스마엘은 벽에 랜턴을 걸고 바닥에 도끼를 내려놓았다. 그리고 갑옷의 흉개와 피박을 번갈아 몸에 맞추어 보았다. '발만 들어가면 다 내 것이야.' 이스마엘은 오른발을 내밀어 바닥에 붙였다. 그리고 오른손으로 도끼를 들고 왼손으로 오른쪽 마지막 발가락을 밀고 나머지 네 발가락을 당겼다. 손은 부들부들 떨고 있었는데 힘을 너무 세게 주어서인지 공포 때문인지 알 수 없었다.

이스마엘은 서슴없이 도끼를 내려쳤다. '꽝' 하고 도끼와 시멘트 바닥의 충돌음이 방 안 가득 울렸다. 뒤이어 퍼지는 소리는 의심할 여지 없는 이스마엘의 신음 소리였다. 그러나 신음 소리는 절제된 것이었다. 이스마엘은 자신의 인내에 스스로 대견하다 생각했다.

방금까지 붙어있던 발가락 하나가 떨어져 바닥에 뒹굴었다. 고통은 결심의 결과를 선명히 해주었다. 바닥에 피가 번졌다. 이스마엘은 손수건을 꺼내 잘린 곳을 막았다. 손수건은 피를 빨아들이며 붉게 물들어갔다. 이스마엘은 몸을 부들부들 떨고 있었다.

배면수가 가이아의 통신 내용을 분석했다.
"군용차량이 갑옷을 싣고 갔는데 기지에 도착하지 않았어. 차량 운전병은 이스마엘 병장으로 추정되는데 사라졌어."
가이아가 새로운 정보를 알렸다.
"새로운 통화 내용 접수. 분석. (상사: 아직 도착하지 않았습니까? / 기지: 네. 연락해도 받지를 않습니다. 순찰 병력 출동했습니다. / 상사: 시내에 차들이 꽉 막혔습니다. 헬기를 동원해야 합니다. / 기지: 카이자가 근처에 있기 때문에 헬기 동원은 힘듭니다. 아, 여기 카메라에 잡혔습니다. / 상사: 알겠습니다.)"

이스마엘은 지혈이 되지 않은 발을 갑옷 신발에 넣었다. 발등까지 순조롭게 덮였다. 발목도 맞았다. 발바닥에 피가 흥건하게 고였지만 아랑곳하지 않았다. 종아리 부분은 오히려 헐렁했다. 이스마엘의 손은 바빠졌다. 그러나 그것도 무릎에서 멈췄다. 무릎은 형상이 달랐다. 좌우로는 신물질이 넓었지만 앞뒤로는 이스마엘의 무릎이 컸다. 이스마엘은 난감했다. 무릎의 앞부분은 발가락처럼 잘라낼 수도 없었다. 결합되지 않는 갑옷. '발가락까지 잘랐는데……' 이스마엘은 눈물이 와락 쏟아졌다.

"천리안 19호. 차량 발견. 동희야! 위치 송신할게."
"네."
동희는 날아서 폐병원 건물 옥상에 도착했다. 건물 후문 입구에 군용차량이 서 있었다.

이스마엘은 무릎을 굽혔다 폈다 하며 신물질 부품을 들고 이리저리 끼워 맞추려 했다. 그때 창문이 깨졌다. 이스마엘은 놀라 비명을 지르며 창문 쪽을 보았다. 차동희였다. 이스마엘은 랜턴 불빛이 미치지 못하는 맞은편 벽에 갑옷을 입은 사람 형체를 보았다.

"사, 사, 살려주세요!"

동희는 대답 없이 주위를 둘러보았다.

"카, 카, 카이자입니까, 당신은?"

동희는 고개를 좌우로 흔들었다. 그리고 이스마엘은 오른발에 부착된 갑옷을 보았다. 이스마엘은 그가 자신의 오른발을 보고 있는 것을 눈치챘다.

"아! 이거, 아, 아무것도 아닙니다. 그냥이요, 그냥……. 헤- 헤헤."

이스마엘은 허둥지둥 갑옷을 풀었다. 드러난 발은 피투성이였다.

"그냥, 그냥요. 아무것도 안 했습니다. 살려주세요. 제발! 예? 카이자님. 살려주십시오."

이스마엘은 머리 위로 두 손을 올려 애원하며 빌었다.

"발가락은 직접 자른 건가?"

동희의 질문에 이스마엘은 울음을 터뜨렸다.

"아! 아! 악! 죽을 죄를 지었습니다."

"갑옷이 맞질 않나?"

"잘못했습니다. 제발 살려주십시오. 제발 목숨만은 제발."

"갑옷 벗어 조립하라."

"네? 네- 네- 네! 조립! 조립! 조립!"

이스마엘은 한 발을 절뚝거리며 천막 위의 부품들을 차례로 조립해 나갔다. 동희는 도끼와 피 묻은 수건, 잘린 발가락을 보았다. 이스마엘은 과다 출혈로 얼굴이 창백해지고 입술이 말라갔다. 갑옷의 조립이 끝났다. 이스마엘은 갑옷을 앞에 두고 무릎을 꿇은 채 엎드렸다.

동희는 천리안을 불렀다. 깨진 창문으로 천리안이 들어왔다. 천리안은 갑옷을 들고 밖으로 나갔다. 배면수가 일렀다.

"밖에 군인들이 차량을 발견했어."

동희는 소리 없이 깨어진 창을 빠져나갔다. 복도로 군인들 발걸음 소리가 들렸다. 이스마엘은 여전히 꼼짝 않고 엎드려 있었다. 방문이 열리고 군인들이 요란한 전등 불빛을 밝히며 들어왔다.

이스마엘은 그제서야 고개를 들어 사방을 둘러보았다. 갑옷을 입은 사람은 사라졌고 주위에는 무장한 군인들이 자신을 향해 총을 겨누고 있었다. 잘려진 발가락. 손도끼. 피 묻은 천막. 사라진 갑옷. 엎드린 자세. 깨어진 창문. 이스마엘은 갑자기 소리를 질렀다.

"쏘지 마세요! 쏘지 마세요! 제발 쏘지 마세요! 카이자예요, 카이자. 카이자가 그랬어요! 카이자가!"

6. 초인의 길

한국 보물 창고

폭포수 문이 열렸다. 동희가 날아와서 사뿐히 착지했다. 배면수와 승오가 달려갔다. 승오가 동희를 와락 안았다. 승오가 떨어지자 동희는 헬멧을 벗었다.

-차동희 29세 12월-

그날 저녁

동희는 잠에서 깨어났다. 가이아가 인사했다.

"잘 주무셨습니까?"

"음."

동희는 아직 목이 잠겨 있었다. 배면수와 승오, 이기철 대통령이 들어왔다. 대통령이 물었다.

"몸은 괜찮아?"

"예, 괜찮아요. 제가 얼마나 잤죠?"

"아침 9시부터 잤으니까 열 시간쯤."

"연합국은?"

"아무 걱정 말고 푹 쉬어. 나머지는 우리가 정리하면 돼."

"꿈처럼 느껴져요."

배면수는 씨익 웃으며 기특하다는 듯 동희의 어깨를 어루만졌다.

"정말 동희 맞냐?"

"……."

"널 잃는 줄 알았어."

"이렇게 살아 왔잖아요."

"너, 아니?"

"뭘요?"

"카이자와 싸울 때 네가 마지막에 낸 속도."

동희는 고개를 가로저었다.

"광속의 13%!"

"……."

"비행체 최고 속도보다 10배 더 빨라. 1초 만에 지구 한 바퀴를 도는 속도야."

승오가 끼어들었다.

"그것 말고도 물어볼 게 많아요."

"자! 자! 자세한 건 나중에 이야기하고 지금은 쉬도록 둡시다."

대통령의 권유로 동희는 다시 잠을 청했다.

격납고는 파괴된 천리안과 여러 벌의 신물질 갑옷, 비행체로 복잡했다. 모두 가이아 앞에 앉아 있었다. 모니터에는 비행체의 비행 기록 분석 자료들이 즐비했다. 대통령과 배면수, 승오, 동희 넷이 앉아서 전투를 복기했다. 모두들 갑옷의 비밀이 하나씩 베일을 벗을 때마다 충격에 빠졌다.

"카이자가 비행체를 파괴시킨 건 예지력과 능동적으로 공격했을 때는 고통을 느끼지 않는 특성 때문이라고 생각하면 되는 건가?"

대통령이 동희에게 물었다. 그때 류지태가 보물 창고에 도착했다. 류지태는 오자마자 동희를 와락 안았다.

"왜 그렇게 무모하게 굴었어?"

다섯은 거실 테이블에 둘러앉았다. 류지태가 감격스러운 듯 말을 꺼냈다.

"역전의 용사들이 다 모였네."

대통령이 응해주었다.

"그러고 보니 그렇네."

"연합국은 어떻게 되는 겁니까? 아직 카이자가 살아 있다고 생각하는 사람이 많습니다."

"성명서를 발표해서 진실을 알려야지."

"연합국 점령은요?"

"갑옷을 만들었던 세력들은 모두 제거했어. 권력 핵심층이 전멸하다시피 해서 누구와 협상해야 하는지가 오히려 고민이야. 연합국 제2 도시는 거의 유령도시가 되어서 흉흉한 소문들이 돌아다녀서 방치할 수도 없고."

"재건은 제가 책임지겠습니다."

"그렇게 해 줘. 연합국에는 친근한 이미지로 접근해야지."

"자네는 어떻게 생각하나?"

대통령이 침묵하고 있던 배면수에게 물었다.

"미국이든 연합국이든 천리안을 늘려서 지배력을 높여야 합니다."

류지태가 나섰다.

"시위를 한 번 하는 게 좋을 것 같습니다."

대통령이 의아해서 물었다.

"시위라니?"

"어수선한 이때 비행체와 차동희가 건재하다는 걸 보여주는 겁니다. 그러면 지금 세상의 주인이 누구인지도 알겠죠."

대통령이 동희에게 물었다.

"해 줄 수 있겠어?"

"네."

승오가 미소 지으며 물었다.

"이제는 적수가 없는 거죠?"

류지태는 혼잣말처럼 대답했다.

"믿어지지가 않아."

대통령이 물었다.

"뭐가?"

"동희가 기계과 건물 지하에서 우리를 설득할 때가 엊그제 같은데……."

승오가 류지태를 보고 놀렸다.

"그때 지태 형이 제일 많이 떨었잖아요."

"내가? 내가 언제?"

배면수가 거들었다.

"지태가 그때 내 옆에 앉아 있었잖아. 다리를 얼마나 떠는지 바람이 일더라."

"아니에요. 그때 저보다 대통령님께서 더 겁먹으셨죠. 얼굴색이 확 변해버리시던데요."

대통령이 대뜸 쏘아붙였다.

"아니! 가만 있는 나를 왜 물고 늘어져?"

승오가 배면수를 치켜세웠다.

"면수 형이 제일 담담했던 것 같아요. 얼마나 의연하던지……."

동희가 놀렸다.

"면수 형은 어차피 인생 포기하고 사니까……. 아무 생각이 없어."

"뭐야?"

배면수는 팔로 동희 목을 조였다. 동희는 도망가며 소리쳤다.

"아, 아니에요. 죄송……. 오랜만에 진담을 했더니 속이 다 후련하네."

다섯은 저녁 늦게까지 담소를 나누었다. 대통령은 동희와 성명서를 작성하고 떠났다. 동희는 갑옷을 입고 생겼던 심리 변화에 대해서는 한마디도 꺼내지 못했다. 모든 궁금증은 온전히 동희의 것이었다.

다음 날, 한국 대통령의 성명 발표가 있었다.

〈성명서〉

연합국의 지도층을 사살했던 사람은 카이자였으며 차동희가 제거했다. 앞으로 다시는 우리 앞에 나타나지 못한다. 연합국 제2 도시에 묻혀 있던 비행체는 한국으로 옮겨졌으며 수리를 끝냈다. 한국은 미국과 마찬가지로 연합국에 대해서도 무력으로 침공할 의사가 전혀 없다. 연합국은 가급적 빨리 국가 질서를 되찾기 바란다. 한국은 인도적 차원에서 연합국의 재건을 지원하겠다. 지원 방법은……

성명이 발표된 날 정오, 연합국 제2 도시

도시는 폐허나 마찬가지였다. 파괴된 건물 잔해와 시체들. 악취가 진동했다. 애완동물들은 들짐승으로 변해 시체를 유기했다. 그 도심 한가운데 하늘에서 천리안 네 기가 내려왔다. 천리안은 생존자를 검색하며 지나갔다. 연합국 군용 헬기가 천리안 뒤를 따랐다. 군용 헬기는 대피 방송을 하고 생존자나 부랑자가 있으면 철망을 내려 헬기에 태웠다.

오후 3시

전 세계가 지켜 보는 가운데 연합국 제2 도시 상공에 은빛 비행체와 갑옷을 입은 차동희가 나타났다. 비행체는 천천히 고도를 낮추더니 어느 순간 공중에 우뚝 멈춰 섰다. 비행체 하단부가 열렸다. 그리고 은빛 미사일 2기가 나왔다. 곧이어 미사일 2기가 사라지더니 연합국 제2 도시 폐허에 순식간에 도로를 뚫었다. 먼지와 화염이 뒤따르긴 했지만 연합국 제2 도시 폐허 지역 한가운데를 관통하는 커다란 길이 생겼다. 미사일은 비행체에 결합되었고 동희는 카메라를 향해 손을 한두번 흔들어주고는 비행체와 함께 사라졌다. 한국은 동희의 존재와 비행체의 부활을 전 세계에 직접 보여주었다.

뒤이어 연합국 헬기 수십 대가 대로 위에 물을 뿌렸다. 중장비와 트럭이 대로 끝에서부터 잔해를 싣거나 치우며 중앙으로 접근을 시도했다. 구조대, 소방대원, 경찰, 군인, 민간구호단체까지 기다렸다는 듯 밀려들었다. 직접 발을 디딘 사람들은 예상보다 처참한 현장에 인상을 펼 수 없었다.

붕괴된 건물 사이로 터진 시체들은 썩어서 구더기가 생겼으며, 낭자한 핏자국은 이미 돌처럼 딱딱하게 굳어 있었다. 어떤 균을 보유하고 있을지 모르는 애완동물들은 보이는 즉시 모두 사살했다. 크고 작은 폭발이 잔존했으며 먼지와 연기도 끊이질 않았다. 이후로 며칠 동안 생존자들 소식이 이어졌다.

한국 지하 보물 창고

동희는 창고로 들어섰다. 나열된 상자들 안에는 신물질 갑옷들이 있었다. 동희는 물끄러미 상자를 쳐다보고 있었다

"무슨 생각을 그렇게 골똘히 해?"

배면수가 들어왔다. 동희는 놀라 뒤돌아 보았다.

"아! 형, 왔어요?"

"왜? 갑옷을 입고 싶은 거야?"

동희는 씁쓸히 웃었다.

"더 이상 입을 필요가 없는걸요."

"왜?"

"천리안과 비행체만 있어도 되니까."

"입고 날아다니고 싶은 생각 안 들어?"

동희는 고개를 절레절레 저었다.

"무서워요."

"전 대통령 자택에 또 침입할 것 같아서?"

"아니요."

"그럼?"

"카이자처럼 될 것 같아서요."

"나는 너 믿는다. 비행체를 제압한 이상 이대로 덮어둘 수 있는 사안이 아니야. 시험해 줄 수 있는 사람은 세상에 너 하나뿐이야."

두려움 반 호기심 반의 동희를 설득시켜 다시 갑옷을 입힌 사람은 이기철 대통령이었다. 며칠 동안의 망설임 끝에 동희는 격납고 문 앞에 서 있었다. 문이 열리고 동희는 날아올랐다. 마음은 그 어느 때보다 가벼웠다. 배면수와 승오가 긴장된 눈으로 모니터를 주시했다.

동희는 천천히 하늘을 날았다. 마음이 가는 대로 몸을 맡겼다. 몸은 바람처럼 자유롭게 창공을 누볐다. 바람이 바람인지, 몸이 바람인지, 바람이 몸인지 구분이 모호했다. 육체의 존재감은 사라져 버렸다.

창공에서 동희는 아래를 내려다보았다. 산을 지나고 계곡을 따라 이어진 강을 따라 집들이 하나 둘 늘어나더니 마을이 형성되고 또 산이 나타나고 그 너머 평지가 펼쳐지고 평지 한쪽에 또 마을이 나타났다.

사람들이 지나가고 대지는 너무도 평화로워 보였다.

동희는 헤아릴 수 없이 큰 능력을 가지고 있었지만 세상을 위해서 해 줄 수 있는 것이 없어 보였다. 그런 사실은 동희에게 죄책감으로 다가왔다. '어쩌란 말인가?' 배면수의 목소리가 들린 것이 그때였다.

"동희야! 어디로 가는 거야?"

동희는 황급히 정신을 차렸다. 바다 한가운데였다.

"그쪽으로 가면 미국이야. 돌아와."

전투 이후 첫 비행은 그렇게 끝났다.

비행시간이 비록 짧기는 했지만 두 번째 시험비행에서도, 세 번째 시험비행에서도 동희가 우려했던 일은 일어나지 않았다. 단지 한눈을 팔거나 딴 생각을 할 때 무의식중에 원했던 장소로 순간 이동하는 일이 잦았다. 집중력의 문제였다.

세계정보기지국에서 천리안 한 기당 세 명의 정보원이 조종을 맡았다. 그들과 외교사절단이 국가를 넘나들며 세계의 질서를 재편했다. 의외로 보물 창고는 한가로웠다.

그날도 배면수와 동희, 승오가 텔레비전을 시청하고 있었다. 아나운서가 나타나더니 긴급 속보를 전했다. 인질극이었다. 인질범은 가정집에 침입하여 집 안에 있던 20대 여성을 인질로 잡았다.

동희는 인질의 절망에 빠진 얼굴을 목격했다. 그리고 자리에서 일어섰다. 자신도 왜 일어섰는지 알기까지 잠깐 동안의 시간이 필요했다. 동희의 발걸음은 창고로 향하고 있었다. 그리고 마치 무엇에 홀린 사람처럼 갑옷을 입었다. 그리고는 격납고로 향했다. 승오가 따라오며 물었다.

"형! 어디 가?"

"가 봐야겠어."

"어딜?"

"인질 구하러."

"알았어."

뒤에서 지켜보던 배면수는 뛰어가서 격납고 문을 열었다.

동희가 도착했을 때는 경찰 차량과 인력이 건물을 포위하고 있었다. 동희가 나타나자 카메라는 인질 사건을 뒤로 하고 동희에게 옮겨졌다. 갑옷은 일반인들에게 여전히 생소하고 매력적인 것이었다. 천리안이 전해 준 인질범 위치와 동선을 전달받은 동희는 몰려드는 취재진을 뒤로 하고 날아 올랐다.

인질범은 여자의 목에 식칼을 바짝 들이댄 채 몽둥이로 큰방 창문을 깨고 모습을 나타냈다. 여자의 목에는 벌써 엷은 핏자국이 보였다. 경찰과 취재진은 다시 인질범을 주목했다.

차동희는 순식간에 지붕을 뚫고 내려가 오른손으로 칼날을 움켜 쥐었다. 그리고 인질이 놀랄 틈도 없이 왼손으로 인질의 가슴을 밀쳤다. 인질은 칼을 놓치고 방구석으로 날아가서 벽에 부딪쳤다. 인질로 잡혀 있던 여자는 그 자리에서 풀썩 주저앉았다.

인질범은 허둥지둥 일어났다. 동희가 다가가자 인질범은 깨어진 유리 조각을 집어 들었다. 자해하려는 기미가 엿보이자 동희는 훌쩍 날아가 유리를 든 손을 잡았다. 그리고 인질범의 멱살을 잡고 날아서 거실 창을 통해 집 밖으로 나갔다. 동희는 골목에 인질범을 내려놓았다. 경찰들이 달려들어 인질범을 포박했다. 모든 것은 눈 깜짝할 사이에 일어났다.

취재 기자들이 동희 쪽을 향해 몰려들었다. 동희는 날아오르더니 금세 사라졌다. 그제서야 사람들은 박수와 환호를 보냈다. 그날 저녁 머리기사는 이 사건이었다. '차동희, 인질을 구하다.'

며칠 후

전원이 꺼진 건물 내부. 어둠과 거친 숨소리. 급박한 발걸음 소리. 장정들의 굵은 목소리. 동희는 움직임이 없었다. 중앙 복도를 따라 정장차림의 덩치들 30여 명. 모두들 다소 흥분한 상태였다.

동희는 발바닥이 한 뼘쯤 떠서 날아갔다. 상체를 좌우 또는 앞뒤로 조금씩 움직이는 것만으로 그들의 공격을 피했고 손바닥이나 손등으로 가볍게 밀치는 것만으로 충분히 강한 공격이 되었다.

동희가 복도를 지나가자 30여 명의 덩치들은 추풍낙엽처럼 쓰러져 갔다. 동희는 오른쪽 벽을 뚫고 들어갔다. 맞은편에서 총을 난사했다. 수십 발의 총알. 동희는 몇 발을 맞았지만 이미 총구를 손으로 잡아버렸다. 총은 폭발했고 총을 쏘던 사람은 뒤로 팅겨 나갔다. 뒤에서 문이 열리고 칼과 쇠 봉을 들고 들어온 7명.

동희는 눈을 감았다. 그리고 느꼈다. 그들의 움직임을. 적의 공격을 순간적인 예지력으로 미리 파악했다. 동희는 적이 공격하는 매 순간 미래에 존재했다. 그리고 동희와 적의 어긋난 시간, 같은 공간에서의 공존은 싸움의 틀을 바꾸어 놓았다.

적들은 공격하는 순간 이미 공격받고 있었다. 동희는 무리의 협소한 공간 사이사이를 날아서 손바닥이나 손등, 발바닥 또는 어깨로 툭툭 치며 지나갔다. 무리는 순식간에 제압되었다. 너무 빠르거나 강하게 가격하지 않도록 신경 쓰는 일이 가장 어려웠다.

건물에 전원이 켜지고 경찰들이 몰려들어 갔다. 마약 조직의 일망타진이었다. 취재 기자들이 다급히 도착했지만 동희는 떠나고 없었다.

두 번의 출동으로 동희는 자신감을 얻었다. 악을 제압하는 선으로 '신물질의 역할'을 훌륭하게 해내고 있다는 생각에 자신은 명확히 카이자와 구분되는 사람이라는 자부심을 가졌다.

동희는 하루에 여섯 시간 이상을 출격했으며 잠자는 시간 외에는 경찰이나 긴급 구조대의 요청에 언제든 출격했다. 보석 도둑도 잡았으며, 미제의 연쇄 방화범도 잡았고, 상습 강간범도 잡았다. 시골이며 도시며 구석구석까지 찾아가서 기둥을 세우거나, 벽을 허물거나, 무너진 다리를 수리하거나, 짐을 나르는 것도 도와주었다. 공사 현장의 난공사(주로 파괴 관련)도 대신해 주었다. 수차례 응급 구조나 재난 구조에도 참여했다.

동희의 활약상이 횟수를 거듭해가자 사람들도 갑옷을 무서워하지 않았으며, 그가 나타나면 기쁜 마음으로 반겼다. 동희의 일거수일투족은 매일 저녁 뉴스에 따로 고정 코너를 만들어 내보낼 정도였다.

두 달이 지나자 한국의 범죄 발생률은 절반 이하로 떨어졌다. 그러는 동안 어느덧 눈이 녹고 얼음이 풀렸으며, 좀체 물러나지 않을 것 같던 찬바람도 사라졌다. 동희는 사람들을 돕는 일에 익숙해져 갔다. 어려운 일들을 해결해 나가고 그러면서 많은 사람들을 만났다. 갑옷의 안정성은 완벽하지 않았지만 사람들을 해치지는 않았다.

그날도 늦게까지 활동을 하고 귀가하던 중이었다. 해가 저물어 캄캄했으며 그나마 떠 있는 반달도 엷은 구름에 가려 뿌옇게 빛이 바랬다. 동희가 그 소녀를 본 것은 실제 눈으로 본 것이었는지 신물질 갑옷의 신비한 힘 때문이었는지 알 수 없었다. 중요한 것은 그날 저녁 동희가 그 소녀를 발견했다는 사실이다. 거리가 멀기도 했지만 무엇보다 어두웠기 때문에 동희가 그 소녀를 본 것은 그리고 다가간 것은 우연이라고밖에는 달리 설명할 수 없었다.

동희는 시내를 벗어나려다 산을 등지고 자리 잡은 여고 건물 옥상에 서 있는 한 소녀를 보았다. 불길한 예감에 동희는 비행을 멈추었다.

소녀는 교복을 입고 있었으며, 천천히 걸음을 옮겨 옥상 난간으로 다가갔다. 동희는 불길한 예감이 틀리기를 바라며 소녀를 향해 날아갔다. 소녀는 난간까지 걸어갔다. 난간은 허리에 미치지 못했다. 소녀는 신발을 가지런히 벗었다. 그리고 작정한 듯 두 손으로 난간을 짚고 그 위로 올라섰다. 좁은 난간 위에 올라선 소녀.

동희는 그때까지 소녀 뒤편 공중에서 지켜보고 있었다. 동희는 자신의 불길한 예감 이외 다른 가능성은 없다는 판단이 들었다. 소녀는 짧은 단발머리를 찰랑이며 건물 아래를 내려다보았다. 그리고 다시 눈을 들었을 때 그 앞에는 갑옷을 입은 차동희가 공중에 떠 있었다.

"왜? 뛰어내리려고?"

소녀는 깜짝 놀라 두 손을 가슴으로 가져갔다. 5층 옥상. 소녀가 서 있는 옥상 난간 앞 허공에 두 발을 두고 동희가 소녀를 바라보고 있었다. 건물 안에는 야간 자습하는 학생들이 가득했고 창으로 새어 나온 불빛에 갑옷의 모습은 뚜렷이 보였다. 소녀는 기어들어가는 목소리로 물었다.

"차동희?"

동희는 대답 없이 고개만 한 번 끄덕였다. 동희는 지금 자신이 누구이고 어떤 사람인지 밝히는 것은 안중에 없었다. 그 순간 중요한 사실은 소녀가 자살하려 한다는 사실이었고 무슨 사연인지 모르지만 자살하려 한다는 그 사실 자체만으로 동희는 다소 화가 나 있었다. 동희는 이 소녀를 발견한 것이 얼마나 다행스러운 일인지 가슴을 쓸어 내리고 있었다. 자신이 발견하지 않았더라면 어떻게 되었을지 상상도 하기 싫었다.

소녀 앞에 동희가 나타난 것만으로도 소녀는 모진 결심을 포기하고 힘들었던 심경을 동희에게 털어놓으리라 기대한 것은 아니었지만 소녀는 동희를 비웃더니 난간 아래로 몸을 던졌다. 동희의 시야에서 소녀가 사라졌다. 육체의 낙하. 순간의 일이었다. 교실에서 떨어지는 소녀를 본 아이 하나가 비명을 질렀다.

동희는 반사적으로 아래로 날았다. 다행히 소녀가 바닥에 떨어지기 전에 동희는 소녀를 안았다. 그리고 살며시 바닥에 내려놓았다. 창밖으로 아이들이 얼굴을 내밀고 내려다보았다. 동희는 소녀의 안전을 확인하고 한숨을 돌렸다. 그때 안겼던 소녀가 느닷없이 동희 가슴을 때리며 소리를 질렀다.

"네가 뭔데. 네가. 네가 뭔데 날!"

동희는 소녀의 손을 붙잡았다. 건물 입구에서 아이들이 몰려나와 소녀와 동희가 있는 화단 쪽으로 달려왔다.

동희는 발버둥치는 소녀를 안고 자리를 피했다. 동희가 도착한 곳은 인근 공원이었다. 동희가 소녀를 내려놓자마자 소녀는 신발도 없이 달아나기 시작했다. 자세히 보니 그냥 달아나는 것이 아니라 차도를 향해서 죽기로 작정하고 달리고 있었다.

동희는 날아가서 소녀를 낚아챘다. 그리고 자리를 옮겨 주택이 밀집한 동네 골목에 내려놓았다. 담벼락에 소녀를 붙여놓고 호통을 쳤다.

"왜 그래? 응? 이게 뭐 하는 짓이야! 왜 그러냐구."

소녀 또한 언성을 높여 대답했다.

"이거 놔요! 이거 놓으란 말이야! 네가 뭔데! 네가!"

"진정해! 정신 차려!"

소녀는 물리적으로 어떻게 할 방법이 없었다. 소녀는 눈을 감았다. 그리고 대꾸하지 않았다. 어금니를 꽉 물고 머리를 부르르 떨며 분개한 마음을 삭였다. 그리고 목소리를 낮추어 대답했다.

"이거 놔요! 저 어린애 아니에요! 이러는 거 얼마나 유치한 줄 아세요?"

소녀의 눈에 눈물이 맺혔다. 그리고 눈물은 이내 얼굴을 타고 주르르 흘러 내렸다. 그제서야 동희는 두 손을 소녀의 어깨에서 뗐다. 동희도 목소리를 낮추었다.

"난 그냥 널 돕고 싶을 뿐이야."

소녀의 서러운 눈물은 멈출 기미가 없었다.

"쇼 하지 마세요. 유치해요."

동희는 어이가 없었다. 소녀는 갑옷에 대한 두려움이나 경외심은 차치하고 최소한의 호기심마저 전무해 보였다. 하기야 모든 것을 포기한 마당에 동희를 만난 사실이 대수로운 일이 아닐지도 몰랐다. 동희는 어떻게든 소녀의 마음을 돌려놓고 싶었다.

"이름이 뭐야?"

"다 필요 없어."

"무슨 일이 있었는지 모르지만 나랑 이야기 좀 해야겠다."

"웃기지 마세요, 영웅 아저씨. 네가 뭔데. 당신이 뭐 대단한 줄로 착각하고 있나 본데 일 없어요. 나를 다시 옥상으로 데려다 놔."

동희는 소녀의 말투에 순간 살의를 느꼈다. 소녀를 죽이고 싶었다. 동희는 손을 부르르 떨며 허겁지겁 헬멧을 풀었다. 육체가 느껴지면서 평정심을 되찾았다. 동희는 어떻게든 소녀가 말을 많이 하도록 해야겠다 생각했다.

"너 못됐구나."

"옥상으로 데려다 주기 싫으면 비켜!"

"내가 유치해 보여?"

"설마 몰라서 묻는 건 아니지?"

"아니, 정말 몰라서 묻는 거야."

소녀는 어이가 없다는 표정을 지었다.

"나를 막을 수 있다고 생각하세요?"

"막을 수 있을지 없을지 알 수 없지. 미래의 일이니까. 하지만 내가 본 이상 가만있을 수는 없어."

"설마 설마 했는데 정말 바보네."

"내가 납득하도록 설명해 봐."

"이제 그만하세요, 그 영웅놀이."

"사람들을 돕는 게 나쁜 거야?"

"사람들을 돕는다고요? 당신이 말한 그 사람들 중에 저도 포함 되겠죠?"

"물론이지."

소녀는 갑자기 실성한 듯 웃음을 터뜨렸다. 동희는 소녀의 갑작스런 웃음소리에 깜짝 놀랐다. 소녀는 좀처럼 웃음을 멈추지 않았다. 소녀는 겨우 웃음을 참아내며 말했다.

"이건 정말 바보잖아."

"……."

"나를 포함해서 당신이 도와준다는 그 사람들 과연 도움이 될 거라고 생각하세요?"

"물론이지."

"어떻게 장담하세요?"

"장담이 아니라 나는 실질적으로 도움을 주었어. 너한테도 그럴 거고. 또 앞으로도……."

소녀가 말을 잘랐다.

"쇼 그만하세요!"

"왜 쇼라고 생각해? 내 진심을 이해할 수 없어?"

"아저씨가 대놓고 날아다니는 바람에 높은 곳에서 흉내 낸다고 뛰어내린 어린아이들이 도대체 몇 명인 줄이나 아세요?"

동희는 예상하지 못했던 소녀의 말에 놀랐다.

"그런 애들이 있었어? 얼마나?"

"하루가 멀다 하고 죽거나 다치는 애들, 또 불구가 되는 애들이 나와요."

"처음 듣는 말이야."

"공식 매체에는 그런 소식을 보낼 수 없도록 정부에서 차단하거든요."

"그게 사실이야?"

"정말 아무것도 모르네요."

"또 뭐가 있어?"

"지난달에 당신이 구해준 교통사고 환자가 자기 노부모를 살해하고 결국은 자살했어요."

"왜?"

"부모가 부자였는데 재산을 안 물려준다고…… 교통사고 난 것도 값싼 차를 사줘서 그런 거라고 부모에게 복수했대요."

동희는 어이가 없었다.

"그뿐인 줄 아세요? 당신이 도와준 공사 때문에 얼마나 많은 사람들, 그것도 일용직 노동자들이 일감을 잃었는지 아세요? 당신이 도와주고 떠날 때 만세를 부르며 박수친 사람들 말이에요. 아저씨는 배부른 건설사주를 도와준 격이라고요. 또 인질극은 어떻고요. 당신이 제압한 인질범은 전과자였어요. 범행 동기가 뭔 줄 아세요? 굶주림이었어요. 음식을 훔치러 들어갔다가 들켜서 너무 당황한 나머지 인질을 잡았어요. 며칠을 굶은 사람을 당신은 너무도 멋지게 제압하더군요. 그리고 자신이 할 일은 다 했다는 듯이 뒤도 돌아보지 않고 사라졌죠. 마치 선이 악을 제압한 듯 말이죠. 하지만 누가 선이고 누가 악이죠? 그 사람은 어릴 때부터 어머니가 없었어요. 술주정뱅이 아버지한테 폭행을 당하며 자랐어요. 인질범이 전과자로 자라기까지 또 인질범이 되기까지 수십 년 동안 당신은 어디서 무얼 하셨나요? 그러면서 당신 이미지를 위해서 단 한순간 나타나서 만인이 지탄하는 범죄자, 마치 갑옷의 절대 힘이 아니었으면 살인을 저지를 뻔했던 극악범으로 만들어버렸어요."

"인질을 죽일 수도 있는 상황이었어."

"당신이 가진 능력이라면 인질범까지 배려해서 비밀리에 처리할 수도 있었어요. 잘난 척하고 싶은 욕심만 없었으면요."

동희는 할 말을 잃었다.

"마약범 집단 소탕이요? 대단하셨죠. 천하무적이잖아요. 그래서 마약이 사라졌나요?"

"……."

"관심도 없으시죠? 그 후로 마약 값이 열 배는 폭등했어요. 마약 매매는 점조직 형태로 바뀌어서 이제는 단속하기가 더 어려워졌어요. 마약 사범 수는 그대로예요. 무슨 말인지 아시겠어요?"

"그런 걸 어떻게 알지?"

소녀는 답답하다는 듯 인상을 찌푸렸다.

"당신만 모르고 있는 거예요. 당신은 사회에 봉사한다고 하지만 정작 사회에 관심조차 없어요. 당신은 자기 멋에 설치는 거죠. 정말 모르고 묻는 거예요?"

동희는 소녀의 대답에 뒤통수를 얻어 맞은 듯 멍했다.

"내 활동이 사회에 악영향을 준다고 생각하니? 나쁜 점만 있을까? 좋은 점도 있지 않을까? 가령 범죄율이 낮아진 것은……."

"당신이 언제까지 그렇게 활동할 수 있어요? 당신이 사라지면 억눌렸던 범죄율은 이전보다 더 증가할 거예요."

"내가 있는 동안만이라도, 몇몇 사람이라도 범죄로부터 보호되는 것은 의미가 있지 않을까?"

"실망이에요. 당신 같은 사람이 갑옷을 가졌다는 게. 이 정도로 단순하고 한심한 사람인 줄 몰랐어요."

"무슨 말이지?"

"당신이 설치고 사라진 후에 약해진 자생력은 누가 책임져 줄 거죠? 당신 때문에 약해지는 경찰력과 구조대 능력은 당신이 책임져 줄 건가요? 우리 경찰은 언제 연합국 수준의 범인 검거율을 달성하죠? 우리 구조대는 언제 미국 수준의 구조 활동과 능력을 가질 수 있죠? 당신이 난공사를 도와주면 누가 신공법을 개발하죠?"

"내 의도는 그런 게 아니었어. 단지 돕고 싶을 뿐이었어."

"그것뿐인 줄 아세요? 형평성 문제는요? 당신은 무슨 기준으로 도울 사람을 선택하나요? 힘들고 억울한 일을 당하면 모두 차동희가 안 와서 이 지경이라고 원망해야 하나요?"

"……."

소녀는 비아냥거리는 말투로 목소리를 높였다.

"아이고, 죄송합니다! 당신은 하늘의 축복이었죠. 당신에게 도움 받는 것은 행운이죠. 몰라 뵜습니다. 당신이 돕는 건 피상적인 것들이에요! 아직도 잘 모르겠어요? 사람들은 약하든 어리석든 곁에서 항상 있어 주는 사람이 필요하다고요. 당신처럼 후다닥 왔다가 자기 만족만 하고 후다닥 사라지는 사람이 아니라. 그 사람들과 얼마나 많은 시간을 보냈는지 보세요."

동희는 소녀의 급작스런 공격에 할 말을 잃었다. 소녀는 동희 가슴 한편에 있던 공허함의 정체를 정확히 끄집어냈다. 소녀는 마치 애원하듯 애처로운 목소리로 동희에게 말했다.

"당신이 이런다고 해도 세상은 변하지 않아요."

동희는 자신이 소녀를 설득하려 했다는 사실조차 잊어버렸다.

"됐어요. 이제 비키세요. 재수 없게……."

소녀는 동희를 밀치고 빠져나갔다. 소녀는 골목길을 걸어갔다. 동희는 물끄러미 소녀의 등을 쳐다보았다. 머리가 복잡했다. 공공매체에 정보를 차단한 일에 대통령이 관여되었는지, 자신에게 정보를 차단한 일에 배면수와 승오가 관여되었는지 궁금했다. 그러나 누구를 탓하기 전에 동희 스스로가 활동에만 정신을 쏟았지 그 후에 어떻게 되었는지 알아볼 생각을 못했었다는 것이 마음에 걸렸다. 소녀를 제외한 세상 사람 그 누구도 동희에게 이런 이야기를 해 준 사람은 없었다.

생각에 잠겨 있는 동안 소녀는 저만치 멀어져 갔다. 동희는 어떻게 됐든 소녀의 자살만은 막아야겠다 생각했다. 동희는 다시 헬멧을 쓰고 날았다. 동희는 소녀를 뒤에서 안았다. 소녀는 비명을 지르며 벗어나려 발버둥쳤다.

동희는 소녀가 혹시 혀라도 물까 싶어서 소녀의 입에 손을 넣었다. 그리고 곧장 인근 병원 응급실로 갔다. 응급실에 들어서자 사람들은 그를 보고 놀랐다. 응급실 전체가 술렁거렸다. 동희는 다급히 의사를 불렀다. 젊은 의사 한 명이 달려왔다.

"자살을 하려고 합니다. 막아주세요."

의사는 허둥지둥 간호원을 불렀다. 소녀의 발버둥이 극에 달하더니 경련을 일으키기 시작했다. 의사는 간호원이 가져온 주사를 소녀의 팔에 놓았다.

잠시 후 소녀의 신음은 사라졌으며 몸은 축 늘어졌다. 의사는 동희에게서 소녀를 건네받아 응급실 간이침대에 눕혔다. 소녀는 언제 그랬냐는 듯 고이 잠들었다. 앳된 얼굴에 조금 전까지 자살하려 발버둥쳤던 모습은 찾아볼 수 없었다. 소녀는 여린 여고생의 모습 그 이상도 이하도 아니었다. 동희는 헬멧을 쓴 채 말했다.

"면수 선배, 다 들었죠?"

"그래. 나도 처음 듣는 이야기들이야. 찾아보고 있어. 일단 기지로 돌아와."

동희는 소녀의 담임선생을 기다렸다. 담임선생은 젊은 여자였는데 소녀의 친구 몇 명과 함께 왔다. 소녀의 친구 하나는 소녀의 신발을 챙겨 왔다. 동희는 인사를 하고 자리를 떠났다.

동희는 기지에 도착하자마자 헬멧을 벗었다. 승오가 마중 나와 있었다.

"면수 형은?"

"가이아 앞에."

동희는 갑옷을 벗지도 않고 가이아가 있는 보물 창고로 뛰어갔다.

"선배, 정말 몰랐어요?"

배면수는 심각한 얼굴로 모니터를 보고 있었다. 배면수는 미안해서 동희의 눈을 마주치지 못했다.

"나도 몰랐어. 지금 찾아보니까 몇 가지 자료가 돌아다니네."

"승오, 너도 몰랐니?"

배면수가 대답했다.

"알 수 없었어. 애써 찾지 않고서는. 자살 도움 사이트나 비관 사이트 위주로 돌아다니네."

"어린아이들이 나를 따라 하다 여러 명이 죽었다는데 경고 방송도 한 번 안 나갔단 말이에요. 어떻게 이런 일이 있을 수 있죠?"

"그것도 알아 보고 있는 중이야."

"누구예요. 대통령이 지시했나요?"

"잠깐만."

배면수는 긴장된 얼굴로 바삐 정보를 뒤졌다.

"기아아가 최신 기사하고 정부와 언론사 통화 내역 모두 조사해 봤는데 대통령께서 공식적으로 통제한 정황은 없어."

"그럼 어떻게 된 거죠?"

"기자들이 기사화하지 않은 것 같아."

"어째서요?"

"우리도 그랬지만 네 활동에 초점이 맞춰져 있어. 그리고 사실 네 위상이 위상인 만큼 기자들이 자기 검열을 한 것 같아."

"자기 검열이라니요?"

"스스로 알아서 안 올리는 거지."

동희는 의자에 털썩 주저앉았다. 배면수도 심각한 얼굴이었다. 동희는 혼자 중얼거렸다. '그랬군요. 그랬어요. 그랬던 거예요.' 동희는 넋 나간 사람처럼 앉아 있었다. 사람들이 자신의 힘을 얼마나 무서워하는지 또 자신의 힘이 사람들에게 얼마나 보잘것없이 쓰여지고 있는지 실감했다. '나는 자격이 없어.'

다음 날 아침

　동희는 일어나자마자 갑옷을 챙겨 입었다. 동희 마음은 벌써 소녀 곁에 가 있었다. 승오는 격납고까지 마중 나갔다. 배면수는 간밤의 일을 대통령과 상의하고 있었다.

　"형, 조심해서 다녀오세요. 웬만하면 헬멧은 쓰고 계시고요."

　"음."

　동희는 헬멧을 쓰고 격납고를 떠났다. 동희는 곧장 소녀를 데려다 놓은 병원으로 날아갔다. 응급실로 들어서자 사람들이 주위에 몰려들었다. 동희는 정중히 사람들을 물렸다. 간밤에 소녀가 있었던 간이침대에 소녀는 보이지 않았다. 어젯밤에 만났던 젊은 의사가 급히 달려 나와 꾸벅 인사를 하며 동희를 맞았다. 의사는 난처한 기색이 역력했다.

　"저……."

　"한미정은 어디 있습니까?"

　"401호로 옮겼습니다만…… 저……."

　동희는 병실을 찾아서 천천히 날았다. 의사가 뛰다시피 하며 뒤를 따랐다. 계단을 지나던 동희는 의사에게 뜻하지 않은 말을 들었다.

　"지금 찾아가서도 만날 수 없습니다."

　"아무도 만나지 않겠답니까?"

　"그게 아니라……."

　"아직 깨어나지 않았습니까?"

　"그런 게 아니라……."

　4층 복도에 다다르자 의사가 말했다.

　"숨졌습니다."

　동희는 가던 길을 뚝 멈추었다. 그리고 의사를 노려보았다.

　"뭐라고 했습니까?"

　의사는 고개를 숙인 채 말했다.

　"죽었습니다."

"왜요? 왜?"

"한눈 파는 사이에 창문을 깨뜨려 깨진 유리 조각으로⋯⋯. 발견했을 때는 이미⋯⋯."

동희는 믿기지 않는 듯 고개를 절레절레 흔들더니 다시 401호를 향했다.

"못 믿겠어. 내 눈으로 직접 확인하기 전까지는⋯⋯."

동희는 빠른 속도로 날았다. 401호 앞에 도착했지만 사람들도 없었고 문은 열려 있었다. 동희는 병실로 들어갔다. 의사 말대로 창문이 깨져 있었고 빈 침대가 놓여 있었다. 침대 머리 위에는 하얀 벽이 있었는데 간호원이 걸레를 물에 적셔 닦고 있었다. 하얀 벽에는 소녀의 혈서가 적혀 있었다. 글자 하나가 사람 머리만큼 컸다.

'⋯⋯ 당신은 나의 죽음조차 추하게 만들었어.'

간호원이 닦아 물 자욱이 남아 있는 앞부분은 '차동희'임이 분명했다. 동희는 다리에 힘이 풀렸다. 어떻게 서 있는지 몰랐다. 갑자기 눈물이 핑 돌았다. 동희는 속으로 외쳤다.

'안 돼! 죽으면 안 돼! 너한테 아직 할 말이 있어. 이대로 죽을 순 없어!'

그제서야 의사가 헐레벌떡 쫓아와서 병실로 들어왔다. 간호원이 의사 발소리에 뒤돌았다가 동희를 보고 화들짝 놀라 걸레를 놓쳤다.

"미정이는 어디로 옮겨졌습니까?"

"아래 지하 영안실에 있습니다."

동희는 영안실로 향했다. 영안실 앞에는 소녀의 또래 친구들, 간밤에 만났던 담임선생이 와 있었다. 복도 한쪽에 노인 하나가 바닥에 앉아 있었다. 넋이 나간 듯 보였다. 담임선생이 동희를 보고 달려왔다.

"죄송합니다. 저희들이 미정이를 지키지 못했습니다."

동희는 눈물을 보이기 싫어 헬멧을 벗지 못했다. 동희는 조용히 뒷걸음질쳐서 자리를 빠져 나왔다.

며칠 후

동희는 날고 있었다. 기지에서 그리 멀리 않은 산골이었다. 깊은 산 중턱에 집 한 채가 외롭게 자리하고 있었다. 근처에는 인적이 없었다. 마당이 넓고 앞에는 텃밭이 있었는데 농부 한 명이 일을 하고 있었다. 좀 더 내려가서 보니 병원에서 보았던 노인이었다.

동희는 노인이 놀라지 않도록 집에서 조금 떨어진 산길 아래에 착지했다. 헬멧을 벗고는 걸어서 올라갔다. 노인이 시야에 들어왔다. 인기척을 했지만 노인은 소리를 듣지 못했는지 하던 일에 열중이었다. 동희는 인사를 건넸다.

"할아버지!"

그제서야 노인은 허리를 펴서 동희를 보았다. 그러고는 땅에다 큰절을 했다.

"아이고, 여기까지 어떻게?"

동희가 급히 달려가서 할아버지의 어깨를 부여잡고는 고개를 떨구었다. 노인은 한미정의 친할아버지였다.

둘은 마루에 앉았다. 마루에서도 멀리 산자락이 그림처럼 펼쳐진 광경이 한눈에 보였다. 둘의 눈가에는 눈물이 아직 마르지 않았다. 동희는 가라앉은 목소리로 노인에게 사죄했다.

"할아버지, 죄송합니다. 제가 막았어야 했는데 그러지 못했습니다."

노인은 손사래를 쳤다.

"차동희 님, 무슨 말씀을 그렇게 하십니까? 담임선생님께 이야기 다 들었습니다. 못난 제 손주 때문에 이렇게 근심을 드려 제가 죽을죄를 지었습니다. 다 못난 이놈 탓입니다. 누가 뭐래도 차동희 님께서는 제 손주 생명의 은인이십니다. 그 애가 죽은 건 순전히 제 잘못입니다."

"아닙니다."

이후로도 동희는 하루가 멀다 하고 노인을 찾았다. 노인은 혼자 살고 있었다. 아내와 일찍 사별하고 자식은 어린 미정이를 놓아두고 사고로 죽었다. 이제 그 아이마저 떠나서 피붙이 가족이라고는 아무도 없었다.

동희는 밭을 갈거나 거름을 주는 것부터 친 아들처럼 한 노인 옆에서 도왔다. 한 노인은 그것이 너무 큰 부담으로 다가왔다.

"이제 이렇게 찾아오시지 않으셔도 됩니다."
"제가 불편해서 오는 것입니다. 너무 나무라지 마십시오."
"큰일 하실 분이 여기서 저 같은 놈 하는 일이나 하고 계시니 제가 불편합니다. 부족한 제 아이 때문에 이렇게 높으신 분께서 여기에서 뭘 하시는지, 내가 빨리 죽든가 해야지!"
"그런 말씀 마세요! 할아버지!"

실랑이 끝에 동희는 당분간 한 노인을 찾지 않기로 약속했다. 그날 한 노인이 차린 점심을 함께한 동희는 앞마당 끝자락으로 가서 앉았다. 머리가 복잡했다. 자신의 능력으로는 더 이상 어떻게 할 수 있는 상태를 넘어서 버린 것 같았다.

동희는 자신이 낸 텃밭 고랑 사이로 펼쳐진 산과 하늘을 물끄러미 응시했다. 침묵을 지키자 소리가 들렸다. 저 멀리 산과 산을 돌아가는, 푸른 창공을 지나가는, 근처 나무와 풀을 지나는 바람소리와 목청을 뽐내는 새소리, 풀벌레 소리, 어느 소리도 상대의 소리를 해치지 않았다.

그리고 생각을 멈추자 비로소 풍경이 눈에 들어왔다. 가늘고 푸른 고추, 대롱대롱 달린 잎, 검붉은 고랑 사이로 아롱아롱 피어나는 짧은 아지랑이, 고랑 사이로 푸른 하늘과 하늘을 수놓으며 지나가는 구름, 구름의 고요한 역동. 시야에 비치는 어느 무엇에 심취해도 눈을 청명한 호수에 씻은 듯 상쾌했다. 동희는 자리를 털고 일어섰다. 그날 동희는 결심했다.

지하 보물 창고

동희는 하루 종일 가이아 옆에서 작업에 매달렸다. 출동을 포함한 모든 일을 전폐한 채 무엇을 만드는지 물어도 대답하지 않았다. 3일이 지나자 배면수는 동희가 만드는 것이 로봇임을 알았다. 휴머노이드 3호를 만들고 있었다. 승오도 배면수도 동희가 무엇을 위해서 3호를 만드는지 속내를 알 수 없었다.

같은 실내 공간에서 며칠 동안 동희는 대화다운 대화를 하지 않았다. '뭐해?'라고 물으면 '작업'. '뭐 하려고?' 하면 '음, 그냥.' '그냥 뭐?' 하고 다그치면 '아니야.' 이런 식이었다.

동희는 3호 제작을 완성했다. 3호의 설계도를 바탕으로 했지만 머리 부분은 완전히 다르게 만들었다. 균형과 운동을 담당하는 부분은 부피를 최대한 줄이고 통신과 감각인지 기능을 증가시켜 넣었다. 키는 동희보다 반 뼘 정도 작았다.

3호가 완성되던 날 동희는 갑옷을 입고 대통령을 찾아갔다. 동희는 대통령과 한나절 넘게 논쟁을 벌였다. 대통령이 아무리 설득했지만 동희는 뜻을 굽히지 않았다. 동희가 자리를 나서자 대통령은 급히 배면수와 김승오에게 연락했다.

대통령의 연락을 받은 배면수와 김승오 역시 표정이 침통했다. 한참을 고민하던 배면수가 대통령에게 전했다.

"그녀라면 동희를 붙잡을 수도 있습니다."

"누구 말인가?"

"레이!"

"어떻게 장담해?"

"동희가 갑옷을 입고 활동하던 중에 무의식적으로 향했던 곳이 있습니다. 그것도 여러 번. 실제로 가기도 했었습니다."

"레이의 집?"

"네."

"그녀가 동희를 잡아줄 수 있을까?"

"지금 이것저것 따질 겨를이 없습니다."

"내가 알아볼게."

오후 늦게 보물 창고로 돌아온 동희는 매우 지쳐 보였다. 배면수와 승오가 동희를 앉혔다. 동희가 먼저 말을 꺼냈다.

"대통령께 이야기 들으셨죠?"

"무슨 꿍꿍이야?"

승오의 질문에 동희의 표정은 엄숙했다. 어색함을 무마시키려 짓던 형식적인 미소조차 없었다.

"나는 결심했어."

배면수가 다리를 꼬며 물었다.

"무슨 결심?"

"떠나기로."

"어디로? 왜?"

"목적지는 없어요. 이유도 없어요."

"말이 돼? 우리는? 기지는?"

"저 혼자 갑니다."

승오가 다그쳤다.

"형, 그게 도대체 무슨 소리야?"

"말 그대로야. 너한테는 미안해."

"언제 돌아오는 거야?"

"언제 돌아올지 몰라. 돌아올지도. 아무것도 모르겠어."

"그렇게 훌쩍 떠난단 말이에요?"

배면수는 동희의 의중을 알아차렸다.

"관둬라. 벌써 마음을 굳힌 것 같다. 대통령께서도 말리시지?"

"네."

"결국 네가 이겼지?"

"……."

"그래. 기지랑 비행체, 천리안, 갑옷, 신물질…… 세계 질서, 아니, 나랑 승오 모두 다 두고 떠난단 말이지?"

동희는 고개를 끄덕였다.

"한미정인가 하는 걔 때문이야?"

"꼭 그것만은 아니에요."

승오는 도무지 이해할 수 없다는 표정이었다.

"언제쯤 떠날 거야?"

"3호가 도착하면 바로."

"가기 전에 대통령께서 줄 선물이 있다고 하니까 그거나 가지고 가."

　3일 후

지하 보물 창고로 헬기가 접근했다. 동희는 3호를 기다리고 있었다. 배면수가 동희를 거실로 불렀다.

"대통령께서 보내주신 선물이 도착했어!"

그러고 보니 승오가 보이지 않았다. 동희가 배면수에게 나무랐다.

"다 부질없는 짓입니다."

"글쎄, 길고 짧은 건 대봐야 아니까."

동희는 기분이 썩 내키지는 않았지만 대통령을 비롯한 사람들의 정성을 생각해서 응해주었다. 거실 맞은편 입구 문이 열렸다. 승오가 커다란 가방을 들고 나타났다. 가방은 무척 무거워 보였다. 승오가 가방을 거실 바닥에 내려놓고 섰다. 계단을 내려오는 발소리가 유난히 경쾌하고 날카로웠다.

뒤이어 나타난 것은 바로 레이였다. 레이는 검은 구두에 검은색 벨벳 정장을 입고 어깨에는 흰 눈처럼 하얗고 뽀송뽀송한 털 숄더를 걸치고 있었다. 볼과 귀는 찬바람을 쐬어서 그런지 발갛게 상기되어 있었다. 레이는 뜻 모를 미소를 짓고 있었다.

동희는 놀라서 자리에서 벌떡 일어났다. 레이도 동희도 달려가지 않고 그 자리에 물끄러미 서 있었다. 배면수는 괜히 자기가 얼굴이 붉어지더니 자리를 떴다. 승오가 투덜거렸다.

"에이, 뭐야. 뭐가 이렇게 맹숭맹숭해?"

동희가 물었다.

"너, 여기 어떻게?"

레이는 손을 내밀어 동희에게 악수를 청했다.

"내가 다시 만날 거라 그랬지?"

"너 정말 레이 맞니?"

"아니! 돌머리 괴물이다. 왜?"

다음 날

동희와 레이는 산책하러 지상으로 올라왔다. 둘은 산길을 따라 걸었다. 봄이었지만 아침 공기는 청량했다. 둘은 말없이 산등성이를 올랐다. 20여 분쯤 걸어 올라가자 정상 근처에 다다랐다. 갇혔던 시야가 단번에 트였다. 맞은편 산은 계곡이 깊고 이쑤시개도 들어가지 않을 만큼 산림이 울창했다. 하늘에는 구름 한 점 없는 푸른 창공이 펼쳐져 있었다.

둘은 거기에서 걸음을 멈추고 가쁜 숨을 가누었다. 맞바람이 세차게 불어왔다. 동희는 두 팔을 벌려 매서운 바람을 온몸으로 받아들였다. 레이도 동희를 따라 했다. 동희는 입을 벌렸다. 바람으로 고민까지 모두 씻어내려는 듯. 그리고 말을 꺼냈다.

"도대체 어떻게 온 거야?"

"전리품이잖아."

"……."

"떠난다며?"

"……."

"내가 이기철 대통령께 말씀드렸어. 내가 가도 너는 떠날 거라고."

"……."

"넌 뭐가 그렇게 복잡해?"

"갑옷을 입어보지 않으면 이해하지 못해."

"……."

"너, 나 보러 태평양을 여러 번 건넜다며?"

"무의식중에!"

"너, 나를 그렇게 좋아하니?"

동희는 표정이 침울했다.

"그것 때문에 떠나는 거야."

"왜? 나를 좋아하는 것도 죄가 되는 거야?"

"아니 통제가 안 돼. 너만 찾은 게 아니야. 벌거벗은 여자들을 찾아서 얼마나 자주 이탈했는지 몰라. 사람을 죽이려고 했던 적도 수없이 많았어. 돌이켜 보면 형과 승오가 없었으면 나도 카이자처럼 되었을 거야."

"비약이야."

"신물질을 운용할 능력을 갖추면 그때 돌아올 거야."

동희는 레이의 얼굴에 맺혔던 쓸쓸한 표정을 보지 못했다.

다음 날

보물 창고에는 두 개의 짐이 꾸려졌다. 하나는 레이의 짐이었고 또 하나는 동희의 짐이었다. 동희와 배면수, 승오가 가이아 앞에 앉았다.

"3호는 가이아의 분신이 될 겁니다. 3호가 잠을 잘 때는 기지에서 가이아를 쓰십시오. 대통령께도 말씀을 드렸지만 제가 떠난 사실은 절대 비밀로 해 주세요."

"3호보다 승오와 천리안 몇 대를 데리고 가는 게 더 안전하지 않을까?"

"가이아를 데리고 가는 건 저를 보호하려는 목적이 아닙니다."

"그럼?"

"가이아를 위해서예요."

"가이아를 위해서?"

"세상을 보여주고 싶어요. 가이아에게는 경험이 필요해요. 여기는 인큐베이터일 뿐이에요."

"그러면 네가 오히려 가이아를 돌봐야 할 것 같은데."

"그럴지도 모르죠."

승오는 불만이었다.

"형이 다치기라도 한다면 가만두지 않을 겁니다."

"만약의 사태가 생기더라도 보이지 않을 만큼 높은 곳에서 천리안이 나를 주시할 거야."

"여기에 무슨 일이 생기면요?"

"내가 없어도 천리안은 계속 만들어질 거다. 또 급하면 언제든 가이아를 부를 수도 있고."

"형이 돌아온다는 말은 끝까지 안 하네요."

"이곳을 잘 지켜줘."

"가끔 연락할 거죠?"

"아니. 연락 안 하려고."

"레이 누나 나옵니다."

"승오야. 레이 짐 좀 받아줘."

레이를 싣고 갈 헬기가 내려왔다. 뜨거운 포옹을 마지막으로 레이는

떠났다. 헬기 안에서 레이의 눈을 가린 안대 밑으로 흘러나오는 눈물
은 그녀가 누구인지 모르는 경호원만이 심드렁한 얼굴로 목격했다.

동희는 지하 보물 창고에서 나와 산길로 들어섰다. 3호는 옷을 입었
다. 상의에 달린 모자를 깊게 눌러쓰고 마스크를 해서 외관상으로는
사람과 똑같았다. 배면수와 승오가 수 킬로를 마중 나왔다.

동희는 그들을 남겨두고 산길을 따라 길을 떠났다. 동희는 '무섭고
힘들어서 저녁에 다시 돌아올 수도 있어요.'라는 말을 마지막으로 이
별했다. 그렇게 떠난 동희는 그날 저녁에도, 다음 날에도, 달이 바뀌고,
계절이 바뀌어도 나타나지 않았다. 천리안이 가리키는 동희의 위치는
보물 창고에서 북쪽으로 멀어지더니 계곡을 넘고, 산을 넘고, 강을 지
나고 평야를 건너고 국경을 넘었다. 그렇게 동희는 길을 떠났다.

-차동희 30세 3월-

동희가 떠난 사실은 비밀에 부쳐졌다. 연합국은 많은 지도자를 잃
었고, 미국은 군사력과 자신감을 잃었으며, 한국은 동희의 부재 상태였
다. 3국이 서로를 견제하고 눈치 보는 동안 세계정세는 오히려 안정을
찾아갔다. 누구 하나 나서서 큰소리를 치거나 무리수를 두지 않았다.

단 한 가지 분란의 매개는 늘어나는 천리안이었다. 천리안의 증가는
연합국과 미국의 신경을 거슬리는 것이었다. 동희가 떠난 해 10월, 3차
의 천리안 발사가 이루어져서 활동하는 천리안은 모두 1천 기가 넘었
다.

7. 땅이 갈라지고

동희가 떠난 지 3년 6개월이 지났다.

이기철 대통령은 재선에 성공했다. 그가 심혈을 기울인 세계정보기
지국은 나날이 그 위용을 확대해갔다. 천리안은 5,000여 기가 활동했
으며 세계정보기지국은 그 모든 천리안의 운영을 담당했다. 300만 평
의 땅과 100여만 평의 건물, 700여 만평의 연건평, 3만 5천여 명의 인
원과 수천 톤의 장비. 세계정보기지국에서 쏟아져 나오는 정보는 양과
질에서 나날이 새로운 역사를 써내려 갔다.

천리안은 군사와 정치는 물론이고 경제, 사회, 과학, 문화, 지질 등 어
느 한 분야 활용되지 않는 곳이 없었다. 천리안은 만 미터 심해부터
수백 km 창공까지, 한국의 한산한 거리에서부터 미국 정보부 건물 안
까지, 남극의 얼음덩어리 아래에서부터 열대 사막까지 지구 곳곳을 누
비고 다녔다.

미국 서부 사막 지역

흙과 모래 먼지가 몰아치는 메마른 사막. 일직선으로 길게 뻗은 도로. 주유소를 시작으로 도로 좌우로 작은 마을이 형성되어 있었다. 식당과 2층짜리 작은 모텔 그리고 가게들이 늘어섰고 그 뒤로는 주택들이 옹기종기 모여 있었다. 도로를 지나가는 장거리 여행자들이 잠시 쉬어가면서 형성된 작은 마을이었다. 집이라고 해봐야 겨우 100여 가구 남짓이었다.

마을 주위로는 모두 사막이었지만 마을 안에 나있는 작은 길에는 잡초도 제법 자라 있었다. 주의를 기울일 만한 어떤 것도 없어 보이는 마을 1.2km상공. 천리안 1121호가 떠 있었다.

세계정보기지국

Section 3

Section 3 Manager: 1121호 Operator

1121호 Operator 2: 네.

Section 3 Manager: 1121호. 탐사 용도 변경. 지질 탐사 중단하고 군사 탐사로 전환

1121호 Operator 2: 네. 1121호 탐사 용도 변경.

Section 3 Manager: 1122호 Operator

1122호 Operator 2: 네.

Section 3 Manager: 1121호 탐사 지역 지질 탐사 수행 바람.

1122호 Operator 2: 네, 알겠습니다.

1121호 Operator 2: 정보 보고. Y3-1121-086014-08231123

Section 3 Manager: 1121호 보고하라.

1121호 Operator 2: 벙커 내부에 인공 구조물이 존재하는 것으로 추정됩니다.

Section 3 Manager: 인공 구조물?

1121호 Operator 2: 그렇습니다.

Section 3 Manager: 무슨 구조물인가?

1121호 Operator 2: 형태와 규모는 파악 중입니다.

Section 3 Manager: Y3 에서 Y1으로 변경

1121호 Operator 2: Y1으로 변경.

Section 3 Manager: 정보분석실 정보 등재 요청합니다.

정보분석실 담당32: 등재 완료.

Section 3 Manager: 1121호 계속 탐사하라.

1121호 Operator 2: 네, 알겠습니다.

정보분석실 담당32: 정보 분석 결과 Y1에서 R3로 승격. 천리안 2기 추가 바람.

Section 3 Manager: 알겠다.

Section 3 Manager: 1217호!

1217호 Operator 2: 네.

Section 3 Manager: 1218호!

1218호 Operator 2: 네.

Section 3 Manager: Mission 중단하고 위치 이동 바람. 위치는 086014! 086014!

1217호 Operator 2: 네, 086014 이동 시작.

1218호 Operator 2: 네, 086014 이동 시작.

Section 3 Manager: 1121호. 1217호와 1218호 통신 연결하라.

1211호 Operator 2: 1217호, 1218호 통신 연결 완료.

Section 3 Manager: 1121호! 1217호! 1218호! 입체 지형 탐사 수행 하라. 벙커와 내부 인공 구조물 크기와 형태 파악하라.

1121호 Operator 2: 네, 알겠습니다.

1217호 Operator 2: 네, 알겠습니다.

1218호 Operator 2: 네, 알겠습니다.

1121호 Operator 2: 1217 고도 1.24km 위치 086015-2251로 이동 바람.

1217호 Operator 2: 고도 1.24km 위치 086015-2251로 이동.

1121호 Operator 2: 1218호 고도 1.24km 위치 086015-8324로 이동 바람.

1218호 Operator 2: 고도 1.24Km 위치 086015-8324로 이동.

1121호 Operator 2: Scan Setting PP2-130-1500-2000-25.

1217호 Operator 2: PP2-130-1500-2000-25 Scan Setting 완료.

1218호 Operator 2: PP2-130-1500-2000-25 Scan Setting 완료.

1121호 Operator 2: Scan Start 카운트 다운! 10, 9, 8, 7, 6, 5, 4, 3, 2, 1, Start!

〈미국 8인의 원로회〉

"파리 떼가 붙었습니다."

"M이 깨어날 날짜는 언제로 하는 것이 좋겠습니까?"

"System이 이미 Closed 되었습니다. 빠를수록 좋습니다."

"두 달 정도만 더 끌어달라는 연락이 왔습니다."

"아니 두 달씩이나요? System이 Closed 되었는데 두 달은 왜?"

"저도 자세한 사항은 모르겠습니다."

"내부 사정이 있겠죠."

"파리 떼가 붙은 이상 두 달은 어림없는 소리입니다."

"무슨 일인지는 모르지만 지상에서 추진하도록 해야 합니다."

"오늘은 결단코 깨어날 날짜를 결정해야 합니다."

"System이 Closed 된 지 벌써 석 달이 넘었습니다."

"오늘 당장에라도 하죠?"

"3일 후로 하는 것이 어떨까요? 대통령도 이틀 전에는 알아야 하니."

"3일이면 적당한 것 같습니다."

"좋습니다."

"저는 찬성입니다."

"저도 찬성입니다."

"저도 찬성입니다."

"저도 찬성입니다."

"저도 찬성입니다."

"자, 그럼 모두 찬성하셨으니 M에게 통보합시다. 그리고 미국 대통령에게는 내일 Message를 보내도록 합시다."

"그렇게 하죠."

"정찰 중인 파리 떼는 어떻게 하죠? M이 깨어나기 전에 싹 쓸어버려야 하지 않을까요?"

"굳이 그럴 필요까지 없습니다. 파리 떼는 위협이 되지 않습니다. 그깟 천리안 다 몰려온다고 해도……."

"그렇다면 굳이 파리를 쫓을 필요는 없겠군요."

"한국 쪽에서 좀 시끄러워지겠군요."

"시끄러워져 봐야 이제는 소용이 없습니다. 이미 M의 System이 Closed 되었기 때문에 비행체나 차동희가 온다 해도 위협이 되지 않습니다. 시간은 이미 우리 편입니다."

"바야흐로 우리의 완전한 통제가 다가왔습니다."

지하 보물 창고

가이아의 중앙 화면에 류지태의 얼굴이 나와 있었다. 배면수가 먼저 인사했다.

"오랜만이야."

"동희는 아직 연락이 없나요?"

"음."

"투자 분석을 하다가 이상한 현상이 있어서 연락 드렸어요."

"그래? 뭔데?"

"미국으로 정밀 금형 소재 유입이 최근 3~4년 동안 전쟁 전과 비슷하게 늘어났어요."

"전쟁 후에는 군사 무기 예산이 없어서 정밀 금형에 일어날 수요가 많이 줄었을 텐데. 그리고 군납업체는 모두 봉쇄 당했잖아."

"기존 군납업체를 통하지 않고 비상장의 유령 회사나 소규모 단체에서 진행되었어요. 비철금속 이동량을 조사해 보세요."

"알았어. 시간이 좀 걸리겠는데."

"많이 바쁜가요?"

"어제 미국에서 어마어마한 지하 벙커가 발견되어서 대통령께 보고되었어."

"그래요? 뭐죠?"

"아직 정확히 파악되지는 않았어."

"지각 활동으로 생긴 건 아닌가요?"

"내부에 인공 구조물이 발견됐어. 아직은 기밀 사항이야."

"네, 알겠어요. 승오는요?"

"음, 지금 세계정보기지국에 가 있어."

"동희를 불러야 하지 않을까요?"

"천리안이 정밀 조사 중이야. 오늘 저녁에 가이아로 좀 더 조사해 보고."

"뭐라도 발견되면 저한테도 연락주세요."

"알았어."

세계정보기지국 정보국장실 부속 정보관측 중앙센터

정보국 국장, 국방장관, 전략처장, 지질학 자문 교수, 승오, 정보 플래너가 화면을 주시하고 있었다.

플래너: 벙커는 길이 약 2.8km, 폭 약 480m, 깊이는 지하 130m에서 시작하여 깊은 북쪽은 340m, 낮은 남쪽은 210m 규모입니다. 벙커의

북쪽은 36개의 기둥이 2열로 서서 상부 지층을 떠받치고 있습니다. 특이사항은 지상과 연결된 출입구가 없다는 것입니다.

국방장관: 환기통은 있을 것 아닙니까?

플래너: 현재까지는 발견되지 않습니다.

국방장관: 환기통이 없다면 사람이 살지 못하지 않습니까?

지질학 자문 교수: 지하 공간이 워낙 넓기 때문에 지층의 틈이 다른 곳과 연결되면 환기통 없이도 산소가 유입될 수도 있습니다.

국방장관: 벙커의 용도가 뭐라고 판단하고 있습니까?

정보국장: 아직…….

국방장관: 커도 너무 크지 않습니까? 혹시 예전에 만들어 두었던 전략유비축 벙커 아닙니까?

정보국장: 미국 군사 및 국가 시설 현황을 파악한 결과 그건 아닌 것 같습니다.

국방장관: 그럼 도대체 뭐란 말입니까?

플래너: 이상한 점은 벙커를 만들려면 흙을 파서 외부로 꺼내야 하는데 외부에 그런 흔적이 없다는 겁니다.

전략처장: 저 지역의 관측은 언제부터 시작했죠?

플래너: 고정 배치된 것은 2주 전입니다.

전략처장: 전쟁 전에 만들어졌을 가능성은 없습니까?

승오: 그럴 가능성은 없습니다. 미국 군사시설은 물론이고 민간투자 기업 자료까지 모두 조사했지만 저 벙커 내용은 없었습니다.

국방장관: 군사시설을 제외하고 다른 것일 수는 없나요?

정보국장: 다른 것이라면…… 뭐 짚이는 것이라도 있으십니까?

국방장관은 곰곰이 생각에 잠기더니 한숨을 길게 내쉬었다.

플래너: 연락입니다. 새로운 정보가 입수되었습니다.

정보국장: Operator 직접 연결시켜 주게.

플래너: 네. Section 3 Manager Operator 직접 연결해 주세요.

Section 3 Manager: 네. 1125호 Operator 연결.

1125호 Operator 1: 사막 서쪽으로 300m 떨어진 바위산 뒤편에서 벙커까지 연결되었던 통로 흔적이 여러 개 발견되었습니다.

정보국장: 통로로 들어가 보았나?

1125호 Operator 1: 아닙니다. 현재 통로는 모두 돌과 흙으로 막혀 있습니다.

전략소장: 막혀 있는데 통로가 있는지는 어떻게 알았죠?

1125호 Operator 1: 화면을 보십시오. 산 맞은편에서 지하 공간까지 모두 6개의 통로가 있습니다. 현재는 시작부터 끝까지 모두 막혀 있습니다. 발파로 허문 것 같습니다. 그러나 주위와 통로와의 밀도가 다릅니다. 보시는 바와 같이 군데군데 작은 공간도 있습니다. 이 선을 연결하면 통로가 나타납니다. 이런 선이 6개가 나타납니다. 각각의 통로마다 조금씩 차이는 있지만 길이가 대략 300m 정도 됩니다.

정보부장: 통로가 언제쯤 폐쇄되었는지 알 수 있나?

1125호 Operator 1: 입구에 자란 식물과 토양 분석 결과 1년이 넘는 것으로 추정됩니다.

국방장관: 그럼 천리안을 배치하기 한참 전이군.

전략처장: 통로에서 길 위로 연결된 도로나 사람이 지나간 흔적은 없나?

1125호 Operator 1: 의문점이지만 통로 입구에서 길 위로 흔적이 전혀 없습니다.

정보부장: Manager 현재 조사 중인 천리안은 몇 기인가?

Section 3 Manager: 7기가 동원되었습니다.

정보부장: 통로 흔적 외에 다른 특이 사항은 없나?

Section 3 Manager: 현재까지는 특이 사항 없습니다.

정보부장: 알았네. 계속 수고해 주게.

Section 3 Manager: 네, 알겠습니다.

전략처장: 미국의 동향은 어떻습니까?

승오: 미국 정부에서는 아직도 모르고 있습니다.

전략처장: 그럼 도대체 누가 만들었단 말입니까?

국방장관: 이럴 것이 아니라 비행체를 띄워야 하지 않겠습니까?

전략처장: 저도 그게 제일 빠른 방법인 것 같습니다.

승오: 대통령께 상의드려 보죠.

정보부장: 확 뚫고 들어가서 조사해 봅시다. 벙커가 잡아먹기야 하겠습니까?

다음 날 아침

배면수는 가이아를 통해 대통령의 들뜬 목소리를 들었다.

"방금 정보기지국에서 보고가 왔는데 신물질이 있는 것으로 확인됐어."

"신물질이라면 SUM 말입니까?"

"그래, 그것도 대량으로……"

"그랬군요."

"알고 있었나?"

"가이아 분석 결과로는 전쟁 전에 집행 결정이 난 신물질 관련 예산이 당해 년도에 모두 집행된 것으로 나타났는데 규모가 상상을 초월합니다. 그런데 당해 년도에 쓰여졌다는 금액이 모두 부풀려져 있습니다. 어디론가 그 자본이 빠져나갔다는 겁니다.

"그래? R1 상황이네."

드넓은 초원 사이로 난 오솔길

넝마처럼 누더기 옷을 걸친 사내가 아침 햇살을 받으며 걷고 있었다. 머리는 어깨까지 내려왔으며 수염으로 얼굴의 절반가량이 덮여 있었다. 얼굴은 희고 야위었다. 창공을 닮은 선한 눈매. 차동희였다. 몇 발짝 뒤에는 후드 모자를 눌러쓴 3호가 총총걸음으로 뒤따라 오고 있었다.

동희는 두 손을 뻗어 허리만큼 자라 있는 들꽃과 풀을 쓰다듬으며 걸었다. 동희의 가슴은 한껏 열려 있었으며, 청명한 하늘과 대기의 미묘한 흐름과 촉촉한 대지와 따사로운 햇살을 세세히 헤아리고 있었다. 내부의 무심은 외부의 모든 것을 수용했다. 절제된 호흡을 통해 육체 내외부의 구분을 지웠다. 육체는 무감에 이르렀으며, 그것은 마치 신물질 갑옷을 입은 후 육체가 사라진 느낌과 흡사했다.

이윽고 동희는 들꽃과 풀들과 소통을 이루었다. 동희는 그들의 속삭임에 귀 기울였다. 그러한 현상은 부단한 각성을 불러왔다. 동희는 자신의 무심을 그들에게 전했다. 가슴이 벅차 올라 숨을 크게 들이마셨다. 대기의 공기는 몸속 깊이 들어와 손끝까지 퍼져나갔다. 그리고 대기와 또 다른 소통을 이루었다. 동희는 팔을 좌우로 한껏 벌렸다. 가이아(3호)가 물었다.

"동희 님, 뭘 하시는 겁니까?"

"들꽃과 풀들에게 인사하는 거야."

가이아는 의아해 하며 동희를 따라 팔을 벌렸다.

"들꽃과 풀들이 무슨 말을 한다는 말씀인가요?"

"잘 들어 봐."

"……"

"들리지?"

"음성 신호가 잡히지 않습니다. 뭐라고 합니까?"

"만나서 반갑대."

"정말입니까?"

"음."

"저에게 거짓말을 하시는 거죠?"

"아니야."

"동희 님!"

"정말이라니까."

"그게 아니라……."

"……."

"메시지가 왔습니다."

"메시지?"

3호(가이아)는 배면수의 음성 메시지를 전했다.

"동희야! 나야. 웬만하면 연락 안 하려고 했는데 문제가 생겼어. 아무래도 네가 와야 할 것 같아. 미국 서쪽 사막 지하에서 거대한 벙커가 발견되었는데 그 안에 신물질이 다량 탐지됐어."

동희는 그제서야 걸음을 멈추었다. 가이아도 걸음을 멈추었다. 가이아가 또 알렸다.

"대통령 호출입니다."

"연결해 봐."

"오랜만이네."

"네. 잘 지내셨습니까?"

"그렇지가 못해."

"신물질이 발견됐다면서요?"

"배면수 연락 받았나?"

"네."

"비행체를 보내겠네."

"네."

지하 보물 창고

승오는 동희를 와락 안았다.

"형!"

"그래, 잘 지냈어?"

승오는 팔을 뻗어 동희의 어깨를 잡고 얼굴을 살폈다.

"살이 많이 빠진 것 같아. 얼굴이 야위었어."

"그래?"

"승오야. 이젠 내 차례다."

승오가 웃으며 자리를 내어주고 배면수가 동희를 안았다.

"반갑다."

"잘 있었어요?"

"그럼. 늘어난 거라고는 나이하고 뱃살뿐이야."

동희는 빙그레 웃었다. 가이아가 보고했다.

"비행체 도착했습니다."

셋은 격납고에서 가이아 본체 앞으로 자리를 옮겼다. 3호를 실은 비행체가 격납고로 들어왔다.

동희와 배면수 승오는 환담을 나눌 여유도 없이 가이아 앞으로 갔다. 가이아의 중앙 화면에는 벙커를 위에서 찍은 사진이 나타났다. 배면수가 설명했다.

"여기. 벙커 남쪽 지역에 넓은 이 면 전체가 신물질이야. 우리 기지처럼 신물질로 벽을 만들어놓은 것 같아. 처음 관측 때는 벙커 남쪽이 북쪽보다 200m쯤 올라와 있었는데 알고 보니 그게 신물질이 덮고 있는 거였어."

"북쪽은요?"

"북쪽에는 신물질이 없어. 대신 인공으로 만들어진 기둥이 있어."

"너무 크군요."

"그래, 너무 크다는 게 이상해. 보고도 믿기 힘든 크기야."

승오가 물었다.

"신물질 내부에는 뭐가 있는지 알 수 없어요."

동희가 대답했다.

"신물질 내부는 탐사가 불가능해. 아무래도 내가 직접 가 봐야겠어."

"위험해요. 일단은 비행체를 보내세요."

"같이 가는 게 좋을 것 같아."

"갑옷 봉인을 풀까요?"

"음."

그때 배면수가 소리쳤다.

"잠깐만!"

가이아의 보조 화면에 불이 들어왔다. 사막을 관찰 중이던 천리안이 경고음을 보내왔다. 배면수가 가이아에게 명령했다.

"가이아 2번, 보조 화면 주 화면으로 변경."

미국 서부 사막

화창한 정오. 뜨거운 햇살의 축복을 대지는 고이 받아들이지 않았다. 미세한 지진파가 감지되는가 싶더니 강도를 높여갔다. 창문이 요란스럽게 흔들리더니 약한 창부터 깨어지기 시작했다. 물건이 떨어지고, 기둥이 무너지고, 지붕이 내려앉았다. 땅이 요동치기 시작했다. 사람들은 당황하여 책상 아래나 땅바닥에 몸을 붙였다.

지진은 점점 더 거칠어졌다. 땅 아래로부터 요란한 폭발 소리가 터져 나오더니 이내 땅 이곳저곳에 틈새가 생겼다. 틈새는 사막 이쪽저쪽으로 쭉쭉 내달렸다. 수백 수천 미터를 전진한 여러 개의 검은 선들은 그 틈을 벌려 시커먼 나락을 드러냈다. 그리고 한순간 일부의 땅은 나락으로 꺼지고, 일부의 땅은 솟아났으며, 일부의 땅은 뒤집어졌다.

다음 순간 수 km의 땅이 갑자기 지하로 꺼지며 광대한 넓이와 깊이의 웅덩이를 만들었다. 벙커 북쪽이 허물어졌다. 마을은 순식간에 땅속으로 사라져 버렸다. 벙커 아래는 흙먼지로 아무것도 볼 수 없었다.

천리안이 상공에서 그 광경을 중계하고 있었다. 그리고 잠잠했다. 마치 아무 일도 없는 듯. 천지를 찢을 것 같았던 소리도 거짓말처럼 사라졌다. 지독한 흙먼지만이 지하 깊은 곳에서 솟아 오를 뿐이었다. 승오가 중얼거렸다.

"마을이 꺼져 버렸어요."

화면을 주시하던 배면수가 일렀다.

"벙커 북쪽 기둥이 모두 무너졌어."

"천리안을 안으로 투입시켜 보죠."

그때 배면수는 놀란 얼굴로 외쳤다.

"잠깐만. 움직여!"

"뭐가요?"

"벽이!"

"뭐가 움직인단 말이에요?"

"투시 화면을 봐!'

동희와 승오는 화면을 주시했다. 남쪽 벙커를 차지하고 있는 거대한 면적의 신물질이 기둥이 무너져 생긴 벙커 북쪽 공간으로 천천히 이동하고 있었다. 동희는 탄성을 질렀다.

"맙소사!"

배면수, 승오, 동희 모두 경악했다. 꺼져 버린 벙커 북쪽. 한순간에 지상에서 천길 낭떠러지 지하로 꺼진 마을. 그 위로 돌고래 머리처럼 생긴 거대한 신물질이 조금씩 머리를 내밀고 있었다. 탁한 흙먼지 속에서 신물질은 분명 움직이고 있었다.

이윽고 꺼져 버린 땅 위로 선형의 거대한 신물질이 모습을 드러냈다. 그러자 이번에는 신물질이 빠진 벙커 남쪽 지상의 땅이 갈라지더니 지하로 가라앉기 시작했다. 지축이 뒤흔들리고 굉음이 온 사방을 잠식해 나갔다. 시커먼 흙먼지가 쉴새 없이 뿜어져 나왔다. 그리고 그 먼지 한가운데서 유선형의 거대한 신물질이 솟아 오르고 있었다. 신물질은 너무 커서 마치 산이 땅속에서 솟아오르는 것 같았다.

신물질은 지하의 암흑과 흙먼지를 벗어나 서서히 지표 위로 모습을 드러냈다. 벙커 남쪽에 갈라진 땅은 모두 지하로 꺼져 거대한 웅덩이를 만들었다. 서풍에 흙먼지 기둥은 동쪽으로 머리를 틀었다. 신물질은 곧장 위로 떠올랐다. 그리하여 흙먼지를 헤치며 거대한 윤곽을 드러냈다. 뿌옇게 먼지가 뒤덮였지만 부분부분 드러나는 은빛은 분명 신물질이었다. 길이 961m, 높이 232m, 가로 278m의 거대한 신물질 덩어리는 단숨에 지하를 박차고 올라가 푸른 하늘로 떠올랐다. 배면수가 미친 사람처럼 되뇌었다.

"아니야! 아니야! 저건 말도 안 돼! 있을 수 없는 일이야!"

신물질은 하늘에 우뚝 멈춰 섰다. 분명 찬란한 은빛의 신물질이었다. 사막에는 신물질만큼 거대한 그림자가 졌다. 동희와 배면수, 승오는 눈을 의심했다. 승오가 물었다.

"저건 도대체 뭐죠?"

아무도 대답하지 못하고 침묵을 지켰다. 신물질도 꼼짝도 하지 않고 그 자리에 서 있었다. 넋을 잃고 바라보던 셋이 정신을 차리기까지는 그리 짧지 않은 시간이 흘렀다. 배면수가 동희를 보며 물었다.

"저게 뭐지?"

동희는 대답 대신 가이아에게 물었다.

"천리안과 현재 거기는?"

"괴물체와 약 2km입니다."

배면수가 물었다.

"어쩌려고?"

"접근시켜 보려고요."

"섣불리 접근시키지 말고 우선은 지켜 봐."

"그럴까요? 근데 저게 정말 신물질일까요? 수 미터짜리 비행체를 만드는 데도 부품의 극과 극을 맞추느라 힘들었는데, 저렇게 어마어마한 것이 정말 모두 신물질일까요?"

"신물질로 저렇게 만드는 것은 불가능해. 어떻게……"

배면수는 말끝을 흐렸다. 동희가 가이아에게 명령했다.

"가이아! 미국 대통령과 국방부에 특이 사항 없나 조사해 봐."

"네. --- 통신 분석. 특이 사항 없습니다. 미국 국방부에서는 아직 괴물체 출현을 모르고 있습니다."

"그래?"

"아! 방금 미국 국방부에 괴물체의 정체가 보고되고 있습니다."

"그래? 뭐라고 해?"

"미국 국방부에서 미국 대통령에게 연락을 하고 있습니다. (국방 참모: 서부 사막에 신물질로 보이는 물체가 나타났습니다. / 미국 대통령: 모선을 공격하지 말게. 절대로. 무슨 일이 있어도. 가까이 가지도 말고. / 국방 참모: 네? / 미국 대통령: 공격하지 말란 말이야. 알았나? / 국방 참모: 네. 알겠습니다.)

승오가 배면수와 동희에게 의견을 전했다.

"모선? 모선이라고 했어. 미국 대통령이 뭔가를 아는 눈친데."

"저도 들었어요. 모선이라……."

가이아가 전했다.

"이기철 대통령 연락입니다."

동희가 명령했다.

"연결해!"

"모두들 보고 있나?"

"네."

"도대체 저게 뭐지?"

"아직 뭔지 모르겠습니다."

"어떻게 할 건가?"

"우선은 지켜보기로 했습니다. 통신망을 추적하고 있습니다."

"그래? 나는 비상계엄령을 내리고 국가비상위원회 소집할게."

"네."

그때 갑자기 승오가 소리쳤다.

"저거 봤어요?"

배면수와 동희가 물었다.

"뭐?"

"모선 밑에서 뭔가 나왔어요.'

"어디?"

대통령이 궁금해서 물었다.

"무슨 일이 있는가?"

승오가 배면수에게 요청했다.

"화면을 돌려보세요."

화면이 뒤로 돌아갔다가 천천히 재생되었다. 거대한 신물질 아래에서 무엇인가가 여럿 나와서 사방으로 흩어졌다. 배면수가 놀라듯 중얼거렸다.

"이게 뭐야?"

배면수는 화면을 확대했다.

신물질 아래 부분을 확대하자 모선 아래에서 신물질 갑옷을 입은 인형이 나왔다. 그리고 사라졌다. 동희가 물었다.

"가이아, 모두 몇이야?"

"8명입니다."

"안 되겠어. 승오야 내 갑옷을 가져와."

배면수가 물었다.

"어쩌려고?"

"미국 대통령을 만나봐야겠어요."

승오는 황급히 갑옷 상자를 가져왔다. 동희는 옷을 벗고 갑옷 상자를 열었다. 오랜만에 보는 갑옷이었다. 배면수는 가이아를 통해서 괴물체를 지켜 보고, 승오는 갑옷을 착용하는 동희를 도왔다. 갑옷 착용에 뭔가 이상하다는 느낌이 확실해진 것은 동희가 목까지 갑옷을 착용했을 때였다.

"갑옷이 맞지 않아."

"형! 체형이 변한 것 같아요."

"아랫부분은 조이고 상체는 헐거워."

"괜찮겠어요?"

"헬멧 줘 봐."

동희는 헬멧을 썼다. 그러나 접촉면이 부족했다. 하체는 근육으로 울퉁불퉁해져서 접촉면이 줄어들었고, 상체는 살이 빠져서 접촉면이 줄어들었다.

"형! 어때요?"

동희는 고개를 가로저었다.

"안 돼!"

미국 수도 서쪽 10km 외곽 대저택

서재. 노인은 의자에 앉아 있었다. 앞에 놓인 책상 위에는 방금 전까지 보았던 책이 그대로 펼쳐져 있었다. 노인은 둥근 안경을 쓰고 있었다. 두꺼운 안경 안에는 안경으로도 감출 수 없는 지적인 눈빛이 살아 있었다. 주름진 얼굴이었지만 피부색이 희고 백발이 단정했다. 조금은 왜소해 보이는 그는 놀란 눈으로 정면을 주시하고 있었다. 서재 문은 열려 있었으며 문으로 들어선 인형은 동상처럼 우두커니 서 있었다.

"네가 베네딕트냐?"

노인은 침착한 목소리로 대답했다.

"그렇소만, 당신은 누구요?"

"나는 케사르다."

"처음 듣는 이름인데 혹시 입고 있는 것이 정말 SUM이요?"

"물론이지."

"보잘것없는 늙은 노인에게 무슨 용무가 있소?"

"당신이 정신분석학자 베네딕트라면 내가 왜 왔는지 알 텐데."

베네딕트는 안경을 고쳐 쓰며 대답했다.

"도대체 무슨 소리를 하는지 모르겠군요. 저는 일개 학자일 뿐이오.

"일개 학자. 후-후- 당신이 일개 학자라고? 지나가는 개가 웃을 일이군."

"당신이 어째서 SUM을 착용하고 있는지, 왜 여기 왔는지 모르겠지만 사람을 잘못 찾아온 것 같소."

"미국 8인의 원로회 회원 중 한 명이지."

"도대체 무슨 소리를 하는지 모르겠군. 미국 원로회는 뭐요? 무슨 단체요? 도무지 처음 듣는 소리만 하는군. 역시 잘못 찾아오신 것 같습니다."

"이제 그만하시지. 그래 봐야 소용없으니까."

"무슨 말을 하는지 도통 알아 들을 수 없는 소리만 자꾸 하는군요."

케사르는 마치 저승사자처럼 호통을 쳤다.

"퀀텀의 명령을 집행하러 왔다."

베네딕트는 여전히 아무것도 모른다는 표정이었다.

"퀀텀? 그건 또 무슨 말이오? 암만해도 사람을 잘못 찾아왔군요."

"마이크 베네딕트. 68세. 정신분석학자. 심리분석학 박사. 신경정신과 박사. 전(前) 세계최면협회 원장. 미국정신분석학회 이사. 세계신경정신과 원로회 원장. 신경정신과 의사 정신감정 전문가. 미국 국방부 미래전력 연구고문. 미국 대통령 정신분석 담당. 그리고 미국 8인의 원로회 회원."

"……."

"원로회. 세계를 움직이는 8인의 비밀 지하조직."

"그럼 모선에서……? 퀀텀? M의?"

케사르는 고개를 끄덕였다. 그제서야 베네딕트는 정색하고 물었다.

"어떤 명령이길래 직접 찾아왔지?"

"당신을 제거하라는 명령."

베네딕트는 얼굴이 굳어졌다. 그리고 물었다.

"왜? 무엇 때문에?"

"나는 명령을 집행할 뿐이다."

"원로회 전부를 죽이는 건가?"

케사르는 대답이 없었다. 베네딕트는 적잖이 당황했다. 하지만 곧 이성을 되찾고는 침착하게 되물었다.

"이것은 배신이란 걸 알고 있나?"

"나는 명령에 따라 움직일 뿐. 마지막 할 말은?"

"자네 이름이 케사르라고 했나?"

"그렇다."

"케사르! M의 명령이라고 했지? 자네가 M을 제거해주면 M의 자리를 주겠네."

케사르는 피식 웃었다.

"M이 명령을 내린 이상 어떻게 해도 죽음을 피해갈 수 없다."

"내 눈을 똑바로 봐. 자네는 부정해도 이미 M의 자리를 갈망하고 있어."

케사르는 좌우로 고개를 흔들었다. 베네딕트는 설득을 멈추지 않았다.

"원로회는 무엇이든 할 수 있어. M? 흥! 그것 하나 없애는 건 식은 죽 먹기야. M이 언제부터 M인가? 응? 겨우 5~6년이야. 원로회는 자그마치 1200년을 이어온 조직이네. 1200년! 알고 보면 미국조차 원로회의 필요에 의해 세워진 국가야. 그까짓 M이 감히 원로회를……."

케사르가 말을 잘랐다.

"M을 모욕하지 마라."

"케사르! 자네는 부하로 있을 재목이 아니야."

한국 지하 보물 창고

배면수가 소리쳤다.

"방금 인형 하나가 모선으로 들어갔어."

이윽고 또 다른 인형이 모선으로 들어갔다. 그리고 차례로 네 개의 인형이 모선 속으로 사라졌다.

동희의 얼굴이 갑자기 심각해졌다. 승오가 물었다.

"동희 형! 저건?"

"인정하기는 싫지만 신물질 갑옷을 입고 있는 인간이 분명해!"

배면수도 동희의 의견에 동의했다.

"그렇지?"

동희는 믿기지 않았다.

"도무지 이해가 되지 않아요."

"너무 많아서?"

"많은 건 둘째치고 서로 싸우지 않고 어떤 통제하에 움직이고 있어요."

"모선 안에 뭔가가 조정하는 것 같아."

"갑옷을 입고 있는 이상 스스로도 통제가 힘든데 외부의 통제에 따른다는 게 이해가 되지 않아요."

화면을 주시하던 승오가 일렀다.

"또 하나 들어갔어요.

"갑옷을 빨리 만들어야겠어요. 가이아, 얼마나 걸리지?"

"3일입니다."

배면수가 제안했다.

"이러고 있을 게 아니라 너는 빨리 국방과학연구소로 가서 갑옷을 만들어. 여기는 나랑 승오가 지킬 테니까."

"알겠어요."

동희는 비행체에 몸을 실었다.

미국 수도 서쪽 10km 외곽 대저택

"자네는 M을 능가하는 카리스마가 있어."

"죽기 전 마지막 말이라고 생각하지."

케사르는 손을 어깨 높이로 올렸다.

"자네가 지금 무슨 짓을 하려는지 알고 있나?"

"명령을 집행 중이다."

"M과 통화하게 해 주게. 어려운 일은 아니지 않나."

"미련을 버리고 죽음을 받아들여라. 안 그러면 눈 뜨고 죽어. 꼴불견이야."

"그럼 나를 모선으로 잡아가게. 거기서 M과 이야기하지. 그러고 나서 죽여도 늦지 않아. 이건 명백한 M의 판단 착오야."

"……."

"지금 자네 행동이 인류에 얼마나 치명적인 불행을 안겨다 줄지 생각해 보았나?"

그때 케사르에게 퀀텀의 목소리가 들렸다.

"케사르, 명령 집행했나?"

"아직 못 했습니다."

"뭣 하나? 나머지 7명은 모두 귀환했네. 너만 남았어."

"네, 알겠습니다."

베네딕트는 자리에서 벌떡 일어섰다. 그리고 고함쳤다.

"M인가? 방금 M과 통화했나? M에게 전하게. M은 곧 미국 8인의 원로회 회원이 될 거라고. 원로회는 만장일치제로 의사 결정을 하기 때문에 어떤 의견이든지 자기 소신대로 할 수 있다고. 나를 죽일 필요가 없……."

케사르는 날아서 손날로 베네딕트의 목을 날려버렸다. 베네딕트의 머리는 조금 전까지 읽고 있던 책 위에 떨어졌다. 펼쳐진 하얀 종이는 붉은 피로 물들었다.

미국 서부 사막

모선은 꼼짝도 하지 않고 그림처럼 떠 있었다. 하루가 지나자 언론에서 눈치를 채고 접근을 시도했다. 미국에서는 군대를 동원해서 일정

거리 이상의 접근을 막았으나 하늘에 떠 있는 거대함은 애초부터 감
출 수 있는 것이 아니었다.

미국 대통령 궁

비서실장이 미 대통령에게 보고했다.

"퀀텀이란 이름으로 연락이 왔습니다."

"그래? 뭔가?"

"지원 물자 목록입니다."

"그것뿐인가?"

"네."

미 대통령은 초조한 듯 손톱을 깨물며 고민하다 비서실장에게 명령
했다.

"제이슨 재단에 연락해."

"재단 이사장님 말씀입니까?"

"그래."

"그렇지 않아도 보고 드리려고 했었는데. 암살당하셨습니다."

"암살?"

"네."

"감히 누가 제이슨 재단 이사장을?"

"갑옷의 소행으로 판단하고 있습니다."

"갑옷? 그러면 차동희? 그런데 모선은 왜 움직이지 않는 거야? 계획
에 뭔가 차질이 있는 건가? 제이슨 재단 대변인 연결 좀 해 주게."

"각하 비상계엄은?"

"필요 없어."

언론 보도가 나가고 모선은 전 세계의 이목을 집중시켰다. 뉴스의
대부분은 모선에 관한 내용이었다. 그러나 모선의 정체를 아는 사람은

아무도 없었다. 미국 영토에서 만들어졌기 때문에 미국에서 비밀리에 제작한 것이라 추측할 뿐이었다. 미 대통령은 언론과의 접촉 자체를 차단했다.

지하 보물 창고
배면수는 국방과학연구소에 있는 동희에게 연락했다.
"갑옷은 얼마나 걸려?"
"3일은 더 필요해요."
"아무래도 미국에서 저지른 일인 것 같아."

모선 출현 3일째 되던 날. 모선은 여전히 꼼짝도 없이 떠 있었다. 방송국 차량은 모선 주위로 둘러싼 미국 군대를 경계로 가득 몰려들었다. 미국 군 수뇌부는 미 대통령이 모선에 대한 보호 명령을 내린 것으로 보아 그가 뭔가를 알고 있다고 판단할 뿐 모선에 대한 아무런 정보도 얻지 못했다.

미국 대통령 궁
"각하! 도대체 모선의 정체가 무엇인지 여쭈어봐도 되겠습니까?"
"아직은……. 곧 알게 될 거야."
"그럼 이것만 대답해 주십시오. 아군입니까? 적군입니까?"
"농담하나? 물론 아군이지."
그때 집무실에 노크소리가 나고 급히 비서관이 들어왔다.
"무슨 일인가?"
"모선이 움직이기 시작했습니다."

모선은 천천히 하늘을 날았다. 거대한 그림자는 사막을 지나고 있었다. 주위로 군용 헬기들 수십 대가 호위한답시고 함께 날았지만 모선이 워낙 커서 멀리서는 보면 헬기는 고목나무에 붙은 파리처럼 보였다. 한나절 동안 천천히 이동한 모선이 멈춰선 곳은 미 대통령 궁 위였다. 모선이 워낙 커서 멀리서 보면 장엄하던 대통령 궁이 장난감처럼 느껴졌다.

미국 수도는 하늘에 나타난 거대한 모선에 술렁거렸다. 사람들은 모선을 카메라에 담기 바빴다. 인류 역사가 만들어낸 날 것 중에서 가장 큰 규모였다.

이윽고 모선의 아랫부분이 열리더니 네모난 신물질 판이 내려왔다. 판 위에는 인형이 여럿 서 있었다. 인형은 모두 열넷이었다. 모두 신물질로 보이는 갑옷을 입고 있었다. 신물질 판은 대통령 궁 앞 마당에 내려앉았다. 그들은 대통령 궁으로 들어갔다.

미국 대통령 궁

인형은 곧장 대통령 집무실로 향했다. 인형의 맨 앞에는 동희의 갑옷처럼 매끈한 갑옷이었고, 그 옆에 따라오는 인형은 손등에 칼날 모양을 팔과 머리 부분에 창 모양의 돌기를 가지고 있었다. 그리고 나머지 열두 인형은 뒤에서 일렬횡대로 서서 따라왔는데 어깨와 머리, 등과 팔, 다리에 무시무시한 톱이나 칼날, 창 모양의 신물질이 더 붙어 있었다. 그리고 헬멧의 형상도 하나같이 험악한 괴물 형상이었다. 대통령은 집무실 문 앞에서 그들을 맞이했다.

미국 대통령 궁 집무실

"환영합니다. 조금 늦으셨군요. 그나저나 어떻게 불러야 할지?"

앞에서 두 번째 인형이 대답했다.

"나는 부사령관 코르파스다. 여기 계시는 분은 마얀 사령관님이시다. 마얀 사령관님이라고 불러라. 그리고 뒤에 있는 열두 명은 '전사'라고 불러라."

코르파스는 맨 앞에 서 있는 돌기 없는 갑옷을 입은 인형을 가리켰다. 비서실장이 코르파스에게 항의했다.

"미 대통령입니다. 존칭을 하십시오."

순간 뒤에 서 있던 전사들이 코웃음 쳤다. 코르파스가 발끈하며 협박했다.

"몰라서 한 말이라서 이번만 용서해 준다. 한 번 더 그 따위 소리를 하면 목을 날리겠다."

비서실장이 대꾸하려 하자 대통령이 손으로 말렸다.

"아무려면 어떻소. 반갑습니다. 나는 미국 대통령 시든 그레고리입니다. 편하게 그레고리라고 하죠. 여기는 비서실장……."

코르파스가 말을 잘랐다.

"알 필요 없고! 물품은 차질 없이 준비됐어?"

비서실장은 여전히 말투가 귀에 거슬리는지 안색이 좋지 않았다.

"예! 그런데 궁금한 것이 많소. 지금은 죽었지만 제이슨 재단 이사장의 말에 따르면 당신들은 이틀 전, 그러니까 땅에서 올라와서 곧장 대통령 궁으로 오기로 되어 있지 않았습니까? 그리고 모선의 최고 책임자가 저에게 충성 맹세를 하기로 되어 있지 않았습니까? 그런데 느닷없이 제이슨 재단 이사장님께서 암살을 당하시고 모선이 움직인 일자도 이틀이나 늦었는데 무슨 일이라도 생긴 겁니까?"

맨 앞에 있던 마얀 사령관이 대답했다.

"제이슨 재단 이사장 제이슨은 내가 죽였다."

대통령과 비서실장은 깜짝 놀라서 반문했다.

"예? 아니 그게 무슨 말입니까?"

"내가 죽였다고."

"농담이 지나치시군요."

코르파스 부사령관이 나섰다.

"마얀 사령관님께서 두 번 말하지 않으시도록 해."

"아니, 왜?"

마얀 사령관은 비교적 침착하게 설명했다.

"퀀텀의 명령이다."

"제이슨 이사장의 말로는 자신이 모선을 만들어 왔고 곧 땅 위로 나올 거라 했습니다."

"모선의 주인이 바뀌었다. 아, 참! 아니지. 원래부터 주인이었으니까. 제이슨은 모선의 주인이 아니야. 네가 속은 거야. 어쨌든 제이슨은 이미 죽었고 이제는 내가 지시하는 대로 따르기만 하면 돼. 간단하지?"

"……."

대통령이 대답이 없자 코르파스 부사령관이 소리쳤다.

"한 번만 더 대답하지 않으면 죽여버리겠다."

비서실장이 소리쳤다.

"이것 보시오! 무례하지 않소!"

순간 코르파스는 빛처럼 빠르게 날아 손등의 칼로 비서실장의 목을 날렸다. 신물질 갑옷이 아니면 불가능한 속도였다. 비서실장의 머리는 잠시 동안 멈춰 있더니 바닥으로 떨어졌다. 목에서 피가 분출했다. 대통령 책상과 바닥으로 피가 튀었다. 대통령은 사색이 되어 구석으로 몸을 피했다. 마얀 사령관이 소리쳤다.

"코르파스!"

"네, 사령관님."

"이게 뭐야."

마얀의 다리에도 피가 튀었다.

"죄송합니다, 사령관님."

"성질 좀 죽여."

"네."

그제서야 비서실장의 몸이 쓰러졌다. 마얀은 그레고리 대통령에게 일렀다.

"겁낼 것 없어. 말만 잘 들으면 저럴 일은 없으니까."

대통령은 영문을 몰라 눈을 똥그랗게 뜨고 있을 뿐이었다. 코르파스가 다가가서 대통령을 잡아 마얀 사령관 앞으로 데리고 갔다. 그리고 무릎을 꿇렸다.

"상황 파악이 좀 되나?"

"당신들 도대체 누구요?"

"보고도 모르나?"

"……."

코르파스가 또 소리를 지르며 주먹을 들었다.

"대답 안 해?"

"정말 몰, 몰라서 물어보는 겁니다."

마얀 사령관이 손을 들어 코르파스를 제지했다.

"코르파스. 대통령이 정말 몰라서 물어보는 거라잖아."

코르파스는 주먹을 내리고 물러섰다.

"보는 그대로야. 우리가 입고 있는 게 뭐야?

"SUM 갑옷."

"그런데 뭐를 더 알고 싶은 거야?"

"당신들이 원하는 게 뭡니까?"

"명령에 대한 절대 복종."

"내 목숨을 담보로 원하는 자원을 조달하려는 것이요?"

"준비한 물품들 말이냐?"

대통령은 고개를 끄덕였다.

"흥, 그깟 물 몇 리터나 쇠붙이 몇 조각 가지고 그러나? 그건 아무것도 아니야. 우리가 직접 구하는 수고를 좀 덜어주는 것뿐이지. 너는 우리가 죽으라면 죽어야 해. 우리가 명령하면 무엇이든 따르라고."

"왜 내가 왜 당신들 명령을 따라야 하지? 만약 명령을 따르지 않는다면?"

"아직 이해를 잘 못하는군. 너는 미국의 대통령이잖아. 임기가 1년밖에 안 남았지만 말이야. 너는 미국 국민들의 안위를 보장해야 할 의무가 있지 않은가? 물론 그보다 먼저 네 목이 저렇게 날아가겠지만 말이야."

"당신들이 원하는 궁극적인 목표가 무엇입니까?"

마얀 사령관은 고개를 숙여 대통령과 눈을 마주쳤다. 대통령은 처음으로 헬멧으로 난 투명한 강화유리 안에 있는 마얀의 눈을 보았다.

"절대 복종."

마얀은 돌아서며 명령했다.

"철수!"

"네! 사령관님."

코르파스와 전사들은 일제히 복창하며 그를 따랐다. 마얀이 갑자기 멈추어 섰다. 그레고리 대통령은 아직 무릎을 꿇은 채 앉아 있었다.

"아, 참! 류지태란 자가 미국에 있다지?"

"······."

"어디에 있는지 알아놓으시오!"

전사들은 물품을 신물질 판 위에 실었다. 전사들이 물품을 모두 신자 판은 하늘로 떠올랐다. 모선의 문이 열리고 물품을 실은 판은 사라졌다. 마얀 사령관과 코르파스 부사령관, 열두 전사들도 그 자리에서 날아 올라 모선 속으로 사라졌다.

미 대통령 집무실

대통령은 수화기를 들었다.

"경호실장! 자네만 들어와."

경호실장이 급히 대통령 집무실로 들어섰다. 시체를 보고 놀라는 경호실장에게 대통령은 나지막이 그러나 엄중하게 말했다.

"조용. 빨리 문을 닫아."

"무슨 일입니까?"

"지금부터 내 말을 잘 듣게. 우선 비서실장의 시체를 처리해야 하네. 다른 사람들 모르게."

물품을 실은 모선은 천천히 움직이기 시작했다. 마치 거대한 구름이 유유히 흐르듯이.

한국 지하 보물 창고
"모선이 미 대통령 궁 위로 갔어. 네모난 판이 내려왔는데 신물질 갑옷을 입은 사람이 열네 명이나 있어. 모두 대통령 궁으로 들어갔다가 나왔어. 물건을 싣고는 모선으로 사라졌어."
"형! 대통령 궁 안에서 무슨 일이 있었는지 알 수 없어요?"
"모선 때문에 천리안을 접근시키지 못해."
"기분이 썩 좋지 않아. 열네 명 중에서 하나를 빼고는 모두 공룡처럼 갈퀴를 달고 있어. 무슨 괴물도 아니고. 갑옷은 아직 멀었어?"
"오늘 저녁이면 끝날 것 같아요. 모선을 계속 주시해 주세요."
배면수와 동희의 대화를 듣고 있던 승오가 소리쳤다.
"모선이 사라졌어요."
"뭐? 어디?"
배면수가 황급히 화면으로 시선을 돌렸다. 모선이 보이지 않았다.
"천리안에 이상이 있는 것 아니야? 다른 천리안이 잡은 화면은?"
"사라졌어요."
"귀신이 곡할 노릇이군. 설마 900m가 넘는 모선이……."

-차동희 33세 9월-

〈기사〉

- 미국 무조건 항복 -

세계의 슈퍼파워 미국이 차동희 일개인에게 무조건 항복을 선언했다. 미국은 차동희가 제작한 신물질 비행체의 공격에 개전 하루를 버티지 못했다. 미국은 인공위성과 미국이 자랑하는 항공모함과 핵잠수함, 미사일 기지 대부분을 잃었으며, 백악관을 비롯한 국가 주요 기반 건물과 일부 발전소가 파괴되었다. 현재 정확한 사상자의 집계는 힘드나 전문가의 말을 인용하면 사망자 수를 대략 10만 명으로 추정하고 있다. 정확한 숫자를 파악하는 데는 수 개월 이상이 걸릴 것으로 보인다.

미국 대통령의 무조건 항복 선언 이후 신물질 비행체의 공격은 멈추었으나, 미국 국민들은 불과 몇 시간 만에 패한 사실을 믿지 못하는 분위기이다. 미국 국민들은 여전히 두려움과 충격에 휩싸여 있다. 한편 미국 본토에 떨어진 수십 기의 핵폭탄은 대부분 미사일 기지에서 폭발했으며, 이는 인구 밀집 지역과는 거리가 있다. 그러나 낙진, 식수 오염 등 2차 피해를 줄이기 위해서 기상 관측을 예의 주시 하는 등 피해규모 축소에 총력을 펴고 있다.

국가가 일개인에게 항복 선언이라는 역사상 초유의 사태 이후 국가의 운명이 어떻게 될 것인가 전세계의 이목이 집중되고 있다.

〈사설 중〉

- 은빛 신물질 축복인가, 저주인가 -

은빛 은반이 한국의 대동대학교 홀을 날아다니는 모습이 중계되었을 때 사람들은 과학의 축복이라 여겼다. 그러나 아직도 은빛 신물질이 축복이라고 생각하는 사람은 과연 몇 명이나 있겠는가?

우리는 며칠 동안 은빛 신물질의 가공할 파괴력을 보았다. 파괴력은 핵폭탄을 능가하고 정밀도는 탄알을 능가하는 신물질은 하늘이 내려준 축복이 아니라 악마가 내려준 저주에 가까웠다.

〈사설 중〉

국가라는 조직 탄생 후 수천 년을 지나오면서 세계사는 수많은 국가의 생성, 번영, 소멸을 지켜보았다. 그리고 19세기 말엽부터 폭발적인 발전을 이룬 과학기술의 발달로 이제 일개인이 유구한 역사를 지닌 국가 체제를 뛰어넘을 수 있는 힘을 지닐 수 있는 단계에까지 이르렀다.

〈사설 중〉

- 한국의 미래 -

미국이 무조건 철군을 이행한 지 1주일이 지났다. 차동희와 미국 간의 전쟁이었지만, 전쟁의 승리는 차동희 개인뿐 아니라 한국의 승리이기도 했다. 적어도 한국 국민들이라면 그렇게 생각하고 있다.

국제 사회에서도 한국을 대하는 태도가 확연히 달라졌다. 한국 교포들에 대한 대우도 달라졌다. 그러나 이 모든 것들이 힘에, 정확히 말하면 미국을 하루 만에 제압시킨 차동희의 힘에 기인하는 것이다. 두려움이 그 바탕이다. 한국은 그 두려움들을 어떻게 이끌고 유도해서 국제사회의 지위를 공고히 할 것인가를 생각해야 한다. 그러나 그보다 앞서 국제질서를 어떤 식으로 이끌어나갈지 고민해야 한다.

한국이 가진 전통적 태도, 즉 민주와 평화의 외침이 약소국이기 때문에 어쩔 수 없이 취한 태도였는지, 아니면 절대적 힘을 가졌어도 변함없이 추구할 가치로 생각하고 있는지 먼저 묻고 싶다.

〈사설 중〉

인간이 선과 악을 넘나드는 것처럼 과학기술 역시 똑같이 선과 악을 넘나든다. 과학기술 역시 인간이 주관하는 것이기 때문이다. 그러나 언젠가 인간의 판단이나 제어가 미칠 수 없는 과학기술들이 생겨날지도 모른다.

과학기술은 독립하여 자체로서 생존, 번식, 발전이 가능하게 된다면 그것이 인간 중심의 가치를 지향하지 않는다고 해도 불평할 수 없다. 과학기술들이 무소불위의 힘을 가지고 자신들의 새로운 가치를 위해서 행동한다면 인간 중심의 가치들은 중앙에서 변방으로 밀려날 것이다.

인간이 지금까지 인간 중심의 사고와 가치 기준으로 행하여 왔던 일들로 인해 다른 개체들(생물이나 무생물을 포함한 모든 것)이 자신들의 바람과는 무관하게 겪었을 고난이나 영광을 고스란히 인간이 경험할 수도 있을 것이다. 어쩌면 인간에 의해 멸종되었던 수많은 종들처럼 우리도 그렇게 사라질 운명을 맞을지도 모른다.

〈사설 중〉

차동희가 미국을 붕괴시켰고, 카이자는 연합국을 붕괴시켰다.

〈기사〉

- 가짜 갑옷 나타나 -
어제 연합국 북부 한 마을에서 가짜 갑옷을 입은 남자가 상점에 나타나 주인을 협박하고 현금을 훔쳐 달아나다 출동한 경찰에 의해 잡히는 사건이 일어났다. 범죄 전문가들은 카이자의 공격에 떨고 있는 대다수의 연합국 사람들의 공포 심리를 이용한 모방 범죄가 급증할 것으로 예상하고 있다.

〈사설 중〉

과학기술의 발달이 극한에 이르면 한 사람의 의지로 인류가 종말을 맞을 수도 있으며, 새로운 인류를 만들어 낼 수도 있다.

〈기사〉

- 카이자 찬양 단체 시가행진 -

토요일 오후, 현란한 플랜카드를 준비한 단체가 연합국 제1 도시 중앙 도로를 점거했다. 놀랍게도 플래카드의 문구는 이러했다. '연합국의 지도자, 카이자.' '카이자를 찬양하라.' '카이자 만세.'

이 단체에 가입한 사람은 벌써 1만 명이 넘는 것으로 파악된다. 경찰의 해산 경고에도 불구하고 세 시간 동안 거리를 점거한 이 단체는 결국 군인들의 출동으로 강제 해산되었다. 군인과 심한 마찰은 없었지만 카이자는 나타나지 않았다.

심리 전문가들은 이러한 단체가 만들어지는 것은 인간이 감당할 수 없는 거대한 힘과 맞닥뜨렸을 때 상대를 신격화하거나 자신의 지도자로 탈바꿈시킴으로써 공포감을 회피하려는 본능에 기인하는 것이라 분석했다.

다음권에 계속